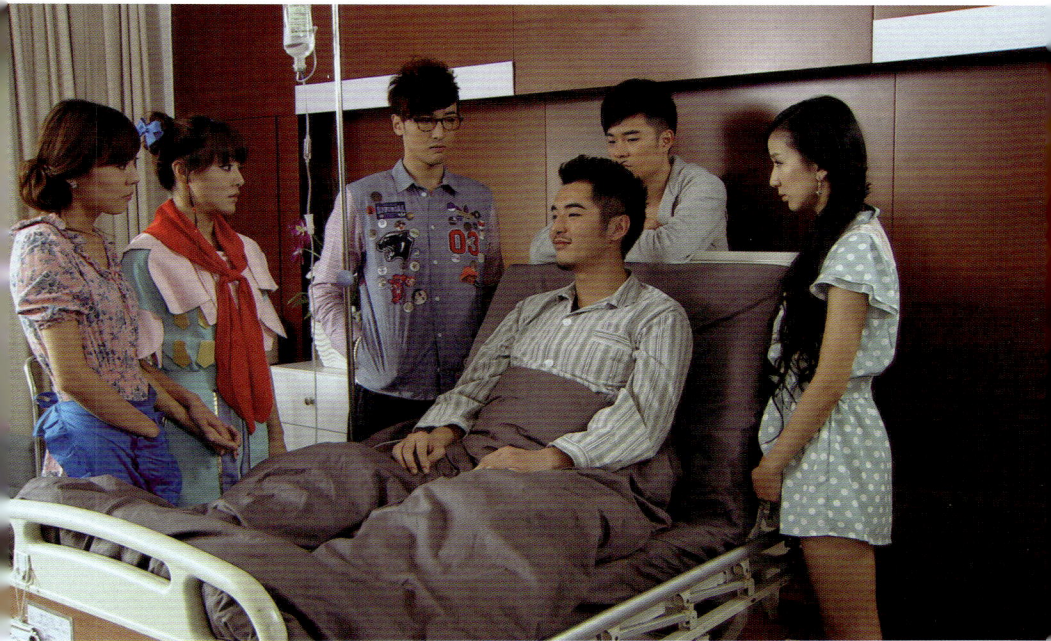

爱情公寓4

i PARTMENT

4 全本小说

汪远 韦正 作品

百花洲文艺出版社

BAIHUAZHOU LITERATURE AND ART PRESS

图书在版编目（CIP）数据

爱情公寓. 4, 全本小说 / 汪远, 韦正著. — 南昌: 百花洲文艺
出版社, 2014.4

ISBN 978-7-5500-0910-3

Ⅰ.①爱… Ⅱ.①汪… ②韦… Ⅲ.①长篇小说 – 中国 – 当代

Ⅳ.①I247.5

中国版本图书馆CIP数据核字（2014）第068116号

出 版 者　百花洲文艺出版社
社　　址　南昌市红谷滩世贸路898号博能中心九楼　　　邮编：330038
电　　话　0791-86895108（发行热线）　　　0791-86894790（编辑热线）
网　　址　http:www.bhzwy.com
E-mail　bhz@bhzwy.com

书　　名　爱情公寓4全本小说
作　　者　汪　远　韦　正
出 版 人　姚雪雪
出 品 人　柯利明　林苑中
特约监制　师素珍
责任编辑　张　越　程　玥
选题策划　驰　宇
文字统筹　不闹的心
营销统筹　卢　渔　张　潞
封面设计　熊猫布克
经　　销　全国新华书店
印　　刷　北京精气神印刷厂
开　　本　1/32　　　880mm×1230mm
印　　张　10.5
字　　数　250千字
版　　次　2014年6月第1版
印　　次　2014年6月第1次印刷
定　　价　29.80元
ISBN 978-7-5500-0910-3

引言

　　当面对两个选择时，抛硬币总能奏效，并不是因为它总能给出对的答案，而是在你把它抛到空中的那一秒里，你突然就知道，你希望的结果是什么了。当然，对于正常人来说是这么个道理，而对于天生患有选择恐惧症的处女座男曾小贤呢，绝不会是简单的一抛一落的问题。3601，3602，两扇门的背后，一个是历来对待感情如快刀斩乱麻般干脆却偏偏对他剪不断理还乱的胡一菲，一个是温婉矜持却能瞬间灿烂出烟火、热情奔放得让人措手不及的诺澜。一边是海水，一边是火焰，踌躇中，曾小贤的确是抛出了一枚硬币，可这一抛，就抛出整整一季的故事。

目录 CONTENTS

第一章　真相只有一个

1

曾小贤到底推开了哪扇门呢？我们去问问他的好兄弟关谷吧。

关谷君此刻正在酒吧，身边还有悠悠、美嘉、展博、子乔，以及我们的话题男主角——曾小贤，一众人喝着酒，聊着天，显得十分热闹。细心的贤菲迷们可能会马上发现，胡一菲怎么不在场？难道是好事将成，素来彪悍的菲菲忽然有了点儿小羞涩，刻意避嫌？

那么，爱情公寓第四季的演绎应该如此：关谷和悠悠积极筹备婚礼；一菲霸气求婚，小贤泪奔 SAY YES，加入婚礼筹备队伍；美嘉和子乔在爱情公寓爆棚的荷尔蒙的刺激下甜蜜复合，趁热打铁决定彼此交换一生；展博相思成灾，大吼三声：宛瑜！宛瑜！宛瑜！我想你，我要和你生孩子！宛瑜隔空产生心灵呼应，从遥远的米兰打飞的赶回，接受了展博一直珍藏的求婚戒指。四对死党好友决定分享快乐，让幸福加倍，举行集体婚礼。等等，还有张伟和羽墨呢？婚礼当然需要伴郎和伴娘！虽然新人多了点儿，伴郎伴娘未免显得稍微势单了一点儿，但这都不是事儿。锣鼓喧天，彩旗飘飘，欢声笑语中，他们发誓要永远幸福地生活在一起！

至此，爱情公寓 90 分钟加长豪华一锤定音终结版到此落幕，谢谢大家观赏！恭喜天下所有艾米，你们再也不用翘首以盼、望穿秋水地等待更新了，再也不用担心因为脖子等长而加入长颈鹿的行列了。当然，若干年后，爱情公寓住户的后代决定推出一部新剧，叫《老爸老妈的罗曼史》，盘点那些我们还不知道的故事，以飨观众。后来因涉嫌与热播美剧同名，兼之剧情中出现了大批特殊生化武器——各家的熊孩子，经网络投票，改为《咱家奶爸奶妈》，暂定拍摄十季……

我勒个去！贤澜迷集体起哄，嘘声四起。胡一菲没在，咱们诺澜不也没在吗？怎么就不是曾小贤决定跟诺澜在一起，而胡一菲情伤不肯现身呢？贤菲迷反驳，诺澜不是没住在爱情公寓吗？如果她跟曾小贤在一起了，这种场合正是表明立场身份的时候，更应该出现而不是消失不见！爱情公寓是菲菲的主场，贤菲必须在一起没商量！贤澜迷反驳，咱们的女神正在来的路上，不可以吗？没看见曾小贤那气定神闲的样子吗？他跟胡一菲在一起的时候从来都是只惊惶的小怪兽好吗？女神才是曾小贤最好最正确的选择！导演这么安排，也许是给诺澜正式入住爱情公寓埋下伏笔，诺澜这就要带着行李出现，哈！哈！哈！

场面有点儿混乱，请双方辩友保持理智，友好交流！具体情况，还是去问问关谷君吧！

关谷君说："当时我心脏都快跳出来了，直到悠悠说出了那句'我愿意'，顿时——我就亮了。"

目击证人展博和美嘉连连点头附和，想起当日浪漫的场景两人还一脸感动和憧憬。原来悠悠把大家聚到一起，是要宣布和关谷订婚的喜讯，贤菲迷也好，贤澜迷也罢，暂且等等吧。

错过好戏的曾小贤跟吕子乔不甘心，在边上你一言我一语地撺掇着关谷再求一次婚。子乔的理由是宝贵的求婚历史画面没有拍摄下来，悠悠将来难免遗憾；而小贤的理由是关谷用纸币折出求婚戒指的行为太过草率，显得诚意不够。

说到诚意，展博插嘴说："对了，悠悠都已经怀孕了，你那点儿诚意哪够用啊？"

"纳尼？！怀孕？！"子乔与小贤同声惊呼。提到怀孕，美嘉在一边略显紧张。话说了，大家都在喝酒，美嘉你拿着一盒牛奶捏来捏去是几个意思？

关谷借机转移话题："我还没怪你们要我呢，悠悠根本没怀孕，昨天为了庆祝订婚，她还连做了 20 个后手翻。"悠悠也证明自己从来没用过什么验孕棒。

"可我和美嘉亲眼看到的啊！"展博力争。

"大概是谁在恶作剧吧。"美嘉打圆场。

子乔表示不信，大大咧咧地说："这招太损了吧。嫁祸还是栽赃？没见过这么扣屎盆子的。不可能，绝对不可能。"

美嘉打断他，斥道："狗嘴里吐不出象牙！不是恶作剧，那就是个乌龙，而且是个美丽的乌龙。要不是我们发现了那根验孕棒，关谷会这么快求婚吗？说不定……sorry，我不是质疑你们的感情……"自知失言，美嘉又是捂嘴，又是解释。

悠悠被点醒，转头问关谷："关关，如果不是美嘉他们误以为我怀孕，你昨天还会向我求婚吗？"

关谷迟疑了一下，回答："会。"

"你们看到没？他迟疑了一秒！"悠悠大怒。

关谷支吾道："这……这叫停顿。"

悠悠掏出一块秒表，指着上面的读数说："一般你的停顿在 0.65 秒左右，可刚才停了 1.58 秒。你明明就是因为我怀孕才就范的，不及格！反正录像也没拍，这次不算。下次，等你不用迟疑的时候再求吧！"

"小姨妈，你太霸道了，随身还带着秒表？"子乔瞪大双眼。

悠悠不予理睬，转身就走，关谷苦着脸追出去百般解释。

子乔若有所思，找展博求证捡到验孕棒的事，美嘉却抢着解释："没人怀孕。都是误会！"说着，一把拉住想要争辩的展博，悄声叮嘱："嘘，都说没事了，那么计较干吗？也许这是悠悠故意的，或者……还有好多其他可能。你别多嘴了，真拆散了他们你才满意啊？"

美嘉如此如此，这般这般，展博听得云里雾里，一会儿摇头一会儿点头，总算答立放下不提。

2

悠悠与关谷的订婚汇报活动不欢而散，胡一菲才"蹒跚"来迟，见只剩下吕子乔和曾小贤两个人，诧异道："我迟到了吗？一收到短信我就来了呀。"

"那是半小时以前了，好吧！"子乔斜着眼回答，看她姿态蹒跚，又问，"你的脚没事吧？嫁接上萝卜啦？"

一菲拖着肿得像大萝卜似的伤腿踉跄着坐下，不以为然地说："大惊小怪，只是……胖了一点而已。"

曾小贤好意提醒她去医院看看，胡一菲摆手打断他，不屑地说："多大点儿事还用去医院？凭我的修复能力分分钟恢复。昨天已经热敷过了。"

亏得胡一菲还一身武功，算得上半个江湖人士呢，怎么连扭伤处理的基本原则 PRICE 都不知道呢？所谓 PRICE，具体是指，Protect（保护脚踝）、Rest（休息）、Ice（冰敷伤处）、Compression（以弹性绷带压迫包扎），以及 Elevation（抬高脚踝以利消肿）。扭伤早期进行热敷，反而会引起局部组织严重充血、水肿、疼痛加剧，使伤情恶化，不利于恢复。难怪曾小贤急得都喊了起来："瘀血还没散了就热敷。你有没有文化啊！"

一菲白了他一眼，避免跟他有过多的眼神交流，低声嘀咕："我就是下床的时候扭了一下，不用你瞎操心。你顾好诺澜就行了。"

小贤一脸尴尬，想要解释什么，一菲抢在他前头说："你帮我拿瓶喝的去……算了，我自己去。"

说罢想要起身，曾小贤连忙按住她，无奈道："好好，你坐着我去。"

到这份儿上，贤菲迷真心失望，狂吼：曾小贤你怎么不去死去死去死呀！而贤澜迷则欢呼雀跃：诺澜女神必胜！OH YEAH！

"Ken，来瓶牛奶。"曾小贤到吧台前点单，吕子乔跟过去套八卦，顺便抬杠损他："一菲要的是酒。"

曾小贤斜了他一眼，没好气地说："她没文化你也文盲啊，喝酒会更肿的。"

子乔嘲讽他道："现在知道紧张啦，那我昨天叫你去拿红花油，你干什么去啦？"

对了，曾小贤你昨天到底干什么去啦？终于到了揭秘的时刻，让我们顺着曾小贤的回忆，回到他站在两扇门前踌躇的时刻。故事是这样的：

　　当抛起的硬币落入掌心的一刻，曾小贤的心里果然有了答案。但他的答案不是要进哪扇门，而是，他可以出去再买一瓶红花油啊！可怜的曾小贤大概没意识到，他貌似逃避的答案其实已经透露了他内心最真实的想法：去买红花油，就可以不用再回到有诺澜的房间，又可以有正当理由去看胡一菲。贤菲迷们，欢呼吧，一菲，一菲，一菲！

　　然后呢？然后，曾小贤就蹦蹦跳跳地去买红花油了。赶巧了，那天药房偏偏就没有红花油卖，他正在小区里转悠呢，回头却看见一个江湖郎中摆着"秘方跌打酒"的小摊，摊上摆着大大小小、泡着各种蛇虫鼠蚁的瓶瓶罐罐。

　　"瞧一瞧，看一看，祖传药酒包灵验。又能喝又能擦，一瓶不用几个钱。省下工夫去医院，不用排队验小便，一瓶保你用三年……"江湖郎中眼见有生意上门，吆喝得特别起劲。

　　曾小贤将信将疑地凑过去，问："你这是……红花油？"

　　郎中十分自信地递上一瓶给他看："祖传秘方特效跌打酒。80元一瓶。"

　　曾小贤大喜，爽快掏钱买了一瓶。

　　郎中开启聊天模式，巧舌如簧："兄弟真识货，你自己用？"

　　曾小贤一边回答"替朋友买的"，一边准备拿药走人。

　　郎中："这样啊，那建议你多买两瓶，备着早晚用得到。"

　　曾小贤好奇地回头，不解地问："为什么？"

　　郎中上下左右地对他打量一番，煞有其事地说："观你印堂发黑，眉间带煞，不日将有血光之灾。"

　　"呸！"曾小贤怒了，"卖你的药酒，干吗没事咒我！"

　　"忠言逆耳啊！"郎中拉长着声音，从桌底下翻出一块"测运程、看手相"的招牌，一副你爱信不信的表情，那意思是，老夫会胡说吗？

　　"你还兼职算命？"曾小贤错愕。

　　郎中顺势跟他拉近关系："难得有缘人，让老夫帮你免费看看如何？"

　　"免费……你说的哦。"有便宜不占白不占，曾小贤见郎中点头确认算命免费，迟疑着伸出手。

　　郎中将曾小贤的手掌摊平，摸了摸他的手纹，又观看了手掌正反两面，正色说道："兄弟，皮肤挺干呐。试试这款雪花膏吧，才20元一罐。"

　　曾小贤说着"谢谢"正要去接，才反应过来是个圈套，瞪了他一眼。

　　郎中嘿嘿一笑，这才转入正题："兄弟，从你的手相看，你这几年命犯桃花啊。"

　　曾小贤臭美地笑笑，嘴里却谦虚地说："哦？是吗？"

　　郎中却说："别高兴，这是典型的桃花劫啊。我看你不日的血光之灾应该就和这桃花劫有关。"

　　"你才血光之灾呢。"曾小贤呸了他一口，不再听他胡说，催道，"喂！药酒还没给我呢。"

　　郎中故作惊奇地说："你还没付钱呢。刚才80元只是算命钱。"

　　曾小贤争辩："你不是说免费的吗？"

　　郎中不慌不忙地又拿出一块牌子，上书：算命，相信免费，不信80元。

　　坑爹呀！曾小贤心里恨恨地骂了一声，却也不想在这儿耽搁，于是不耐烦地说："钱包没带，一共就这80元了。"

　　"那就爱莫能助了。"郎中施施然坐下，嘲讽道，"要不然你说你信了，这瓶就给你。你当我是江湖骗子吗？我们知识分子是有原则的。"

　　"我才不会因为80元就认了这血光之灾呢！没门！"一坑接一坑，曾小贤明显感觉智商不够用，不禁恼羞成怒。一个功成想要身退，一个掉进巨坑绝不甘心，拉拉扯扯，曾小贤索性大喊："快来啊！抓骗子啊！来人啊！"

　　然后，小区保安就围了过来，再然后，两人被拉走去做笔录，等折腾完回来已经很晚了，一菲睡了，诺澜也走了。

　　子乔听得嘴巴张得老大，皱着眉埋怨："你这都干了些什么呀？"

　　"谁让那个死郎中说我有血光之灾，还坑了我80元。我当然要跟他理论清楚啦。"岂止理论，想到那郎中，曾小贤还有想抽他的冲动。

　　子乔无奈地摇头："彻底输给你了，我昨天打电话不都告诉你了吗，咱们套间厕所抽屉里就有红花油，你干吗还要舍近求远出去买啊？"

　　为什么？曾小贤的脑海里闪过诺澜亲他的画面，又是一个激灵，支吾着说："……别问了，反正说了你也不会明白。"

3

　　不得不说，关谷挑老婆的眼光确实不错，悠悠真是个好姑娘！青春靓丽、天真活泼不说，还阳光、上进、乐观，更难得的是对朋友对爱人，她都特别能理解和包容，换言之，绝不记仇。女人一生大部分的时间都在发着莫名其妙的脾气，而男人一生大部分的时间都在为这些莫名其妙的脾气埋单，又哄又逗，耍宝卖乖，十八般武艺都用上，只为博得红颜一笑。可想而知，悠悠这不记仇的优点分值该有多高，为关谷君省下了多少宝贵的时间追求他的漫画事业，从而间接推动了中国漫画产业的发展，为中国 GDP 的增长贡献了微薄但重要的力量！

昨天还为关谷求婚的动机不纯不高兴，今天泡了个舒服的澡，悠悠便觉得心情愉悦、生活美好、世界和平了，所以，决定大赦天下，不再生关谷的气了。但是！为了惩罚关谷之前迟疑了一秒的过失，悠悠决定让关谷筹划举办一个订婚 Party。

关谷自然是感恩戴德，满口答应要把 Party 办得热热闹闹的。不过……就目前来说，他的脑子还在为另外一件事情纠结着，那就是，展博说起的那根验孕棒，为什么会出现在他们的厕所里？

悠悠问："你看到东西了吗？"

关谷摇头，认真地分析："不过我在电话里听得真真的。我不相信这是空穴来风，如果验孕棒是真的，就说明公寓里一定有人怀孕了。"

悠悠说出自己的理由："一开始我也怀疑过，不过瞬间就排除了。你想啊，一菲刚打过球还崴了脚，完全不像啊；美嘉是发现者就更不可能了，你还真怀疑男生啊？"

"难道是子乔带回来的哪个妹纸（子）？'关谷换了个思路，但马上又被自己否定了，"可没道理留在我们的垃圾桶里啊。"

悠悠觉得可能真的只是个恶作剧，可关谷觉得这背后一定有隐情。再说了，以他执拗的个性，就算是个恶作剧，他也要查个水落石出。问题是，该怎么查呢？一个一个去问，肯定没人会承认，所以，关谷决定自己找线索。

悠悠坚决表示反对："拜托，你现在的首要任务是把 Party 办好。不用你破案，柯南君。"

关谷摇着悠悠的手卖萌："人家想不通难受嘛！一天不抓出这个怀孕犯，我一天都睡不着。"

怀孕犯？关谷，你的想象力未免也太丰富了！讨论决定，悠悠答应给关谷三天时间，让他查出真相。

关谷开始满世界找线索，悠悠无聊，只好去找美嘉玩。两人聊着聊着，话题自动转到关谷当侦探这件事上来，用悠悠的话说，他最近脑子貌似又抽了。

"他翻了厕所的垃圾桶！"美嘉听悠悠描述事件过程，惊得花容失色。

"对啊！"悠悠点头，接着说，"关谷觉得破案应该顺藤摸瓜，而他发现的藤，就是厕所里那个垃圾桶。他坚信，那里面应该还有别的线索。"

美嘉打了个寒战："他敢不敢再恶心一点儿？"

那就再恶心一点儿，悠悠补充道："他还是徒手翻的。"美嘉一阵恶心，险些要吐了出来。

让我们重现部分关谷破案的画面：

关谷表演徒手掏垃圾桶神功，悠悠戴着口罩、手套，全副武装在一边帮忙。经过仔细检查，关谷把他认为最有价值的线索一一摆放在桌面上，其中包括：一张用过的手纸，一张快递单和半块被咬过的巧克力。

悠悠看着这些不着调的东西，沮丧地说："这能查到什么吗？"

关谷却一点都不气馁，仍然信心满满地表示，既然那个怀孕者往里面扔过验孕棒，就不排除她还扔过其他东西，所以，他打算发扬不怕脏不怕死的侦探精神，先从那张用过的手纸开始调查。

悠悠一脸嫌弃地打断他，友情提示："神探先生，你不觉得先从这张快递单查起会比较简单吗？"

真是一语点醒木头人！关谷认为悠悠说得大有道理，诚恳地接受意见，拿过快递单仔细查看，自言自语道："这是——京东的快递单？"

悠悠问："你的？"

关谷摇头，若有所思："曾老师、子乔和我都没有京东的账号，这儿貌似只有你有吧。"

可悠悠说她好久都没买过东西了。

关谷再想想，突然叫起来："啊！……我有种强烈的直觉，这很可能就是凶手买验孕棒的快递单！"

这么一说，连悠悠都激动起来了，兴奋地直喊："快，快看看收件人是谁！"

可惜，单子被一摊褐色液体弄脏了，恰好把收件人那一栏的信息污了，两人无论怎么个研究法都看不出来个究竟。

故事说到这里，听众美嘉忙紧张地追问："那摊褐色的东东是什么？"

"垃圾桶里的，鬼知道是什么，反正一个字都看不清。"悠悠回答。看见美嘉长舒一口气，悠悠奇怪地问："你怎么了？"

美嘉却神经质地跳起来解释："悠悠……我也没有他们家账号，我发誓。"

悠悠不明所以地又看看她，说："我知道，你上回用的还是我的账号呢。"

美嘉这才放心，继续追问："这样线索不就断了吗？"

悠悠噘着嘴，不满地说："我也这么说，可关谷非要弄清这摊液体的成分才肯罢休。"

"等等！"美嘉再次被恶心到，捂着嘴要吐，急忙冲了出去。可她并不是冲进卫生间，而是笔直地冲进自己的房间，开始焦急地翻箱倒柜，好不容易在床底下找到"早早孕"的盒子，却怎么也找不到当时签收的快递单。

"该死，那张该不会真是我的快递单吧。"美嘉绝望地哀叹。当当当当，"怀孕犯"终于自动现身！

与此同时，关谷兴高采烈地走了进来，还在门口就开始喊："亲爱的，我有重大突破了！"

悠悠问："化验成功了？"

关谷开心得像个孩子，口齿突然变得伶俐起来："我差点犯傻了，这张快递单下面有串编号我们一直没注意，就是快递员的编号。有了编号我就能在网上查到快递员的电话，你说那个送快递的会没见过签收人吗？"

悠悠恍然大悟，趁机吹捧："关关，真有你的！"

"聪明吧，"关谷十分得意，握紧拳头，摆出一副不把怀孕犯查出来决不罢休的架势，"只要我把他找来问问，一切就能水落石出啦！"

美嘉从房间回来，正好偷听到这段对话，不由得心急如焚。

4

这厢酒吧里，曾小贤还在跟子乔讨论如何处理一菲的问题。

曾小贤提议："喂，帮我劝劝一菲吧，她肿成这样，不去医院可不行。"

子乔懒得掺和他的事，喝着自己的小酒，事不关己，高高挂起。

曾小贤又说："跟谁过不去也别跟自己过不去啊。"

子乔忍不住讽刺他："你居然不知道她跟谁过不去？"

曾小贤茫然四顾："谁？谁？"

"唉，当我没说过。"子乔恨铁不成钢地叹了口气，闭嘴。

曾小贤仍喃喃自语："她崴得比诺澜严重多了。如果是韧带错位就麻烦了，不及时归位的话会有后遗症的。"

子乔没好气地戳他的痛点："还是那句话——说好的红花油呢！"

"我……"曾小贤被呛得张口结舌，无意中却看见那天遇见的江湖郎中正在走进酒吧，忙指着他乱喊："看！就是他。"

子乔一时没会过意来，问："谁？"

"那个帮我算命的郎中，他才是罪魁祸首！"义愤难平的曾小贤拉起子乔，过去跟郎中理论。仗着有帮手，口气不免有些挑衅："哟！这不是大湿嘛！"

郎中脱口而出："血光之灾？"

曾小贤哑他："灾你个头啊！跌打酒卖到酒吧来啦？死骗子！"

郎中分辩："那天不都讲清楚了吗？我有执照的！不是骗子。"

曾小贤不理会他这套，坚持要么退钱，要么给瓶红花油。

郎中本着休息日不谈工作的原则，打着圆场："别为难老夫了。要不这样吧，钱就甭退了，咱交个朋友。下回你需要什么服务我给你免费，这下你总能相信我不是坏人了吧。"

曾小贤嗤之以鼻："服务？不会又是算命吧？"

郎中道："不算命也行——我可以免费帮你手机贴膜啊。"

这回连一边的子乔都听乐了，笑道："大师还是混IT圈的呀，业务挺广啊！"

"行走江湖技多不压身嘛。"郎中慢条斯理地说，"不瞒这位兄台，老夫做事一向不拘一格。倒碟片、卖切糕、算运势、测星座、泥瓦打洞、越狱升级、跌打秘方、按摩正骨……"

"等等，你刚才最后一句是什么来着？按摩正骨？你还会这个？"听到这儿，曾小贤来劲了。

郎中哈哈大笑："你有所不知，老夫祖上三代都是开医馆的，奈何家道中落，考虑生计我才拓展了其他业务糊口。其实按摩正骨才是我的专业！"

子乔肃然起敬，双手一抱拳："敢问前辈怎么称呼？"

"鄙人姓黄,小字辉冯。"

"黄飞鸿?！"曾小贤与吕子乔一齐惊呆。

郎中捋直了舌头,一字一顿地说:"是黄——辉——冯,和广东宝芝林那个没关系。"

子乔又问他是哪儿人,郎中故作神秘"你猜,给个提示,第一个字是'hu'。"

湖南?郎中摇头。湖北?郎中再摇头。子乔挠着头问:"中国还有'hu'字打头的省份吗?"

郎中理直气壮地说:"当然有啊。我是'胡建'的嘛,你去打听打听,'胡建'包子林,按摩正骨霹雳手,没人不知道我黄辉冯的。"

大师,您的普通话真是精通到一定程度了,在下对您的景仰如滔滔江水,连绵不绝!

曾小贤惦记着一菲的脚伤,无暇顾及大师说相声般的口音,追着问:"如果你真会按摩正骨,我刚好有个活要请你帮忙。你能上门服务吗?"

"不打不相识,既然是朋友了,你尽管开口。"郎中信心满满地拍着胸脯打包票,"治不好不要钱。"

展博一听给他姐介绍了个按摩的,立马就不乐意了。

曾小贤说:"踏破铁鞋无觅处,都是缘分啊!"

吕子乔也说:"我们试过这个黄师傅了,他还是有两把刷子的。他一看一菲就知道是韧带错位了,正个骨就没事了。"

"我姐居然同意了?"展博不信,嘀咕道,"奇怪,我姐不是从不让别人碰她脚的吗?"

子乔打趣道:"她有脚癣?"

原来,脚踝是胡一菲的敏感部位。多少年了,展博还记得小时候帮一菲洗脚,刚开始还好好的,不小心碰了一下她的脚踝,0.01秒之后,就被她蹬飞了出去——五米!而且整个过程纯属自然反应,跟膝跳反应似的,根本控制不住。

展博说:"据说这是心理的条件反射。常言道:男不可摸头,女不可摸脚。

没看过古典小说吗？摸脚一般都属于下流行为！也许我姐自己都不知道她内心深处有多保守。"

曾小贤反对："有没有搞错，按摩又不是非礼！"

展博维护一菲，接着解释："条件反射又不是受大脑控制的，除非是关系很亲密的人才行。"

曾小贤猛地想起，那天诺澜说他是第一个碰她脚的人，那副娇羞的表情，含情脉脉的眼神，他心里被火烫似的疼了一下。

子乔提出疑问："你是她弟弟都不行？"

展博回忆道："当时刚组成家庭，可能还不够亲吧。那时候我也很反感她摸我的头。"

曾小贤不以为然："切，哪儿那么多封建残留。我就不介意别人摸我。"

展博引经据典："对男人来说，头是诸阳之会，五行之宗，真的会敏感的。就算在主观上你接受了，难保身体不会排斥。"

子乔听了，伸手去摸小贤的头，曾小贤故作镇定地笑："看到没有！完全不排斥。"

展博与子乔相视一笑，两双手齐齐上阵，在他头上一顿狂摸，没两分钟，曾小贤的头就比鸡毛掸子还要鸡毛掸子了。

"喂！摸够了没有！有完没完。"曾小贤终于忍无可忍，挥拳打开他们两个。

展博指着他说："看！爆了吧！"

曾小贤还要解释自己是故意演戏的，其实依然镇定，展博揭穿他："别装了，你把酒瓶标签都抠烂了。"

"展博说得好像没错。"人证物证皆在，子乔不得不同意展博的观点，"连曾老师都会怒，那么一菲岂不是……"

"黄师傅……有危险！"曾小贤忽然大喊一声，箭一般弹了出去，子乔展博也赶紧追了过去。

可惜还是晚了一步，可怜的黄师傅已经第 N 次被踢飞，靠在门上，捂着胸口直喘气："福小姐，你这是干吗？"

一菲满脸愧疚，极力解释："真对不起，我也不知道怎么会这样，我真的不是故意的——另外，说好几遍了，我姓胡。"

黄师傅颤抖着声音："我知道，福小姐，冷静啊！"

一菲建议："你还是叫我一菲吧。师傅，继续吧！我这次克制一下。"

黄师傅心有余悸，再三叮嘱："一辉！冷静啊，你要冷静啊。"

黄师傅过去，手刚搭到她扭伤的脚踝，瞬间又被踢了回来。

一菲又是道歉又是作揖，可怜的黄师傅都快要哭了，强忍住一腔英雄泪，自我激励："幸好我也是练过的。稍等，让我调下真气回口血。"

说罢自封穴道，扎马步发功。

"大湿！"赶着救人的小贤、展博和子乔轰的一声闯进门来。

背对着门发功的黄师傅被门敲中后脑，如散架的木偶颓然倒地，嘴角流出鲜血，呻吟了一句："我的真气……散了！"

展博没听清，瞪大了眼睛："他怎么了？"

小贤啧啧感慨："敢情他也有血光之灾啊。"

子乔脑筋转得比较慢，半天才挤出一句完全不着调的话："曾老师，被门夹过的核桃还能补脑吗？"

5

关谷顺藤摸瓜的方法果然奏效，前提是，找准正确的那根藤。他按照快递单上的编号顺利找到了京东的快递员，约了人家上门处理上次的订单问题。根据快递员的描述，一切不就将要水落石出了吗？但是！他所有的计划美嘉都已经了如指掌，所谓知己知彼百战不殆，可怜的关谷分分钟就被截胡。

京东的快递员如约而来，按了 3602 的门铃，美嘉却从 3601 一闪而出，连声问："你是京东的快递？关谷先生找你来的？没人看见你吧？"

快递点头，点头，摇头，再看看两扇神奇的门，正迷糊着，被美嘉一把拖进屋里。

美嘉把快递小哥按到沙发上坐下，一脸严肃地问他："你们哪家快递公司的，叫你来你就来呀？"

快递小哥老实地回答："有位先生打电话来说三天前我送的快件有问题，让我来核对一下。我记得当时明明是你签收的呀，为什么是个男的打给我？难道你只是代收的？"

"胡说，本来就是我的东西。"美嘉一激动，声线骤然提高，见快递小哥被吓得一哆嗦，忙又柔声安抚，"根本就没什么问题，是他们蒙你。"

快递小哥松了口气："那我得跟那位先生解释清楚。"说完，站起身来就要告辞。

"解释不清楚了！"美嘉又是一把将他按得坐下，拿出 100 块钱，不由分说地塞到他手里，"师傅，你拿着这个。"

快递小哥惊慌失措，心说，奴家可是卖艺不卖身哪！虽说这位客官长得很是俊俏……

美嘉叮嘱："听着，等会儿要是有人问起，你就说那天你把包裹放在门口就走了，从没见过我，明白吗？"

快递小哥的脑子有点儿发蒙，可逻辑还在，吞吞吐吐地说："好吧……可我记得那是个到付件，按流程要付款签收，怎么可能没见着人嘛。这不科学。"

"哎呀，你怎么这么麻烦！"美嘉又拿出 100 块钱塞到快递小哥手里。

快递小哥紧张得手都抖起来了，问："等会儿问我的该不会是警察吧？"权衡利弊，他决定还是把钱还给美嘉。

"有这种口音的警察吗？他就是个多管闲事的马大姐！"美嘉模仿着关谷生气的样子和语调。奈何快递小哥油盐不进，美嘉心念一动，决定使出美人计加苦肉计双重大招，立时换上一副涕泪涟涟、我见犹怜的表情，幽幽地说道："我一个女孩子，孤身在外，收个快递都被人窥探隐私。快递哥哥，你可一定要帮我呀。"

说着，还一把抓住快递小哥的双手，眼角眉梢都是淡淡的忧伤和美丽的哀愁啊！

快递小哥哪里经过这个，马上中招，灵魂出窍，手捧胸口，口吐鲜血，气若游丝。魂游太虚片刻，快递小哥元神归位，肉身重又被英雄气概充满，散乱的眼神变得坚定，心里暗暗发誓，就算是赴汤蹈火、粉身碎骨，也要保护这位神仙妹妹的周全！

美嘉发招成功，拉着快递小哥面授机宜："一不做二不休，一会儿你就这么说……"

于是，等快递小哥再到关谷面前时，已经被完全洗脑之后再全副武装，刀枪不入。

"纳尼？你说收件人的名字叫作'柯南的克星'？"关谷惊呆了。

快递小哥镇定地回答："嗯，我碰到过很多匿名的买家。"

关谷问："你还记得他长什么样吗？"

快递小哥背书一样流利地回答："灯光很暗，没看见。"

关谷被噎到，又问："那男的女的总知道吧？"

快递小哥自动搜索记忆库，再现美嘉为他准备的各种问题，条件反射似的回答："对！他说他是个男的。"

关谷奇怪："这还用他说？"

记忆库匹配出现故障，快递小哥随机应变，及时修正："……现在中性人很多，不问一下不敢确认。"

关谷还是不甘心，继续追问："那你有没有看清楚他穿的什么？是睡衣还是正装，拖鞋还是皮鞋？"

美嘉既知道关谷的目的，又熟悉关谷的思路，知道他想收集哪方面的信息，自然准备工作做得十足，方方面面的细节都考虑得十分全面，滴水不漏。但培训过程太过短暂，而快递小哥又拥有有限的记忆力加上天马行空的理解能力，所以回答内容就越来越跑偏了。

关于穿着，本来美嘉设计的回答是"……非礼勿视！所以你没怎么敢看"；可一从快递小哥嘴里出来，便成了："当时……他想非礼我……所以没怎么穿。"

关谷被雷得外焦里嫩，惊道："那你送货的时候，他正在做什么？"

快递小哥："他接了一个电话，然后对着电话说：我不是这儿的主人，然后就挂了。"

关谷惊得下巴都要掉下来了："纳尼？不是主人还敢接我们家的电话？"

编得太离谱，快递小哥也有点儿心慌，闪回临行前的画面补充能量——

"记住多给他一些干扰信息就对了，"美嘉又塞给他100元钱，双手虔诚地合在胸前，楚楚可怜地央求道，"相信你是不会让我失望的吧！"

迅速充满电，快递小哥怜香惜玉的念头压倒一切，心安理得地继续胡编："总之我记得那个收件人神态迷离，表情凝重，眼神飘忽，特别神秘。"

关谷直被绕得交感神经紊乱，一阵短路、火花四溅之后，得出一个结论——收件人就是神秘的黑衣人。照他的推理，当时的情况应该是这样的：

那天，快递小哥来送货，敲门。门开了，屋内黑洞洞、阴森森的，什么也看不清，黑衣人就站在门口，看见他，嘿嘿一笑，暧昧地邀请他进去坐一会儿。

快递小哥被他看得心里发慌，结结巴巴地回答："不用了，请……验货签收。"

黑衣人色心不死，继续调戏他，手还不安分地往他脸上摸："进来吧，我们有的是时间慢慢验。"

快递小哥双手护在胸前，惊恐道："可我是个男人啊。"

"那又怎样，谁不是啊。"黑衣人轻描淡写地说。正在这个时候，电话铃响了，黑衣人接起电话，极不耐烦地对着话筒里吼："喂！我不是这家的主人。别烦我！"

小哥瞠目结舌地重复："你不是这家的主人？"

黑衣人见身份败露，抽出一把武士刀就要行凶，快递小哥拔腿就跑。亏得他每日风里雨里训练有素，才侥幸捡回了一条小命。京东快递的速度，果然名不虚传！

妈呀，连起来居然是这样的！美嘉虽然设计了一切，却也没料到最后会得出这么个结果，真是对快递小哥的瞎扯能力佩服得五体投地。

尽管悠悠是个演员，见多识广，什么闹剧乌龙鬼马的事情都见过，还是很难相信关谷的推断，认定是他想象力太丰富了，臆造出来的故事。

关谷却言之凿凿："真的，只有两种可能，要么我们家进贼了，要么就是闹鬼了。"

悠悠一针见血地指出："你觉得贼和鬼会在厕所里用早早孕吗？"

可关谷的神经紊乱暂时还没有恢复，一口咬定现在已经不是早早孕的问题了，而是整个爱情公寓的安全正面临危机。为了大家的安全，他也一定要继续查下去！

"对，那张可疑的手纸！我要加大调查力度。"关谷完全像着了魔一样，念念有词地走出房间，剩下美嘉和悠悠面面相觑。

6

黄师傅果然不是盖的，中了一菲两脚，居然还能自己走回去，吐几口淤血，已经能说话了，只是神志还稍有点儿不太清楚。这不，连随身携带的包包都掉在了爱情公寓，忘了拿走，无意中留下一本失传已久的武林绝学——

"妈呀……《易筋经》！"子乔失声大喊。

书的封面上明明是四个古体大字，曾小贤糗他："大哥，你不识字也得识数啊。"

子乔又蒙："难道是——《玉女心经》？"

"这是《正骨内经》！"展博纠正他。

打开一看，里面密密麻麻地写满小字，配以《叠化经络秘孔图》，全方位立体化地展示了中国古法按摩领域的超凡智慧和博大精深的理论体系，让人叹为观止。原来不是武林秘籍，而是黄师傅祖传的按摩秘籍。

一菲踢了两脚，伤上加伤，现在肿得更加厉害，又死倔着不肯去医院，一众人拿她毫无办法，束手无策。眼下有了这本按摩秘籍，曾小贤想偷师学艺，亲自替一菲正骨疗伤。

"你忘了她属驴的？"子乔提醒他。

"你认为你们的关系够亲密了？"展博也觉得不靠谱。

但事已至此，也只能死马当作活马医，拿曾小贤出来试一试。秘籍图谱看上去十分复杂，江湖救急，曾小贤决定单练踝关节这一章。

展博觉得有点儿不妥，说："当年梅超风就因为单练了《九阴真经》的某一章，结果走火入魔，半身不遂了。"

子乔心知肚明曾小贤是想将功赎罪，并不阻拦，反而劝展博道："你随他便吧。曾老师就是想对某人补上那份迟到的殷勤。"

可按摩靠的是手指功力，冰冻三尺非一日之寒，没个三五年工夫，怎见成效？几个人仔细研究秘籍说明，居然可以自主选择完全安装和简易安装两种模式？太赞了！太人性化了！

子乔一本正经地念："简易安装入门须知——欲练神功，引刀自宫。"

一边摩拳擦掌跃跃欲试的曾老师闻言惊了一个趔趄，引得展博、子乔爆笑。

Loading……程序安装启动，闲人勿扰。

第一关，练力量，必杀技，铁砂掌！一口大铁锅，装满冒着腾腾热气的铁砂，曾小贤半裸着身子，被蒸得浑身是汗。双掌翻飞，铁砂深处埋着的栗子颤抖着现身，一身糖衣璀璨金黄地爆开，露出香软的栗肉。指导老师吕子乔在一边悠闲地剥着栗子，不断地把栗壳吐到锅里，美其名曰增加练掌难度。

第二关，练柔韧性，必杀技，神功太极！太极讲究的是以静制动，以柔克刚，避实就虚，借力打力，与水的运动原理极为相通。曾小贤凝神静气，对着一大缸清水，搅起一圈一圈的旋涡。推、摩、揉、抚、敲、点、弹，借着水的柔韧，体验各种手势的巧劲。指导老师吕子乔本着环保节水的精神，丢进去一堆脏衣服，曾小贤的太极神功直接转为洗衣神功。

第三关，练指力，必杀技，一指禅。这门功夫实在太高深，时间又不够，曾小贤只能对着墙壁做几个俯卧撑了事。

第四关，练速度，必杀技，打地鼠……So easy！ So happy！

不眠不休闭关七七四十九个小时，曾小贤终于背熟了踝关节的28个穴位，基本掌握了韧带经络的位置，功力也突飞猛进。现在只剩下一个问题，怎样才能靠近胡一菲？用展博的话说，一菲对曾小贤排斥的概率超过70%，而曾小贤能扛住她一脚的概率却不到1%。

"靠，神功都练成了，这点问题还解决不了？"曾小贤泄气地说。

"还有个办法。"展博提议，"我有个同学是机器人俱乐部的。他有套专业仿生机械手。我可以把《正骨内经》编个程序输进去，让它按我姐应该不排斥。"

曾小贤立马反对："那我不是白练了？不行！机械和人还是有区别的。"

子乔出主意，等一菲睡着了再下手。可胡一菲睡觉一碰就醒，要达到可以按摩而不知觉的熟睡程度，显然必须借助一些外力。如此一来，展博当仁不让地成为实施计划的不二人选。

可展博真是个纯朴善良的好孩子，委实担当不了这种撒谎骗人的大任。好好地端了一杯水过去，一菲只随口问了句："没事给我喝水干吗？"惊得他手一抖，水差点儿洒了不说，连说话都语无伦次了："……喝水有助康复，放心，这只是杯普通的凉白开。"

"你确定？"无事献殷勤，非奸即盗，更何况反应还如此反常。一菲瞄了眼杯里，水还咕咕地冒着泡泡，疑心更重了。接过杯子，赶忙又放下，连呼"好烫"！

展博不知是计，天真地说："不烫，是常温的。"

一菲坚持："真的很烫，不信你喝一口试试。"

展博心想，没道理呀？虽然楼下药店那么不敬业，连安眠药都没有，害他只好买了安眠泡腾片。难道泡腾片遇水还会发热？为了表明清白，他必须喝一口，可谁知道一紧张，他把整杯水喝了个一滴不剩。

展博很快就睡着了，一菲围着他转来转去，猜不透他到底在搞什么猫腻。突然，展博的手机响了，一菲从他兜里掏出手机一看，是曾小贤发来的短信："情况如何？搞定了吗？"

"我倒要看看你们究竟想干吗？"一菲自言自语，当即回了短信："一切 OK。"

不一会儿，曾小贤开门，一菲赶紧盖好毯子，装睡。

曾小贤刚蹑手蹑脚地进门，电话就响了，吓得他手忙脚乱地一顿乱摸，总算才找到电话，压低了声音骂道："喂！有没有搞错，这时候打给我？"

电话那端的子乔十分淡定："慌什么，一菲不是睡着了吗？我替你测试一下。"

曾小贤回头看看，一菲果然还熟睡未醒，舒了口气，开始正常说话："还好没醒。貌似展博的工作还是很到位的。"

子乔表示肯定："很好，你现在终于可以为所欲为啦！"

曾小贤夸张地重复："为所欲为？"

为所欲为？！一菲听到这话，心里冷笑一声，全身进入戒备状态，随时准备攻击。

"不说了，我得抓紧时间。"曾小贤怕夜长梦多，赶紧挂了电话，拉起一菲的右脚，握住前脚掌，一手沿小腿后侧由远至近推行，嘴里还背着口诀："舒展腓肠肌和小腿肌群；多指拿揉，点委中穴，拨弹阳陵泉穴。"

啊！好舒服！一菲完全没料到曾小贤是来按摩的，更没料到他按摩的手法还那么专业！

"轻摩涌泉，解析，绝骨。"曾小贤念念有词，动作精准到位。

一菲更迷糊了，这货是贱人曾吗？为什么他的手指那么有力，还热乎乎的。而且更诡异的是，她居然一点想踢他的冲动都没有。这是为什么？

关键时刻，曾小贤的表情更加凝重，绝骨穴下两指，韧带锁定，复位！弹指间，只听得"咔嚓"一声，错位的韧带被调正，一菲忍不住喊出声来：

"爽！"

曾小贤吓出一身冷汗，再看一菲仍然睡着，难道梦里也有感觉？

7

美嘉生怕关谷的侦破工作有什么实质性的进展，时时溜到悠悠这边刺探军情，或者，扰乱他们的思路。

这天，她又想出一个版本，跑来说给悠悠听："我听说了一个故事，也许可以解释这根验孕棒的事。"

关谷天天纠结调查的事，都快变强迫症了，悠悠对此话题几近麻木，对美嘉的故事并不太感兴趣，只是随口应付一声："哦？"

可美嘉兴致不减，故作神秘地说："我听小区里的人说，最近公寓里出现了一个抄水表的少女，她叫小红，她怀孕了，可男朋友却跑了，然后她就疯。于是她就借着抄水表的名义，挨家挨户搜索她的男朋友。最诡异的是，她每到一家抄完水表都会故意在垃圾桶里留下一根验孕棒，幻想着有朝一日她男朋友能够看见。"

悠悠表情夸张地配合着她的故事："哇，好凄惨的故事啊。"

美嘉很开心，问："你相信了，是吗？"

悠悠摇头，不解地说："为什么要留根验孕棒啊？"

美嘉为了自圆其说，越说越离奇："怪人都是这样的。蝙蝠侠里的小丑总留张扑克牌，佐罗会留下个字母Z。验孕棒没准就是那个小红的图腾。大家还给她取了一个特别的外号——'验孕侠'。"

为了增加故事的可信度，美嘉算是使尽浑身解数，不仅嘴里编着，而且手舞足蹈，还添加了丰富的肢体语言。说罢，眼巴巴地看着悠悠，只盼着她和关谷能相信这些天方夜谭的故事，趁早放弃破案。

可悠悠除了觉得她的想象力能跟关谷有一拼以外，半点都不相信。

"亲爱的，我查出来了！"关谷兴奋地喊着跑了回来。

"什么？！"美嘉、悠悠异口同声，只是一个是惊，一个是喜。

关谷眉飞色舞地说："我查到那张快递单的买主了！我刚才打了电话给京东的客服中心，说我的用户名丢了，然后凭着家庭地址和快递单的购买记录，他们告诉我，这个快递是用这个账号买的。"

悠悠接过纸条一看："这……不是我的账号吗？可我没有买……美嘉！"

美嘉见再也无法抵赖，只好可怜兮兮地招认："……好吧，是我干的。"

悠悠惊呼："真的是你！"

美嘉委屈地点头。

关谷一本正经地问："你居然盗用悠悠的账号买了巧克力？"

"我不是故意要瞒……"美嘉这就要和盘托出，一听居然是，"巧克力！"

悠悠大失所望，叹气道："搞了半天，这单子不是验孕棒啊！"

关谷挠挠头，不好意思地解释："客服说，这个账号最近消费过一盒188元的酒心巧克力！我以为是……可惜真是巧克力嘛。"

美嘉这段日子惊吓过度，这下心里那块石头总算着了地。冷静下来才想起，早早孕明明是在药店买的！再无后顾之忧，说起话来自然底气十足："我没有账号，所以借悠悠的买一下，不行啊！"

悠悠埋怨道："关谷，你在搞什么呀？"

关谷糗了，连连道歉："sorry啦，直觉失误了——我早说应该先查手纸的嘛。亲爱的，再给我三天，这次我保证不成功便成仁！"

"等等！"悠悠眼珠子一转，忽然明白了一件事，"三天又三天，你该不会是故意找个理由逃避订婚派对吧？"

关谷下意识地迟疑了片刻，摇头否认："当然不是，怎么可能。"

悠悠掏出秒表，很遗憾地通知他："关关，你果然不擅长撒谎，1.78秒，你又拿迟疑冒充停顿了。"

关谷语结，美嘉幸灾乐祸，在一边火上加油："他迟疑了！紧张了！"

关谷一脸尴尬，只好老实交代："亲爱的，被你看出来了。"

悠悠下了最后通牒，勒令关谷用三天时间把派对准备好。关谷不敢再造次，侦破一事只好扔到一边，美嘉暂时安全。

8

另一边，曾小贤继续揉捏，为一菲疗伤。一菲的防御系统貌似瘫痪，飞腿一直没使唤出来。

电话又响，曾小贤以为还是子乔，不耐烦地说："我忙着呢，子乔，别老骚扰我。"

可电话那端传来的是温柔的女声："小贤，是我，诺澜。"

曾小贤呆呆地重复："诺澜？"

一听是诺澜，一菲有点儿躺不住了，强忍着，竖着耳朵听电话的内容。

"我就在你家门口，你不在家吗？"诺澜在电话里问。

"门口？你……等一下。"曾小贤一听慌了，手足无措，犹豫一阵，拿起毯子盖住一菲的头，这才过去开门，请诺澜进来。

自从那次送上香吻之后，诺澜还是第一次见到曾小贤，进得屋来，多少还有点儿不自然，尴尬地寻找话题："你在干什么呀？"

曾小贤的身子挡在沙发跟前，紧张地搓着手："……没什么。晒被单呢。你找我有事？"

诺澜轻声细语："我是特地来还你衣服的。"

曾小贤干笑两声，打着哈哈掩饰自己的心虚："一件衣服而已，不用亲自送来吧。"

诺澜又说："其实我是特地来跟你说声 sorry 的。"

"sorry？"曾小贤完全摸不着头脑。

想起那天亲近的画面，诺澜脸一红，低下头来，声音更细更轻了："那天你帮我按摩的时候，我亲了你……对不起。"

听到这里，一菲心里咯噔一声，凉了半截。

小贤紧张得结巴起来："没……没事。"

诺澜接着说："那天是因为你帮我按摩按得好舒服，我情不自禁，所以才……我本来想等你回来跟你解释的，可你去买红花油之后就没回来，我想你可能生气了。"

噔噔！一菲心里的警报继续升级。

曾小贤有苦难言，不知怎么接口。

"你后来去哪儿了呀？"

诺澜似怨似嗔的眼神搅得曾小贤心里一团乱麻似的，牙一咬，心一横，决定给这事来个了结："诺澜……我跟你说实话吧，那天子乔打电话告诉我一菲也扭伤了，让我拿瓶红花油给她。可红花油在隔壁套间里，而你刚才又亲了我，我怕我进来拿药就再也出不去了，所以只好再去买一瓶。"

诺澜幽怨地问："你那么怕我？"

"……我是怕你误会。"怕自己心软，曾小贤回避着不敢直视诺澜的眼睛。

诺澜看着他，眼泪大颗大颗地滴了下来，黯然道："我懂了，原来在你心里一菲才是最重要的。你已经做出选择了，是我自作多情，你就当我没来过吧。"说完，她就跑出门去。

"诺澜！我不是故意要伤你心的。"好男人曾小贤到底于心不忍，又追了出去，"诺澜！你听我说啊。"

可是，别看诺澜身形苗条，跑起来速度可真快，曾小贤两条小短腿怎么都追不上。正好碰到黄师傅今天出摊卖切糕，二话没说，抢过他的三轮车，骑上就追。

黄师傅在身后大喊："喂！我的车没刹车！"

声音还未落，三轮车已经一头撞到树上，翻了个底朝天，切糕掉了一地，曾小贤摔得鼻青脸肿。黄师傅愉快地拨着小算盘，在他跟前算账："一车切糕外加一瓶跌打酒，16万，兄弟一场，零头我就给你抹了。"

幸好这一切都只是曾小贤的想象！可既然已经有了先见之明，而且目睹了传说中的血光之灾的各种惨状，他决定，不要摊牌，先糊弄过去这关再说。当下瞄了一眼毯子下的一菲，接上诺澜的话题："你说哪儿去了。"

诺澜见曾小贤心不在焉的样子，以为他是故意回避这个话题，讪讪地说："我也不想弄得这么尴尬的，真的。"

曾小贤又是一个哈哈，故作潇洒："不尴尬，你喜欢我的按摩，我怎么会生气呢？"

诺澜大喜，言语间更加勇敢直接："那就好，还是要谢谢你，这几天我好多了，不过站久了还是会疼，你有空能再帮我按一次吗？"

曾小贤爽快地答应："没问题。你先到隔壁等我吧，我热下一身，一会儿就过来。"

噔噔噔噔！听着他俩打情骂俏，一菲的警报系统已经上升到最高级别，闪烁着耀眼的红光，一触即发。

好不容易摆脱了诺澜，曾小贤回到沙发边，拿掉毯子，准备继续给一菲推拿几下，巩固方才韧带复位的战果。岂知此一时彼一时，胡一菲现在的防御系统已经完全激活，火力全开，只等曾小贤的手碰到她的脚踝，飞起就是一脚，直接爆头。

曾小贤整个人都飞了出去，再起身时，鼻子、嘴角都是血……

是祸躲不过，黄师傅算的命果然准，任曾小贤玩尽了小聪明，终归也躲不过这血光之灾。有道是，家中常备跌打酒，血光之灾不用愁！不怕你用不到，就怕你——想不到。"大湿"之言，诚不我欺也！

第二章 / **谁说我有病**

1

　　曾小贤向来以好男人自诩。好与不好，其实在每个人心里都有不同的定义，曾小贤自认为的好，大概是关心、理解、顺从，以及不伤害。单从他与LAURA相处八年被劈腿六次还能继续见面照顾她的种种而不至于变疯这件事来看，曾小贤执着、忍耐、包容的能力确实已经达到一般凡人无法企及的高度。说得好是他善良，说得不好是他懦弱。而当他在诺澜和一菲的夹缝中寻找平衡时，这份善良或者懦弱又让他无所适从地选择了逃避和不作为，对诺澜不拒绝，对一菲不表白，出发点是为了不伤害两个人，结果却是让两个人都受了伤。

　　此刻一菲就在心理诊所，正儿八经地接受着心理咨询。心理医生淡定地坐在桌子后面，了然地看着她，这种居高临下的姿态让一菲感觉很不自然、很不爽，她应付似的填完资料表格，就开始神经质地玩着手里的钢笔。

　　医生开始发问："说说你最近的情况吧。"

　　一菲眼神闪烁，故作轻松地东拉西扯："我最近——怎么说呢……牙齿越来越白，皮肤越来越透，女人生活要静心，总之还不错啦。"

　　医生对她的抗拒表示理解，微微一笑，继续问："胡老师，这儿是诊所，不能光说好的一面，谈谈问题吧。"

"问题？"一菲下意识地排斥这个词，转着眼珠子想想，回答道，"偶尔也有。睫毛掉得多，指甲长得慢，饿了想睡觉，困了想吃饭……"

医生咳嗽几声打断她，礼貌地提示："我是心理医生。"

一菲做恍然大悟状，认真地说："哦，对！健忘……算不算心理问题？唉，我是来干吗的？"

"你在学校里故意破坏公物。"医生提醒她，看她笑着又要耍滑，郑重地补上一句，"三次。"

一菲手一挥："哎，都是些小事。"

医生反驳她："如果是小事，学校就不会把你送到这儿来了。诊所的评估结果将决定你能否继续担任任课教师。"

事件的严重性摆在眼前，一菲这才有所收敛，但还在替自己开脱："放心啦，最近我是有点儿情绪波动，不过还是可以控制的，不然我也不会主动来找你做心理咨询。"

医生无奈地摇摇头，一一否定她的说法："第一，你不是主动来的；第二，这是强制的心理干预，不是心理咨询；第三……别拆我钢笔，行吗？"

不知何时，胡一菲手里的钢笔已经被她玩得完全解体。

让我们一起回忆一下胡一菲上次情绪失控的全过程。用一菲的话说，都是那些不懂事的学生闹的。

那天班上的史小明同学没交随堂论文，我们年轻貌美但正颜厉色的胡一菲老师决定和他进行一次亲切的对话。

"小胖同学！"一菲一声暴吼，小胖同学吓得一抖，低声回答："老师，我叫史小明。"

一菲改口："好的……史小胖同学，你买这么多柯南的海报干什么？"

史同学解释："挂在宿舍啊，这叫挂柯南——想挂科——都难。"

一菲鼻子里哼了一声，继续训话："你连随堂论文都不交，没有平时成绩，还挂柯南？你挂科比都没用！"

史同学想了想，认真说："挂了科比，就不能挂柯南了。我们都希望——

挂科比不挂科难呢。"

"都是封建迷信！"一菲虽然不是像诺澜那样的逻辑怪人，这点绕口令似的东西还是难不倒她的，她冷笑一声，不再跟他纠缠挂谁的问题，而是直中要害，"你的论文呢？"讲台上摆着一摞论文，显然没有史同学的功劳。

烟幕弹干扰失效，史同学只好改唱苦情剧："老师我最近压力太大，我选了三个学位，有34篇论文要写，实在来不及。"

一菲最见不得软骨头，怒喝道："路是你自己选的，吃点儿苦就受不了啦？有工夫哭，还不如去面对，是不是男人？"

史同学感慨地点头，说："我明白，我现在流的泪，就是当初选专业时，脑袋里进的水。"

同学们哄堂大笑，一菲"啪"的一声拍在讲桌上，粉笔四下飞散，险些打到史同学脸上，吓得他死死咬住嘴唇，不敢再开口。

所以她就情绪失控了？怎么可能！未免也太小看胡一菲的功力了！

见威逼不能奏效，一菲突然微笑起来，语调也变得温和："诚实地对老师说，你是不是压根儿就没写啊？"

史同学余悸未消，支支吾吾地回答："我记得睡着之前我已经写了一半。"

一菲追问："那另一半呢？"

史同学老实说："醒来后发现前面那一半只是个梦。"

"……你一晚上就做了一个梦？"一菲自觉耐性正在一点一点地消退。

"当然不是，我还听了广播节目《你的月亮我的心》。"史同学忽然兴致高了起来。

一菲自言自语："你听这种脑残节目，怪不得会睡着。"

"您也听过啊。"史同学以为找到志同道合者，更加兴奋了。

一菲不耐烦地打断他："我当然没听过！你的心思应该用在学习上，而不是听什么毫无营养的破广播！"

史同学不服气地说："以前的确没啥可听的，可自从诺澜姐姐来了之后，节目可精彩了。一听声音就是个美女，身材又好，又温柔又知性。听着听着我就幸福地睡着了，做了一个美妙的梦，在梦里我是她的搭档，每天晚上坐在诺澜姐姐身边，看着她说话，然后我就……深深地爱上了她。”

说到这一段，心理咨询室里的一菲不免嘴角抽搐，呼吸逐渐加重，拳头越攥越紧。

医生笑笑，缓和气氛：“青春期有些幻想很正常，你提醒一下就好了嘛！”

一菲确实成功地控制住了自己的情绪，没有发飙，只是稍稍惩戒了小胖一下，多给他布置了三篇论文。而且为了更了解这位学生，那天晚上还专门听了《你的月亮我的心》。

正好那天晚上史小明打进热线电话，指名道姓一定要和诺澜姐姐说话。

“这位同学，这么晚了怎么还不睡？”一听见诺澜温柔的声音，小史觉得心里所有委屈都涌了上来：“诺澜姐姐，我在写论文，本来就已经写不完了。今天老师又多布置了三篇。”

诺澜关切地问：“为什么呢？”

小史更觉得委屈了，小嘴都要噘起来了：“我说我是你的粉丝，每晚都边听你的节目边做作业。老师说既然你那么喜欢，干脆多写几篇，这样才能听到结尾。”

被晾在一边的曾小贤为了增加存在感，插话打抱不平：“岂有此理，这我就要说两句了，你的老师有什么权利霸占你的课余时间！她是东方不败还是灭绝师太？”

小史倒是老实承认：“都不是，我们老师又年轻又漂亮。”

曾小贤一心贴近听众的想法，哪里会想到说起的人竟然是胡一菲，自然是一贬到底：“那又怎样，天使的外貌、蛇蝎的心肠，我在精神上替你鄙视那个老师！”

诺澜总算厚道，委婉地开导小史：“不过换个角度考虑，老师也是人，她也会有心情不好的时候，也许她最近正在生理期或是失恋了。小史，你应该体谅你的老师。”

曾小贤却火上加油：“别替她说话，我打赌，她肯定生理周期乱掉了。这种老师我见多了。”

一菲听得咬牙切齿，手里的收音机天线都被拧成了麻花。

但即便如此，一菲还是展现出应有的风度，努力克制自己，保持冷静。

第二天回到课堂上，一菲不但没发火，反而笑容满面，声音甜丝丝地问大家："听说最近有人对我有意见，还造谣说我生理期乱掉了。"

同学们面面相觑，不知所指。

一菲仍然平静地宣布："我郑重地告诉你们，我——规律得很，谢谢关心。"话音未落，胡老师对着课桌就是一个跆拳道的经典下劈，然后从容离开。门一关，课桌一晃，支离破碎，同学们一片哗然，小史同学惊吓过度，当场晕厥。

综合整个述说，医生总结道："所以——你拍碎了桌子，就为了证明你不在生理期？"

一菲同意，因为事实胜于雄辩。

医生问一菲是不是最近工作上有什么不顺，一菲否认，那感情上呢？一菲的笑容明显僵硬了许多，但还是回答没有。

医生说："心理学上讲，人不会无缘无故做奇怪的事情，背后一定有深层次的原因。我以前有个病人老幻想自己是只小燕子，他每个月都会给我寄燕窝。"

"说明人家感谢你啊。"一菲不以为然。

医生却说："后来我才知道，他是在对我吐口水。"呃，难怪这位病人要来看心理医生……

医生继续引导："回想一下，最近有什么人影响了你，让你处于焦虑的防备状态？"

一菲回忆起那天跟诺澜比赛网球的激烈，之后发生的那些故事，眉头一皱，但是瞬间又假笑着撇清："我怎么会需要防备呢，谁敢近我身？！哈哈哈哈……"

一菲的细小表情都被医生看在眼里，沉思片刻，医生拟订了一个初步的治疗方案。面对焦虑，最好的排解方法就是分散注意力，建议一菲养一些小动物。

一菲想了想，问："小动物？我有个弟弟算不算？"

"我是说花鸟鱼虫什么的，可以调节情绪。"医生进一步解释，见一菲半信半疑，又举了个例子，"我曾经还有个病人，他是个卧底了23年的警察，为了完成任务，他娶了黑老大的女人，接手了这个犯罪团伙家族的生意。最后他亲手逮捕了包括自己老婆孩子岳父岳母在内的38个亲戚。这令他一度无法回首，后来我让他养了三条锦鲤，他就看开了。"

这情节……也太离奇了吧？这锦鲤……也太神奇了吧？

医生叮嘱，关键是分散注意力，如果觉得自己的问题不大，就不用养很多。一菲觉得医生说得也不错，决定配合，第二天就去了花鸟店买鱼。正好店里促销，买缸送鱼。一菲一眼挑中了店里最大的鱼缸，这哪是养锦鲤啊，养鲨鱼都够了……若无其事的表面下，真是压力山大啊！

2

悠悠到底是见过世面的人，听说美嘉怀孕的消息之后，并没有跟她一样惊慌失措，而是恶补有关知识，不惜火速（32倍速）追了六百多集韩剧《顺风妇产科》，最终得出结论，就算搞不清楚孩子的爸爸是谁，至少也得搞清楚孩子到底存不存在。早早孕只能作为一种辅助手段，准确率有限，真正要确定有没有怀孕，还是要去医院验血，做 HCG 检查。

一路被拖到妇产科，美嘉心里七上八下，不停地找借口要回去，找一切机会转移话题："HCG——不是个马桶的牌子吗？"

悠悠很专业地解释："这叫绒毛膜促性腺激素，是最常用的怀孕测试指标。"

美嘉小好奇了一下，问："你说的那个 TOTO，怎么验？"

悠悠仍然十分耐心："TOTO 是日本的，HCG 是台湾的。呸，这个 HCG 和它们不是一码事。总之你等着验血吧。"

"验血？"美嘉夸张地瞪大眼睛，几乎叫了起来，"我不要我不要。我从小就晕血。搞不好一尸两命怎么办？"

悠悠出主意让她看着医生的脸，看不到血自然就不晕了。可美嘉说比起晕血，她更晕医生的脸。

两人嘀嘀咕咕地走进诊室，内室的帘子被掀开，走出一个很丑的男医生，秃顶，三角眼，一脸的黑痣，巨大的朝天鼻孔里露出浓黑的鼻毛……

"我说的吧……"美嘉呻吟一声，就地倒下。

丑医生见怪不怪的样子，对着屋里喊："司马医生，你的病人好像晕了。"

帘子后又走出一位医生，帅气逼人，连悠悠都看呆了。装晕的美嘉立刻满血复活，拉着悠悠坐到医生对面，含羞带笑尽做花痴状地打招呼："Hi，欧巴！怎么称呼？"

"我叫司马健。"医生回答，磁性的声音更是让人倾倒。

美嘉完全乱了方寸，语无伦次："不贱啊。"

悠悠戳了美嘉一下，示意她收敛一点，岔开话题，问刚才出去那位是谁。

司马医生回答："那是化验科的刘主任，过来送单子的。"

美嘉挤眉弄眼地小声对悠悠说："打死我也不验血！"

司马医生清了清嗓子，示意进入正题。

美嘉抢着连珠炮似的发问："你是哪儿人？几岁了？做什么工作的？"

司马医生一脸尴尬，回答："我——是医生。"

美嘉仍是一脸陶醉地看着他："医生……收入应该不错吧。"

悠悠拽了她一下，小声提示："这是检查，不是相亲。说你自己的情况。"

可美嘉完全沉浸在自己的想象里，哪还记得检查的事，晕晕乎乎地说："哦，我还没有男朋友，你结婚了吗？平时有什么爱好？"

司马医生无奈地回答："我单身，爱好嘛，看电影。"

美嘉激动地叫起来："我超爱看电影的，太巧了！太神奇了！太……"

"你到底觉得哪里不舒服？"司马医生岔开话题。

"她验了小便……发现……"悠悠刚开口，美嘉却一把捂住她的嘴，自己抢着回答，"比较……黄，可能上火了。"

司马医生奇怪道："可你们挂的是'孕检'的号，到底哪位看啊？"

"她！"美嘉想都没想就指向悠悠，悠悠无辜躺枪，惊得张大嘴，"第一次嘛，比较害羞不敢承认，我开导她一下。"说着，美嘉就把还在迷糊中的悠悠拉出了门外。

"你一定要帮我。这个医生太帅了，是我的菜。"美嘉卖萌求道。

悠悠被她一惊一乍闹够了，坚决不为所动，义正词严地提醒她："你是来孕检的！"

美嘉大大咧咧地回答："计划有变，下次再检！"

悠悠怪她："你真该先挂个脑科的。"

美嘉卖萌不成，又开始上苦情剧："我现在前途茫茫，吉凶未卜，更要及时行乐啦。也许他就是能拉我脱离苦海的救世主。下次我一定好好配合，你要我验血验身验神马都行，只要你帮我搞定他。"

悠悠诧异地问："我怎么搞定他？"

美嘉越发一副小可怜儿样子，握住悠悠的双手，拖着哭腔说："你觉得……他会跟一个刚怀孕的女孩子约会吗？姐妹情深……"她看看悠悠的肚子，言下之意……角色互换！

再回到诊室里，美嘉已经完全进入角色，大大方方地介绍："我叫悠悠，我陪她来的。美嘉她——怀孕了。"悠悠不情不愿地坐在一边，美嘉一个眼神飞过去，只好配合地假装呕吐，真是好有职业操守！

司马医生并没起疑，低头一边写病历一边问："血验过了吗？"

侧影也是那么完美啊！美嘉心里感叹，听到问题后猛点头："她的TOTO指数，啊，不，HCG指数明显升高了。"

3

心理咨询过后两天，一菲去花鸟店提货。老板仍然有点儿不太相信这个看上去纤弱的女生要买这么大一口鱼缸，于是再三确认。一菲心不在焉地回答："不然……还有更大的吗？"

老板又会错意，以为她是替水族馆或者海鲜城买的。可胡一菲大大咧咧地说是要把鱼缸放在家里……

"家里……也是一个绝佳的选择。"老板也是个饶舌的，明明知道顾客是上帝，和气生财，还是忍不住问道："冒昧问一句，您养鲨鱼啊？"

胡一菲嫌他啰唆，不耐烦地回答："我就是随便养几条锦鲤，你到底卖不卖？"

"卖，当然卖！您这么内行，我们免费送鱼。"老板识趣地打住，接了钱下去开单。

不是冤家不聚头，着急要买盆栽还诺澜人情的曾小贤赶巧也进了这家店，刚进门就被胡一菲逮个正着，吓出一身冷汗，心虚地把已经拿到手的盆栽胡乱塞回货架上。

老板回来找一菲签单，曾小贤才看到她要买的那个鱼缸，惊得眼珠子都要掉下来了："你确定这是鱼缸，不是浴缸？！吃错药了吧，你打算放哪儿？把小区里的人工湖给换了？"

一菲翻他一个白眼，不以为然地说："我们合租已经算蜗居了，买几条鱼总不应该也让它们蜗居吧。己所不欲，勿施于鱼。"

翻了翻单据，嫌运费太贵，可老板说这是特殊大件，按规定不能免运费。胡一菲想想公寓离这儿就两条马路，冷哼一声说："切，大不了我们自己搬。"

曾小贤四下一看，这个"我"除了自己再没有别的"们"，不由得又惊出一身汗。可容不得他推辞，一菲已经下令，曾小贤只好拼了老命地帮她把鱼缸搬起来。

老板一听名字又开始八卦起来："曾小贤？你就是那个电台主持人曾小贤？"

曾小贤被鱼缸压得连臭美的心思都没了，眼珠子动了动，算是承认了。老板立马激动起来："我听过你的节目！那么说这位小姐，就是——诺澜吧！你是我的偶像！我超喜欢你的！"

真是哪壶不开提哪壶，又是诺澜的粉丝！一菲冷冷地否认，可老板热情不减，继续叨叨："哦，不好意思，诺澜老师的声音好像是比你的好听。可你们刚才说你们住在一块儿。"

曾小贤见一菲的脸色愈加难看，连忙解释他们是室友。

"原来你没有和诺澜住在一起啊，我还以为你们是一对呢。"老板心愿落空，大失所望，一菲脸上已经是山雨欲来的样子，曾小贤忙挤眉弄眼示意老板闭嘴。

老板虽有些悻悻，但还是愿意看在诺澜的面子上给免费送货。

曾小贤大喜："太好了！一菲，放下来吧。"

可胡一菲怎么肯领诺澜的情，捧着鱼缸逼近老板，凶巴巴地问："你什么意思？"

老板被她的气势慑住，说话都不利索了，结结巴巴地答道："没有……意思，我就是想……意思意思。"

一菲把鱼缸递给曾小贤，也不顾他被压得站都站不稳，东摇西晃，指着老板教训道："听着，我不是诺澜，他也不是，要送就送，不送就不送，看什么面子。运个鱼缸都走后门，你们店也太没原则了！"

老板堆起笑脸："别激动，有话好好说嘛。"

一菲一本正经地说："特殊大件不免运费这是规定，是规定就要执行。你以为我是喜欢占人蝇头小利的人吗？！"

老板被她训得莫名其妙，生怕再得罪她，问："这么说，送的鱼您也不要了？"

"要，为什么不要，这是我应得的。"一菲的逻辑稍嫌混乱，但话说得底气十足，她走到还在找平衡的曾小贤面前，一声暴喝："走！"

一菲起驾，崩溃的曾小贤不得不勉力相陪。费尽九牛二虎之力，两个人总算是抬着这口巨大的鱼缸回到了公寓。一菲按电梯，微笑着表示对工作的满意："我就说嘛，没几步路，遛着弯就到了。"

曾小贤没好气地接口："娘娘雅兴！扛着鱼缸遛弯！可拖上我干吗？"

一菲振振有词："这是对你的惩罚，谁让你刚才不帮我说话。"

曾小贤不解，人家本来好好地都已经把运费免了，还想要怎么帮着说话？一菲却说那老板说好收费的又突然不收，那叫言而无信！一菲的逻辑碎了一地，曾小贤实在连争辩的力气都没有了。

一菲想了想，又说："那老板没准是忽悠我的，万一东西搬到了又收钱了，怎么办？"

曾小贤夸张地喊："哇！您太有远见，太有危机意识了！但还是毫无逻辑啊！"

一菲词穷，只好吼他："你有完没完！不就是搬了个小鱼缸嘛，至于这样吗？"

曾小贤又累又气，委屈得眼泪都要出来了："小鱼缸？当年法老造金字塔的石头都没这玩意儿大。"

正说着，电梯到了，一开门，里面堆满了木条和支架，上面写着"油漆未干"的字样，旁边还有红色的油漆桶和刷子。曾小贤打量了电梯里的剩余空间，又看了看鱼缸，绝望地问："这能塞进去吗？"

"不知道，你，上！"一菲指指他，示意他把鱼缸推进去。

曾小贤错愕："我？那你干吗！"

"喊加油啊，帮你开个鼓舞光环，你有个buff，搬起来更轻松啊。"一菲显然觉得自己的安排是绝对的理所当然。

曾小贤无奈，只得一个人推鱼缸。一菲则十分配合地在边上喊起了号子："挺起胸呀嘛！"

"哦，嘿！"

"抬起头呀嘛！"

"哦，嘿！"

"往里塞呀嘛……"

曾小贤吃奶的力气都使出来了，总算是——搞定！可鱼缸实在是太长，上半截顶到了最里头，另外半截还在外面，连电梯门都关不上。

一菲撇撇嘴，自我解嘲地说："看来——这玩意儿确实比造金字塔的石头大。"

4

美嘉误打误撞在医院迷上帅哥医生以后，就和悠悠演上了双簧，两人时不时聚在一起，悄悄商量对策，只盼着这场戏永远不要穿帮。这天，两人又在酒吧商议"大事"，关谷匆匆进来，一脸关切地问悠悠："亲爱的，你们前天去过医院了？"

悠悠茫然地问："你怎么知道？"

关谷拿着一张单子，解释道："我在你桌上看到了这个，好像是医院的挂号单。"

美嘉一把抢过挂号单，掩饰说："啊，我前天不太舒服，所以悠悠陪我去看大夫。"

悠悠心说，没错，她的确是去"看"大夫！看得心神俱醉，到目前还没恢复正常！

关谷仍然担心，说悠悠的脸色不太好。

悠悠叹气道："那是，莫名其妙做了个 B 超，能好吗？"

"B 超？"关谷一下又紧张起来。

美嘉见悠悠说漏了嘴，连连使眼色，悠悠赶紧改口："我……美嘉看大夫看得那么过瘾，我眼馋了——所以顺便做了个 B 超，查了查肝肾前列腺功能什么的。"

关谷更惊奇了："你也有前列腺？"

悠悠越发语无伦次："我一直不确定，查了才安心嘛。"

美嘉接过话头，忽悠关谷说："哎呀，你就别问了。这是女孩之间的小癖好，上厕所都结伴，看病当然也要一起喽。"

关谷听得一头雾水，只好暂时放弃。美嘉借口去拿饮料，拖着悠悠到一边，再三叮嘱："你可千万别说漏嘴啊。网上说怀孕初期会影响荷尔蒙过度分泌，你体谅一下。"

悠悠没好气地挖苦她："幸好只是做个孕检，要是你分娩的时候看上了帮你接生的大夫，看你找谁顶替。"

美嘉不理会这些，仍是一脸花痴相："我觉得这个司马医生真挺不错啊。硕士毕业，有房有车，还是个妇产科大夫，以后一条龙全妥啦。这两天我跟他聊了好多，还约了他今天一起看电影，他说下班就来这里接我。"

悠悠苦笑，指着她的肚子说："你真行啊！你干脆把这个也算给他得了。"

"唉，有道理啊！我怎么没想到。"美嘉心有所动，悠悠撇下她去了卫生间。

正想着，高富帅司马医生驾到，美嘉脸上立刻漾起甜蜜的微笑："Hi，欧巴。"

"Hi，悠悠。"司马医生也打了招呼，见美嘉愣愣的没反应，奇怪地问："怎么了？"

美嘉这才想起自己现在的角色是悠悠："哦！没有，只是你叫得那么亲切，我有点儿不适应。你肿么这么早就来了？"

司马医生并没在意这些细节，笑笑说："哦，轮值医生来得早，我就先过来了。"

"那我们去看电影吧？"美嘉急于把他带离这片"是非"之地，拉起他就要走。司马医生却轻轻推开她，拿出一张单子，正色道："稍等，我还有件挺重要的事——你朋友上次的 B 超检查报告没有拿，我看了一下，好像没有胚胎着床的迹象。你确定她真的怀孕了？"

美嘉怔住："……当然！否则我们吃饱了撑得来看妇产科。"

司马医生又问："你确定她做过血检吗？如果血清 HCG 绝对值真的很高，但是没有看到胚芽的话，我们不排除宫外孕的可能。"

美嘉听得一口汽水差点儿喷出来，呆呆地说："桃花运我遇到过，狗屎运我也遇到过，宫外孕，肯定是搞错了。"

司马还在担心宫外孕的事，没注意她的反应："现在宫外孕误诊的确不少，但是我们有规定，抱着宁杀错不放过的原则，万一胚胎在输卵管里，随时会有危险的。你最好让你朋友再来做个全面检查！"

美嘉摆手说不用，司马医生却一眼看见悠悠在吧台处喝酒，起身过去打招呼："陈美嘉小姐！"

"你找美嘉啊？……"悠悠一时也没反应过来，看到跟在帅哥身后的美嘉，连忙改口："对，没错，就是我。"

司马见她喝酒，埋怨道："你真是太儿戏了，做完检查连报告都不拿，现在还喝酒，也太不把怀孕当回事了。既然你已经有妊娠迹象，酒精就完全不能碰了。"

悠悠一时不知怎么应付，美嘉还在一边帮腔："美嘉！你就听医生一句嘛，会死啊！"

一边关谷过来，拿着六瓶一扎的"绝加"，隔着老远就喊："亲爱的，这是酒吧最近新推出的预调酒'绝加'，很爽的，Joey 送了我一扎，我们晚上回去 High 起来。"

司马见又要喝酒，心中不悦，皱着眉问："这位是……"

关谷回答："我是她男朋友，你是……"

司马一听更不高兴了，语气有点儿冷淡："我叫司马健，是悠悠（指美嘉）的朋友，你知道她最近来过医院吗？"

关谷点头："知道啊。"

司马医生干脆明说："那你也够可以的啊，你女朋友做检查，你自己一点儿都不关心。"

"她做着玩的。我也不知道这算什么癖好，反正女孩子什么都一起做，你就当她们一起上个厕所。"关谷笑道，说着又把酒递给悠悠。

"她现在是不能喝酒的！"司马医生夺过酒，生气地说，"怪不得她当儿戏，原来你这个做男朋友的更儿戏！"

关谷觉得莫名其妙，不知道他在说什么。美嘉听得急了，赶忙拉开两个人，嘴里还胡乱打着哈哈："他是日本人，所以他说的你听不懂，你说的他也听不懂，你们沟通不了就先别沟通了，我们先沟通一下。"

说完，她又把悠悠拉到一边，深吸一口气："梳理一下，我现在是悠悠，你是美嘉，我现在等着司马请我看电影，他却要来教育关谷怎么保养孕妇。我怀孕的事情不能让司马知道，否则我就没戏了，更不能让关谷知道，否则大家就都知道了，明白了吗？"

悠悠直瞪着她："明白有什么用！我们还有办法把事情圆起来吗？"可美嘉一副泪光盈盈的可怜样子求着，为了姐妹的幸福，悠悠也只好硬着头皮继续装下去，亲自去忽悠司马医生："司马大夫，孩子这件事，我男朋友并不知道。"

司马大惑不解："为什么？"

悠悠解释："因为……他不想要。虽然我们很恩爱，但这是他们家族的传统。我来检查，也只是为了找个时间把它打掉。"

司马更奇怪了："不要小孩也算家族传统，那他们家族是怎么延续的？"

美嘉生怕他再追问细节，敷衍他说："家家有本难念的经。我们快走吧，晚了电影就该结束了。"

可司马医生职业病犯了，怎么都不依不饶，还是极力劝悠悠："宫外孕的后果很严重，最好还是告诉你男朋友，一起做决定。"

悠悠只盼着他快走，又是摆手又是摇头："不用了，反正他求之不得。"

司马气急了，忍不住骂道："我真是搞不懂，你男朋友简直就是个浑蛋。"

关谷刚好过来，听得莫名其妙。"纳尼？"

美嘉拦着他，抢着说："他说的是……美嘉的男朋友。你紧张什么！"

关谷还是一头雾水，看看这个，看看那个："美嘉的男朋友？她有男朋友了？我都没见过，你见过了？"

司马大声说："我的确是从没见过这么浑蛋的男朋友！我建议你带你女朋友去复查一下。"

"复查什么？"关谷看着悠悠问。

司马对着关谷，认真地解释："你女朋友的检查报告我看过，有很大风险，该有的阴影没有看到。"

关谷是真被悠悠和美嘉搅晕了，问："你是说前列腺？"

司马又被他呛到，认定了他就是个吊儿郎当不负责任而且连基本生活常识都不懂的二货，虎着脸训斥他："我是妇产科大夫。我不管你们家族传统是怎样的，但是作为她男朋友，美嘉的身体健康，你至少应该关心一下吧。"

关谷无辜被骂，基本原则还没丢，说到关键处，急忙为自己申辩："美嘉？我女朋友叫唐悠悠。"

"什么？？你同时跟她们两个……"司马瞪大眼睛，又惊又怒，拉过来一边准备开溜的美嘉，接着说，"你不要孩子，不负责任，还要脚踏两条船，怪不得……悠悠要抗争。"

"悠悠？"关谷实在被绕晕了，机械地重复名字。

　　司马也不顾他的面子，索性把事情都抖搂出来："她亲口对我说，她很空虚也很寂寞，还提出要跟我交往。"

　　关谷醋劲一起，反应没那么迟钝了，脸色一寒，提高了声音问："跟你交往？你哪儿冒出来的？"

　　"珍惜美嘉吧！"

　　"我和美嘉是清白的！"

　　"人家都怀孕了！"

　　"谁怀孕了？"

　　"我实在看不下去了，活该你们家族绝种！你这个禽兽！"你一言我一语，司马终于忍无可忍，一拳打到关谷脸上！关谷应声倒地，悠悠情急之下再也顾不得演戏，飞扑了过去。事情发展得太令人匪夷所思，美嘉呆在一边来不及反应。

5

　　这边关谷无辜躺枪，那边子乔与关谷的赌约还在有序进行，只要子乔交到一个普通异性朋友，他就赢了。只是几天不见，子乔颇有些形容憔悴，见谁都爱答不理的。作为公证人，展博必须时刻跟进事件的发展，一有机会就追着他问："子乔，这两天进展得怎么样？普通朋友交到了没有？"

　　子乔没精打采地回答："算是有吧。"

　　展博一听来了兴致，凑近了打听："她怎么样？"

　　子乔敷衍他："……还行。"

　　展博又问："还行是什么意思？"

　　子乔答非所问："她们家卧室装修得还行。"

　　展博一听就不乐意了，指责他："怎么又闹到卧室去啦？你不会又按泡妞的法子上了吧？"

　　子乔喊冤："我可是照关谷说的做了——充分沟通，心无杂念。而且我一上来就问了她的名字！"

　　展博问她叫什么，子乔哪里还记得那么多，只知道反正是模特，是娜娜、莎莎，还是拉拉就搞不清了。原先倒是记得，后来她又介绍了另外两个室友，子乔就糊涂了。

展博奇了："室友？三个？"

子乔接着说："昨天晚上我和那个女孩聊了一会儿，为了表示交朋友的诚意，我友好地送她回家。路上突然下暴雨了，她全身湿透，我给她披上外衣，而且自始至终目不斜视。"

展博表扬他："很好啊，朋友就该这样！"

到手的便宜不占，子乔可没觉得怎么好，他一脸遗憾："然后她跟我说，现在很少有我这样不想占便宜的男人了。我告诉她，我只想和她做普通朋友。她亲了我，然后非要拉我去她家坐坐。然后我发现她家还有两个室友，身材一个比一个辣，穿得一个比一个少……"

展博怕他走火入魔，打断他，鼓励他："坚持住！你一下就多了三个异性普通朋友。你的胜算猛增了三倍啊！"

子乔收敛心神，接着说："然后那女孩跟她的室友说了我的事迹。"

"她们说：一定要好好谢谢你。"展博想当然地猜测下去，子乔却说："她们说：一定不能放过我，这样的男人太难得了！然后她们就……就……"

子乔各种手势演绎，展博怎么都看不明白。求关注？子乔摇头。求交往？子乔还是摇头。求推倒？差不多。但子乔拍着胸脯保证自己没有越轨，因为，还在他进行思想斗争的时候，她们已经打起来了。

故事太离奇，不由得展博不信："为了抢你？要有图有真相……你拍照片了吗？"

"我也想啊，可朋友之间不能这么做，这是友谊啊！"子乔长叹一声，如此香艳惊险刺激的场景，他只能眼睁睁地看着，不能八卦不能掺和，真是欲哭无泪！悔不该！唉，怎么想都不顺心，子乔郁闷地回房。

只是几分钟光景，他又从房里窜了出来，大叫着："展博！让我避一避！"

展博诧异地问他怎么了，子乔惊慌失措地回答："那个莎莎……不对娜娜，不对拉拉，追杀到这里来了。三个！就在隔壁！"

展博笑他："好朋友'串门'而已。你慌什么？"

子乔东躲西藏，恨不得找个地缝把自己塞进去："她们还带来了洗漱用品，说来我这儿开通宵 Party。"

展博开导他："如果你和人家真的只是单纯的友谊，现在正是考验你的时候！记住，坐怀不乱，不动如山，坚持自我，守身如玉！"

子乔停下来想想几个模特如花似玉、千娇百媚的样子，不禁哀叹："1抗3？！奥特曼都守不住啊。"

展博又给他打气，如果过关了，就表示子乔不仅战胜了关谷，还瞬间把人类的极限提高了——三倍！

"小布，你躲到这儿来了？"莎莎、娜娜、拉拉循声从阳台上找了过来，个个亭亭玉立，身材果真是很好！

子乔干笑："呵呵，我是来……介绍新朋友给你们认识的。"

拉拉凑过去挽起他的胳膊，撒娇道："不用啦，我们是专程来找你的。"

展博试探地问："要不我回避一下？"

"不许丢下我！"子乔一声大吼，拽住展博，严肃地说："拉拉！我和我朋友正在做一项非常伟大的地理实验。很抱歉，我不得不拒绝你。"

娜娜柔声说："我是娜娜。你要拒绝的是拉拉吧。"

拉拉争辩："谁说的！小布才不会拒绝我呢。"

莎莎更直接了，挑逗他说："小布，我买了一件超性感的睡衣，想让你给我点儿意见。"

饶是子乔行走江湖多年，也被迷得神魂颠倒，站立不稳，但他咬着牙极力把持住，仍然拒绝："……我对普通朋友的睡衣没兴趣。"

"你真是个好男人！"莎莎的声音更媚更柔更具诱惑了。

拉拉拿出子乔的挚爱——飞行棋，提议："要不这样，刚才我们在你卧室里发现了这个。"

"我们四个，可以在你的卧室，一边点着蜡烛，一边跳舞，一边玩飞行棋。输了的人……"娜娜附和，贴着子乔的耳朵说起了悄悄话，可怜子乔鼻血一路往下直流。

"小布，你怎么了？""可能是内伤。""救护车……"

七嘴八舌里，子乔终于支撑不住，颓然倒下。测试结束，子乔FAIL，关谷完胜。

6

公寓电梯里，曾小贤还在不屈不挠地和鱼缸做斗争，又是推又是撬，忙得满头大汗；一菲则悠闲地坐在一边，充当场外指导，时不时冷嘲热讽几句。

曾小贤突然灵光一闪："咦，正面塞不进，可以变通一下嘛！你有没有发现，一个直角三角形，它的斜边比任何一条直角边都长！所以我们只要斜过来就有空间了。"

一菲假意欢呼表扬他："对啊，有道理。小贤，你好聪明啊！"

曾小贤没觉出她在取笑自己，眉毛一扬，稍有几分得意。一菲继续引着他往坑里跳："而且那条斜边和两条直角边应该还有某种函数关系。"

曾小贤一脸骄傲："我没想那么深，但是长是一定的！我打算给它取名为——曾小贤猜想！"

一菲一巴掌拍醒他，骂道："这是勾股定理，白痴！你读过五年级没有！"

曾小贤的数学敢情是体育老师教的，一边犯迷糊，一边还自言自语："……这个名词貌似有点儿耳熟，难道让个叫勾股的家伙抢先了？"

两人合计着，又把鱼缸抬出来，再斜着放进电梯，可鱼缸还是有半截露在门外，卡着电梯门。一菲建议，要么利用空间勾股定理，把鱼缸竖起来再斜着塞进去，尽量压缩鱼缸占据电梯的空间，要么走安全楼梯，搬上六楼。当然，体力活还是曾小贤干，胡一菲继续负责开光环，加油呐喊。

曾小贤果断选择了第一个方案，还仔仔细细地画了个图，照图纸的设计，两个人站位合理，用力又得当的话，就能把鱼缸竖起来。

一菲瞄了一眼图纸，见曾小贤把他自己画得非常精细非常帅，而她和鱼缸都是草图，忍不住又骂了他一句自恋狂。

照图施工，曾小贤先进电梯，把鱼缸托着竖起来；一菲在后面推，把鱼缸塞进电梯。眼看大功就要告成，差一点点门就能关上了，一菲狠狠地往里踹了一脚，鱼缸倒是进去了，只听得曾小贤一声惨叫，眼睛眉毛鼻子嘴巴全被挤到了一块，整个面部呈扁平状。

一菲拍拍手，开心地说："这下门能关上了！"可老天爷就是故意作弄人，电梯门是能勉强关上了，电梯却又发出超重警报。一菲想要曾小贤出来，奈何他被卡在鱼缸和电梯的夹缝里，连动动嘴皮子都困难。一个使劲拉，一个勉强往外推，鱼缸还是岿然不动。

一菲气得骂他："你倒是用力啊，废材。"

曾小贤含糊不清地回应她："你试试，压扁状态下怎么用力？而且下面卡住了。"

一菲仔细一看，鱼缸的边沿果然卡死在电梯缝里，难怪半点都挪不动。"我就不信这鱼缸搬不上去了！"一菲怒吼一声，用力把鱼缸往里面推，曾小贤痛上加痛，趴在玻璃上，几乎要哭了出来："为什么！我为什么要走进那家花鸟店？"

突然，超重的警报声停下，麦克风里刺刺啦啦传来说话的声音："我是物业，电梯故障了吗？"

曾小贤哀号："你们怎么才来？救命啊，出人命啦！"

物业问："您被困在电梯里了？"一菲笑："他被困在鱼缸里了。"物业愣住："鱼缸？那不归我们管，你应该找司马光。"

曾小贤可没心情听他们说相声，扯着嗓子喊："听着，我没工夫开玩笑。这儿有个巨大的缸，一个暴力的女人，还有——躺枪的我，懂了吗？"

物业不再说笑，安抚他，说工程部的师傅一会儿就到。一会儿是多久？物业解释，可能需要准备大力钳、电锯、千斤顶，再坚持个把小时就好。

"啊？别个把小时啊！我马上要回台里直播了。喂！喂！"曾小贤绝望地喊叫，可喇叭里再也没有回复。

一菲冷笑着说："报应，就你们节目那么胡扯损人、信口开河，说人家老师生理期乱掉，不停播就不错了！"

"你也听了？"曾小贤诧异地问。

一菲自知说漏了嘴，急忙掩饰，说是那天对面楼里有人听，声音开得太响，自己碰巧听到些回声。曾小贤讨好地问："那你有没有听到后面那段，我和诺澜聊起身边的朋友，我有提到你欸。"

有吗？一菲仔细回想，当时曾小贤的最后一句话是说她肯定生理期乱掉了，她一怒之下就把收音机弄坏了，不由得问："你说我什么？"

曾小贤回答："也没什么啦。既然聊起老师，我就拿你出来做对比，那个学生描述的老师笑里藏刀，可我认识一个胡老师，刀子嘴豆腐心。"

原来是误会他了……一菲心软下来，嘴上还是不肯饶人："不敢当！我是刀子嘴，斧子心。你被困住就是我一手策划的。"

曾小贤不以为意，笑道："少来！你现在都知道养鱼了，说明你已经开始懂得生活了。否则，我脑残了，帮你搬这么大的鱼缸？"

一菲争辩："我一直都懂生活好吧。我只是生理期……我是说生——活嘛，就该豁达一点。"

曾小贤眼见无法脱身，只好自认倒霉，大不了又被 Lisa 扣奖金。他让一菲先上去，留他一个人在这等物业，再顺便给诺澜打个电话，跟她解释一下。

一菲不答话，站起身，开始拉鱼缸。曾小贤问她要干吗，一菲没好气地回他："我不传别人遗嘱，只传别人八卦。"

一菲说着，冷哼一声"奔雷掌"，蓄势发功，掌力推在鱼缸上，缸壁的玻璃慢慢绽开、碎裂，曾小贤惊慌、惊恐以及惊悚的面部终于得以解放。

7

翌日，一菲主动找心理医生自首，说自己又拍碎了一个鱼缸，还有一部电梯。

"您还是给我开点儿药吧。"一菲沮丧地说，又开始蹂躏手里的钢笔。

医生却笑了笑，从一菲手中夺回钢笔，摇头说："完全不用。"

自己觉得没病的时候医生非说她有病，自己承认有病了医生反而又说她没病，一菲都糊涂了。

医生微笑着解释："昨天我也听了你说的那个电台节目，男主播讲了一个故事，他的一个朋友为了救他出电梯居然一拳打碎了鱼缸，还破坏了电梯门，我猜应该是你吧。"

一菲低头承认："我觉得我控制不了自己的小宇宙。"

"可我觉得……你是一个讲义气的朋友，而且你的心理鉴定结果是一切正常。"

听医生这么一说，一菲心里那块石头总算落地了："这么说……我没事？"

"当然，你只是有喜欢的人罢了，同时也不排除生理期乱掉的可能。"医生一提到生理期乱掉，一菲条件反射似的一紧张，手上开始发力，桌面咔嚓出现裂缝。

说谁有病呢？只不过关心则乱，爱情的小荷尔蒙稍有点儿失调罢了。

第三章 以父之名

1

别看司马医生俊秀斯文，动起手来可真不含糊，一拳打下去，关谷嘴角都裂开了，几乎要破相了。误会是解释清楚了，战火总算熄灭，痛却免不了。悠悠心痛地帮光谷贴膏药，他撒娇似的喊疼，罪魁祸首美嘉则在一边不停地道歉："对不起啊，关谷。我……我就是调皮了一下，下次不闹了。"

关谷气呼呼地说："如果怀孕算调皮的话，那切腹自尽顶多算打喷嚏了。"

美嘉竖起手指挡在嘴边："嘘！你可千万别告诉其他人，否则就麻烦了！"一菲和曾小贤刚好走进酒吧，听到她的这句话，不由得站住，倒要看看是什么秘密。

悠悠说："关谷因为你被个妇产科医生打了，好多人都看到了，恐怕瞒不住了吧？"

美嘉还是很乐观，表示办法是人想出来的，既然她验出怀孕那么多天都混过来了，说明大家没那么聪明。难道又是墨菲定律？越是不想让人知道的事情，就会越快被人知道？美嘉回头看见一菲的表情，恨不得咬掉自己的舌头，吞掉刚才说的话。

于是，审判兼批斗会开始，大家你一言我一语就数落开了。一菲怪美嘉这么大的事居然瞒着她，曾小贤嫌美嘉太不够朋友，关谷说搞不懂她到底是怎么想的，悠悠说自己被吓得血压都高了好几天了。也难得悠悠这次没有大嘴巴，居然保守了这么久的秘密，直到美嘉自己招供。

美嘉低着头，撇着嘴认错："对不起。事情发生得太快，我没来得及想太多。"

"太快？那男人这么差？"关谷显然想歪了，被悠悠拍了一下。

曾小贤问孩子的爸爸是谁。美嘉摇头，可怜兮兮地说："别逼我。等我问过他之后再宣布，行吗？"

一听美嘉显然知道孩子爸爸是谁，众人八卦精神又起，七嘴八舌：

"他是谁？"

"我们认识吗？"

"快说啦！"

"我们一定保密，绝不外传！"

"关谷，如果是你的……"美嘉突然这么问道，把关谷和悠悠吓了一大跳，"我是说如果是你，你希望是最后一个知道吗？"

"我当然应该第一个知道。"关谷想都不想就回答。

所谓己所不欲勿施于人，在美嘉告知当事人之前保持沉默，也算人之常情。但什么时候说呢？美嘉说等时机成熟的时候，什么才叫时机成熟，而且万一时机一直不成熟呢？未婚先有子已经够惨了，生出来的孩子连自己亲爹是谁都不知道，那也太人间"杯具"了！

美嘉被逼无奈，答应七天内一定跟他说，大家一番讨价还价，数学思维天然缺失的美嘉在这方面一点胜算都没有，最后时间定到明天。

第二天说到就到，美嘉想着如何蒙混过关，其他人却欢欣鼓舞，想着要提前庆祝宝宝的降临。一大早，关谷、悠悠、曾小贤就穿着卡通服饰，拿着大小娃娃在阳台上摆 POSE，拿着摄像机记录。美嘉出来晒衣服看见，还以为他们在玩过家家，结果关谷说，他们是在拍一部迎接孩子的纪录片，将来放进时间囊，等孩子长大了再给他看。几个人还争着取片名，悠悠说叫 How I met your father，曾小贤说叫 Big bang，关谷说不如叫 Friends，以纪念他们伟大的友谊。

本来就很心烦的美嘉表示抗议："你们能不能别瞎起哄啊！有必要那么

隆重吗？"

悠悠说，当然有必要了，对孩子他爸来说，这可是人生中的三大惊喜之一。曾小贤马上接着解释，所谓三大惊喜，第一是他拿到了高考成绩单，第二是他拿到了病危通知单，第三就是知道自己当爹了的消息，其惊喜程度说不定还远胜前面两项！

悠悠发挥想象："你就像一个美丽的天使，飞呀飞呀，飞到孩子他爸的面前，微笑着改变了他的一生……多么美好，多么浪漫啊！"

关谷附和道："对对对，你就是送大礼的，就好像……圣诞老人一样。"

他会很惊喜吗？美嘉表示不信。曾小贤问关谷，当初以为悠悠怀孕的时候他是什么反应。关谷回忆起那个时刻，那个重要而漫长的一秒钟：

第一瞬间，0.1秒，他的反应是不敢相信，如同被五雷轰顶，彻底地呆住了；接下来，0.3秒，他总算反应过来悠悠怀孕这件事的含义，开始变得激动狂躁，猛拍酒吧的吧台；0.6秒，没有反馈交流的吧台显然已经不能满足他发泄的欲望，关谷扯过身边的酒保，掐他的脖子；0.7秒，他开始思考人生，借酒浇愁；0.9秒，关谷终于消化了全部信息，决定接受现实，但那一刻的惆怅和失落，仍然让他失神，手里的手机滑落到了地上。

"这叫惊喜吗？明明就是惊吓好吧！"美嘉评价。但平心而论，好端端地突然有人来告诉你你要当爸爸了，不吓到才怪。所以美嘉决定："除非他真的打算做爸爸，否则我不会要求他做什么。"

悠悠立即反对："怎么可以没要求？谁做的谁负责！是个男人就该有这点担当！"

"可孩子是两个人的，不是他一个人的责任，我也有份啊。我真不想因为孩子就把他怎样。"嘴里这么说，美嘉心里还是不由得忐忑。

"不是你把他怎样，是孩子把他怎样。"悠悠说。孩子？孩子能把他怎么样？美嘉的脑子又反应不过来了。曾小贤看她那副茫然的样子，安慰她："不管怎样，反正他不会把你怎样就对了。"关谷攥紧拳头，做好随时打抱不平的架势，郑重宣布："如果他不怎样，我们就让他知道该怎样！"

美嘉的心里更乱了，一时拿不定主意。

这么重大的事情，怎么展博跟子乔没参与呢？

子乔最近跟人争论DOTA跟LOL到底哪个好，作为坚定的DOTA支持派，子乔居然被人嘲笑是不懂潮流兼之操作太差，于是决定跟人对抗几把以见真章。谁知道几把下来，竟然屡战屡败，直输得人生灰暗，被队友誉为坑神。子乔不甘心，来找"游戏帝"展博求援，求开黑一雪前耻。

可展博现在正忙着，对着电脑噼里啪啦地不停打字。子乔只好站在边上磨："撸一把嘛，大男人天天抱着个PPT，跟个女秘书似的，多没出息，小心坐久了变微软！"看展博显然没明白，子乔又解释："27岁微软，37岁松下，47岁就只剩联想了。都是这些文字工作害的，让男人的健康直线下降，衰老期提前！"

"可这个PPT很重要，老板明天想听我对公司未来的规划设想。"展博坚持，不为所动。

"刚换新公司就混进高层啦？够快的啊，你！"子乔羡慕地说。

"我去的是家门户网站，员工都有提案的机会，这叫扁平化管理。"展博解释，又说，"这次我的提案是一个关于世界和平、拯救危机的主题活动，非常宏伟，你要不要听一下？"

子乔见势头不对，借口闹肚子就要开溜，谁知展博硬是端着笔记本电脑跟着他到卫生间，开始口若悬河、滔滔不绝："我们的世界需要帮助！我们的世界亟须帮助！冲突暗潮涌动，环境日益恶化，物种正在减少，灾难如此频发，作为这个星球的孩子，我们已经到了觉醒的时刻……"

可怜子乔被逼得在马桶上坐了三个小时听他讲话，腿软得都站不起来了；展博还以为他是被自己的宏伟设想震撼到，顿时对自己的提案有了信心，欣喜万分。

第二天，老板果然对展博的提案称赞不已，说它内容充实、主题明确。但是，综合种种因素，公司还是决定采用另一套活动方案——"寻找你身边的白富美"。

"选美？"展博大跌眼镜。

老板侃侃而谈："是啊，选美几乎零成本，我们什么都不用做！你想想，网友自发上传自发投票，各种眼球，各种无脑，全民投票，大家开心！"

可这样的活动没有意义啊？展博不服。老板开导他，公司活动不能光凭一腔热血，应该有现实的考虑，IPO只看人气，有了钱，公司才能做真正想做的事情！

"等有了钱就可以启动我的计划啦？"展博大喜。

老板笑道："有了钱还弄这个干吗，我们可以成为全球第一家每天都举办转椅竞速赛的公司啦！一三五竞速赛，二四六甩尾赛，自由！无压力！这才是每个员工真正的梦想！"

展博听了他这番似是而非的道理，只好默默把自己的宏伟计划压入箱底。

2

诺澜看来是要彻底告别过去，开始新的生活，所以决定搬家，而且迂回地跟曾小贤表示，最好住到爱情公寓。曾小贤哪禁得起这样的惊吓，一大早就开始上 58 同城，搜公寓出租信息。按照他的逃避思路推想，早点儿找到合适的房子，诺澜就不用住到爱情公寓，自己也不至于天天在一菲和诺澜的夹缝中求生存。遥想当年，大学刚毕业，搬进公寓，雄姿英发！眼看事业和爱情的伟大振兴都已经完成了 62%，一菲搬了进来，他的磁场全乱了，真是一夜回到解放前！一个就已经够他受了，两个？他可怜的小心脏啊，可经不起这样的折腾！

不巧一菲去上班，顺路八卦了一下，知道了曾小贤帮诺澜找房子的事，尤其是听说诺澜还想住进爱情公寓，心里不免有些不痛快，故作轻松地说："二手房 58 同城多得是，住哪儿不都一样吗？"

小贤无奈地说："不知道她听谁说的，爱情公寓是个神奇的地方，住进来就能找到幸福。"

一菲撇了下嘴："这么离谱的广告词也信？"

曾小贤脱口而出："就是，看看我！住了这么久，幸福过吗？"

"说的好像有人虐待你一样。"一菲白了他一眼，突然想起，能在爱情公寓找到幸福这句话好像还是自己说给诺澜听的。时过境迁，谁知道会发展到今天这个地步！可世界上到底没有后悔药可买，想着，一菲不禁苦笑。

越是不想面对的事情越是像鬼缠身似的接踵而来，一菲下班回家，就看到有人在往电梯旁的布告栏上贴告示，上书"3905 诚意转租，电话 186××××××× 阿灵"。不会这么背吧？真有空房转租？不告诉诺澜吧，未免不仗义，告诉她吧，那将来……一菲看着告示发呆，犹豫不决。

贴告示的阿炅过来搭话，问她是不是想租房子。经过一番了解，据说是阿炅的太太很喜欢企鹅，所以打算移民去非洲，顺便看看袋鼠。但租约还有半年，有点儿可惜，看看能不能转租出去。

阿炅热情推荐："你不租的话可以推荐给朋友啊。我这房子真心不错，冬暖夏凉，南北通透。最关键的，还特别灵异。"

闹鬼？一菲立刻有了兴趣。阿炅却说，是风水特别灵。曾经有个算命的说，那间房子位置的正上方刚好对应着丘比特之星的运动轨迹。凡是入住的客人，都会爱情运势大旺。男生入住，心想事成。女生入住，指哪打哪儿。阿炅还拍胸脯说亲身试过。他和他老婆认识三年，她都从不来电，可自从搬过来一个月，她就吵着要嫁给他，甩都甩不掉。

这也太邪门了吧？一菲听得嘴张得老大。

阿炅挤挤眼，跟她套近乎："你有什么朋友感情不顺想翻身，或有求偶需要想脱单，可以介绍过来啊，给你个近水楼台价啊。"

近水楼台……一菲本来就越想越不高兴，偏偏阿炅还不识好歹地继续唠叨，她突然发飙冲他吼道："我没有朋友想租你的房子，一边玩去！"

阿炅被她吼了个莫名其妙，还不忘叮嘱："有需要打我电话，广告上有。"

一菲愣了一下，心想，就算自己不说，曾小贤也会看到告示，知道有房子出租的事情，诺澜不就顺理成章地住进来了？还什么丘比特之星……不行，绝对不行！阿炅刚一离开，一菲就偷偷过去把出租告示撕了下来，准备扔掉，想想不放心，团起来塞进了自己包里。

辛辛苦苦写出来的提案被否决，展博有些心灰意冷，每日里闲来无事就在公司跟人玩转椅竞速赛。但是看别人都滑得很快，不由得又激起了他的好奇心，决心要研发新技术，苦练转椅甩尾，还找来子乔看他演示的效果，多提意见。

子乔奇怪地问："转椅？还甩尾？你不是要拯救世界吗？"展博只好告诉他自己的计划没选上。子乔一听自己坐在马桶上听了三小时的计划居然泡汤了，也变得愤愤不平，问是什么方案能干掉展博的宏伟大业。

展博无奈地转过电脑给他看——"寻找你身边的白富美"。老板说得没错，活动上线才一天就热爆了，报名者蜂拥而至，捧场者也一波接一波，很快就蹿上热门排行榜，成了人人津津乐道的大事件。

子乔立刻就被吸引了，盯着屏幕上的美女，比画着"CDCB——F"，兴致盎然。展博更是深受打击，摇头叹息，默默地到一边去继续玩转椅。

子乔回过神来，又开始给他鼓劲："展博，你怎么这样就放弃了？小马哥说过：在哪里跌倒……"

"就在哪里趴一会儿？"展博悻悻地打断他。

"是男人就不能认庛，要学会抗争，明白吗？"子乔灵机一动，想出来个损主意，"要不这样，他们不是要选美女吗，咱们就找一个丑女去竞选，这是一种无声的抗议！"

展博没反应过来："丑女？人家选的可是白富美啊。"

子乔得意地说："亏你还是搞互联网的，互联网精神是什么？看点！有看点就能胜出！出出他们的洋相，才能替你的PPT报仇嘛。"

主意是不错，但是这活动是票选，谁会给个丑女投票呢？没有选票，丑女又怎么能在众多真正的白富美当中脱颖而出，造成真正的声势和影响？难得子乔今天脑子转得快，连这一点也考虑到了，他建议展博做个外挂，用自动投票把丑女顶到首页去，先引起人们的注意再说。

有道理！说干就干！子乔随手翻了一下身边的一本杂志，正好翻到一个龅牙厚唇的四眼胖妞，便问展博这个如何，展博瞪大眼睛，猛点头："哇！真是提神醒脑啊！正是我们要的效果！"

子乔所说的网络精神果然具有神奇的力量，丑女参选的消息，把"寻找你身边的白富美"的选美活动推向一个新的高潮。几天工夫，丑女阿美不仅吸引了所有人的注意力，而且选票居然遥遥领先，远超其他选手。

如此好戏，像曾小贤这种资深宅男自然不会错过，并注定要成为活动推波助澜的重要力量。还吃着早饭呢，曾小贤已经打开网页关注选票，还口口声声说这是他见过的最有个性的选美。一菲看看网站首页阿美的照片，感叹这世界肯定是疯了！

曾小贤乐在其中，哪管她的冷嘲热讽，自顾自地说："反正很多白富美也是包装过的，拆了包装没准还不如阿美呢！嗯，我相信这个阿美一定有过人之处，我还非投她不可了！不顶对不起主办方啊。"

说罢，拿出手机投票。一菲懒得理他，去上厕所。曾小贤用自己的手机投了票还嫌不过瘾，又要用一菲的手机继续投票，结果，在包里找手机的时候正好看到那张被捏成团的转租启事。

"等等，别动我的包！"一菲突然想起糗事，冲回来想要制止曾小贤，可惜已经晚了，只好打着哈哈圆谎，"哎，你看，我正打算告诉你呢。听说楼上有空房转租，所以我特地揭了皇榜给你。"

小贤表示怀疑："你……也希望诺澜住进来？"

"当然！朋友帮忙，住在一起开心嘛！"一菲故作洒脱，见曾小贤信以为真要打电话通知诺澜，忙又拦着，说，"唉！可惜晚了一步，我揭下皇榜之后没付定金，二房东跟我说他已经租掉了。"

"哦，太可惜了。"曾小贤随口一说，一菲却以为他不相信，决定装得再像一点，自告奋勇再去找出租户商量商量，还扬言："谈判是我的专业！"

3

经过众人一番劝说，美嘉更加犹豫了，觉得事情重大，怎么都说不出口，只能躲着大家，一个人愁眉苦脸在酒吧里发呆。可是皇帝不急太监急，围观群众可丝毫没有放松，一菲和曾小贤暂时为了租房的事没有步步紧逼，关谷和悠悠却是如影随形，每天见面就是："美嘉，你告诉他没有？"

美嘉噘着嘴埋怨："都怪你们，老是提醒我这件事情有多大多大，弄得好像我一说，明天就看不见太阳一样。"

关谷一本正经地说："明天真的看不到，因为明天下雨。"

美嘉不想热脸贴冷屁股，可悠悠的观点是，贴上去不一定是冷屁股，但如果不贴上去，连冷屁股都没有了。关谷适时卖弄一下自己的中文，总结说，不管是冷屁股热屁股，负责任的才是好屁股！

悠悠说，反正迟早都要告诉他，事情总要有个了断。看美嘉还是不开窍，关谷又补充道，中国有句成语：长痛不如短痛，就像撕掉伤筋膏药一样，只要有迅雷不及掩耳盗铃的速度，就不会疼了。说着，亲自示范，猛地把脸上的膏药一撕！本想做一番英雄壮举，谁知道疼得龇牙咧嘴，抱脚乱跳，风度全无。

悠悠有点儿尴尬，仍故作镇定地安慰美嘉："看到没？一点都不疼。"

　　任凭悠悠和关谷怎么劝，美嘉还是对孩子他爸没什么信心；但如果她一直不说，苦情剧就变成悬疑剧了。不管对于孩子的爸爸，这件事应该算是大惊喜还是大惊吓，都应该给他一个选择的机会，不能让他在无知中继续无耻下去！所以，悠悠决定替美嘉宣布，如果那个爸爸认账最好，如果他是个混账……关谷立即一副磨刀霍霍的架势，咬牙表决心："我们就和他算账！"

　　悠悠看他认真的样子，笑道："美嘉现在是孕妇，你打算把她变成寡妇吗？我们要讲道理，以德服人！"

　　可事情的关键不是他们如何去宣布，而是要怎样才能找出孩子的爸爸是谁。一贯富于柯南精神的关谷又跃跃欲试要当推理大师，但美嘉根本就不配合，他们一点线索都没有，该怎么个推法？至此，关谷不得不用上绝招——寻龙尺！据说这是考古专用的神器，维基百科里都有收录，英文叫作——"Dowsing Rod"，有 5000 年的历史。它可以借助人体磁场进行精确的感应，然后通过棒子旋转——指向目标，用来找水源、找宝箱、找妹纸，都没问题。

　　悠悠觉得严重不靠谱，问他从哪儿看来的，关谷说是《盗墓笔记》，还言之凿凿，上星期自己忘记手机放在哪儿了，就借来这把寻龙尺，心里默念——我的手机，我的手机！然后，手机就响了！

　　悠悠觉得，有那么神奇吗？这太不科学了！可关谷说不妨一试。于是两人闭上眼睛，一起集中注意力，发挥第七感——心中默念，孩子的爸爸在哪里？在哪里？

　　南派三叔果真不坑，寻龙尺居然缓慢地转动起来，停下来的时候，指着床上的一瓶酒。悠悠惊奇地赞叹："这玩意儿还真灵，难道孩子她爸是……酒鬼？"关谷认真思考了一下，觉得它的意思应该是酒吧。

　　两人于是又拿着寻龙尺来到酒吧，却意外地在吧台处遇到美嘉的初恋情人小龙，他还是戴着头盔，故作忧郁颓废地喝着自带罐装啤酒。小龙一见他们十分高兴，表示自己这次是专程来找美嘉的，可又怕她还在生气，还说上次分开之后他十分后悔，所以回家以后放弃一切和老婆离婚，只求能和美嘉重新开始！

　　实际上呢，是小龙继续在外拈花惹草让他老婆逮到了把柄，把他给休了，净身出户，失去了一切，包括他的人生梦想——游泳池和按摩浴缸。一无所有的他只好厚着脸皮回来找美嘉复合，此时他充分发挥自己的演戏天分，说得声泪俱下："问世间情为何物，直叫人生死相许。相信我，我一定会好好保护美嘉，双宿双飞，白头偕老！"

经历过上一次的闹剧，所有人对这个小龙都没有任何好感，用悠悠的话说，一见他就有一种一拖鞋拍死他的冲动。但现在情况不一样了，如果他就是孩子的爸爸，并且真心回头，愿意接受美嘉和她肚子里的孩子，对大家而言，也算是个勉强能够接受的结局。

事不宜迟，悠悠火速去找来美嘉，带她见小龙，然后和关谷默契地退下，留给他们谈判的私人空间。美嘉见到龙在天，一点儿惊喜的表情都没有，倒像是看见一堆垃圾，满是鄙夷。

小龙扭捏着姿态，拨一拨额前耷拉下来的几绺头发，疯骚地打招呼："Hi，北鼻，最近怎么样？"

"好得很，你呢？"美嘉冷哼一句。

小龙苦着脸，努力想挤出几滴深情的眼泪："很不好，但是没关系，只要你过得比我好。"

美嘉昂着头不看他，还是用冷冰冰的语气回他："那是必须的。"

"我知道你还在怪我，当时是我太冲动，但现在我成熟了，我已经不是原来的龙在天了，我连名字都改了，以后请叫我——龙东强，东强东强龙东强。"龙在天故伎重演，像是吃定了心软的美嘉。没想到美嘉这次态度十分坚决，任他怎么求也只给了他一个白眼。改名字？你改叫龙卷风又能怎样？

"不，一定可以的，再给我一次机会！"小龙拉住美嘉的手，低声下气地求着。

在一边偷听的关谷按捺不住，冒了出来插嘴："虽然他不是什么正面人物，但事已至此，美嘉你得从全局考虑啊。"悠悠也从另外一边冒出来，拍着小龙的肩膀，语重心长地说："只要你以后重新做人，给孩子做个好榜样，还有大团圆结局对不对？"

孩子？龙在天一脸茫然。美嘉索性摊牌，说自己怀孕了，小龙应声倒地装死。美嘉不屑地往边上一指，说："门在那儿。"装死的小龙马上像条毛毛虫一样扭着逃出了酒吧。

美嘉面对小龙的态度如此冷漠，小龙是孩子爸爸的可能性几乎为零，难道是寻龙尺出错了？悠悠和关谷正在商量，寻龙尺忽然又动了，他们朝指针的方向看去，子乔正从厕所出来，手里还拿着瓶酒。

悠悠和关谷对视了一眼，异口同声地喊道："纳尼？！"

私揭"皇榜"的事被发现，胡一菲为了圆谎，只得再去找阿炅商量租房的事情。初步计划是找个借口先把房子租下来，既要让诺澜无房可租，又不能让曾小贤发现，所以一开口就要求阿炅千万不能告诉别人说房子是她租的。

阿炅遗憾地告诉她，她来得不是时候，因为看房会要明天才开始。事情是这样的，阿炅的太太是学营销的，她说，价格应该由需求决定，不能随便拍脑瓜。所以两人打算明天办个看房会，让大家竞标，争取把利益最大化。

一菲不耐烦地说："不就租个房吗？哪儿那么多麻烦？我多付10%。"

阿炅狡黠地一笑："你看，我老婆说得没错。你肯多出10%，就会有人肯多出20%。"

一菲无奈，说自己愿意多出20%，谁知阿炅财迷心窍，想着既然有人肯多出20%，就还会有人肯多出40%。一菲怒上心头，抢起拳头恨不得要揍他。阿炅见了不仅不慌，反而兴奋地喊道："你居然为了租我的房子想打人，看来这房子的价值无可估量啊。"

"估你大爷啊，租房没有市价的吗？"一菲气得都动了粗口。可阿炅说这房子风水好，就是值钱。一菲气结，转口又说："行，你办看房会可以，但有种——别做宣传！"

阿炅不解地问："为什么？"一菲只好胡乱搪塞他，说是广告费太贵。她是随便一说，财迷阿炅却听进了心里，一会儿工夫，他就在楼下电梯口的布告栏里贴满了新的招租广告，广告上标注：看房会提供点心，酒水畅饮。

"这样便宜多了。"阿炅端详一下自己的杰作，表示十分满意，客气地跟一菲道别："谢谢你提醒我。记得明天来看房哦。"

当然，他刚一上楼，一菲就大开杀戒，把布告栏上所有的广告都撕了个干干净净。

4

按照子乔最初的设想，弄一个丑女参加选美，让展博用外挂投票，引起公众的注意，让老板出个糗，报一下提案被否决的仇就够了。谁知道，阿美的形象一公开，网友的娱乐精神发挥到了极致，展博的投票外挂只投了五万多票，而阿美在首页的投票数已经超过了 1000 万，独占鳌头，甩开第二名100 多万票！真是现实版的丑女无敌。

网友们投得开心，公司老板可被气得肺都要炸了，对着一群员工怒吼："怎么回事！谁能告诉我，这四眼钢牙妹是哪儿来的！？我们是选美，代表最 in 的流行风尚，现在全国媒体都在看我们笑话！对于候选人为什么不把一下关？"

展博提示，是他自己说要节省成本，才让网友自己提名、自己投票的。老板被噎到，秘书又走过来，小声说，现在好几家媒体都在门口等着，想问一下对阿美一枝独秀的看法，这是不是预示了大众审美的变化。

"变……变你个态！"老板气得几乎要喷出一口老血。

阴谋得逞，展博的心情很爽，除了没事去刷刷选美活动的选票，就是继续他的老本行，打游戏。一菲可没他这么悠哉，本来以为清扫了电梯口的广告就安逸了，谁知道道高一尺魔高一丈，阿炅居然挡在公寓门口发起了传单！为今之计，只有想办法拖住曾小贤，在看房会结束以前千万不能放他出去。

她还没和展博串通好，曾小贤就从厕所里出来了，表示肚子饿了要去超市，还问他们两个要不要带点儿什么回来。一菲大喝一声："站住！"曾小贤被吓得一激灵，怔怔地看着她，不知道她又要玩什么把戏。

"我正要和展博一起——看杂志！两个人看没意思，我们三个一起看吧！三个人一起看比较温馨。"说着，不由分说地把两个人拖到自己身边，一左一右，翻起那本有阿美照片的杂志。

一菲坐在中间，假装看得津津有味，还不时评价一下"这本杂志还真挺好看的"。展博和曾小贤虽然无聊到爆，却因为没摸清一菲的底细，不知道她到底要干什么，也不敢违抗她，只能干笑着附和："是啊是啊，真好看。"

看着看着，正好翻到有阿美照片的那篇文章，总算有了兴趣点。展博仔细看了看报道内容，惊奇地说："咦，这个阿美，好像不是普通人。她居然是 EIO 的成员……"

"EIO？新出的少女演唱组？就这外形？"曾小贤听不懂，展博给他解释那是个环保组织，全称是 Everything is OK。

一菲别出心裁："名字听起来就很霸气！展博，你……朗读给我们听吧！声情并茂一点儿！"

"……朗读？"曾小贤实在快要装不下去了，"你有病吧！"

一菲不理会他，坚持要展博读 EIO 的介绍，不仅要读，而且要大声地读！迫于老姐的淫威，展博只好开始念："EIO 是一个由全球绿色和平人士发起的国际组织，国内设有分部，从事拯救地球的各种公益事业……"

时间一分一秒地过去，本来就热心于拯救地球的展博越念越精神，越来越声情并茂，另一边的曾小贤度秒如年，只听得欲哭无泪。

"……EIO 愿与你携手，共创人类文明的美好未来！EIO 太伟大了！"伟大的使命感在展博心中引起强烈的共鸣。一菲对于自己的拖延战术感到十分满意，看看表，看房会的时间应该已经过了，于是她淡淡地说一句："差不多了。"

曾小贤如蒙大赦，幽怨地说："我好饿啊，这本杂志能吃吗？"

原来阿美是个热血青年，还跟着 EIO 去全世界参加过各种环保行动。谁知道阴差阳错，她的照片被子乔随手翻出来，竟然成了热门话题中的选美明星。展博觉得阿美是个值得尊敬的人，自己不应该拿她来开玩笑，于是决定，要找到阿美，当面跟她道歉。说干就干，展博拿起电脑进了书房，去找更多关于阿美的消息。

"都怪你，不仅饿了一个小时，现在连起哄的乐子都没了！"曾小贤气呼呼地说。一菲为安全起见，还是不让曾小贤出门，曾小贤正郁闷着呢，外面有人敲门。一菲身手敏捷地抢先闪了出去。

"小姐！楼上的房子你还要不要。"打开房门，阿炅一脸诚恳地站在门口。曾小贤在屋里问是谁，一菲赶紧把门关上，支支吾吾地告诉他门口没有人。阿炅锲而不舍地在门外喊："我是楼上 3905 的，有兴趣租房子吗？"

一菲下意识地用后背挡着门，好像这样就可以挡住门外的声音，可曾小贤已经走过来了，看她那副紧张的样子，怀疑地问："你不是说楼上的房子已经租掉了吗？"

一菲只好说争是争取了，结果没谈拢。曾小贤把门打开，阿炅还是挂着一脸和气生财的微笑守在门口，一菲低声骂了句："拍卖就拍卖，来这儿捣什么乱？！"

阿呆不以为意，不急不慢地解释："是我失策了。我发现大家都是冲着免费的点心来的，再这么下去，房子没租掉，地主家都没余粮了！"

"你不是哄抬物价吗？"一菲幸灾乐祸地说。

阿呆呵呵一笑，稍有些尴尬："他们光吃不拍，我的起拍价根本没动过。市场经济变幻莫测，我老婆之前光说好的，没提这一茬。要不昨天的价？我再让利两成，让我止个损吧。"

一菲无奈地看着曾小贤，谁知他一点没为她瞒着租房消息的事生气，反而饶有兴致地跟二房东逗趣："两成，哈！四成没准你也让得起。"

"那就四成！"

"爽快！六成！"

"你！……"阿呆气结，但还是表示可以商量。曾小贤存心跟他过不去，又说他的房子肯定是凶宅，才会这么没底线地压价都要租给他们。阿呆极力争辩，说自己的房子很灵的……曾小贤嘴里说着考虑考虑，却毫不犹豫地把房门关上。

"你……不帮诺澜租房子了？"一菲犹疑着问道。听曾小贤说已经在电台附近帮她搞定房子了，她不由得舒了口气，低声念叨："我还以为你要让她住进爱情公寓呢。"

曾小贤觉得奇怪，说："不是你要帮她吗？"一菲耸耸肩，表示事不关己。"那为什么还要摘告示？"一菲心说，还不是因为你这个笨蛋！

"那天你说有房出租，我只是随口问一下而已！她住过来对我有什么好处？"曾小贤像是要证明自己的清白，可一菲不领情，冷嘲热讽地叫他不要浪费近水楼台这么好的机会。近水楼台？曾小贤想，天天让诺澜看着一菲百般凌辱他，他下半辈子的节操不全碎了吗？以后还怎么在台里挺直腰杆做人啊？

误会澄清，警报解除，二人握手言和，才发现耽搁这么久，肚子早饿得咕噜咕噜叫了。门外阿呆听屋里的争吵声渐渐平息，绝望地争取着："吵完了吗？让八成要吗？还送车位哦！求有缘人啊，亲。"

展博经过多方打听，终于找到了阿美，并约她出来吃饭，郑重道歉。

"我还以为大众的审美倾向真的变了呢。"阿美自我调侃，不但没怪展博，反倒说要谢谢他。原因是她所在的 EIO 团队最近由于缺乏资金，网站无人问津，大家都很泄气，觉得地球已经没救了。那些用青春捍卫地球，用热血铸就和谐的宏伟理想都变得遥不可及。他们每天无所事事，无聊地打发光阴，每天都举行——转椅竞速赛——一三五竞速赛，二四六甩尾赛，周日原地旋转赛。可自从阿美被参加"寻找我身边的白富美"并且从海选中脱颖而出之后，好多媒体争相挖掘阿美背后的故事，EIO 也因此获得广泛关注，网站人气翻了几百倍，成员们的斗志又被彻底点燃了。组织的队长还准备借着这个契机，推动一整套绿色和平计划！

故事跌宕起伏，听得展博又惊又喜。之后，阿美还给展博详细讲述了 EIO 未来的拯救地球计划，包括维护和平、保护环境、预防灾害、支援难民等等，还答应有机会介绍他们的队长给展博认识。两个人聊得十分投机。

"天哪，你们还要对抗 umbrella！"展博听得入神，感叹道，"这些计划，和我之前想做的事情一模一样！"

阿美笑道："关键不是怎么想，而是怎么做。非常感谢你。我们早就想翘起地球，是你的这一枪打中了支点。"

关键不是怎么想，而是怎么做……阿美的话触动了展博，思索片刻，展博抬起头，带着万分的诚恳问："阿美，我能加入吗？"

5

小龙已经排除了嫌疑，寻龙尺又把指针指向了子乔，所以，现在关谷和悠悠的重要工作就是严密观察子乔的举动，旁敲侧击地套话，好证明他才是美嘉肚子里孩子的爸爸。无缘无故被两双眼睛盯着，子乔不免心虚，问他俩到底要干吗。

悠悠试探性地问："大外甥，小姨妈问你点儿事。如果有个女孩告诉你，她怀孕了，你会怎样？"

子乔瞪大眼紧张地问："谁啊？胖还是瘦？高还是矮，长发还是短发？"

关谷让他猜，子乔在记忆里搜索众多可能的名字，Gina，不是，Clara，也不是，Riya 还是翠花？都不是！悠悠怨他桃花太多，子乔说这些不过是最近三天的；关谷让他往更早的时间回忆，子乔苦思冥想，也没个结果。

根据子乔的理论，人的大脑空间有限，垃圾信息应该定期清除，这是自我保养的一种方式。周末他刚清空过记忆，所以只记得这三天的了。还大言不惭地说，要在这个纷扰的世界快乐地活着，必须练成——鱼的记忆，也就是说，对于不重要的信息，他的记忆只有 7 秒。

"鱼的记忆，我还驴的脾气呢！"悠悠不信他胡扯，但仔细想想子乔平日的种种表现，他说的也不无道理。子乔自诩自己的理论属于凡人不能理解的大智慧，往事就好比过期文件，舍不得删，留下的只有烦恼和牵绊。

连三天前认识的女孩都能删掉，那美嘉的事一定想不起来了！关谷和悠悠仍然抱着一丝希望，不相信人类可以自己删掉记忆！子乔表示可以当场表演，于是呆立着仰头看天，脸上一副白痴神情，片刻，他脑子里那些 Gina.avi、Clara.mpg、翠花 .rmvb 之类的信息统统删除，回收站清空。

"OK，删完了。你们找我干吗？"子乔看着悠悠和关谷，一脸茫然。

悠悠将信将疑地重复开始的问题："大外甥，小姨妈问你点儿事。如果有个女孩告诉你，她怀孕了，你会怎样？"

子乔瞪大眼睛，紧张地问："谁啊？胖还是瘦？高还是矮，长发还是短发？"

连回答都与之前一模一样，关谷和悠悠差点儿被他气晕了。眼看线索又要断了，悠悠怀疑寻龙尺不够科学，决定用她的办法——扔硬币，再去测试子乔。

看着悠悠拿着一块钱硬币走向自己，子乔嘲讽地说："如果你们想买通我，一块钱好像少了点儿吧？"

悠悠问："子乔！你和女孩本垒打的概率是多少？"

涉及专业问题，子乔认真地回答："这要根据季节、气候、潮汐和对方的智商而定。"

"我看是——一半一半。"悠悠不客气地打断他，说，"你和美嘉的概率也一样，要么有，要么没有！现在你扔硬币，如果是正面，你们就有过；如果是反面，说明你们没有。"

子乔搞不清怎么转着转着就转到美嘉身上去了，不服气地说："凭什么！也不看看对象是谁，兔子还不吃窝边草呢，我跟她怎么会是一半一半？你们今天怎么神神道道的，奇了怪了。硬币我可以扔，不过，正面，我和她没关系；

反面，我和她也没关系！"

说完，随手把硬币一扔就走了。硬币快速地在桌上旋转，吧嗒吧嗒吧嗒，慢慢地停顿下来，居然神奇地竖在了茶几上面。关谷和悠悠面面相觑，由不得他们不信了。

所有证据都指向子乔，但为了保险起见，悠悠和关谷还是决定先征求一菲和曾小贤的意见。可作为人类灵魂的工程师和 21 世纪的有为青年，一菲和曾小贤怎么能相信寻龙尺和硬币做出的选择呢？

曾小贤说："这是人命关天的大事，可不能开玩笑。子乔认了？"

悠悠说他只有鱼的记忆，根本就记不得了。关谷表示，不管子乔认不认，刚才他有 99.99% 的概率逃脱干系，可硬币偏偏竖在那里，由不得他不信！这么小概率的事件，简直比好好走在大街上被车撞还要难啊。

一菲还是不信，随口说："没那么背吧，除非他再背一次我看看。"

话刚说完，子乔进来了，衣服上全是泥，表情痛苦兼愤恨，诉苦说："岂有此理！我好好走在小区里居然被辆甩尾的婴儿车撞了，快帮我看看屁股有没有变形。"

众人面面相觑，正所谓天网恢恢，疏而不漏，这下连一菲和曾小贤也深信不疑了。几个人当即七手八脚把子乔绑在椅子上，子乔不明就里，大声反抗："你们干吗？我刚被车撞，你们不带我去验伤，这算几个意思啊？口味太重了吧？"

悠悠严肃地说："大外甥，我们要你回忆一件非常重要的事。"

关谷补充："关于你和美嘉。"

子乔以为是美嘉买通了他们来折磨自己，立即招供："我认我认！是我干的！是……是我，是我弄丢了她的耳环。"

众人大跌眼镜，子乔接着说："我本来想借用一下哄哄翠花的，谁知道被她吃下去了。"

"没了？"

"吃下去了，36 个小时内恐怕是要不回来了。"

悠悠不管子乔胡扯，又问一次："你就没别的要认了？"

挣又挣不脱，赖又赖不掉，子乔哭丧着脸问："你们到底要问什么？"

悠悠问："听着！美嘉怀孕了，到底跟你有没有关系！"

子乔愣住，一时没明白过来丢了耳环跟怀孕有什么关系，待到反应过来，马上仰望天空做沉思状。关谷识破他是在删除记忆，众人对他一顿海扁，总算又把他拉回现实。可子乔还是赌咒发誓自己真的不记得和美嘉发生过什么，怎么会平白无故就成了她肚子里孩子的爸爸！

正僵持不下时，美嘉进来了，见到此情此景，她脸上的表情说不上是哀怨还是冷漠，淡淡地说："别争了！孩子不是子乔的。"

众人暂且放过子乔，公寓又恢复安静。夜深了，美嘉思绪万千，怎么都睡不着，一个人在阳台上发呆。子乔过来，递给她一杯酒示好，还谢谢她挺身而出替他解围。美嘉不接他的酒，仍是淡淡地回了一句："本来就跟你无关。"

子乔把两杯酒都喝了，美嘉一直不出声，场面有些尴尬。终于，子乔还是忍不住打破了沉默，问："那孩子……到底……"

"你说呢？"美嘉瞥了他一眼。子乔有点儿心虚地低下头，犹疑地说："应该……不是吧。"

美嘉心里燃起的儿小火苗又被无情地熄灭了，默默叹了口气，继续发呆。

"那小子是谁？"子乔问，看美嘉不理他，又问，"你也不打算告诉大家了？"

看着子乔的态度，美嘉的心越来越凉，决心倒越来越坚定，既然如此，孩子是无辜的，她一个人把孩子生下来，也没什么不可以。

"没必要说，等孩子出生自然会知道。"说完，美嘉准备进屋，却听得子乔轻声说："美嘉，如果哪天你真的生下来了……我会负责。"

美嘉心里震动，回头的时候眼里漾起雾水，可子乔到底心慌，事到临头条件反射似的开溜，改口道："我会负责帮你找到那家伙。"

美嘉再次失望，客套地跟他说声谢谢，头也不回就走了，留下子乔一个人在阳台上纠结。无数次跟美嘉分分合合的记忆涌上心头，她甜美纯真的笑，她缺心眼做的那些糗事，她一次一次选择相信他，又一次一次被他伤害，她含着热泪的吻，她绝望转身离开的背影……好一阵失神，子乔终于狠下心，把脑海中那些关于爱的片段删除，放进回收站，清空。

第四章 / **翻滚吧，展博**

1

你听说过拖延症吗？比如有很多事堆在眼前，空白的文件、散乱的衣橱、开会要用的 PPT、马上就要交稿的稿件，或者一个非打不可的重要电话……你却总是能找到理由，等一会儿，再等一会儿。明明内心焦急不安，却还边咬着手指甲边发呆地拖延时间。直到事情堆积如山，迫在眉睫，不得不做的时候才赶鸭子上架，或者索性破罐子破摔不予理会。拖延症是当代人常见的一种心理病症，专业术语叫"以推迟的方式逃避执行任务或做决定的一种特质或行为倾向，是一种自我阻碍和功能紊乱行为"。诚然，有时候拖延是无法避免的，比如在有突发状况的情况下，但是如果拖延成为一种根深蒂固的习惯，严重影响工作、生活、学习，降低效率，影响情绪，出现强烈自责、负罪感，不断自我否定和自我贬低，并伴随出现焦虑、抑郁和强迫症等心理疾病时，拖延就实实在在地是一种病了。

转眼，悠悠和关谷订婚已经有一段日子了，关于婚礼，却还一点儿动静都没有。关谷每天忙着当侦探，侦查美嘉怀孕的事情，这么久了，连承诺了好久的订婚 Party 都没搞定。而悠悠呢？倒是显得比关谷要着急一些，可着急归着急，也是一点儿具体计划都没有，哪里有八卦，哪里就有悠悠。两人痛定思痛，决定要联合起来，坚决跟拖延症做斗争！所以，两人创造了一套打分系统，按照事情的轻重缓急用不同的颜色分类，非紧急事件绝不参与，约束自己最大限度地节约时间和精力，全力以赴准备结婚。

主意一定，两人兴奋地对大家宣布这件"黄色"级别的事情。一听到"黄色"，曾小贤和美嘉还以为是什么有料的八卦，立即放下正在追的苦情剧，竖起耳朵来听。可一说起拖延症，两人就表示没兴趣了。曾小贤喜欢一菲多少年都不敢表白，被诺澜追又不敢拒绝，早就是拖延症晚期；而美嘉，拖到现在还是没说孩子他爸是谁，让她去医院验血总说等有空的，临床表现也很明显，自然是不想多讨论这个话题。

关谷仍然很激动地给他们介绍自己的打分系统："我跟悠悠商量好了，用台风预警的颜色给所有的事情区分重要程度，重大是红色，普通是黄色，无聊是蓝色。"

美嘉听得无趣，懒洋洋地说："悠悠，明天你陪我去医院吧。我想了想，检查还是得做。"

悠悠从早就准备好的卡片里抽出一张，上面还写着字，"蓝色"。

"为什么？咱们可是闺密啊！"美嘉一见就不乐意了，悠悠自有她的说法，上回陪美嘉去医院检查事出紧急，算是红色，但她忙着泡帅哥医生压根儿都不重视，所以，现在检查这件事已经降为蓝色。

关谷插嘴："除非你告诉我们孩子的爸爸是谁，我们就给你提升到黄色。"

美嘉看他们夫唱妇随地说了一套又一套，气得翻了个白眼。

正说着，展博进来了，满脸的沮丧，还在门口就开始叫大家评理："你们都在，帮我劝劝我老姐。我想换份工作，可我老姐死活不让我去面试。"

原来，展博跟阿美见面以后，就立志要加入 EIO，阿美给他写了推荐信，现在组织通知他去面试，只要面试通过，展博就能如愿以偿地成为保护地球的战士了。

关谷听着事情好像挺严重，忙问："保护地球……和谁打仗？"

展博耐心地跟他解释："不是打仗，EIO 是一个非营利的绿色和平组织，从事的是环境保护、慈善赈灾、资源勘探、和平援助，总之都是对人类有意义的事情。"

"那都是蜘蛛侠和蝙蝠侠的工作！"隔壁房间的一菲远远传来一声怒吼。

展博撇撇嘴，更委屈了。

关谷和悠悠交换了一下眼神，鉴于展博心系全人类，这件事可以破格升级为黄色，应该适当参与。于是悠悠劝道："一菲，展博就是换份工作，你随他嘛。"

一菲噌噌噌地冲过来，指着展博大喊："你们问问他，这个破组织在哪儿上班？"

市区，郊区，外地？美嘉无聊地猜着，展博的回答却让所有人都大吃一惊：非洲。而且这只是第一站，展博报名的是一个国际救助计划，第二站是南极。妈呀，这哪是换个工作这么简单，悠悠和关谷的系统自动将事件升级为红色，必须的，通通红！

展博虽说平日单纯，但执拗起来跟一菲有得一拼，EIO 的一切都与他朝思暮想的那些计划完全吻合，跟他现在做的 IT 工作根本就不是一个档次，一个是赚钱糊口打发光阴的工具，一个却是他毕生的追求。但不管怎么说，一菲都认定他是脑袋欠砸，坚决不同意。

曾小贤到底是男人，多少了解展博的抱负，也劝一菲，说展博怎么说也是周游过世界的人，不至于那么紧张。可一菲振振有词，展博当年周游世界是陪宛瑜，那是为了振兴家族，可现在呢？非洲，南极，万一有个三长两短，谁能给个交代？

一菲下最后通牒："你该做的就是老老实实待在我眼皮底下，赚票子买房子找妹子，这才是真汉子！"展博还想多考虑一下，一菲厉声说："现在就答应我！立刻！马上！"

关谷总结："看来咱们这儿只有一菲没有拖延症。"

2

悠悠不肯作陪，美嘉只好一个人来医院做检查。本来就晕血害怕的她，看着医生面无表情地给病人抽血，完了冷冰冰一句"过 30 分钟门口拿验血报告，下一个"，紧张得连逻辑都混乱了，站在化验室门口怎么都不肯进去。

刚好有护士要进门，美嘉拦住她，怯怯地问："护士，为什么验血还得有学历要求呢？"

"谁说的？"护士莫名其妙。

美嘉指着门口贴的告示："喏！你们门上贴着：非本科人员不得入内。"

护士翻她个白眼进去了，无厘头的对话引起边上另一个人的注意。"陈——美嘉！"美嘉回头一看，居然是她多少年没见的高中同学鲁小静！

闲聊起来，小静看到美嘉手中的检查项目清单，大惊小怪地喊起来："孕检？你怀孕啦！这可是大喜事啊。"美嘉只好尴尬地笑笑。小静一点儿没要放过她的意思，追着问她老公怎么没来，美嘉撒谎说他去拿车了。

小静问："门口那辆别克是等你的？"

一个谎撒出去，美嘉胆子也大起来，吹起牛来都不打底稿："开玩笑，我老公开法拉利的好不好？"

小静满脸艳羡，一定要美嘉介绍给她认识。美嘉借口赶时间想要打消她的念头，忍不住又编了个恩爱桥段，说她老公在家里炖着甲鱼煲仔饭——亲手煲的，煲了整整七七四十五天！

小静感叹不已，直夸美嘉嫁得太好了！言语间提起他们班当时那个倒数第二名的小娟，就是每次总分都比美嘉高一分的那个，混得甭提有多惨了。未婚先孕，孩子爸爸都不知道是谁，现在一个人大着肚子。

她惨？我还惨呢！美嘉暗想，亏得自己使出一招障眼法，要不然将来小静跟人说出去，她就成了继小娟之后的祥林嫂二号，人家该说成绩决定命运了！牛皮最怕吹破，还是赶紧闪吧。于是敷衍小静："不跟你说了，我老公该等急了。下次聚会我一定来，咱们接着聊。"

结果小静说他们天天在花园会所举行同学聚会，让美嘉无论如何挑个日子，带上她老公，过去跟老同学好好讲讲他们的故事。美嘉搬起石头砸了自己的脚，只好赶紧撤退，先过了眼下这关，再从长计议。

一菲和展博因为加入 EIO 的事情闹僵了，其他人夹在中间当和事佬，想办法调停。首先是曾小贤围着她卖萌："菲菲，拖一日海阔天空，延一天世界和平。过几天展博的热度就过了。来啃啃手指，要不啃啃我的？"结果被一菲怒吼了回去："拖拖拖……你还真是拖延症晚期，我看你是粪坑旁边打地铺——离死（SHI）不远了！"

曾小贤早习惯了她跟人沟通的方式，一点都不在意，继续劝："展博你懂的，能顺利找到面试的地儿就不错了。"关谷也插嘴："展博能不能面试成功还是个问题，万一落选，之前的架不都白吵了？倒不如先表面支持一下，等有了结果再说。"一菲想想也是，暂时没有反驳。

悠悠提醒关谷关于展博的事情点到为止，说好红色以下的事绝不参与的，眼下一切以筹备结婚为重。还得意地说昨晚他们已经给结婚的各种准备工作分了色，列成了清单，比如：商量婚礼日期——红色，讨论酒席地点——红色，计划结婚形式——红色，饭前便后要洗手——红色。

一菲有了点儿兴趣，问："那你们的婚礼什么时候，在哪里，怎么办？"

悠悠瞪着无辜的大眼睛看着她，天真地说："我们只是标了颜色，这些还没开始讨论呢。"

两位真不愧是拖延家族的重磅级代表，一个晚上就弄出来这些东西，那人生中需要讨论的事那么多，比如头疼脑热的突发事件，难不成还都一一分类？曾小贤和一菲一顿好劝，本是想提醒两位准新郎新娘做事要抓住重点，谁知关谷一拍脑袋，想起确实还有很多未知的事没考虑进去，马上起身和悠悠回房继续讨论。悠悠："如果张艺谋找我拍戏，就是红色。"关谷："如果《海贼王》出真人版，也是红色！"俩人一路说得火热。

声音渐渐远去，又剩下曾小贤和一菲大眼瞪小眼。展博偷偷溜进门，西装革履，还提着公文包，准备趁一菲没发现赶紧上楼，谁知一菲背上也长了眼睛，冷冷一声："穿这么正式，上哪儿去了？"

展博推托刚参加了一个同学的追悼会，一菲一眼就识破他偷偷面试去了。眼看又要闹僵，曾小贤赶忙打圆场："面试不代表什么……看展博这表情就知道，今天面试一定不咋地，对不对展博？"一边说，一边使劲挤眼。

一菲想起关谷说的话，突然变得和善，连声音都温柔起来，问展博面试怎样，顺不顺利。展博以为她不生气了，开心地告诉她，从笔试到团队作业，他都完美发挥！感觉好极了！

一菲突然一声暴喝："你还真敢背着我去面试，反了是吧？"

展博跟她讲道理，说这次机会难得，而且既然面试那么顺利，说明他完全符合 EIO 的要求。一菲却说自己是看着展博长大的，几乎展博成长的每一页都有她的参与，她才是最了解展博的人。EIO 的面试不过是走个过场，展博真要想去，除非能过得了她这一关。

"他们把关是选人，你把关是杀人，不一样。"曾小贤借机损一菲，被狠狠瞪了一眼，马上蔫掉，噤声。

最后约定，由一菲随机出题，测试展博的基本素质，如果展博真能达到她所认为的"战士"的标准，那就……到时候再说。展博横下心非去 EIO 不可，看好容易有了点儿商量的余地，一口答应了一菲的挑战。

生活中有那么多的琐事，若事无巨细都要分出个门类，自然是件繁重浩大的工作，不一会儿，悠悠和关谷的打分系统就出现了问题，矛盾随之而来。悠悠想要先挑选一家合适的婚庆公司，关谷却认为设计婚礼舞台的背景板更重要。本来说是红色代表紧急优先事件，现在却不得不再细分出个三六九等。比如关谷认为婚礼要有鲜明的个人风格和原创精神，而原创背景板就是最好的体现，所以这件事应该算樱桃红。悠悠却认为选婚庆公司还牵涉花钱，按照"涉及经济开销的问题，一律红色"的原则，应该算是石榴红。

关谷争辩："我是漫画家，背景设计得太草率会很没有面子，先前的樱桃红加上面子问题，我就是鸡血红了！"

悠悠反驳："可我同意背景板算红色的时候，已经把面子问题算进去了，否则一块破板，顶多黄色，不对，鸡屎黄。"

……

正吵着，美嘉敲门进来，关谷和悠悠正好抓了她当公证人。美嘉一愣，想起自己过来的目的，叫他俩先存个档，问关谷这两天有没有空。关谷看看自己的笔记本，这两天有六件胭脂红的事和三件朱砂红的事要做。美嘉问，那陪一个好朋友去参加她的高中同学聚会，算什么颜色？

"蓝色，不对，淡蓝。"关谷毫不客气地回答。悠悠又强调："淡淡蓝！"除非这个朋友得了绝症，不久于人世，就可以酌情加深。或者他高中同学中有人是开婚庆公司的，可以考虑给个芥末红。

关谷认真地说："芥末是绿的！"

悠悠耍赖："我说有红的就有红的！"

看两个人跟自己完全不在一个思维频道，美嘉只得作罢，可答应同学参加聚会的事怎么办？她上哪儿去临时找个"老公"来呀？出得门来，正看到子乔在沙发上吃薯片，美嘉心里一动，犹豫着该怎么开口。子乔见美嘉神情古怪地看着自己，以为她要抢薯片，急忙以最快的速度把薯片消灭殆尽，得意地扬扬空袋子，问她想干吗。

打打闹闹那么多年，美嘉自然懂得对付子乔必须得欲擒故纵，于是装出若无其事的样子，随口问他最近忙不忙。

子乔戒备地回答："废话，我日理万机，体力活别打我主意啊。"

美嘉撇撇嘴："本来也没指望你，那……我还是让曾老师陪我去饭局吧。"

一听是饭局，子乔的态度立马转变，自告奋勇，还理直气壮地说，不吃饱哪里有力气理万机啊，恨不得马上就上阵。美嘉提醒他要不要先了解下情况，子乔微微一笑，豪气地说："民以食为天，何况不用钱。我只有一个问题：有猪肘子吗？"

3

为了应对老姐的考验，展博从网上买了一套拳法教程，Krav maga，据说是以色列军方的自卫格斗术，然后对着电视机吼吼哈哈地练起来，还邀曾小贤跟自己一起练，说是学个一技傍身，将来也好应对些突发的危险。

"学两节广播操，你就当练成金钟罩了？"一菲在一边看得好笑，忍不住地讽刺他，"过来是告诉你，面试内容我想好了，一共三关，不过是实战不是笔试，我劝你知难而退。"

展博坚定地说："不怕，我练的自卫术就是实战。"

一菲泼他冷水，就算练了自卫术又能怎样，普通的自卫只能抵挡已知攻击。到了外头，危险防不胜防。那些未知状况该怎么应付？比如飞禽野兽、恐怖分子、色狼暴徒、植物僵尸。如果没有这种冷静应变的能力，就别逞能去什么非洲了，不如回家喝粥吧！

色狼、僵尸？一菲，你也太看得起非洲人民了吧！展博不敢得罪她，只是继续坚持："我可以练。"

一菲轻蔑地摇摇手指："应变是种本能，没有就是没有。"

曾小贤打抱不平："你以为人人都会弹一闪啊。展博学的是以色列拳法，流派不同。"

一菲傲气地说，流派可以不同，精髓是相通的，防御自卫的前提是对未知危险的预判，不是肉厚加抗揍就可以的。展博似懂非懂地点点头，表示已经准备好接受考验，一菲冷笑而去。

接下来几天，日子过得相当太平。一菲迟迟不出招，展博慢慢放松了警惕。这天，他跟曾小贤打完篮球回来，一菲戴着一个巨大而丑陋的非洲面具，突然从墙后面跳出来，大叫一声："surprise！"展博惊得差点儿把手里的运动饮料甩飞出去，曾小贤更是给吓得一屁股瘫在了地上，连脏话都喷出来了："我……你姑妈的香蕉皮！"

一菲拍拍手，轻松地说："测试完毕——你对突发危险的反应是零，你已经死了。"

这就是传说中的测试？展博惊得目瞪口呆。一菲冷笑，既然是测试应变能力，难道还给份考试大纲再划个范围？非洲的原始世界充满了危险，而展博连这点基本的应急反应都没有，拿什么活命？几天的以色列广播操都白学了！

曾小贤从地上爬起来，拍拍碎成了粉的男子气概，埋怨，不就是吓人嘛！一点技术含量都没有。一菲骂他土鳖，说这是忍术中最有技术含量的科目——日语专用名词叫作——萨普莱斯。曾小贤脑补各种萨普莱斯忍术场面，怎么都觉得荒诞不经，只是不敢跟一菲争辩。

展博说她突然袭击，而一菲振振有词，没准备才是重点，考的就是预判危机的能力，这是生存技巧。现在的残忍，是对他以后的安全负责！一味逞能，不仅自己小命不保，还可能危及队友的安全，比如刚刚完全躺枪的曾小贤。

展博还是不服，说："刚才是打球回来太放松，完全没有进入状态，否则肯定可以做出正确反应。"一菲撇撇嘴，问："那现在进入状态了吗？"展博无比确定地点头，拿出十二分的戒备。考试继续，一菲示意展博坐下，谁知道椅子早就被一菲动过手脚，展博刚一坐上去，椅子就垮了。

一菲幸灾乐祸地喊："看，你又死了！"

出师未捷身先死，长使展博泪满襟。为了挽回尊严，展博决定绝地反击，给一菲也来个忍术萨普莱斯！趁他老姐在京东上订了台新的洗碗机的机会，他先藏到箱子里，假装是送过来的货，等一菲回来的时候，他再突然冒出来，一定能吓她个半死！

为了增加纸箱的逼真效果，展博叫来关谷和悠悠帮忙往纸箱上贴胶布。

关谷和悠悠原本是打算集中一切精力准备婚礼，所有琐事都不再参与，可是面对千变万化的世界，他们的颜色分类系统实在显得捉襟见肘、漏洞百出。无奈之下，只得来找展博，让其以编程的专业性严谨给他们修改系统，这才破格把所有展博的事情都上升为红色，包括贴胶布这种小事，也变成了山楂红的重大事项。悠悠还不忘体贴地提出玫瑰红建议，在包装箱上开了气孔，免得展博的计划还没实施，自己就先被闷死了。

为了体现自己赢一菲的决心，展博早早就钻进箱子，守株待兔。半小时以后，一菲才姗姗来迟，后面跟着两个搬运师傅，搬着新送来的洗碗机。一开门，屋里却已经有了一个包装箱，上面横七竖八胡乱地贴着封条。

打过电话给客服，服务中心说可能是物流搞错了，多送了一台。一菲岂是贪小便宜的人，当时就让搬运师傅把多送来的箱子搬走，回头一想，屋里那台包装比较难看，于是，装着展博的那台"洗碗机"就被光荣地送上了搬运车。

展博在箱子里明明听见一菲的声音，等了很久都没见有人来开箱子，反而觉得自己晃晃悠悠地好像在乾坤大挪移，头都快晃晕了，而且出气口好像被堵住了，连呼吸都困难。不知所以的他打电话找曾小贤问情况，正说着，一个筋斗被人翻了个倒个。箱子被倒着扔进卡车，车厢门一关，卡车飞驰而去。

4

花园别墅，豪华私人会所，面目依稀的老同学们三五成群，喝酒聊天。小静早就把美嘉的故事广而告之，但女生们那点小心思大家都懂，就美嘉那不好使的脑子能找到开法拉利的金龟婿？要不就算有钱也是丑的傻的丢不起人见不了人的，就等着看笑话呢。美嘉带着子乔刚一进门，立刻就被一群热情的女生团团围住。可吕子乔竟然如此仪表堂堂，帅气逼人？众人不得不把嫉妒掩在心里，脸上堆起真诚但并不真心的羡慕。"哇，这就是美嘉的老公吧！""好登对哦，一眼就看出夫妻相了。"

美嘉心里得意，发现真相的吕子乔可不干了，什么情况，说同学聚会来蹭饭，怎么就变老公了？美嘉连忙找借口把他拉到一边解释，江湖救急，难得来一次同学聚会，总不能因为自己未婚先孕就给大家当话题逗乐子吧？要怪也只能怪子乔自己不先了解清楚情况，蹭饭的附带条件就是假扮老公，没拒绝就等于是默认。

"废了个话的！这是原则问题，你坑爹啊。"子乔忍不住喊冤。美嘉却不买账，一口咬定是他自己要来的，后果自负，就算是被坑了也得认。

正吵着，一位男同学走了过来，隔着老远就堆着笑恭喜他们新婚。口里直说结婚了，连孩子都有了，这么大的事都不通知老同学一起高兴高兴，实在太不够意思。人没到，祝福要到，心意要到。说着还拿出红包往美嘉手上塞。

一见有进账，子乔的态度完全转变，马上以"老公"自居收下礼金，原则问题灰飞烟灭。美嘉连抢几次都抢不回来，气得嘴噘得老高。

"群众演员都有盒饭，作为重量级嘉宾我总该有点儿片酬吧。"子乔大言不惭，还畅想着，"你说咱俩要是每年结一次婚，年底离了，年初再结，那收入一定相当可观啊。"

美嘉无奈，只好跟他约定，礼金五五分成，子乔必须坚持客串到底，无论美嘉说什么，他都要微笑点头。有钱好办事，子乔果然配合得十分到位。就连昔日同窗，倒数第一的小娟来了，说起未婚先孕后又被抛弃，简直生不如死，子乔也微笑着猛点头。

但不管如何，美嘉和子乔在聚会上出尽了风头，几乎所有女生都围在这对金童玉女身边，七嘴八舌地问这问那。美嘉头脑比较简单，事先又没什么准备，三句两句的就前后矛盾、漏洞百出。一会儿说结婚不通知大家是因为低调处理，婚礼规模比较小，一会儿又说婚礼在草地上举行，铺着红毯，点着篝火……还有烧烤，还有凤凰传奇亲自来唱《最炫民族风》！完全语无伦次！刚开始子乔还能"嗯嗯"地表示配合，没几下就实在听不下去了。

把美嘉拉到一边，子乔就忍不住地骂她没脑子："草地上吃烧烤！还《最炫民族风》，你生怕别人不知道你是土鳖中的战斗鳖吗？不懂别瞎说，行吗？"

美嘉不高兴地回他："悠悠说普通婚庆那套太俗，我才特意编了一个有个性的，关你什么事？"

子乔只好给她掰细了讲："那你也稍微高端一点儿好吧，知道吗？就刚才！你有个同学活生生要回去了500块礼金！现在的人都不傻，你在五星级酒店办婚宴，他们才会送四位数。你倒好，烧烤畅吃，盐汽水畅饮，他们给100还要找零呢。"

美嘉委屈道："我又没结过婚，我怎么知道！？"

为了不丢脸兼影响自己的片酬，子乔决定，关于婚礼的一切问题由他来包办回答，而美嘉只需要在一边点头微笑就可以了。

"婚礼的时候，我是坐着游艇出场的。"重新落座，子乔开始侃侃而谈，"当灯光亮起，美嘉穿着 Vero Wang 的手工婚纱款款现身。那一刻所有人都以为是在幻觉中看到天使了。其实美嘉比天使还美。婚礼在我们第一次约会的旧金山海滩举行，漫天的焰火把夜空照成了七彩的颜色，美嘉抬头，看见烟火把她的名字映在了天上。"

太浪漫了！所有人听得如痴如醉，连美嘉都听得忘记自己是女主角，忍不住地追问接下来的情节。

"接下来，我最好的朋友们全体起立，点着蜡烛拉着手，唱着圣歌牵着狗，花童捧着美嘉 12 米长的裙摆，走到了我面前，而我，单膝下跪！"子乔仍在描绘那场完美的梦幻婚礼，美嘉的双眼已经开始泛起泪光。

"她怎么了？"有人问。

"她一定是想起了那枚鸽子蛋那么大的钻戒。"子乔笑道。一群女生满脸艳羡地说要看戒指，他又接着说："哦，不巧她今天没戴，不过我正打算再给她买枚更大的，因为她已经怀上了我俩爱情的结晶。辛苦了，美嘉。结婚前，还有别的男人追你对你好。但是婚后，你只有我了。我必须对你更好，这样你才不会失落，不是吗？"

子乔拉起美嘉的手，深情款款地看着她，美嘉的眼泪再也忍不住地流了下来，含泪吻了子乔。所有人都被他们的浪漫故事感动，集体起立鼓掌。

聚会结束，美嘉激动的心情还没来得及平复，看着子乔的眼神都还是那种毛茸茸、湿漉漉的感觉，像期待着被爱抚的小猫，我见犹怜。子乔没注意她的表情，只是开心地数着红包，嘴里还说着："这种聚会挺值的，有吃有喝有红包，下次还叫我啊，黄金搭档！"

美嘉柔声问："刚才那些焰火、蜡烛、婚纱、圣歌什么的……"

"如果真能有一场这样的婚礼，应该没有女孩会 say no 的，对不对？"子乔骄傲地说，"这是我的泡妞无双技之一。我曾经做过一个婚礼博客，描述各种奢华场景。好多女孩在婚前慕名点了我的博客，瞬间就被截杀。相比之下，他们的未婚夫弱爆了，于是我就策马奔腾了。"

美嘉满心的憧憬立时变为泡影，伤心之余，说话也变得不客气："你这样骗人，不怕被雷劈啊？"

子乔却毫不介意，继续说："所以呢，后来我又做了一个论坛，专门揭露这个博客，安抚那些受伤的心灵，还定期搞被害者联谊活动，你猜怎样？我又策马奔腾了！"

美嘉失落地想，自己真是个白痴，居然会有那么一个瞬间相信，也许有一天，她和子乔……子乔却还在兴致勃勃地说："咱们这么搭档还是很有前途的，以后我负责内容，你负责烘托，多点儿外快当奶粉钱也不错啊。"

"谁要跟你搭档了。"美嘉赌气推开他分过来的钱。

子乔夸赞她："你刚才的表演很到位，别谦虚了。回头你教教我窍门，怎么在每次打 kiss 的时候都飙泪，下次我也试试。"

"等你死了我烧纸告诉你。bye-bye，浑蛋！"美嘉生气地喊完，转身就走了。

咦，我为什么要说"每次"？子乔心里咯噔一下，脑海里突然出现曾几何时，美嘉哭着亲吻他的画面。记忆的小火花闪动，子乔忽然想起那一回，他为美嘉去跟小龙决斗，抢回了她定情的手链，美嘉就是这样亲了他，把他按倒……还有之后展博拿给他看的那些绚烂淀放着爱情的心电图！再回想起美嘉怀孕后的一系列奇怪表现，子乔的脑子突然灵光了，难道那天和美嘉……

Oh……No！

5

经过一番折腾，展博总算是被成功解救了出来，两个送货的师傅可吓得不轻，还以为京东的业务已经拓展到卖活人了。本想来个萨普莱斯报一菲那一吓之仇，结果倒被人关在箱子里差点儿换成一日游，展博自然是被一菲嘲笑了个痛快。可他还不死心，坚决不肯放弃，表示要继续接受考验，直到用行动说服一菲，自己完全可以独立，可以去拯救世界。

一菲把大家带到一所女子中学的楼顶，指着隔壁房子顶上一个类似变电站的小房子，对展博说："跳过去，打开那扇门。这就是你的第二关。"

房子并没有什么奇怪，只是老旧一点，房门上画满了奇怪的涂鸦。悠悠好奇地问："展博是在这儿接过外星人吧？"一菲冷笑着回答："他不是接过外星人，他是发现过外星人。"

事情是这样的，13年前，还是一菲和展博读中学的时候，有一天展博拉着一菲来到这个天台上，非说自己发现了通向新世界的大门——就是那扇有着奇怪涂鸦的木门——只是那个时候，木门还是崭新的。

时光倒流到那一天，小一菲看着那扇门，鄙夷地说："不就是扇破门吗，有什么好稀奇的？"可充满想象力的展博不这么认为，耐心地引导老姐："姐！你不觉得这图案出现在这里很奇怪吗？你不想知道门后的秘密吗？这也许是个传送门，或者，门后还有海盗留下的宝藏呢？

"这里不仅有神奇的图案，更神奇的是，我来勘探过好几次，根本就找不到去对面楼顶的路！"

跑到女校不勘探女生，来勘探破门？展博你也真够奇葩的。但就算是那里有秘密，该怎么样过去呢？展博的理科头脑快速计算了一下，平常他跳沙坑都能跳五米，这两边建筑的间隔有三米多，按照抛物线原理，再把风速和各种条件考虑进去，跳过去应该不难。说着，小展博已经站到平台边沿跃跃欲试。

小一菲着急地喊："你疯了吧，天才！快下来！你敢乱来，我告诉爸妈去，打断你的腿！"

小展博自信地说："他们不会打我的。"

小一菲霸气侧漏："我是说，取得他们的同意，然后我打断你的腿。"

可不管小一菲怎么劝，小展博都决定要拼一次，这是他人生的第一次探险，他一定可以战胜恐惧，战胜自己！站在台阶上，望着对面通往新世界的大门，小展博的心早已飞了过去，他想象着自己的双臂已经化成了翅膀，即将载着自己飞向理想的彼岸，于是，他的"小翅膀"扑腾着，扑腾着，扑腾着……

一个小时过去了，小一菲作业都做完了，他还在扑腾着"小翅膀"，酝酿着……

小展博自始至终都没有跳过那道坎儿，但他从没有放弃过这个念头，每年都会站到这里来尝试。年复一年，小展博变成了大展博，"小翅膀"已经变成了"大翅膀"，脚上的运动鞋从回力到耐克，身上的衣服从校服到超人披风，那道坎依然摆在那里，似乎永远不可逾越。

故事听到这里，曾小贤走到平台边察看，只往下瞄了一眼，他就退了回来，对着一菲说："你开玩笑的吧？这可是四楼，万一掉下去怎么办？你是想让他跳过去还是死过去？亏你想得出这种馊主意，你还是不是他亲姐子？"

一菲不理他，只对着展博说话："你从小就有探索精神，我理解，所以你才会报名参加 EIO，但是别忘了，你从来就没有真正冒险的勇气，所以洗洗睡吧。咱不是这块料。"

除了预知危险，勇气也是战士的基本素质，这就是第二关的意义。

可士别三日当刮目相待，展博想证明，他真的长大了，现在完全可以跳过这道坎儿，而且，只要过了这道坎儿，他就可以跳过人生中其他各种坎儿。这已经不是单纯从一栋楼跳到另一栋楼再打开一扇门的事情了，而已经上升为一种人生障碍的象征，按照悠悠和关谷的评分系统，已经变成最高级的鹤顶红。

悠悠劝他："展博，门后面没有新世界，也没有宝藏。别执着了！"

曾小贤也帮腔："说不定是什么脏不拉叽的东西，一点意思都没有。"

关谷更是吓他："想象一下，如果打开门，看到的是这样的画面……一对红色的眼睛，渐渐显示出 diablo 的脸，万恶之源！"

展博不屑道："这有什么吓人的，我早就想会会他了。"

这招吓不到他，悠悠也发挥想象力："也许，门后面可能还有更恐怖的东西！打开门，眼前是摄制组、监控台，屏幕上还有爱情公寓的画面，门的那头才是真实的世界，而我们全部都是虚构的。这一切只是——楚门的世界！"

这个想法确实惊悚，大家不由得一起打了一个大冷战。

可展博还是坚持，不管结果有多离谱，都要探个究竟！众人还要再劝，一菲抬手挡住……展博再次站在台阶上开始酝酿，呼呼扇动着双臂，向下望，脚底下仿佛是万丈深渊，不禁开始双腿发软，于是闭上眼睛，咬紧牙关……

30 分钟后，展博还是在酝酿，一场刺激的探险堕落成了挥臂表演。一边的曾小贤、胡一菲、唐悠悠和关谷神奇等得索然寡味，连替他担心的心思都没有了，决定先去吃个麻辣烫。

又过了好一阵，一菲拎着打包的麻辣烫和饮料回来，却发现展博蹲在角落，已然放弃了尝试。本来是算定了展博不敢跳才约他来这里的，可看见展博那副沮丧和失落的表情，一菲还是不由得有点儿心疼、心软。

"你是对的。和你相比，我还差得太远。"展博突然说。

一菲难得温和地说："不用跟我比，我只是希望你能认清你自己。"

"姐，答应我件事情好吗？"展博淡淡地说，"帮我把那扇门打开。也许你帮我打开它之后，所有的好奇和幻想就会终结了。门开了，我也许就不走了。"

一菲笑着摇摇头："这只是个测试，门后什么都没有。自从宛瑜离开以后，你的心就没有安定过。你跳了槽，然后又报名 EIO，你到底想要什么？"

想到宛瑜，展博脸上的落寞更深了："宛瑜有了新生活，我原本以为她只是个小公主，可她有比我们更大的追求。现在轮到我了，我也想知道我到底该做什么。"

一菲关切地说："做什么都没关系，但请离我近一点儿，否则我怎么保护你。"

展博笑道："我长大了，你不可能一直保护我。你也会嫁人，到时候新房里还给我留间阁楼吗？是不是在你眼里我永远只是个天真的笨蛋？我仔细想过了，我从小被你保护，现在也该到我保护和帮助别人的时候了，这就是我想做的。"

一菲看他是铁了心想要去，叹了口气："你哪儿冒出来的这股傻劲？"

展博笑笑，问第三关是什么。就算全败，顶多只能证明他能力不足，不能证明他没有决心。所以第三关无所谓输赢。

一菲认真地看着自己仿佛一夜之间长大的弟弟，嘴角慢慢漾起微笑："不用了……你已经赢了。"

"啊？"这回轮到展博大吃一惊。

第一关叫冷静，第二关叫勇气，第三关叫坚持，展博绕了这么大的圈子还在说服她，终于用自己的诚意和毅力感动了一菲。"我爱你，老姐！"展博兴奋地抱了抱一菲，突然起身，又站到那个他曾无数次被击败的台阶上，大喊："我知道我为什么跳不过去了，因为少了一样东西叫支持！现在我有了！"

关谷、悠悠和曾小贤吃饱喝足回来，看见展博那副模样，以为他还在酝酿，又嘻嘻哈哈起来。关谷说："展博，你这次不会又要跳两个小时吧？"曾小贤说："注意安全，早跳早收工，早死早超生啊！"悠悠说："跳过去就是黄飞鸿，跳不过去就是姹紫嫣红了，亲！"

展博拿起一瓶饮料，默默地喝光，然后，后退，开始助跑，冲刺，起跳！

只是刹那间，曾经让他惊惧不已的万丈深渊消失了，只有彼岸的理想国度在召唤他。事实证明，他的计算完全正确，心理上的障碍一旦扫除，跳过去完全不是问题。展博安全落地的一瞬间，众人齐声欢呼起来。

"快去开门，告诉我们门后面是什么？"曾小贤着急地催他。

展博却笑着说："一起来开，跳过来并不难，战胜自己，渴望就在现在！"

"我先来，"悠悠第一个站上去，"从现在开始，我再也不要拖延症了！"

关谷也豪气万千地站上去，想想又问悠悠："亲爱的，如果我跳过去，能把婚礼背景板的事提升到鸡血红吗？"

悠悠笑意盈盈地回答："满江红都行！"

曾小贤也站了上去，看看楼下，还是有点儿胆寒："我腿短，展博你接着点儿！"

看着三个人也跟着发疯，一菲不屑地摇摇头。可就在三个人准备起跳的时候，展博发现那栋楼居然有个安全楼梯！于是……三位豪侠转身就下楼，在一菲的白眼中匆匆爬到了对面楼顶。

"姐，你也过来呀，我们一起开门。"展博隔空邀请。一菲不屑地拒绝："算了吧，我才没你们那么无聊。"

四个人也就不再管她。门开了，"哇！喔！咦？靠！"四个人发出阵阵惊叹，脸上露出怪异的表情，鱼贯而入。

"看到什么了？！"一菲终于忍不住好奇，"喂！喂！回答我呀！"可对面再也没有任何声息。一菲不放心，原地起跳，轻巧地落在对面楼顶，警惕地打开那扇神奇的门。

"萨普莱斯！"四个人站在门后齐声大喊。

一菲纹丝不动，默默擦掉被喷了一脸的口水。

有些幻想了很久的东西，最后才发现其实并非预想中那样——既不美好，也不可怕。就像这个门后的世界，只是一个被遗忘的扫帚间。但是却依然无法阻挡年轻的心，为之憧憬，为之遐想，为之疯狂。跳过眼前的那道坎儿，红色的念想，也许只剩下蓝色的冲动。但你真的会发现，你想扔掉的东西已经抛之脑后，而那些想要得到的，已经牢牢握在手心。

几天后，展博与大家拥抱告别，昨天懵懂的少年，今天已经成为一名地球卫士。也许明天在地球的某个角落，我们还会再见！

第五章 / 盗梦空间

1

对子乔失望透顶后，美嘉反而变得坚强，决定一个人面对将来的生活，完全以准妈妈自居，张口闭口都是胎教，不仅自己如此，还硬拉着一众好友加入她的单亲妈妈亲友团。这不，喊了所有人到酒吧，逼着大家陪她一起喝牛奶，聊孩子。"昨天我买了张贾斯汀·比伯的 CD，我清楚地感觉到，他还跟着节奏打拍子呢。"

曾小贤忍不住挖苦她："这宝宝果然不是一般人，连贾斯汀都认识了，却不知道自己的亲爹是谁。"

悠悠使劲拍了他一下，曾小贤马上改口："我是说……也没错，单身妈妈最怕孤单，给孩子营造一个热闹的假象很有必要。"

这下连关谷都听不下去了，给了他一拳。"就算孩子没有爸爸，但至少……"曾小贤还要再说，被一菲捂住嘴，只能发出阵阵鸟叫声。

美嘉看大家都为自己紧张，反倒不以为意，笑笑说："没事，我早就看开了。单身妈妈一样可以很快乐啊。历史上有好多伟大的榜样。孟子他妈，岳飞他妈，还有女娲，都是我的偶像。"

女娲也算单身妈妈？果然数学是体育老师教的，历史是数学老师教的。

可美嘉自然有她的逻辑，女娲的孩子都是她用泥巴捏出来的，什么时候靠过男人？言而总之，孩子才是女人的寄托。有了他，任何打击都无法阻止她美嘉活出伟大！

有了这个认识和态度，美嘉终于自觉自愿去医院验了血，可验血报告的结果让她大吃一惊，她居然没有怀孕！医生说，验孕棒测试的怀孕结果，可能只是因为药物副作用造成的假孕反应。至于美嘉感觉到的孩子跟着贾斯汀的节奏打拍子，属于典型的胃胀气，可能只是牛奶喝多了！

搞了半天是个乌龙，亲友团们一听，不免大跌眼镜。惊讶、庆幸、遗憾之余，不免想起，如果说美嘉没有怀孕，难道子乔是无辜的？寻龙尺和抛硬币的小概率事件结果，原来半点科学性都没有。

正讨论着，子乔激动地冲进来，大喊着："美嘉！美嘉！"

美嘉迎过去，两个人异口同声："我有话和你说……你先说……不，我先说。"

曾小贤忍不住插嘴："我觉得美嘉的事重要一点儿。"

子乔冲着他就是一声怒吼："闭嘴！"

"检测报告出来了，我没怀孕。"美嘉抢先说。

听了这个消息，子乔并没有像大家预料的那样如释重负，反而默默发了阵呆，忽然转而狂笑起来，一边笑，一边莫名其妙地说："我就猜到了。第四重！一定是第四重！有完没完啊！阳台，阳台！"

在众人诧异的眼光里，子乔毫不犹豫地爬上阳台，大喊一声："老子不玩了！"话音未落，纵身往下一跃……

什么第四重？子乔为什么会跳楼？！生？还是死？！事情还得从18小时前讲起。

自从意识到美嘉怀孕可能真的跟自己有关，子乔开始变得完全不在状态，连泡妞的时候都会走神，最近也不知道是第几次因为犯一些低级错误被美女甩了。一菲看在眼里，问他是不是在担心美嘉的事。

"不是我的，我是无辜的，看飞碟！"子乔仿佛被针戳了屁股，站起身就想弹走。

一菲觉得奇怪，笑道："我也没说孩子是你的呀？"

子乔只好解释，自己其实是条件反射，他最近总在琢磨美嘉的事到底是哪个孙子干的，所以老走神。美嘉是大家的朋友，作为一个男人，天生的责任心让他无法袖手旁观。一菲看见他的各种小表情，已经把他心里的事猜了个八九不离十，只是不戳穿他，反而扯开话题，劝他别太伤神，别一不留神得了强迫症。比如说他们学校有个教授，平时挺好的，可有一天，他突然开始纠结早上出门有没有关煤气……一整天坐立不安，回去一看——果然没关！家里烧光了，然后他彻底抑郁症了。

子乔听得心寒，嘴上却逞强说自己心理素质一流，没问题，一定hold得住。

"那就好，没事别乱想，小心变脑残。"一菲又说，"不过强迫症可真得重视一点儿，我认识一个心理医生叫于立，挺不错的，要不要介绍给你？"

嘴上说拒绝，但最近状态百出，子乔心里也有点儿没底，思前想后，决定还是去找心理医生看看。只是到了诊所，却又扭扭捏捏不肯说出真相，只说是有个朋友遇到了一点儿问题，所以来咨询一下。

于立温和地安慰他，他是专业心理医生，让子乔放松，就把这儿当家里一样，大家开诚布公，坦诚相见。于是子乔开始讲自己的——不，是他表弟的故事。表弟和他的一个异性朋友关系比较密切，某天他们擦枪走火……事后那个女孩告诉他……她怀孕了。但是那女孩又澄清了这孩子应该不是表弟的。现在的问题是，表弟应该怎么办。

医生建议，不如假设一下，从现在开始，子乔就是故事的主角。而解决问题的关键，是男孩要follow your heart！如果子乔一直有顾虑，释放不出自己真实的情感，不如让医生稍微催眠一下，让他的潜意识来替他做决定。

子乔瞪大眼睛不敢相信："催眠？科幻剧看多了吧？"

于立自信地说："我在美国接受过最正规的催眠训练。而且，我还有最专业的设备。"

说着，他拿出一个溜溜球。虽然工具看上去委实不怎么专业，让子乔集中注意力的时候子乔也不怎么配合，但医生还是坚持，并在他的耳边念经似的讲解："人的脑波分三种，分别是 α 波、θ 波和 δ 波。放大 α 波，减小 θ 波。调整反射弧，让它临界于 θ 和 δ 之间……"

不一会儿，这个被子乔认为弱爆了的溜溜球，就把他催睡着了。医生看看他已经熟睡，悄悄溜到后室。他前脚走，子乔后脚就睁开了眼睛，心想这坑爹医生想尽办法要把他骗睡着，究竟葫芦里卖的什么药？

隔间隐约传出说话的声音，子乔蹑手蹑脚地走过去，推开门，发现医生居然正戴着耳机玩《暗黑3》！嘴里还兴奋地喊着："小心，三蓝怪，亵渎＋瘟疫！武僧顶上去啊，弓箭手走位啊！"

靠！哄客人睡觉，自己打游戏，完了还计时收费！就这也叫专业医生？"慢慢玩吧，老子不陪你了。"子乔心里默念一句，偷偷地溜走了。

2

不知不觉来到酒吧，子乔端着一杯酒靠在吧台上，一副心神不宁的样子。最近是不是水星逆转，流年不利，诸事不宜？先是最近搭上的富家女Jenny，都聊到让她爹地注资的情分上了，不知道从哪里知道已经有女人为他怀上了骨肉，不仅自己要退出，还劝他早点儿组织家庭，给人名分，莫名其妙就把他给甩了。还有美女Bobbi，本来两个人处得好好的，还要一起去罗布泊探险，现在也不知道是从哪里知道他有孩子的消息，又是送婴儿鞋，又是介绍他们公司的婴儿服务、婴儿摄影、婴儿理发、产后康复、母婴护理一条龙，哪里还有半点情义，只剩下交易。

以前的相好一个个都来告别，还祝福他做个好爸爸，就像谁在他背上贴了个"我要当爸爸了"的字条似的，弄得路人皆知，子乔怎么想都觉得这事一定有阴谋！一定是有人在故意整他。但会是谁呢？美嘉已经主动还他清白，曾小贤和关谷是好哥们儿，讲义气，一定不会做这么无聊的事情，就算是悠悠和一菲，最近也是各忙各的没空管他，究竟是谁在恶作剧？大家一致认为都是子乔自己在疑神疑鬼，自己吓唬自己玩，所以提议给他找点儿乐子冲冲喜，在公寓举办一场别开生面的终极制服派对！

学生、OL、护士、空姐……公寓里人来人往，热闹非凡，曾小贤穿着帅气的海军装，关谷穿着传统的武士服。而向来最爱这种场合的吕子乔，特意穿上了自己神龙摆尾专用的制服，金色的龙袍睡衣，配了金色的领带，喷了满身的凌仕，立志要在这个非凡的夜晚，找回他所有的自信，重新策马奔腾。

第一目标，治愈系。很快子乔就找到了一个护士装扮的美女，拉着关谷过去搭讪："Hi，茫茫人海，我一眼就看到了你，南丁格尔小姐，你很特别。"

护士娇羞地一笑，配合地问："你想看什么科？"

子乔自信地微笑，双眼放电："内科，一见到你我就感觉自己在发烧。"

护士又是一笑："搞错了，我不打退烧针，我是妇产科的。我只给女士打保胎针。"

子乔一听妇产科、保胎什么的，呛得一口酒都喷在护士衣服上。护士怒气冲冲地走开，初战失败。

子乔总结失败原因：第一，目标太逊；第二，关谷太不配合。于是，换小贤来当 wingman。第二目标，一个很有文艺气质的老师。

首先是曾小贤过去搭讪，老师好！同学们好！进行顺利，目测无危险，再推出夜行小神龙——吕小布！

子乔优雅含蓄地跟老师打招呼："Hello，森赛。"

老师甜甜一笑，说出来的话却出人意料："我认识你。你就是小小布的爸爸！"

子乔惊得一口酒又要喷出来，曾小贤在旁边小声提示，只是家长会模式而已！别大惊小怪的。于是子乔强行忍住，把酒又吞回肚子里，重新调整微笑，微微一鞠躬，谦逊地说："老师，让您多费心了。"

老师妩媚一笑，风情万种："不如，请我喝一杯吧，我们可以聊聊小小布在学校里的表现。"

换作平日，子乔对这一套得心应手，可今天却鬼使神差地抢着说："孩子不是我的。"老师被吓了一跳，曾小贤赶紧过来圆谎，其实，子乔的意思是，孩子的功课不是他管。

老师进入角色走不出来，又问："那妈妈来了没有？我可以跟她谈谈。"

子乔却着急地说："都说孩子不是我的了，我哪儿知道他妈是谁？"

好好的气氛又被搞僵，二战再次失败。

大家好心给子乔办派对，谁知道他就像短了路一样，不仅砸自己的台，还让所有人都不痛快。曾小贤跟关谷讨论的结果，是子乔八成已经有心理障碍了。

子乔矢口否认，连称："不可能，一定是哪儿错了。难道是我的制服不对？"

曾小贤想想，觉得也有点儿道理，俗话说：八字不够硬，龙袍穿不进。

没准子乔就是被这龙袍给拘住了，所以才不能发挥惯有的魅力。眼下急需一套新制服，能改变他八字命运的制服！

正说着，悠悠和一菲就赶过来了，拿出早就准备好的制服，帮子乔换上。袋鼠装——传说中好爸爸的制服，再加上一个巨大的奶瓶，齐活！

子乔发现上当了，不停地挣扎，要把奶爸制服脱下来，可曾小贤说这可是改八字的大事，怎么能随便乱脱。子乔总算是明白了，肯定是大家伙联合起来整他，先忽悠他说是制服派对，然后逼他就范。

一菲笑笑："谁说这是制服派对，其实，这是一个惊喜派对。"

一个手势，半空中落下一块巨大的横幅——恭喜子乔当爸爸！大家鼓掌，口哨，子乔尴尬地说是误会，他从来没承认过孩子的事，何况美嘉都已经亲口还他清白了。

护士指着他说："别装了，看你背后！"子乔回头，发现自己背上居然不知什么时候被贴了个字条："我要做爸爸了！"

子乔忍无可忍，大叫一声："够了！都只是道具，是他们的恶作剧，你们还真当真啦？！"

老师问："你胸口的宝宝也是道具？"

"当然……"子乔低头一看，胸前的娃娃居然是活的，还抬头笑呵呵地看着他。直吓得他"啊……"的一声惨叫。

"啊！！"子乔一声惨叫，突然从沙发上"惊醒"，看看四周，还是空荡荡的心理诊所，原来刚才只是个梦？看看表，居然只睡了五分钟。难道刚才真的是被催眠了？

子乔推开内室的门，发现医生还是戴着耳机在打《暗黑3》,嘴里还嘀咕着："掉金装！掉金装呀！嘿！都是什么垃圾装备呀！"

居然一盘游戏都没打完！子乔怎么想都愤愤难平，真是坑了个爹的，什么医生啊？骗着病人睡觉自己打游戏不说，还让他做了个噩梦！"老子才不付钱呢！"说着，又开溜了。

3

子乔回到公寓，一边收拾行李，一边给小黑打电话，让他帮忙弄张船票，自己好出去暂时避避风头。梦境中的种种让他明白，这个风流债可不是一般的麻烦，非躲掉不可！

虽说这么败人品的事子乔实在有点儿做不出来，看到桌上大家的合影，子乔心里更是犹豫不舍，只是关于美嘉跟孩子的事早晚都瞒不住，再不逃，到时候噩梦就成真了！要想不走又能置身事外，除非有个顶包师，能帮他揽下所有的事情。

正说着，远远传来一菲的声音："没想到心理治疗对'纸乔'那么管用。"子乔匆匆挂断电话，躲到墙后，连行李箱都没来得及藏起来。

一群人走进公寓，悠悠回刚才一菲的话："我就说早就该推荐他去看了。"

关谷生气地反驳："别胡说，'纸乔'一直是个好男人，治疗并没有改变他，只是激活了他真善美的灵魂。"

"没错。对于好男人这个称谓，他排第二，谁敢排第一？"这话从别人嘴里说出来倒还罢了，居然是从来以好男人自居的曾小贤说出来的，子乔简直不敢相信自己的耳朵！

子乔转动脑子，首先，去心理症所的事看来是大家早有预谋，甚至是给他下的套，但现在众人的态度……有点儿太让人摸不着头脑了，好像是他从此洗心革面，让大家刮目相看了？可他从诊所溜出来，至今还没碰上公寓里的一个人呢？

正疑惑着，悠悠下面说的话差点儿让他一个跟头栽出来，"这个结局太美了。刚才'纸乔'向美嘉表白的时候，我哭得妆都花了。"表……表白？这到底是演的哪出戏啊？

"嘘！他们来了！"曾小贤一个手势，大家分边站好，齐声喊："欢迎回来！"而美嘉挽着一个陌生男子走了进来，脸上挂着甜蜜幸福满足的微笑。刚才他们"纸乔""纸乔"的，子乔还以为是他们吃火锅舌头被烫了呢，敢情"纸乔"另有其人，说的居然不是自己？！

大家亲热地坐到一起，叽叽喳喳说个不停。子乔也强迫自己冷静下来，仔细听他们都说些什么，过了一会儿，总算是了解了个大概。冒牌货纸乔好像是做了他本来应该去做的事情，对美嘉表白，承认了自己是美嘉孩子的爸爸，并表示愿意承担责任。大家不仅彻底原谅了他，而且深深被他这种勇于担当的精神所折服，更为他和美嘉的未来衷心祝福。悠悠和关谷甚至还各自专门写了一首祝福纸乔之歌！

子乔忍不住想要出去揭穿那个冒牌货，忽然听见美嘉"呀"地叫了一声，吓得又缩了回来。

原来是美嘉发现了子乔来不及藏起来的行李箱，担心地问："纸乔，这是你的箱子？你要去哪儿？"

纸乔镇定地回答："啊……我想，既然我们已经在一起了，我就干脆搬到隔壁和你一块儿住。抱歉，还没征求你的意见。"

我……子乔听得怒火中烧，这冒牌货居然还想占美嘉便宜，美嘉，快，如来神掌扇他，扇不死他丫的！"如……"美嘉睁大眼睛，举起胳膊，却突然甜甜一笑，环住纸乔的脖子，娇羞地依到他胸前，低声说："果真是这样的话，我会幸福死的。"

子乔差点儿要气背过去，谁知道其他人也你一言我一语地争抢起纸乔来。关谷说他们不舍得纸乔，所以，不如美嘉搬过来。一菲说展博刚走，隔壁地方大，以后有宝宝了，需要空间。悠悠以自己是小姨妈的身份支持纸乔跟他们住到一起……争议的结果是，纸乔一三五住在这里，二四六住到隔壁，而星期天则是跟美嘉的二人世界……

皆大欢喜的安排，众人齐声起哄。悠悠想起今天是单数，吆喝着所有人赶紧帮美嘉收拾搬家去。大家欢呼着离去。欢呼，欢呼你妹呀！子乔气冲冲地追出来，"喂！你们想干吗？谁同意美嘉搬过来啦！"

屋里只剩纸乔一个人，坐在沙发上，好奇地看着子乔，问："你不是走了吗？"

冒牌货居然认识自己，还说是自己叫他来的。子乔更晕了，又气又急地冲他吼："敢问这位兄台，你他妈谁啊？！"

纸乔平静地说："我是你预约的顶包师啊。我是听到你的召唤才来的，随传随到是我的专业素养。顶包师平时是看不见的，可一旦你动心起念，影响了时空的秩序，我们就会出来维护平衡，避免不可预计的混乱。"

什么鸟职业，去你大爷的素质，子乔心里一顿好骂。纸乔继续解释，如果子乔离开了爱情公寓，他所在的时空就会有一个大坑，而纸乔就是那个留下填坑受过擦屁股的人。

子乔："你不是我！凭什么来顶替我？你这六耳猕猴，从哪儿来滚哪儿去。"

　　纸乔冷冷地回答："我本来就不是你，我是吕纸乔。你以为我喜欢当你吗？谁让我抽到替你顶包，看看你捅出来的篓子，知道我要花多少功夫才能摆平吗？现在顶包工作已经开始了，我有我的职业道德，你以为你说句让我离开，我就该离开了？你才是不该存在的人，要离开的人是你。反正你都要走了，这不正是你希望的吗？没有负担，从今天起可以继续策马奔腾。嘚……驾。"

　　子乔被他噎得说不出话来，眼不见为净，不如先把状态找回来，再来找这厮算账。于是不再理他，继续去整理箱子，把心爱的飞行棋放进外套口袋里，又要去拿那张合影，居然发现合影里的人已经换成了"纸乔"。

　　"放心，顶包顶全套，我很专业。"纸乔看着子乔慌乱的表情，忍不住笑了。正好有电话进来，纸乔接了下电话，继续耐心劝道："我要走了，他们说要给我和美嘉庆祝一下。趁他们没看到，赶紧走吧，剩下的事交给我了。"

　　庆祝？子乔都快要给气炸了，愣了下神，追了出去！

　　闹剧还在继续，酒吧里，还是熟悉的场景，还是熟悉的朋友，不同的是，朋友们簇拥着的，是纸乔这个冒牌货！"敬我们最可爱的室友——纸乔！"众人欢声笑语，举杯庆贺。

　　悠悠拿出一张信用卡，递给纸乔，说："这是小姨妈的礼物，育儿基金，从今天开始，随便刷！"

　　关谷点头肯定："虽然是我的信用卡，不过，借钱给自己最好的兄弟，是种无上的荣耀。"

　　曾小贤拿出自己的车钥匙，也送给纸乔，笑嘻嘻地说："什么叫借啊！拿去，我的车以后就是你的了！"

　　纸乔一一接过大家送来的东西，嘴里还客气着："这怎么好意思呢？我会尽快找份稳定的工作，才能让我的家人更有安全感！"

　　一菲不由得赞叹："听听这话说的，多爷们儿啊！"曾小贤着急地喊："纸乔语录！记录记录！"关谷居然果真掏出一个笔记本，用心地开始写下纸乔说过的每句话，悠悠还在边上仔细检查，让他记完整点儿，不要漏掉什么精华部分。

　　叔可忍，婶都不可忍了！子乔听得鸡皮疙瘩都要起来了，冲过去大喊："喂！我在这儿，我哪儿也没去。别听这死猴子妖言惑众！"可奇怪的是，大家都不理他。子乔又提高声音，大叫一声："整人节目该到此结束啦！"所有人还是当他不存在。"我翻脸啦！我真翻脸啦！"子乔一边说，一边在屋里转了好几个圈，才发现大家居然真的看不见他！他不由得呆住了。

　　朋友们都慷慨解囊，连美嘉都说自己要努力赚钱，分担家用，而纸乔，只需要放飞理想！"盼了好久终于盼到今天，忍了好久终于把梦实现，那些不变的风霜早就无所谓……累也不说累！"听着他们快活地设想着未来，打着拍子，唱着歌，子乔真心要跪了。

　　更可气的是，曾小贤居然还在酒吧搭讪了 Jenny 和 Bobbi 两位大美女回来，说是可以在大家不在、纸乔放飞理想又累了的时候，让她们来帮忙打发寂寞。虽然纸乔信誓旦旦表示心里除了美嘉，已经再也容不下任何异性；美女们居然说，心甘情愿当备胎？！

　　纸乔指责关谷和小贤两个损友在挑拨他和美嘉的关系，谁知美嘉居然站出来，说这一切都是她安排的！"我知道你是一个狂放不羁的男人。我何德何能可以拴住你，你是我的，也是世界的，我不希望看到你为了我压抑寂寞。所以，原谅我私下里求曾老师和关谷帮你找了两位姐姐，这样我心里才会好受些。"

　　纳尼？！子乔忍不住撞墙。

　　于是，纸乔恬不知耻地表示恭敬不如从命，所有人不以为耻，反以为荣，变得更加高兴，提议要开个飞行棋派对！

　　子乔终于钻到空子，从口袋里拿出小飞行棋盒，站在大家跟前吼道："够啦！看看！飞行棋在这儿！我才是吕子乔！"可大家还是当他是空气一样。

　　"别挣扎了，你已经没有身份了，大家都看不到你，没发现吗？"纸乔在他身后冷嘲热讽。

　　"一定是你动了手脚，把我的世界还给我！"子乔怒气冲冲地对他喊道。

　　纸乔冷笑："你认为换作是你也会有一样的待遇？"

　　"要你管！就算大家杀了我，我也要死在这里，而不是看个猴子在这里表演。"子乔一边说，一边怒不可遏地要去抓他的衣服，谁知道一拳挥出，手居然从他的胸前穿过，什么感觉也没有。

纸乔看耍猴似的看着他："早说过啦，你已经不属于这个空间了。"

子乔不甘心地回他："我看是因为你——压根儿就不存在。"

"噢？"纸乔轻蔑地一笑，"如果我不存在，请问，这是什么？"

说着，一拳实实在在地打在子乔脸上，"砰"的一声响。

4

"啊！"子乔捂着左眼从沙发上惊醒，发现居然还是个梦！有没有搞错？梦里被打了，醒来居然还会疼？还是那个诊室，内间传出于立的叫喊："大菠萝放地牢了，别被它抓住！笨蛋！"得，看都不用再看了，那蠢货医生还在玩游戏。

突然手机响了，子乔接起电话，里面传来悠悠着急的声音："子乔！你在哪儿啊？"

"小姨妈，你认得我了！你终于认得我啦！"子乔激动得差点儿要哭出来，"美嘉呢，她有没有和你在一起？"

悠悠不耐烦地回答："废话，当然啦。"

子乔深吸一口气，认真地说："刚才我做了个很奇怪的梦。我明白了，我要决定自己的命运，我绝不允许别人替代我。快让美嘉听电话，我要跟她谈谈，一定有两全其美的办法。"

"这种时候还谈什么，快到医院来，美嘉早产要生了！我们早都到了，你还在干吗？快点儿啊！"悠悠说着就把电话挂了。

生？她不是刚怀孕吗？还是在做梦，鉴定完毕！子乔正自言自语，医生忽然从后面拍他。

子乔总算是见到救星了，着急地问："你游戏终于打完啦！快告诉我到底怎么回事。为什么我总在做梦，都第三个了还没做完。"

医生笑着说："不是第三个，是第三重梦境，应该恭喜你，你已经知道自己在做梦了，这是很难得的状态。虽然梦是假的，但你内心反映出来的想法很说明问题。"

"老子不玩了。"子乔开始使劲掐自己，可任凭他怎么掐，半点反应都没有。医生又笑："《盗梦空间》看过没有，你见过莱昂纳多掐自己就能醒过来的吗？

梦境越深，痛感越弱，要醒也越难。除非从高空跳落，巨大爆炸，或者受到重大打击才能醒过来。"

子乔恨恨地说："那我这就去买炮仗，跟你同归于尽。"

"你就不想看看孩子是不是你的？这可是 follow your heart 的最好机会了。"医生在身后的一句话，让子乔不由得停下脚步，不由自主地摸摸自己的心。医生又说："接受还是拒绝，面对还是逃避，看看孩子像不像你就知道了。"

反正是做梦，没人能拿我怎样。子乔这样想着，决定马上去产房！医生笑道："拜托，这是梦里，还用跑的？"说完一个响指，子乔瞬间出现在医院里。

悠悠、关谷、小贤、一菲都在，好在大家的心思都在美嘉身上，没有人多想子乔为什么会突然出现，或者这些梦境中的人本来反应就比较迟钝。看着几个失而复得的朋友，子乔心里感慨万千，这算不算众人皆醉尔独醒？还是，其实做梦的只有他，其他人才是醒着的？

悠悠还在描述大家手忙脚乱送美嘉进医院的场面，一位医生从手术室走出来，严肃地说："病人早产加难产，还有胃胀气，需要马上手术。你们谁是她的亲属？"

一菲回答："我们只是她的室友。"

医生又问，谁是她的爱人？大家齐齐看着子乔。子乔含糊地回答："我？……算吗？随便啦。"

"人命关天。到底是不是？"医生板起脸说，"是的话就该在第一时间站出来。病人很危险，需要能担责任的人签字。"

子乔又"嗯"了一声，以示承认，大家也帮忙证明，就是他啦，就是他啦。可医生偏不相信，要子乔提供证明，填一份《你了解你的爱人吗——调查表》。

这些梦里的凡人真是胡搅蛮缠，不可理喻，填表也就算了，什么乱七八糟的题目？什么你的爱人喜欢吃甜的还是烫的？她玩手机常用哪根手指触屏？她上厕所爱看哪种杂志？她吃香蕉时一般把皮剥成几瓣？其他人居然还在说这些题目很说明问题，夸医院很专业，大夫很负责。子乔实在想骂几句泄愤，想想还是算了，他们都只是梦里的一帮 NPC，梦再扯淡都是自己做的，骂他们有什么用！

子乔随手填了答卷，不耐烦地扔给医生。

"对不起，不及格！"医生冷冷地说，"你这个爱人不会是顶包的吧？按规定，我们不能接受你的签字。"

救人要紧，众人一再求情，医生才答应再给一次机会，又递过来一份表格，这次是《那些年，你爱人为你做过的事——调查表》。问题同样千奇百怪，她为你的放荡不羁吃过醋，生过气吗？她为你做过点心，烧过菜吗？她原谅过你的过失吗？她吻你的时候流过泪吗？

往事一幕幕浮上心头，子乔握着笔的手开始轻微地颤抖。这次答卷是满分，医生说子乔的签字有效，可以进去了。

突然护士奔了出来，对着医生耳语了几句，医生冷冰冰地宣布："吕先生，不用签了。陈小姐错过了最佳抢救时间……非常抱歉。"

众人惊呆了，悲痛欲绝，子乔冲上去就要跟医生理论，护士小姐在一边提醒："病人家属赶紧进去一下，病人情况很不好，她有话要对你说。"子乔不得不暂时放开那货，跟着护士跑了进去。

美嘉静静地躺在加护病房的病床上，脸色苍白得几乎跟床单一个颜色。看到子乔，她期盼的眼眸里稍微有了一丝笑意，气若游丝地说："子乔……你终于来啦。"

子乔觉得浑身发软，站都站不稳，索性跪在床前，握住美嘉的手。美嘉纤细的手指冷冰冰的，好像连仅有的一点点温度也在渐渐抽离她的身体。子乔语无伦次地说："都怪那个医生，做什么莫名其妙的题目。不过第二张我满分哦！"

"嘘……"美嘉努了努嘴，轻声说，"我没有多少时间了，有几句话要跟你说。孩子，你看到了吗？"

子乔说还没。

美嘉微笑，嘴角漾起两个浅浅的梨涡："是个男孩，大家都说该取名叫小小布。"

子乔的脑子一下没转过弯来，诧异地问："他姓小？"

美嘉又笑了："当然姓吕。是你的孩子。"

子乔心里一阵剧痛，强忍着眼眶里的泪，耍贫嘴："吕小小布。长了点儿吧。"

"但是很霸气不是吗？子乔，对不起，瞒了你这么久。"美嘉的眼神开始变得飘浮，像在极力捕捉某些记忆，"那个晚上，你帮我抢回手链的那个晚上，你还记得吗？"

子乔点头："记得，我记得。"

美嘉蹙起眉头，表情还有些纠结："我发现怀孕之后，一直很纠结，我不确定你知道了会是什么反应。最后，还是决定把孩子生下来，因为，他太可爱了。"

子乔重重地吸了吸鼻子，笑着说："必须的！他爹这么帅。"

"臭美！儿子随妈。"美嘉被他逗笑了，旋即又痛苦地皱起眉，好一阵才放松下来，接着说，"我太了解你了，我不想逼你。我知道你本性不坏，你只是害怕……所以我想和宝宝一起等，等着那一天，可惜，我可能等不到了。"

子乔的眼泪忍不住流了下来，说话时带着浓浓的鼻音："别说傻话行吗？叫你少看点儿偶像剧，总是不听。"

美嘉的气息越来越微弱，子乔不得不靠过去，几乎要将耳朵贴在她的嘴边。"为孩子找个妈，也为你自己找一个家。"

子乔还在故作潇洒："你得帮我把关啊。我那么多女朋友，挑不过来。"

美嘉费劲地笑笑，断断续续地说："找一个你了解的，在乎的，知道人家喜欢吃甜的还是喜欢吃烫的，玩手机用哪根手指，上厕所看什么杂志，吃香蕉把皮剥成几瓣……然后她还要愿意为你吃醋，即使生气了还愿意为你做菜，原谅你的过失，有空多吻她，别让她的眼泪掉在地上……好好照顾小小布。否则，我一口盐汽水……"

话没说完，美嘉缓缓地闭上眼睛，两行清泪顺着她的脸颊流向眼角，又滴到了子乔的脸上。子乔失声痛哭："美嘉，美嘉！美嘉！这只是个梦！这都不是真的！美嘉，你醒醒啊，你不会死的，不会死的！"

佳人已逝，子乔独自一人坐在空空的走廊上，任他怎么说服自己，这是梦，这是假的，心里的痛却一阵强似一阵。心理医生于立不知什么时候站在了他身边，问他感觉怎么样。子乔不肯说话。

"谁是孩子的父亲？"一位护士匆匆跑过来，气喘吁吁地说，"目前孩子的情况很不稳定，需要输血。我们急需找到孩子的亲生父亲！"

于立说："对不起，孩子的亲生父亲，我们真的不确定。"

"我确定！"子乔猛地站起身来，"孩子是我的。我是孩子的父亲。"

"不！我才是孩子的爸爸！"纸乔突然出现，对子乔眨眨眼，好像在说，

"放心，我来顶包了"。

"六耳猕猴？！"子乔瞪大眼睛，"有没有搞错！你是上一层梦里的人，怎么跑到这层来了？"

于立在一边提醒："看来你的梦境很不稳定，小心啊！"

小你姨妈家的西瓜皮啊！子乔看见冒牌货纸乔就气不打一处来，先是抢他的朋友、抢他的美嘉，现在居然还跳出来抢他的孩子！

"你的意识已经串线了，这样下去，你会掉到 limbo 世界里去的。"于立又大声提醒。

"该掉进去的应该是这个混蛋！"子乔把纸乔推到墙上，两人扭打成一团。

"我要跟你同归于尽！！！"子乔怒吼着醒来，发现自己把于立按在地上，吓了一跳，慌乱地站起身。窗外阳光灿烂，和之前梦境里飘浮破碎的样子截然不同。

"你醒啦？"于立微笑着起身，拉扯一下被子乔弄皱的衣服，"你这一觉睡得挺香啊。"

子乔的脑子还乱着，说话完全没条理："你！应该在隔壁打游戏啊！不，你在产房，不！你说我去了 limbo！"

"梦还挺丰富的，找到答案了吗？"医生问他。子乔想起一个重要的问题，首先要确认自己是不是还在做梦。于立却只说看他如何理解，人生本来就是一场无尽的幻想，所谓花非花，梦非梦……

"快告诉我怎么才算真的醒了！"子乔大吼。医生拿出一个陀螺，说这就是子乔的盗梦图腾，如果它能停下，就说明他是真的醒了。子乔极不耐烦地转了一下，结果，30 分钟过去了，陀螺还在转着。

"忘了告诉你了，这个陀螺是美国进口的，又叫无阻力小旋风，外加你刚才扔的力气大了点儿，我也不知道什么时候会停。"于立在边上碎碎念，"你可以再等会儿。不过，友情提示，我们这里是按小时收费的。"

子乔看看医生，再看看陀螺，心想，你这钱也太好挣了吧！抬手一指："看飞碟！"于立抬头去看，待回过神来，子乔已经不见踪影。

此时，美嘉正在跟亲友团们解释为什么没有怀孕的事，子乔激动地冲进来，还在门口就大喊："美嘉！美嘉！"

美嘉迎过去，两个人异口同声："我有话和你说……你先说……不，我先说。"

曾小贤忍不住插嘴："我觉得美嘉的事重要一点儿。"

子乔冲着他就是一声怒吼："闭嘴！"

"检测报告出来了，我没怀孕。"美嘉抢先说。

听了这个消息，子乔并没有像大家预料的那样如释重负，反而默默发了阵呆，忽然转而狂笑起来，一边笑，一边莫名其妙地说："我就猜到了。第四重！一定是第四重！有完没完啊！"

突然他想起之前于立说的，除非从高空跳落，巨大爆炸，或者受到重大的心灵打击才能醒过来，子乔嘴里念着"阳台，阳台！"在众人诧异的眼神中冲了出去，爬上阳台，大喊一声："老子不玩了！"

"子乔，别啊！"众人跟着冲出来，可惜为时已晚，子乔已经飞身跳落。

美嘉捂着脸，不敢看，怯怯地问："怎么没声啦？"

一菲又好气又好笑地回答："他挂在歪脖子树上了。"

美嘉过去往下一看，子乔果然以一种奇形怪状的姿势挂在那棵歪脖子树上，艰难地挪动着，显然无大碍。

幸亏那棵歪脖子树，子乔总算福大命大，从六楼跳下去居然只是颈椎位移引起动脉受压迫使得交感神经敏感产生疼痛，也就是——脖子轻微扭伤！生理上的损伤不过如此，心理上的损伤可就不小了，那个好几重的噩梦让子乔心有余悸，住院观察这几天都不敢闭眼睛。

悠悠给子乔喂饭，关谷和曾小贤在一边调侃逗趣。美嘉进来了，本来精神萎靡的子乔立刻精神一振，连语气都忍不住地有些讨好："你来看我啦，美嘉。"

美嘉满不在乎地回答："哦，听说你出院了，我只是来确认一下你死了没有。"

听说一群人凑在一起，居然都在讨论子乔的梦，美嘉笑他们听个疯子说梦，真是吃多了撑的。

子乔激动地说："美嘉！这个梦很复杂，很真实……而且跟你有关。"

美嘉不耐烦地说："那行，说重点。"

"梦里——你死了。"子乔调整情绪，试图找到合适的表达方式。美嘉听得一呆，但马上就平静下来，微笑着问："哦，那你呢？"

子乔没觉察出美嘉的情绪，接着说："我在旁边看着你啊。其实前面还有一大段，但这里开始才算重点。"

美嘉强忍着怒火，突然表情变得惊喜，高兴地喊："咦？张益达！"

子乔闻声扭头去看，忘了还戴着脖套，一时疼得捂着脖子龇牙咧嘴。美嘉还嫌不解恨，趁其不备，又是一记如来神掌，只听得子乔一声惨叫。

关谷嘀咕："才跳完楼就找抽？自残得还不够？"

曾小贤幸灾乐祸："一定有快感，否则不会上瘾。"

第六章 / 壮志凌云

1

一个月后，生活如常。恢复自由身的美嘉心情着实不错，坐在吧台边，笑嘻嘻地左顾右盼。据说这是一个科研实验，某篇心理学的文章说：一个大美女独自在酒吧，如果她对身边的帅哥投去微笑，那么这个帅哥上前搭讪的概率是60%，如果她面无表情，那被搭讪的概率就只有20%。这说明艳遇不是等待接受，而是相互给予。

一会儿怀孕，一会儿又没怀孕，大喜大悲，起起落落，刚从人生的双重打击中走出来，美嘉确实需要找一点儿新的寄托，可巴巴地摆出这么个急不可耐的桃花表情能解决问题？一菲和悠悠怕她误入歧途，再悲剧重演，劝她找个正经点儿的男朋友。

讨论结果，美嘉不能像现在这样扮花痴守株待兔，而是应该主动出击，要主动去认识人，找人聊天，大大方方和人交朋友，广撒网，多囤粮，然后再来严格把关，从中筛选适合自己的人。

可搭讪也算一门交际艺术，功力不够深，平白打扰人家说话的兴致多尴尬，除非有高人指点。正说着，子乔过来了，还戴着醒目的脖套，听到她们谈话的一点儿内容，就果断做出判断，美嘉需要一架僚机。江湖术语，the wingman，负责引开闲杂人等，帮助主机完成精确打击的搭讪伙伴。

托美嘉的福，一记如来神掌把子乔彻底从噩梦中打醒，那些个悲痛、愧疚、自责全给打没了，昔日策马奔腾的状态全回来了。而且美嘉没有怀孕，两人之间的根本矛盾得以解决，又恢复到从前你看我不顺眼、我看你不顺眼、没事就要抬杠顶嘴、小打小闹一番的状态。

美嘉首先开火："你脖子怎么一个月还没好，不是说轻度扭伤吗？"

"还不是因为你那一掌，现在重度扭伤了！"美嘉幸灾乐祸，子乔撇撇嘴，忍不住又笑起来："塞翁失马，福祸难料。这个造型，回头率特别高。看，那边那位美女，米兰达，专业推拿师，我的按摩师。"

"哦……貌似耳光还有帮你转运的效果，要不，我再帮你开个光？反正你欠我的，今天我刚好有空。收个账吧！"美嘉说着，扬起手又要打，子乔一边喊着救命一边躲，退到厕所门口，大喝一声："厕所重地，你敢进来，我就喊非礼啊！"

美嘉突然惊喜地喊道："咦？张益达！"

子乔长了记性，仍是保持双手格挡的防备姿势，轻蔑地说："哼，还来这招？！我才不上当呢！"

在他身后，张伟拖着海绵宝宝的行李箱从厕所出来，笑得春光灿烂，开心地跟子乔和美嘉打招呼。子乔认定说话的是美嘉的打耳光僚机，死活不肯回头。一菲和悠悠也过来了，看见张伟高兴得喊了起来。

张伟归来自然是件让大家高兴的事，可大家兴奋劲刚过就关心起一个问题来，关心的不是他怎么又回来了，是出差还是常驻，也来不及注意他是胖了还是瘦了，黑了还是白了，而是——为什么每次张伟的出现总是在酒吧厕所门口？难道厕所是张伟复活的出生点？

阔别已久，朋友间的挤对听上去都显得亲切，所以张伟仍然挂着花栗鼠似的招牌微笑，耐心地给大家解释。最近他被总部派回这里接手一家新成立的事务所，为他们的一个大客户——豪大大集团处理他们一系列的法务工作。而张伟正是他们的首席律师。豪大大，听上去有点儿像做鸡排的，实际上是一家房产集团，所以张伟这次回来算得上是荣归故里，举手投足都以律政先锋自居。

在厕所出场的律政先锋？难怪中国人说：英雄不问出处！朋友们还是拿

着"厕所"这个梗涮他,笑得一塌糊涂。但据张伟说,这次之所以出现在厕所门口,是因为一个浪漫的故事。

从机场回来的路上,张伟遇到个姑娘,并且一见钟情。老天作美,从机场大巴开始,两人一直同路,更巧的是,她竟然也在这附近下车,居然还进了公寓楼下的酒吧。所谓千里缘分一线牵,说的真是一点都不过分。用张伟自己的话说:"这一定是命运的安排,我们仿佛上辈子见过面。那种感觉,好像春风吹过泸沽湖,秋雨浸润九寨沟。"

既然那么有缘,当然应该果断拿下,而不是隔着大老远地看着人家流口水啊?张伟倒是想,所以跟到酒吧坐等机会。可是美女身边有个同伴,他只好一直等,无聊就喝牛奶。结果等了两个小时,牛奶都喝了15杯,那个电灯泡还没走,张伟反倒拉稀了,所以……大家又在厕所门口碰到了他。

泡妞?这可是子乔的专业!子乔没多嘲讽他,反倒毛遂自荐当僚机,说是要帮张伟泡得美人归,当是送给他的接风见面礼。张伟喜出望外,两人重新又回到酒吧,真是缘分哪,让他一见钟情的美女居然还在!按照计划,子乔出马去搞定那个女伴,而张伟过去搭讪,要到电话就撤。

张伟整顿了一下仪容,走过去,彬彬有礼地问:"小姐,我可以坐在这儿吗?"

美女说这里有人了,张伟提议正好自己也有个朋友,不如四个人一起坐。子乔也说正好多了两瓶赠饮,一边说着真是缘分,一边就拉着张伟坐下了。

"让一下,这是我的位子。"一个声音说。子乔环顾一周没见到人,低头一看,才发现一个可爱的小姑娘正瞪着自己,身上还背着书包。"你是谁啊?"小姑娘又不客气地问。

"花花过来,要有礼貌,叫叔叔。"美女抱歉地笑笑,把花花抱上座位。

计划有变,子乔和张伟吃惊地交换了一下眼神,到底什么情况,刚才不是明明是个姑娘吗?怎么一眨眼变成小姑娘了!难道是天山童姥?变身了?倒是美女看他俩神情怪异,主动解释,刚才是她的姐姐,也就是花花的妈妈,她临时有事出去,不方便带着孩子,让她带着花花在这里等。

花花是货真价实的小朋友,不是童姥变身,可子乔这个专业僚机瞬间变成兼职保姆,整个都觉得不好了。虽说师徒情深,可是徒弟把妹子,师傅看孩子,怎么也不科学吧!

但缘分是不讲科学的，美女之所以到现在还在酒吧，都是因为花花的存在，张伟不管子乔如何不乐意，伺候吉祥物这事义不容辞。

2

半年前，因为感情的困扰，诺澜申请了去美国培训，可现在她和曾小贤之间关系微妙，反而开始犹豫起来。Lisa 一催再催，她都做不了决定，总推说要再考虑一下。但总归事关前途，拖下去也不是办法，所以，诺澜决定先试探一下曾小贤的口气，再决定自己的去留。

"小贤，这几天 Lisa 安排我有其他事，节目你帮我代一下。"趁着直播休息的时间，诺澜有意无意找曾小贤搭话。"Yes！"谁料曾小贤竟然喜形于色，看见诺澜皱起眉头，才又改口说，"我是说，我一个人搞得定。"

诺澜有点儿委屈地问："你很喜欢一个人？"

一个人主持？当然好啦！虽然台里把他这档节目当成垫底王，曾小贤还是很把自己当回事的。"好男人就是我，我就是曾小贤"，自打诺澜过来搭档，自己都好久没顺顺当当说过这句话了吧？更何况，现在节目是热闹起来了，但几乎所有人都是冲着诺澜来的，热线电话也都指名道姓地找诺澜，他贤哥就好像边上的一件摆设，连张口的机会都很少。再说了，一个人深夜主持，要多自在有多自在，想不穿鞋就不穿鞋，不穿裤子都可以啊！

心里这么说，曾小贤嘴上却谦虚地说："当然没有……只是很久没做单档了。"

诺澜的情绪有点儿低落，低头笑笑，说："也许你一个人会做得更好。"

曾小贤发现自己说错了话，连忙补救，解释道："偶尔一两次没什么，不过要是一直一个人，现在反倒不习惯了。"

"那如果，你哪天见不到我，会不会想我啊？"诺澜抬起头，双目含情地盯着曾小贤，直看得曾小贤心里发慌，不敢言语。诺澜索性说得更直白一点儿，"说心里话，和你在一起很开心。如果条件允许，除了工作，很多事情，我也挺希望和你一起做。"

曾小贤还想装糊涂："一起……做什么？"

"比如，一起逛街看电影、一起吃饭旅游、一起过圣诞节，还有……一起看春晚。"

话说得这么明白，曾小贤躲也躲不开，不由得心狂跳，冷汗都要流下来了。

"你……知道我什么意思的。"诺澜羞得脸都红了，声音轻得几乎要听不见了，"你怎么说？"

"对不起……我和大家约定过，不看春晚。"曾小贤突然脑子短路似的说出一句，诺澜愣住了，表情有点儿受伤。

但偏偏诺澜就是那种外柔内刚的女孩，曾小贤的拖拉政策挡得住她一时，挡不住她一世。于是，诺澜很快又发起了新的攻势。

这天，曾小贤去电台主持，手机落在隔壁，一晚上不停地响。一菲嫌烦，拿了手机过来找他。关谷拿过手机点开信息一看，二手车、高尔夫、小额贷款，还有手抓饼，全是广告。倒不是曾小贤贪小便宜，只是以他那种没法拒绝别人的脾性，让他买根羊肉串都能填份会员表，再加上一菲、子乔这帮损友每次填表都留他的号码，曾小贤活到今天还没被垃圾广告淹死真是奇迹。

关谷和一菲正调侃曾小贤事妈的性格，手机里突然有微信的声音。"阿莱？这年头还有垃圾微信？"关谷没留意，顺手就点开了手机屏幕微信界面。

里面传出诺澜温柔的声音："小贤，是我，诺澜。刚才的事很抱歉，我只想把我们的关系说说清楚。两星期后，我就要去美国了，培训半年。我不想带着疑惑离开。我的心意，今天已经说过了，加上之前的八次，我不想再重复了。麻烦你考虑一下，周五晚上我在橡树餐厅等你，不见不散。"

主动表白？八次？美国？不见不散？超大信息量让关谷和一菲两人一时反应不过来，不由得面面相觑，神经质地翻来覆去地听那通留言。

在听过第32遍之后，关谷总结："诺澜要去美国，她向曾老师表白。急不可耐，花枝乱颤，鉴定完毕。"

"你确定这算——表白，不是恶作剧什么的？"一菲心里怪怪的，似乎很抵触"表白"这个词，"去美国就去嘛，临走前还表哪门子白？还用微信，不是恶作剧，就是她太随便了。"

普通女子如果要出国，不跟前任说拜拜已经很好了，可诺澜反而放下了矜持，难道说，对曾小贤用情已深，不能自拔？一菲想得出神。照关谷的推理，如果曾小贤没有接受诺澜，她可能会留下来，直到搞定曾老师为止。如果曾小贤接受了，说不定她会放弃功名，从此相夫教子。横竖就是不打算走了！

"你好像很希望诺澜走的样子。"看着一菲神情怪异，关谷好奇地问。

一菲掩饰道："没有！我只是好奇……剧情的走向。"

关谷似乎明白了点儿什么，安慰她说："光分析她有什么用？这是个二元一次方程，还要看曾老师的态度呢。"

一菲突然高兴起来："对啊，我们可以儿意见啊。"

关谷觉得，本来根本就不该听人家的隐私，还给什么意见？还是让历史自然发展比较好。可一菲认为，诺澜都暗示了八次，曾小贤对她的态度却还一直不明朗，到底是为什么呢？两人关注点不同，听到的重点也不一样，所以，只好重新再听一遍。谁知道一菲手快，这次按的不是播放，是删除，直接把留言删掉了。

向来古板的关谷喊得像天就要塌下来："完了！我们改变了历史，罪过啊！"事已至此，一菲只好先答应他自己去告诉曾小贤。

3

为了兑现说好的接风大礼、为了兄弟的情义、为了黑脸张益达可能是终身的幸福，子乔最终还是答应当保姆，照看花花。谁知道花花虽然年纪小，却是个古灵精怪的小魔星，饶是吕子乔风流一世，阅女无数，却一个跟头栽在小姑娘手里，被整得崩溃。再有人说花花不是天山童姥转世恐怕都没人肯相信了！

起初子乔想着不就一个小姑娘，买点儿吃的哄哄，早点儿打发回家就行了。谁知道花花动不动就拿喊阿姨回家相威胁，吃了奶昔又要吃冰激凌，还花样百出，要了草莓的又要巧克力的，要了香草的又要杏仁口味的！子乔就算是有一万个不乐意，看看不远处张伟正努力跟薇薇套近乎，只能一忍再忍。

花花抱着一堆冰激凌，还不忘安慰他："放心，只要你陪我玩，我不会影响黑脸叔叔跟阿姨搭讪的。"搭讪？这么小的姑娘就懂搭讪？子乔被吓了一跳。花花咯咯地笑着说："我是小孩子又不是外国人。再说这两个字又不是外国人发明的，不过'撩机'好像是外国人发明的。"

"你还知道'撩机'？！"子乔惊得下巴都要掉下来了。

花花不屑地说：“就是 wingman 嘛。不就是你喽？”

子乔的惊讶转成轻度惊恐：“……你不会真是童姥吧？”

花花不以为然地回答：“放心，我还有 2832 天才满 18 岁。”

这么懂事，刚才还一脸天真地跟他讨论喜羊羊？逗我玩呢吧？子乔心说。花花好像看穿了他的心思，小大人似的跟他解释，看喜羊羊是为了保持童年的天真，她还看《绝望的主妇》呢。

鉴于花花的特殊情况，子乔不得不收起平日里应付小孩子的那套，打起精神正经陪她聊天。花花居然还嫌他老土，找不出个像样的话题，还不如加个脸盆网，看看人家档案资料先！

说起脸盆网，那边张伟正觍着脸问薇薇：“要不，咱们加个脸盆网吧！说不定可以找到很多共同话题哦！有共同好友也不一定啊！”

土鳖中的战斗机，就你了，张伟！

饼干、糖果、蛋糕，糖衣炮弹一轮接一轮，总算是堵住了花花那张能言会道的嘴。可消停了不一会儿，小魔星又生出新的古怪，说是作业没写完，要让薇薇阿姨教……不就是小学生作业嘛，子乔拍着胸脯说自己可以代劳。

“应用题你会吗？”花花实在有些看不起这位叔叔。话说某水池 100 立方米，A 水管进水放满需要 6 小时，B 出口排水出完需要 10 小时，AB 同时运作几小时能让水池变满？

“……这题有病吧，边开边放好玩啊，这不是浪费水吗？！你知道这个世界上有多少人没水喝吗？谁出的题，应该枪毙！”子乔虚晃一招，避而不答。

花花同意，又换一题：手枪子弹以每秒 300 米的速度打出，步枪子弹以每秒 500 米的速度打出，请问……子乔打断她，说应试教育题太肤浅，不如换点儿别的问问，比如他擅长的素质题目。

花花乖巧同意，再换题：“我同学劳小静昨天问我一题：一天早上你醒来，发现有只小鸟撞死在床上，说明什么？”

子乔胡乱地猜：“鸟……瞎了？风太大？你在做梦？”

花花一脸鄙夷地给出答案：“笨！说明上帝在玩愤怒的小鸟！”

“为什么？”子乔茫然且无辜。花花得意地笑起来：“因为你是猪头啊！”

都说 70 后老实，80 后纠结，90 后堕落，而 00 后则是风一般的一代，不可捕捉，不可理解，不可模仿，不可超越。就这天马行空的思维，子乔实在不是对手，只好提议陪她画画。据说画画是让孩子安静打发时间的最好绝招。

花花果然安静下来，在纸上画了鸟、白云。子乔心里得意，嘴上还很慈爱地夸她："真不错，叔叔最喜欢有想象力的孩子了，这画的是什么呀？"

花花回答："这是抽象画！你可以理解成一种比喻。这不是普通的鸟，就是叔叔你。"

"又是愤怒的小鸟？""鸟人"子乔又隐隐有了上当受骗的感觉。

没文化，真可怕！花花白了他一眼，接着说："这是没有脚的鸟。想要飞跃森林，却无处停歇，累了也只能睡在风里，可惜一生只能落地一次，就是在你死去的时候。"

这和自己有什么关系？子乔被她蒙住，忍不住地求解释。花花同情地看着他："我看到过很多像叔叔这样的人，总是追求终极挑战，可是事后却又陷入空虚。一生策马奔腾，灵魂却找不到栖身之所……"

小姑娘，你可以嘲笑人的浅薄、怀疑人的智商，但不能这么刀刀见血地鞭笞人的灵魂啊？！"不！不是这样的，你才是没有鸟的脚，呸，没有鸟的鸟，呸……"子乔的脸部肌肉一阵抽搐，都不知道怎么还嘴了。

所谓长江后浪推前浪，前浪死在沙滩上。战斗结束，子乔这僚机被小姑娘狂轰滥炸个粉碎，只可惜他成了仁，张益达那边却没成功，一晚上唠唠叨叨纠结着脸盆网友，连个电话都没要着！

"明白了吗，为了你，我昨天又做了三个小时的噩梦！我都这样了，你居然还是没要到人家的电话？"子乔知道情况后，忍不住冲他怒吼。

张伟不明白他哪儿来那么大的火气，鄙视道："不就是个小姑娘嘛，买杯奶昔、吃两个冰激凌的事，分分钟搞定，至于把你弄成这样吗？"

"小姑娘？现在 00 后太逆天了，她昨天彻底地给我上了一课。把我整出内伤不说，居然还让我做她的 lan 朋友！"子乔愤愤不平地说，"别误会，不是男朋友，是蓝朋友。"

想起花花用蓝色的水彩笔把自己的脸涂成蓝色，整个阿凡达似的，子乔的心又痛得揪起来了，那种深深的挫败感啊，将像鬼影一般折磨他的灵魂，很久，很久。

张伟咧嘴笑笑，不好意思地说："早知道你昨天那么煎熬，我就再加把劲了。其实就差一点点，是不是你教我的方法有问题？"

子乔恨铁不成钢地哀叹："对外别说我是你师父，求你了。"

"真的，昨天一个送外卖的要她电话都比我容易。"送外卖的？对啊，昨天聊天的时候一个送外卖的跑过来问薇薇是不是她点了外卖，订单上说是3号桌的梅梅小姐订的，所以跟薇薇核对了一下电话号码。薇薇亲口说，她的号码是188-110-12138。张伟恨恨地说："连个送外卖的都要到电话了，我却连她的名字都不知道，没天理啊！"

"她不是都说出来了吗？！"子乔面无表情地看着他。张伟歪着头想了好一阵儿，突然欢呼雀跃地蹦起来："对哦，这么说……我已经知道了！薇薇！188！子乔我爱你。"

4

如果说子乔是无足鸟，那张伟就是 Flappy Bird，总是在不合时宜的时间和地点出现，说不该说的话，做不该做的事，但，这些都不能影响他欢快地继续折腾。

清晨，美丽的一天开始了，一杯牛奶，一根又瘦又干的很难看的黑乎乎的油条，都能让他找回成功人士的感觉。张伟咧着花栗鼠般的微笑，感叹着："我努力工作，就是为了能得到赏识，然后如愿回到这个——我爱的地方。"

曾小贤逗他玩："你的经历让我想起了一则感人的童话故事——从前有只小鸡，它妈妈对它说如果你考到第一名，我就告诉你你亲生父亲是谁。"

"这童话我没听过，后来呢？"张伟果然马上上当。

曾小贤忍着笑继续忽悠他："后来，它发愤图强，终于拿到了第一。它回家激动地扑进妈妈怀里。妈妈说：孩子，我会兑现我的诺言，因为你是一只'争气鸡'。"

张伟的脑子转不过来，问："那它爸爸是谁？"

"瓦特啊。"张伟语结，曾小贤得意地笑起来："这个故事告诉我们，只要争气，一定会梦想成真！没准连亲爹都能找到！"

　　两个人傻兮兮地开心着，以牛奶代酒碰杯，说着些别人难懂的豪言壮语。一菲拿着个手抓饼走进来，说是在门口碰到个送外卖的，不知道是谁点的。

　　"我的！"曾小贤一把抓过来，眼神贪婪而满足，好像守财奴看到一箱珠宝，"特制培根加蛋、double cheese变态辣，我最爱的奢华版手抓饼，网上订的。"

　　张伟以为是给自己的，说着谢谢就要去接。曾小贤说回头把支付宝代付发链接给他，毫不客气地咬了一大口，转头跟一菲说话，就把手抓饼放在桌上。

　　"曾小贤，有件事要跟你说。昨天你忘带手机，它一直响，于是我就看了看……"一菲正说着，张伟忍不住偷吃手抓饼，被曾小贤看见，本来想要抢回来，想了想，好像很嫌弃的样子，又说不要了，接过一菲的话题："你刚才说，看了我的手机？"

　　一菲看着小贤的举动，若有所思，本来要说的话吞回肚子里，含糊了一句"你的手机膜真心不错"就走开了，着急去告诉关谷她的最新发现。

　　"诺澜——就是曾小贤的手抓饼！"一菲肯定地说。

　　"阿莱？"关谷听得一头雾水。

　　一菲接着解释："这是个比喻，我终于明白为什么他一直没接受诺澜的暗示了，因为曾小贤是处！女！座！处女座有洁癖！刚才曾小贤最爱的手抓饼，就因为被张伟咬了一口，他坚决不要了。说明什么？"

　　"说明……诺澜跟曾老师星座不合，还是张伟有病？"关谷似懂非懂。

　　说明曾小贤有心理洁癖！他一定是因为诺澜离过婚，所以才不接受她，对曾小贤来说，她就是个二手的手抓饼。一菲分析得有条有理，关谷的脑子总算开了一点儿窍，懂了一些，可是，这些跟把微信的事告诉曾老师有什么关系？

　　"这……就算我们告诉他，他也一样会拒绝，到时候当面打击人家诺澜多不好啊。咱们就当这事没发生过，诺澜也有个台阶下。"一菲只是找理由不去跟曾小贤谈微信的事，扯得自己都快要不信了，"既然上天安排我们听到，一定是有目的的。没准就是故意让我们插手，避免尴尬发生。谁都不想当历史的罪人，但是天降大任于你我啊。"

　　关谷何等人也，自然不会被一菲这些胡扯说服，但一菲的话，却让他对一个命题产生了兴趣，那就是关于处女座的星座调研。他在网上做了一些搜索，结果，不搜不知道，一搜吓一跳，天底下怎么会有那么多人都不喜欢处女座？百度结果显示，"我恨白羊座"有 28 万个结果，"我恨双鱼座"有 15 万个结果，而"我恨处女座"有 500 万个结果！比其他 11 个星座加起来都多！所以一菲说的并非完全没有道理，曾老师是处女座，所以他有讨厌的精神洁癖，会拒绝所有二手的东西，比如被张伟咬过的手抓饼和离过婚的诺澜。

说起星座，女生更喜欢研究，也更有发言权。发现关谷在做的调查，美嘉和悠悠很感兴趣地参与讨论。

悠悠分析说："洁癖顶多算普通处女座，随着历史的推进，早就不主流了。曾老师可能属于现在的新品种——文艺处女座。他们无时无刻不洋溢着文艺的完美主义气息，凡事都力求面面俱到，最后往往人格分裂，没完没了地纠结！所以才这么不招人待见。"

"有多纠结？左右互搏？"关谷在一旁捧哏。

"何止，这种人的小心眼里，都能模拟一桌麻将了！"悠悠的形容再贴切不过。

美嘉点头赞同："对对对，看看曾老师对一菲就知道了。明明喜欢，到现在都没表白，绝不是洁癖那么简单的。"

但时代在变化，物种也在进化，那曾小贤会不会继续进化，比如，接受诺澜呢？鉴于曾小贤一直回避这个话题，大家决定用激发性实验来对付他。

美嘉打着宠物店客户调查的旗号，让关谷把曾小贤找来，说是要找他做个访问，做一些关于品味偏好的综合取向测试。美嘉和悠悠一人拿着一份表格，只等曾小贤落座，就开始连珠炮似的轮流发问。所谓激发性实验，就是要让实验对象没有思考的时间，完全出于条件反射做出最本能的选择。

"猫和狗你喜欢什么？"

"猫。"

"长毛还是短毛？"

"长毛。"

"喜欢甜的还是咸的？"

"贤哥！果断咸！"

"可口可乐和百事可乐呢？"

"百事！"

"一菲和诺澜你选谁？"

美嘉这个问题也太直白了，曾小贤不由得开始怀疑："这也是宠物店的调查？"

美嘉解释说，这个深度测试可以反映一个人对宠物配种的偏好。但没头没脑怎么选？悠悠在一边启发他的想象力："假设你住在一个美丽的小镇上，有两个人同时闯进了你的世界，一个是千年吸血鬼，她长得很像胡一菲；另一个是印第安狼人，她长得很像诺澜，你必须从她们中选一个，你会选择和谁在一起？"

"我选不了。"曾小贤果断打太极，"如果我选了一个，另一个分分钟吃了我。"

悠悠安慰他："不会的，吸血鬼和狼人刚好打平。你选的那个会保护你的。"

曾小贤又说："万一家里闹矛盾呢。选之前，两个都是朋友；选之后，两个都是仇人。这就是婚姻的悲剧。"

"没让你结婚。"美嘉打断他的假设，"重新假设，未来的某一天，机器人揭竿而起，把人类都杀光了，只剩下一菲、诺澜和你！机器人逼你，必须选一个，他们在围观！这样才能做繁殖记录。"

"我还是不选。"曾小贤又逃避问题，磨叽得连关谷都看不过去了，可他还是振振有词，"我要是选了，就没有利用价值了。作为地球上最后一个雄性，我要为人类的复仇争取时间。"

悠悠只好又改变思路引导他："不，剧情不是这样的。你没那么重要，机器人分分钟会杀了你的。"

曾小贤平日里不太灵光的逻辑感这会儿倒超强："杀了我，那他们怎么做繁殖记录？"

美嘉抢着说："那不还有诺澜和一菲吗。实在不行，她俩一样可以实验。"

"她……俩。"曾小贤脸上浮起贱贱的笑容，哪还记得要回答什么问题，测试彻底失败。

5

测试虽然失败，收获还是有的，就是大家对曾小贤的思维模式开始有了一点儿了解。处女座分很多种，一菲说的心理洁癖是普通处女座，悠悠说的无限纠结是文艺处女座，可曾小贤明显属于第三种！他在意的点和常人完全不一样！只要遇到选择，曾小贤的思路就会像踩了香蕉皮一样，滑呀滑呀滑到一个莫名其妙的角落，然后陷入死循环。最后表现出来的状态就是放弃选择，或者说——不作为。

比如说上次那个手抓饼，一菲的解释是，曾小贤因为手抓饼被张伟咬过，不干净了，所以才不要了。而其实他当时的真实想法是这样的：啊！我的培根！这货把肉吃掉啦！我还要不要呢？培根没了，饼还会好吃吗？可能这样也差不多。不！这样已经不是奢华版。不是奢华版怎么配得上我的身份呢？没有培根的手抓饼，就像没有自我要求的人生，就像没有赵本山的春晚，这样的春晚我还看吗？不看！对哦，反正我本来就不看。咦？诺澜好像要我陪她看春晚，她几个意思呢？……算了，我不要了。

这种处女座想得很多，飘得很远。他们恐惧做决定，最好的方法就是放弃做决定！所以关谷开始接受一菲的说法，既然曾小贤面对诺澜一直在跑偏，她删了微信影响也不会太大，反正他会放弃做决定，不接受也不拒绝。然后诺澜得不到答复，应该会再继续。既然她都暗示了八九次了，很快会有下一次。

下一次？听了关谷的一番分析，一菲的脑海里不禁浮现出这样的画面——

两年后，曾小贤的手机又落到一菲这里。一菲来找关谷送手机，关谷却惦记着要去医院陪悠悠生孩子，听见手机有微信的声音，心不在焉地按了一下，里面传出诺澜的声音："小贤，是我，诺澜。好久没联系，你还好吗？我留言是想告诉你，我就要结婚了。这几天我一直想，如果两年前你给我肯定答案，现在还会是这样吗？如果你听到这条微信，回复我，还来得及。我等你。"

"我说有第十次的吧。"关谷一副见怪不怪的表情。一菲自言自语："反正曾小贤一样会跑偏，没差。"说着又把微信删掉了，正所谓一不做二不休，否则上次的事怎么跟他解释？

五年后，同样的场景再次发生。不同的是一菲手里的 iPhone 变成了加长版，关谷手里抱着孩子，在忙着用喂奶器喂奶。

又是诺澜的微信："小贤，是我，诺澜。我又离婚了。别为我难过。我这么做是因为心里还有你。三年前，我给你留了言，你还是没来找我。我在想，如果当时你出现了，还会是现在这样吗？如果你听到这条微信，来找我，我等你！"

一菲再删，这已经变成例行程序。

20 年后，一菲已经是中年打扮，关谷的儿子，关谷神秘都已经长成了翩翩美少年，活脱脱是关谷青年时期的翻版。一菲手里拿的是超长超现实版的 iPhone 18，来问关谷要怎么操作。

微信此时也进化成了超信，声音提示居然还是一样的！小关滑动屏幕一下，眼前出现诺澜的全息界面，只是华发已生，不复当年的青春娇媚。"小贤，是我，诺澜。我又结婚了。但是我还在等你。如果想好了，滑一下手指就能打开 QQ 传送门，你就能穿越过来见到我。我等你。"

一菲还在惊叹科技的力量，小关顺手就把超信删除了。

这回轮到一菲着急地问："你怎么删了？"

小关回答："爸爸说，凡是这个阿姨的消息，统统帮你删了。一菲阿姨，你不会是处女座的吧？"

"胡说，我才不是那个破星座呢。"一菲矢口否认。

小关好奇地打量着她，好像她身上有个处女座标记："那为什么这么多年你和小贤叔叔一点儿进展都没有？爸爸画的漫画书上说，这叫幻想跑偏纠结综合征，临床表现为——不作为！"

一菲想得出神，连关谷不停叫她她都没听见，突然没头脑地蹦出来一句："我不是处女座！我不是！"

思前想后，一菲还是决定要告诉曾小贤真相，他怎么跑偏是他的性格，但了解事实和做选择是他的权利。找了好多借口，她才七弯八拐地说："前天晚上我还你手机的时候，诺澜给你发了条微信，但我不小心删掉了，可能你触屏有问题。"

曾小贤好像并不在意，只随口问她说了什么。

"她说她要去美国培训半年，想要你给她个答复，关于你们俩的关系。还说今晚会在餐馆等你。想通了赶紧去。"一菲也假装随意地说。

确定这不是一菲的恶作剧，曾小贤开始纠结，诺澜真的要去美国？她认真的？决定……他有什么好决定的！

"你自己判断，我只是个传话的，任务完成了。你自己决定，别告诉我，我丝毫不感兴趣，拜拜。"说完，一菲就往门口走，突然转身又补了一句，"你自己——做正确的——决定！"

"今晚，美国，决定……"曾小贤一边自言自语，一边拿起电话。

一菲心里想着"关我屁事"，实在忍不住又问："你这么快就打电话，不再想想？"

曾小贤回答："我不是打给诺澜，我只是想叫个手抓饼外卖。"

一菲一听又发飙了："贱人！人家女孩子放下矜持等着你个大老爷们儿，你却在这儿叫外卖！"

曾小贤心想，这件事挺尴尬的，还没想好怎么说，总之不管怎样都挺费脑子的，先吃饱才有力气思考嘛。想着，他突然高兴地喊道："哎！有了，我可以……"

"假装没有听到这条微信，然后把一切拖到以后再说？"一菲替他说完。

小贤惊叹："哇！你属蛔虫啊！"

一菲拍着桌子大声说："听着！这根本不能算是个决定！你拖得了一时拖不了一世，拜托给我个明确的答案好不好。——以观众的立场。"

"什么？培根没了。"曾小贤答非所问，还在热情地讨论手抓饼的事。一菲上前挂掉他的电话，又在催他："拜托把你那些二货德行收起来一晚上！做个干脆的决定，否则人家肠子都痒了！听到没有！"

曾小贤盯着她，犹豫了好几秒，突然笑了："那……好吧，能答应我个事吗？"

一菲戒备着："说。"

"帮我做份蛋炒饭，等我回来。"说着，曾小贤轻轻把一菲拥入怀里，安慰似的在她背上拍了拍，像是已经做好一个重大的决定，大踏步离去。

6

曾小贤能够如期赴约，诺澜心里又开始有了希望，一面热切地盼着他能回应自己的柔情，一面又担心被他拒绝而忐忑不安。千言万语，只化作幽怨的一句："你还是来了。"

"培训的机会很难得。听说加州挺热的，别着凉了。"曾小贤呵呵地笑着，心里盘算着该怎么开口拒绝她。

诺澜听他前言不搭后语，明显心不在焉，提醒他："我不是来找你谈这些的。"

"对，离别太伤感，聊点儿别的吧。你要吃手抓饼吗？"可能曾小贤都没意识到自己跑偏得有多厉害，诺澜却察觉到他的躲闪和冷淡，低下头，眼泪在眼眶里直打转。曾小贤看在眼里，不由得心软，只是不知道该怎么安慰她，又不至于被她误会："你怎么啦，别这样，也就半年，回来咱们还是……搭档。"

搭档……诺澜轻轻摇头，想要否决这个答案，眼泪也随着大颗地掉落下来。这就是他的回答，一切都是自己自作多情。

曾小贤的心全乱了，暗想：怎么办？怎么办？她哭了，她是认真的。诺澜挺可怜的，对我也不错，我也挺喜欢她的，但这不是……哎呀，我还没准备好……别逼我了吧，她今天一定喝多了。要不干脆灌醉她，从长计议……

他正要习惯性地转移话题，避实就虚，抬头一看，眼前的诺澜竟然变成了一菲？！

"再跑偏，蛋炒饭就没了，弹一闪要不要？"一菲凶巴巴地逼他，"做个干脆的决定，否则人家肠子都痒了！听到没有！"

难道你也希望我……可是……曾小贤看着一菲，冲动地握住她的手，那么多年的纠结和暗恋，那些胆怯，那些委屈，几乎要冲口而出。

"一菲"温柔地回应握住了他的手，曾小贤一惊醒过神来，发现眼前还是诺澜！她泪光闪动着问他："你有没有喜欢过我？"

你这该死的温柔，让我心在痛泪在流……曾小贤躲无可躲，逃无可逃，终于沦陷。

夜深了，一菲趴在桌上，还在等。

手机上有微博更新的消息，打开一看，映入眼帘的是一张手拉手的照片，执着、坚定。诺澜的配词：老天让你等，是为了让你遇到对的人。此刻的幸福，上苍眷顾，感恩！@曾小贤∨（更新于1分钟前）。

是应该祝福吗？怎么再勉强也挤不出来一个微笑？是该放手吗？一菲看看桌上那碗早已凉了的蛋炒饭，心也跟着凉了。

第七章 / 生活不在别处

1

悠悠和关谷的订婚宴终于提上了日程，不仅选定了酒店，邀请名单都拟好了。虽然他们说，婚宴的基调是小而温馨，所以只打算邀请一些亲友，没有闲杂人等。但即便如此，一个只够 28 人的小厅怎么听上去都稍嫌小了点儿吧？贴心闺密美嘉和兄弟兼直系亲属的子乔担心位置不够，争着围观名单，这一看，马上就看出毛病来了。

咦？关谷，你的亲戚呢？就算亲朋好友都忙，父母总该出席吧？怎么连他们的名字都没有？

"对哦，关关，你是不是忘了？"可能一直忙着筹划，居然连这么重要的事都没发现，现在一说起，悠悠都觉得奇怪了。

关谷含糊地回答："呃……这是我们的风俗，大和文化博大精深，你们不懂。"

纳尼？！关谷你也太扯了，这理由，别说中国人不信，就连你妈也不会信啊！

正说着，曾小贤从外面回来，跟大家打招呼，总算是暂时解了关谷的围。子乔看他心神恍惚的样子，问："曾老师，听说昨晚你去和诺澜见面了？没出事吧？"

　　曾小贤摇头，点头，又摇头，不知所谓，最后承认："我们——在一起了。"

　　众人大惊，心里不由得为一菲感到遗憾，只有子乔没心没肺地起哄："我顶你！上门不要，大逆不道……昨晚 high 不 high？"

　　"挺 high 的。"曾小贤平静地回答，脸上实在看不出半点 high 的样子。

　　关谷学着曾小贤平日的样子，小声说："不对啊，他 high 的时候一般会这样这样才对啊。"

　　"是不是因为一菲姐？"美嘉噘起嘴，替一菲不值。

　　子乔开导他们："男人嘛，总不能把鸡蛋都放在同一个篮子里吧。"

　　关谷恍然大悟的样子："有的放碗里，有的放锅里，然后吃着碗里的，看着锅里的。"

　　"曾老师，你后悔了？"悠悠问，曾小贤不吭声。

　　子乔大大咧咧地说："事后，男人都可以用一支烟的工夫把女人的优点统统忘掉，后悔也很正常。"

　　"我当然记得诺澜的优点！她比一菲端庄，比一菲温柔，比一菲主动，比一菲……"曾小贤正说着，一菲从外面进来，后面的话生生憋了回去，尴尬地道了声："早！"

　　一菲不自然地笑了笑："别紧张……我没听到，何况人逢喜事，情有可原。恭喜！"

　　"其实……诺澜也有缺点，很多地方没法跟你们比，尤其是一菲！你比诺澜直率，比诺澜霸气，比诺澜……"曾小贤更尴尬了，想说几句好话缓和气氛。谁知今天就注定他要犯衰，刚得罪了一菲，转眼又要得罪诺澜。看着突然进门的诺澜，曾小贤的脑子里又只剩下一个字："早！"

　　"早"到底算优点还是缺点？众人憋笑就快憋出内伤了。陶醉在幸福中的诺澜倒不在意这些，落落大方地坐到曾小贤身边，反客为主地要邀请大家吃饭。说是一来谢谢大家的祝福；二来她可能要去美国公干一段时间，想拜托大家帮她照顾好小贤。

　　美嘉和子乔两个吃货一听吃饭就没了节操，连连点头答应。关谷和悠悠拼命使眼色，让他们注意身边的一菲。"我……那天有事。"一菲果然不打算参加。

　　诺澜奇怪地问："可我还没说哪天呢？"

　　一菲见赖不掉，突然热情地说："其实我是在考虑，在我的地盘怎么能让你埋单。当然我请啦！为了给你饯行，我决定亲自下厨！"

　　"可你只会做蛋炒饭啊。"眼看一顿好饭降级，子乔第一个反对。

　　一菲才懒得管他，自顾自地宣布："周日晚上在隔壁，不见不散！顺便宣布一下，这顿蛋炒饭是我的封山之作，识货的别错过，就这么愉快地决定了。"

　　等人都散了，悠悠才有机会问关谷订婚宴的事，都要结婚了，连对方的父母都没见过，也太说不过去了吧？关谷吞吞吐吐地承认，他和老爸的关系不好，两个人不说话很多年了。老爸是一家之主，如果他不来，其他人也不敢随便来参加婚礼的。所以，请不请都无所谓了。

　　关谷的父亲叫关谷健次郎，是关谷料理的第三代传人。关谷一岁那年周岁抓阄儿，地上、榻榻米上放的全是厨具，其他东西堆在角落，健次郎在一边颇为慈爱地鼓励他："儿子，这是你人生的起点，如果你选择继承家业，就选厨具。当然！如果你选择其他行业，爸也支持你。"可小关谷硬是爬到最角落里，拿起了一支画笔，健次郎当场就翻脸发飙。从那天起，他就决心要好好规划关谷的人生。

　　关谷10岁的时候已经在绘画方面表现出很高的天赋。别的小孩这个年纪正是打打闹闹满天飞着玩的时候，他却整天都在画画、写生。健次郎始终相信，在关谷热爱绘画的表面下，一定还有热爱烹饪的基因，他的基因一定不会就这样被埋没，所以屡次想办法帮助关谷激发体内的潜能。其做法就是，关谷画鸡蛋，他把它煎成荷包蛋；关谷画鲤鱼，他把它烧成红烧鱼……以至于很长时间关谷对于写生都还有点儿心理阴影，一直不敢再画生物，生怕又变成老爸的一道菜。

　　关谷18岁成年的时候，已经立下志向要当漫画家，健次郎这次投其所好，送了他一套《灌篮高手》漫画日文版，还说希望他能明白其中的精髓。以为这次老爸是真的要支持他的选择，关谷大喜过望。一周后，健次郎让关谷谈谈感悟，关谷慷慨激昂地表示，自己一定会像樱木花道一样追求自己的梦想。谁知健次郎对他一顿好骂，训斥他是混账，说这本书的重点，是陵南队的鱼柱队员，他最后放弃了篮球，成为了厨师！而关谷正应该以他为榜样！一言不合，健次郎把漫画撕了个粉碎，关谷稚嫩的心再受重创。

"就这样，我和他闹翻，搬了出去，之后……我们再也没有说过话。"想起从前那些事，关谷还是气呼呼的，"他对我整个人都有偏见，我劝你还是别惹他的好。"

悠悠劝他："父子没有隔夜仇。更何况，你现在不是一个人在战斗了。如果你不能和他沟通，还有我啊。"

关谷瞪着眼睛看她："他是日本人，你是四川人，怎么沟通？"

悠悠眼珠子转了转，心里打定了主意："结婚是大事，我们一定要得到他的祝福！总有办法的……"

2

自从有了薇薇的电话号码，张伟整天就如痴如醉地捧着个手机，笑得龇牙咧嘴。可电话号码存在的意义，不是为了打电话联络沟通吗？对此，张伟有他自己的解释：白天打，人家一定在上班，显得自己多没分寸；下班了，可能在和同事聚会，也不方便；等到晚上，又怕她早睡了，唐突佳人，影响人家休息，更加不礼貌。就这样纠结了三天，他就是没胆拨个电话约薇薇。他自己不着急，其他人看着都着急。

子乔骂他："你是去追女生，又不是拆炸弹，用得着想这么多吗？"

美嘉也提醒他："不打电话你可以发短信嘛。"

"我和薇薇也就聊过一次，还没有共同语言，发什么呢？"想起薇薇，想起上回讨论了大半晚上的脸盆网，张伟突然灵光一现，"你们说如果我先加她个微博，会不会自然一点儿？微博现在可是现代社交的标准配置，我可以知道她关注了哪些名人、对什么感兴趣、平时爱好什么，然后我可以配合她，也去关注这些东西，不就有话题了吗？"

那就算要加她微博，至少也要先打个电话问问人家的账号呀？否则费半天力气要了电话干吗用，当古董收藏啊？

"对，就收藏！"张伟贱兮兮地说，"我去搜她的微博账号，再偷偷加她，等了解了她的一切，再闪亮登场，你们说，多有腔调！"

子乔翻他个白眼，不屑地说："你那跟偷窥有什么区别？猥琐！听着，男人的魅力有时就是简单粗暴。你知道秦始皇是如何简单粗暴大刀阔斧，最后一统八荒的吗？钮钴禄甄嬛是如何简单粗暴排除异己，最后母仪天下的吗？诸葛亮是如何简单粗暴毅然出山，最后活活气死刘备的吗？"

"不是周瑜吗？"美嘉插嘴。

"管他是谁，反正不是我。"子乔继续侃侃而谈，"总而言之，言而总之，把妹绝不是一味地迎合，男人上手要有腔调，躲在微博后面没有出路，别怪师父没有教你！"

劝归劝，过耳即忘。晚上，张伟还是忍不住去搜薇薇的微博号，一眼就看到一个ID——"那天与你邂逅的薇薇"。冥冥之中自有天意啊！张伟感叹着按下"求关注"。"原来你也有微博啊，在这里重逢算不算是种缘分呢？那天的邂逅，我还在反复咀嚼。这感觉就像那甜甜的益达，不舍得咽下，也不舍得吐掉。"咬文嚼字地输入几句自认为很有腔调的关注理由，张伟自信地点击发送。

对方居然秒回，还关注了他，"Hi，张伟。我也在回味那次的相遇，就好像含着一块剔透的冰，不舍得咬碎，也不舍得融化。"

什么叫缘分？这就叫缘分！什么叫默契？这就叫默契！张伟顿时觉得身子都变轻了，好像要飘起来，人生只剩下一个方向，就是有薇薇的地方。

曾小贤怎么想都觉得一菲的蛋炒饭局是鸿门宴，万一到时候场面失控，那还得了？所以想来求子乔、美嘉一起赴约，人多热闹点，场面也不会那么尴尬。子乔不理他，只是看着pad窃笑。美嘉好奇地过去看，发现子乔关注的居然是张伟，嫌弃地说："俩男人相互艾特？你恶不恶心啊。"

看他俩明显对饭局没兴趣，曾小贤想那不如去找张伟问问。子乔笑得更厉害了，说张伟忙着刷微博，管不了那闲事。是啊，他现在眼里只有那个薇薇。说起薇薇，美嘉下意识地又看了下子乔的微博，"什么？！"

没错，张伟加的那个"薇薇"其实就是子乔。子乔历经千辛万苦，被个小姑娘整成阿凡达，身心俱惫才帮他要到薇薇的电话，张伟居然不敢打，非要在微博上找什么暧昧，所以子乔特地注册了个钓鱼小号，不出所料，张益达分分钟上钩了。

"这感觉就像甜甜的益达，不舍得咽下，更不舍得吐掉。"美嘉点开那条求关注的留言，刚念了两句，就被麻得一激灵。面对面还会有所收敛，躲在微博后面的张伟，屌丝本质一览无余！

曾小贤一边装呕，一边也凑过去看微博。"晴空是蓝的，晚霞是红的，樱花是粉的，而你是什么颜色的？@那天与你邂逅的薇薇。"这又是什么意思？

子乔解释："他想含蓄地打听我喜欢什么颜色。看我给他回个更含蓄的。'今天我网购了一双金色的丝袜，好希望有人懂得欣赏。@张伟字益达。'搞定！"

那边张伟如获至宝，马上回信："终于找到知音了，我从小五行缺金！我不仅欣赏金色，更欣赏丝袜。"

这也太没下限了吧？何止五行缺金，简直五行缺五行啊！

子乔笑得根本停不下来："我也是为他好，要真是薇薇早把他拉黑了。换个角度想想，现在张伟快乐着，我也快乐着，从整个人类的幸福总数来说，平白无故多了两份快乐，这难道不好吗？"

貌似也有点儿道理，但美嘉不服，义愤填膺地说："太自私太无耻了！你有没有想过别人的感受！"

"要不……下条你来发？"子乔刚提议，美嘉就笑成了一朵花儿，一把抢过他手里的 pad："就等你这句话了！"

曾小贤被雷倒。

3

蛋炒饭局的时间终于到了，曾小贤的心里还是忐忑不安，找各种借口要开溜，倒是诺澜觉得一菲这样有心为她安排饯行，却之不恭，何况去了美国，说不定还会想念蛋炒饭呢。

他俩拖拖拉拉来到公寓电梯门口，正好碰到张伟从外面进来，手里拎着一袋漱口水，情绪高涨的样子，大老远就跟他们打招呼。

曾小贤疑惑地问："你拿着那么多漱口水干什么？"

张伟腼腆地笑笑，回答说："薇薇在微博上推荐说这种漱口水很好喝，还能美白抗皱，我就买几瓶试试喽。"

"好喝？咽下去的那种？"诺澜听得睁大眼睛，再跟他确认一遍。

"是啊。要不是上了微博，我还真不知道她有那么多生活小贴士呢。"

张伟一脸严肃，"不过呢，我一直怀疑——美白可能是说说的，抗皱应该是真的。你们也试试？"

不会吧，这也能信？接过张伟塞过来的漱口水，曾小贤心说，美嘉、子乔，你们也玩得太狠了！走进电梯，忍不住还是问他："你不会真要以身试法吧？"

张伟认真地说："不喝的话怎么跟她分享体会呢？共同语言这东西，需要迁就。"

曾小贤小声嘀咕："那你还不如迁就我一会儿，陪我们吃顿蛋炒饭呢。"

"不行，我还有事。刚才薇薇又发了一条微博，问喜羊羊的大结局是什么。我一集都没看过，所以得赶紧去补补课。"张伟完全陶醉在幸福中，无暇顾及他人的反应和感受。

诺澜小声问："他是不是恋爱了？"曾小贤翻着白眼回答："不，是变态了。"

终于来到一菲的门口，门一开，一菲脸上堆着笑，给诺澜来了个拥抱，接过她手里的一打"绝加"。嘴里也像是打开了话匣子，哇啦哇啦地说个不停，热情得有点儿过分："你们总算来啦！好久不见，诺澜，你又漂亮啦！来就来嘛，带什么礼物，那么见外。这位是你新男朋友吧？"

诺澜和曾小贤听得一愣，不知道她葫芦里卖的什么药。一菲却又哈哈一笑："开个玩笑啦，曾小贤你也真是的，两个人送一份就好了。"

"其实，这个是……"曾小贤刚想解释，一菲已经从他手里拿过漱口水，居然还说是好别致的礼物！

谁知道疯狂才刚刚开始。客人落座，桌上却并没有准备什么东西。一菲说先喝点儿餐前酒，结果曾小贤和诺澜捧着两个空空的杯子，她一个人自斟自饮喝光了酒，独自先high起来"激动的心，颤抖的手，我给诺澜敬杯酒！——你的杯子怎么空着啊？"

"要不再去买几瓶吧。"诺澜也看出情形不对，才知道曾小贤为什么一拖再拖地不想来。

一菲说难得大家这么high，不如发挥点儿想象力，调点儿更high的。说话间，变戏法似的在桌上摆了一瓶白朗姆酒、一瓶可乐、一瓶牛奶、一瓶醋、一罐辣酱，还有一堆乱七八糟的调味品。

"诺澜啊，曾小贤我可以说是看着他长大的……感情上他从来都是婆婆妈妈的，今天终于有了点爷们儿的样子，"一菲把朗姆酒倒在五个杯子里，几乎倒满，又往里倒了一点点儿可乐，"就像这可乐配朗姆酒一样，让我感觉两个字——爽！还是你有办法！佩服！"

曾小贤担心地问："比例不对吧？"一菲已经一饮而尽，舌头都有点儿开始打结："接下来我们调——牛奶！"

看她这疯劲，诺澜也担心起来："这也能混？"

"你俩都可能了，牛奶有什么不能的。"一菲反应倒快，又往杯子里加了一点点儿牛奶，举杯说："牛奶！象征着强壮。曾小贤，你做了决定就要勇于担当！要对诺澜负责！我最讨厌东倒西歪的软骨头。"

又是一口喝完。说是接下来调乌龙茶，手里却拿起一瓶醋。诺澜好意提醒她，她却一摆手："开玩笑！我才不会吃醋呢。不信，我喝给你们看！"真往杯子里倒一点儿，拿起来又喝，曾小贤和诺澜两个在一边拦都拦不住。

眼看她越来越疯，诺澜提醒她："一菲，今天不是说给我饯行吗？"

正准备调漱口水的一菲停住，挥着手说："对！减刑！爱情就像牢笼，减刑的唯一方法，就是放下——你俩刚判就想减刑啊？"

曾小贤看她完全醉了，心疼却又不好当着诺澜的面表现出来，只好说饿了，催着要吃蛋炒饭。

"急什么，那天你和诺澜见面，我做了蛋炒饭等你，也不见你急着回来吃啊。"一菲的声音忽然有点儿小幽怨，转眼又豪气万千地说，"美女当前，食言而肥，说明什么？！——说明爱有天意。祝福你们！"

"什么食言？"诺澜莫名其妙，曾小贤尴尬地摇头。

"对！食盐！蛋炒饭一定要放盐，我口味重，就爱吃咸的。"一菲看着他们两个，诡异地笑笑，"不过！——绝不是曾小贤的贤！是咸蛋的——蛋！等着，我去拿！"

说着，她摇摇晃晃地进了厕所。

4

世上无难事，只怕有心人，为了能缓和关谷和他爸爸的关系，悠悠想尽办法。她在关谷的电脑里找到了健次郎的邮箱，试了一下视频通话，结果真的通了。悠悠做了自我介绍，健次郎问了好多关谷的近况，显然还是很关心儿子的，而且谈笑风生，看上去不是特别古板。问都问了，那还不如父子俩直接聊呢。悠悠受到鼓励，拿着电脑就来找关谷。

至于悠悠一个地道的四川人怎么能和一个从没到过中国的日本人进行沟通，还得感谢科技的力量，有了字幕组这个强大的存在，视频聊天也有了即时字幕翻译，能同步把日语翻成中文字幕、把中文翻成日语字幕，这样一来，聊天就通畅啦！

谁知道关谷死脑筋，就是不肯和他老爸对话，还说什么自己曾经对着灯火发过誓，要是再跟说他一句话，灯灭人亡！悠悠才不管他这一套，主动替他约了时间陪老爸吃饭，边吃边聊。至于曾经发过的誓，说的是日语，现在可以改说中文，就不算破戒啦，反正有字幕组呢。

到吃饭的时候，悠悠和健次郎用 pad 聊天，有说有笑，关谷躲在屏幕后面不肯现身。听老爸连自己穿开裆裤时候的糗事都翻出来讲给悠悠听，关谷像个小孩子似的，生气地嘟着嘴，就是不说话。

"关关，你不想见见你爸吗？"悠悠小声叫他，"我已经跟你爸说过了，由于考虑到你说日语我听不懂，所以我只能让你说中文。你爸表示 OK 啊，看来心情很不错，好好把握！"

关谷拉长了脸，学他老爸的样子："他什么样子，我不看都想象得到。不过，这么讲理可真不是他的风格。"

悠悠拉他过来："我们聊到现在，你爸一直笑呵呵的，特和蔼。不信你看。"

关谷凑过来，视频里刚刚还笑容满面的健次郎，脸色立即晴天转多云，说话的声音也变得粗声粗气："我以为你会请我尝尝你亲手做的日式料理，原来是餐馆，太让我失望了！"

"只是便餐而已。再说你又吃不到。"关谷撇撇嘴，对悠悠说："我说的吧，什么语言都沟通不了。"

悠悠换到视频前面，甜甜地说："叔叔，我们是想让您试试这里的中国菜，换换心情嘛。"

健次郎马上又笑起来，标准的温和可亲："你有心了，中国菜我一直很喜欢。其实欣赏美食也是一种享受，我看过《舌尖上的中国》。我只是生气关谷没诚意。"

调子拉回来，悠悠赶紧把关谷推了过去，关谷还在嘟囔着："纳尼？你就是有心，我就是没诚意。"他刚坐过去，健次郎的脸又板上了，典型的家长腔：

"悠悠都比你懂得怎么跟长辈说话。"

"可我还没说话呢。"关谷不服。

"是你约我吃饭的，你不说话，难道我说？是你跟我汇报还是我跟你汇报？"健次郎一激动，说话的速度变快，日文单词硬邦邦地从嘴里甩出来，好像砸到屏幕上还有回声。

关谷说不下去了，退到一边，悠悠顶上，解释说："叔叔，他看到您有些紧张，他一直说您特别威严。"

"那是！我是属虎的。"健次郎换上笑脸。

悠悠又捧他："虎父无犬子！难怪关谷这么好，都是继承了您的基因。"

健次郎笑得更欢畅了，叽里呱啦，字幕上飚出一行：我们关谷家的基因那是杠杠的！敢情字幕组还是东北那旮旯的。

同样一个话题，关谷坐过去，风向就变了，健次郎的脸又拉得长长的："可惜啊，你的基因用错了地方。"

几个来回，关谷总算看出规律了，只要他对着镜头，老爸就没好脸色看；换到悠悠过去，老头儿准保喜笑颜开。悠悠不信，一试之下，果真如此。两个人轮流凑到镜头前，健次郎一会儿笑，一会儿板着脸，两个表情精准切换，一点儿误差都没有。关谷大叔你确定你是料理界奇才，不是奥斯卡影帝吗？

悠悠强忍着笑，索性把关谷一起拉到镜头跟前，说是有件重要的事要汇报。话没说完，健次郎的脸色就阴沉下来，抢着问："他是不是在中国也混不下去了？"

关谷也板起一张脸，没好气地告诉他："我们想邀请你来参加我们的婚礼。悠悠她——已经接受我的求婚了。"

尽管悠悠做证，健次郎还是不太相信，在他眼里，关谷就是个街头画画的，这么不靠谱的职业，拿什么给人家姑娘未来？自以为是，怎么担负起一个家庭？怎么入得了人家父母的法眼？简直是胡闹！

关谷争辩："我们认真考虑过的。"

健次郎更气了："考虑的时候怎么不通知我，现在知道征求我意见了吗？"

"我本来就不是来征求你意见的，只是通知一下。"

"岂有此理，你干脆宣誓之后再通知我好了！"

"你自己说的，别后悔！"

两父子吵成一团，健次郎拍着桌子开骂，突然字幕翻译消失了，屏幕上显示出一行小字：翻译员内急，厕所 ing，请稍候，亲！健次郎余怒未消，怒吼着："别废话了！你给我回日本来当面谈。"

悠悠听不懂他说什么，又着急不要让他们继续吵下去，在一边又是微笑又是卖萌地瞎忙活。健次郎让关谷说日语，关谷偏不答应，反正自己说什么老头儿从来都听不懂，何必浪费口舌！知子莫若父，看他说话的样子，健次郎都猜出了个七八分意思，继续吼他："懂中文了不起啊？你懂得怎么生活吗？！"

悠悠的日语仅限于"纳尼""雅灭蝶"，管不了什么用，忍不住也拍着桌子大喊一句："你们都给我闭嘴！"两边都闭嘴，世界清静了，原来河东狮吼才是世界通用语言。仔细一看，才发现健次郎那边卡屏了，一张脸在屏幕上反复抽搐。

关谷气呼呼地把屏幕拨过去对着墙："说我不懂生活？我的生活里根本就不想看到你。"

"你少说几句啦！"悠悠也没想到事情会变成这样子，只好再想办法，"生活得好不好不是靠喊的。或许我们应该带你爸参观一下我们在这里的生活，眼见为实，没准他就会放心了。"

5

只等健次郎大叔的屏幕抽抽完，关谷和悠悠就捧着 pad，带大叔参观他们的公寓，体会他们的生活。第一站，一菲的房间。

刚进门，就听到厕所的方向传来莫名的咆哮声。过去一看，诺澜和曾小贤焦急地在外面敲门，一菲在厕所里吐得一塌糊涂，还逞强地说自己没事，只是吐口痰而已……

看到关谷和悠悠进来，曾小贤像见到了救星，总算是有人来解围了，一看他们用奇怪的姿势捧着位大叔的视频，满腹的苦水正想往外倒，又生生地吞了回去。听说这是关谷的爸爸，曾小贤马上日本鬼子上身似的又是点头哈腰，又是靠你叽哇！

悠悠堆着笑，连说带比画地介绍："叔叔，这是曾老师，我们的好朋友，还有他女朋友诺澜。两位都是我们这儿很著名的电台主持人。这就是我们住的公寓，除了正常起居，我们经常会在这里搞一些朋友之间的聚会饭局，交流思想，联络感情。关谷，翻译！"

"不用他！我能明白。"健次郎抢着说，字幕君不知什么时候又回来了。

"蛋炒饭来了！"一菲嘴里吆喝着，摇摇晃晃从厕所里出来，手里端着个脸盆，看一眼是空的，哧哧地笑起来，"啊哦，光顾着说话，好像烧焦了。"

健次郎听得一头雾水，悠悠过去介绍，人却下意识地挡住一菲狼狈的形象：
"这是一菲，她不太擅长烹饪——不过她可是位博士，大学老师，我们经常坐而论道，探讨人生。"

一菲听到说话的声音才看见健次郎，嬉笑着上去摸屏幕："这位大叔贵姓啊，怎么装在镜框里？"

关谷赶紧把 pad 挪开一点儿，说："这是我爸爸，带他四处转转。"一菲傻笑着，一张脸涨得通红，嘴里胡乱地招呼着，哦哈哟！怪叔叔，一起喝一杯？言行举止，委实跟传说中的博士差得太远。

调戏怪蜀黍就算了，一菲又踉踉跄跄走到屋子中间，拿遥控器打开电视，放上一段卡拉 OK 的音乐，拿起麦克风开始祝词："下面，我给这对新人，以及远道而来的关谷他爸献上一曲——《菊花台》！歌呢，是比较忧伤，给诺澜饯行嘛，呵呵呵呵。"前奏响起，一菲扯着嗓子开唱："一条大河波浪宽，风吹稻花香两岸……"

聪明如诺澜，看到这般光景，心里也明白了八九分，劝着一菲还是早点儿休息吧，准备先走。可一菲不依不饶地指着脸盆说蛋炒饭还没吃不能走！还说如果大家嫌她炒的饭难吃，自己可以去买外卖。"我知道有家扬州炒饭很不错。等着啊，开车很快的。"

"开车？你疯了吧。"曾小贤情急之下都吼了起来。

一菲竖起一根指头在他眼前摆摆，嘿嘿一笑："放心，开酒不喝车，喝车不开酒。"

诺澜看着她的样子也不放心，主动提出送她，扶着一菲走了。视频里的健次郎皱紧眉头评价："哪儿有博士？我只看到个酒鬼！"关谷和悠悠只能尴尬地傻笑。

本以为最靠谱的人却闹出大笑话，关谷和悠悠急于扭转健次郎的看法，第二目标锁定张伟，律师，高端职业，上流人士，倍有面儿！

　　"这儿才是我们住的公寓。刚才那些人，其实我们跟他们不熟。下一个介绍给您的才是重要人物——本城最出名的律师事务所的合作伙伴，豪大大房产集团法律事务特聘首席律师——张伟。"关谷和悠悠正吹得天花乱坠，碰上张伟从外面进来，全身那打扮：雨衣、短裤、套鞋，各种不搭界的品种和混乱的颜色搭配在一起，整个一不着调。这……算神马造型？关谷和悠悠又傻了。

　　张伟神秘地一笑，龇出两排洁白整齐的牙齿，左顾右盼地转了一圈儿，走了个位，对自己无与伦比的造型陶醉不已。"怎么样？今年最潮的搭配。薇薇介绍的。她刚才发微博说，穿西装的男人都差不多，但能把透明雨衣和内衣搭配出时尚感的男人才最有个性。"

　　关谷恨不得把自己眼珠子挖出来，不敢相信地问："你打算今天一直这么穿？"

　　"当然不是！"张伟回答得斩钉截铁，"明天我也这么穿。"

　　"让我和你的律师朋友说几句！"健次郎听到这边乱糟糟的，从电脑里发号施令。张伟这才发现大叔的存在，笑嘻嘻地对着镜头摆手打招呼。关谷忙挡在他前面说："他不是张伟！"

　　"你才不是张伟呢！"张伟啐他一口，把手机递给他，摆着pose催他，"帮我拍张照，我要传微博。快点儿！"

　　悠悠赶紧遮住摄像头，着急地解释："叔叔，张伟他主业是律师，业余的时候也是个行为艺术家。"什么乱七八糟，健次郎的眉头皱得更紧了。

　　曾小贤进来了，关谷苦着脸求他，"曾老师，快替我收了这个妖孽吧。"然后拖着悠悠出去了，说是要换个有正常人的地方。

　　莫名其妙地看着他们两个逃也似的出去，转头再看到张伟，曾小贤被吓得一个趔趄："你……你又突破下限啦！"

　　张伟拍拍他，挤眉弄眼地说："爱情的力量，彼此彼此。"

　　"谁跟你彼此彼此！"曾小贤一手甩开他。一个晚上大呼小叫各种折腾，正憋了一肚子气不知道找谁发，本打算到这边来安静一会儿，谁知道又碰上张伟这个缺心眼的疯子。

　　"呀！薇薇又发了条新微博——她说她能在嘴里塞一个灯泡。居然挑战我？！"张伟果真四下去找灯泡，找到了，拿起来就往嘴里塞。

　　"你疯了吧！"曾小贤一把将灯泡抢了过来，"你的脑袋就是个摆设，留着晚上数月亮吧！"

爱情的力量真是伟大！看张伟走火入魔的样子，曾小贤忍无可忍地告诉他，其实微博上的那个薇薇是吕子乔他们注册的小号，自始至终都是子乔和美嘉的恶作剧，什么穿金丝袜、喝漱口水、看喜羊羊，都是他们挖的陷阱。

那些柔情蜜意、那些浪漫性感突然全成了泡影，张伟的心立时从天上掉进地狱，哪儿还顾得上听什么人类幸福最大化理论，转头就去找那对缺德鬼算账！走到门口，张伟狡黠地一笑，显然心里有了更好的主意。

他先是找到美嘉，说自己手机的摄像头摔坏了，找不到地方修，还急等着传自拍照给薇薇看呢。美嘉不知是计，一听又有新乐子，当然好心地把自己的手机借给他用。然后，张伟拿着美嘉的手机去找子乔，说自己打算打电话给薇薇："我最近反复思考，还是你说得对，追女孩，简单粗暴一点也许效果更好。"

子乔正玩得起劲呢，怎么舍得这么快就让他逃走，沉思片刻后说："要不你还是再观望一下吧。毕竟作为初级选手，太粗暴容易走火入魔。师父以前教你的追女法则 1.0 看来并不适合你，所以，特意开发了新的 2.0 版本。照目前效果看，厚积薄发，多积累一点儿和对方的共同语言才是上策。"

张伟装出一副花痴的模样，深情地抚着掌上的手机："可我已经了解得差不多了呀。现在我每次看到手机，就仿佛听到薇薇在召唤我。"

"那是魔鬼，你不能被他诱惑。"子乔果断喝止他。可张伟依然扭捏着，按捺不住的样子想要打电话，子乔情急之下拿过一杯啤酒，把美嘉的手机丢了进去，得意地问："现在清静了吗？"

"嗯。"张伟马上变得心平气和，脸上露出古怪的笑容。一边的美嘉过来看到这一幕，气得杏眼圆睁，子乔这才发现事出蹊跷，再看手机已经在杯中沉底，没有补救的机会了。

一菲疯了，张伟变异了，关谷和悠悠把最后一点儿希望放在了美嘉和子乔身上，俊男靓女，想来能在健次郎大叔心里扳回一点儿分数。于是，又捧着 pad 来酒吧找他们，一路先铺垫打气："叔叔，这就是我们休闲娱乐的酒吧，一会儿给你介绍其他好朋友！子乔是一个温文尔雅的有志青年，美嘉是个活泼可爱的邻家女孩。他们比刚才那几个正常多了！"

刚进门，就听得吧台处传来一声尖叫，显然是美嘉的声音："啊！吕子乔你干了什么？"

"这是个意外！你听我解释，美嘉……"尽管子乔不停求饶，还是被美嘉一记如来神掌扇飞。

健次郎的脸黑得不能再黑，怒道："这就是你们说的正常朋友？"最后一个希望落空，关谷和悠悠的美好生活秀惨遭滑铁卢。

6

刚走出房间，一菲就忘了扬州炒饭的事情，满世界地晃悠，一会儿唱一会儿跳。诺澜既然答应要照顾好她，只得一直跟着她。走了好久，又狂吐了一阵，一菲终于开始稍稍有点儿清醒，这才发现自己身在一个陌生的地方，脚下的鞋不知什么时候已经只剩下一只了。

诺澜笑着递过她的鞋子，问她还记不记得刚才在楼下跳《大河之舞》。一菲虽然记不太清究竟发生了什么事，但知道自己喝多了肯定有些失态，不好意思地笑笑，一边穿鞋子，一边自我解嘲，人生有酒须尽欢，不愉快的事，喝完就忘了。

诺澜盯着她，认真地说："我也喝醉过，过程虽然忘了，可背后的原因是忘不掉的。别告诉我，我要去美国，你舍不得哦。"

"今天你们来吃饭，我高兴嘛。"一菲不自然地笑笑，又补充道，"何况，你网球打得不错，你一走我就少了个对手，怪可惜的。"

诺澜说可以让曾小贤陪她打球，一菲却想都不想就一口回绝，打球需要的是旗鼓相当的对手，找谁也不会找软蛋呀！

"我以为你挺喜欢他的呢。"诺澜终于说出了这句压抑很久的话。

"作为一个女人，堕落成什么样才会喜欢他……"一菲带着醉意连连挥手，转脸看见诺澜稍有点儿尴尬的表情，才想起如今情境转换，曾小贤跟诺澜的关系已经不同一般了，赶紧道歉，"对不起，我忘了你们在一起了。"

诺澜又问，如果是朋友间那种喜欢呢？一菲还是一口回绝，斩钉截铁地说没有。诺澜有点儿困惑，既然一点儿都不在乎，为什么会为他而醉？

"我……我多喝两杯，不代表就是喜欢曾小贤。"一菲穿好鞋子，站起身走了几步，还是跟跟跄跄地走不稳，说话很大声，好像要反驳自己的内心，"我只是……口渴……我怎么会喜欢你男朋友呢？"

背转身，与曾小贤之间点点滴滴的往事涌上心头，一菲的鼻子忍不住有些发酸，突然猛地一转身，直视着诺澜，傲然说：“没错！我就是喜欢曾小贤，你咬我啊！”

只勇敢了片刻，她的霸气就被诺澜温柔得似乎什么都了解的眼神瓦解，自我解嘲道：“是你逼我的，我没想怎样。”

“我明白，是我打乱了你们的生活，如果你接受不了，我……”诺澜诚恳地说，但究竟要怎么做，实在下不了决心。

“别，我能接受！”一菲打断她。想想自己和曾小贤认识都有七年了，几乎每天都吵吵闹闹，却又河水不犯井水。那么多年，没觉得曾小贤有什么好的，言语里还时不常地损他、贬他，可为什么诺澜一出现，她的感觉就变了？那么长时间的若即若离都能接受，为什么曾小贤刚跟诺澜在一起，她就接受不了了？这究竟算什么心态！

她胡一菲不是从来都很洒脱的吗？怎么也会为情所困？就算她脑子里千万个念头想要否认，可那些失落、伤感和停不下来的心痛又是什么？诺澜很早就表示过对曾小贤有意思，还是她一直劝她要勇敢一点儿去争取自己的幸福。说到机会，她不是分分钟都有？曾小贤对她的心意她不是感觉不出来，还使劲把他往别人怀里推。是自己不争取，不肯直视内心，如今再后悔又有什么用？

一菲定定心神，微笑而坚定地看着诺澜说：“就算我喜欢他，也都是过去式了。生活是未来式的，前面肯定还有更好的。”只是一转身，眼泪就忍不住地流了下来。

“你真的这么想？”诺澜又问。一菲虽然背对着她，还是很肯定地点点头。看着一菲强装出来的坚强，诺澜也有些不忍，但爱情有时候需要自私一点儿，她好不容易才把握住的幸福，不能轻易让它从手边滑过。那些想要放弃爱情成全友情的话，终究没有说出口，只是由衷地说了声，“谢谢你。”

“你们都是我的朋友。”一菲笑着转身，“答应我件事，明天你要和我一样，彻底失忆！”

坦白了，决定了，一菲终于觉得心里不再那么沉重，起身回去，边走边唱着：“一条大河波浪宽，风吹稻花香两岸……”

诺澜目送她的身影离去，百感交集，再也忍不住地热泪盈眶。

7

计划全盘失败，关谷和悠悠垂头丧气地回到房间，显得忧心忡忡。关谷忧的是，老头子本来就对自己有成见，现在带他参观的所谓生活圈里，不是酒鬼、变态，就是暴力狂，他一定觉得他的生活充满了悲剧，以后更难沟通了。悠悠担心的是，这爷俩的脾气简直是一个模子里刻出来的，你不忍，我不让，针锋相对，本来只是一点儿家庭不和谐，硬是要闹得跟阶级矛盾一样不可调和，她这准儿媳到底要想个什么样的主意来劝和呢？

看着关谷气鼓鼓地坐在那里，那表情简直跟视频里的健次郎一模一样，只是他自己没有意识到，也绝不肯承认罢了。悠悠又好气又好笑地说："就你这样的倔脾气，以后我们要是也有了孩子，说不定也会被你气到国外去。"

关谷瞪着眼睛怪她胡说："我一定会把他培养成优秀的漫画家。""可万一他不喜欢漫画呢？"悠悠刚提出这种可能，关谷就虎着脸打断她，"开玩笑，还有什么比画漫画更有意义的！"

看着他认真的样子，悠悠忍不住笑起来，关谷这才意识到自己的霸道其实跟健次郎如出一辙，忙改口说："好啦，至少我允许他自由生活，随便他娶谁，婚礼都不用请我，行了吧？"

悠悠微笑着环住他的腰，看着他的眼睛，鼓励说："当然不行。我会告诉我儿子，你这么做也是关心他、爱他。"

关谷的心早就软了，只是嘴还硬着："切，我儿子一定很聪明，不用你说，他自己就明白的！"

悠悠顺着他的意思夸他："嗯，我承认，这一点你比你爸强，他儿子一定没你儿子懂事！"

"那是肯定的！他儿子……"悠悠脸上的笑意更浓了。关谷这才意识到他被捉弄了，佯怒着："胡说！"

两个人亲密地说着话，都忘了视频一直没关。虽然 pad 一直摆在桌面上，通过字幕，健次郎还是把他们的对话都看在眼里，忍不住地开口说道："哎！别把我对着墙！还有什么要说的，电视剧都要开始了！"

悠悠把 pad 拿过来，镜头对着关谷，不失时机地小声提醒："你不想输的话，就证明给我看啊。"

关谷一脸不情愿地说："爸……我再一次恳请您参加我们的婚礼,拜托了。"

"你的诚意呢?"健次郎显然不买账。关谷这才站起身来,深深地鞠了一躬,认真地说:"好吧,我不该跟您唱反调,也不该擅自来中国,但我真心希望您祝福我们,不要反对我们的婚事。如果您还是觉得我不懂得生活,那就请您教我。拜托了。"

健次郎还是觉得不够诚意,让他说日语,关谷又用日语重复了一遍,"父亲大人,请您教导我,拜托了!"

"关关,你终于肯说日语啦!"悠悠大喜,这就是说,自己这么久的努力,终于看到一点儿成效了。突然,灯光暗了下来,开始不停闪烁。关谷想起自己发过的誓言,一时慌了神,倒是悠悠霸气地一声吼,"谁敢灭你,我就灭了他!"说也奇怪,灯又亮起来了,不知是被悠悠的气势吓到,还是被关谷和健次郎的父子情感动了。

健次郎稍微满意,脸上表情不再那么死板:"你太自以为是了,自作聪明!谁说我反对了?"

关谷一直"嘿咦!嘿咦"地应着,突然听得父亲大人说不反对,差点儿都不相信自己的耳朵了:"你同意了?"

健次郎肯定地说:"我不高兴,因为你事先不问我意见。至于婚事,我很喜欢悠悠,为什么要反对呢?"

他同意了!关谷喜出望外地大声告诉悠悠,悠悠马上乖巧地凑到镜头跟前,倔老头看到悠悠,终于绷不住脸地笑了起来:"再次证明,自始至终,都是你在自以为是。而我,都是正确的!我儿子能找到这么个好媳妇,都是托了我的福。你儿子就没那么走运了。"

哦?!敢情老爷子突然变得通情达理起来,也是被悠悠说的那些话感动了!可刚才的话并没有对他说呀?健次郎心说,多亏刚刚升级成了付费用户,就连你们小两口说的悄悄话,人家字幕君也一字不差地反馈了过来,想赢我,做梦!

爷俩终于能够沟通了,健次郎终于不再板着脸了,每说一句话都带着微笑,看上去和蔼可亲多了:"看了你们的公寓,我很好奇,你们这群活小鬼究竟能弄出场什么样的婚礼!到时候寄张请柬来,我带你妈一起过来。她听说中国一套电视剧碟片只要五块钱,一直想见识见识!"

关谷也笑起来,嘴上却不服输:"这算什么?我可没输给你。你儿子不如我儿子，他要学的还有很多，如果你不教他，他没资格结婚。"

什么！悠悠刚放下的一颗心又提了起来。关谷索性说起了日语，跟健次郎抬起杠来："所以说，我没自以为是，来呀，指导我呀。"

健次郎忍着笑想板起脸："随便你结不结婚，反正我祝福是祝定了！"

"祝福了我也不结！"

"不结我也祝福！"

"不行！"

……

悠悠不知道他们在说什么，急得看看这个，又看看那个。真是不是一家人，不进一家门，爷俩这是想把这么多年没说的话用这种抬杠的方式全补上吧？

8

"对不起，张伟，我们不是有意耍你的。"美嘉拉着子乔来向张伟道歉。

见子乔扶着腰，右眼缠着纱布，脸上还有清晰可见的耳光印，张伟忍不住暗笑，表面却绷着脸，一副受害者的模样。其实以他大大咧咧的乐天性格，早就把两个人捉弄他的"仇恨"忘到九霄云外去了。

"谁让你勾引我们的，现在上瘾了。"美嘉还在委屈兮兮地说着，好像吃亏的不是张伟，反倒是她。

"要不是曾老师，我现在还被蒙在鼓里呢。两个山寨货，看看，这才是真正的薇薇。"张伟呵呵地笑着，举起手机屏幕给他们看，"感谢微博，我看到她的介绍，原来薇薇也是个律师！资深律师！还是某律师事务所的合伙人。"

子乔对着美嘉挤眉弄眼："给我点儿时间，我去盗她的号。"

张伟笑得更欢："不用了，因为我已经给她打了电话约她出来见面了。"

看来爱情不止是让人盲目，有时候还能给人带来勇气。子乔说得没错，当缘分降临，一切刻意的迎合都是多余的。张伟和薇薇从工作的话题展开，瞬间就找到了无数共同语言，比如，两个人都爱看《法制日报》，都喜欢海绵宝宝，都讨厌小龙虾……所以进展神速，直到某一天薇薇告诉他，他们事务所接了一个案子——豪大大房产的民事纠纷案。

　　"豪大大房产，有点儿耳熟。"反应迟钝的张伟脑子转了好几圈，才想起自己好像就是他们家的法律顾问。那现在薇薇是诉讼方，自己岂不就是被告方？连办的案子都和同一个当事人有关，这共同语言还真是太多了一点儿。

　　薇薇苦笑着说："是啊，有15家原告联名委托我起诉你代理的豪大大房产集团。看来咱们真的要打同一起官司了，张律师。最近要避嫌，不太适合见面，祝你好运吧，我先走了。"

　　张伟急巴巴地追着问："薇薇！那我们什么时候才能再见面？"

　　薇薇无奈地回答："也不会太久，我想，在开庭的时候吧。"

　　张伟仿佛听到自己心碎的声音，张益达，你的春天何时才会到来啊？！

第八章 / 非诚勿扰

1

很快，诺澜就去了美国。既然已经决定了在一起，曾小贤的好男人特质自然发挥得淋漓尽致，除了每天固定时间的视频聊天，还想出各种花招来增加彼此的存在感。比如送诺澜一只男模假手，然后自己备一只女模假手，想念的时候握住那只手，假想对方就在身边。心意是好的，实施起来未免稍显猥琐，苦了一群室友，谁见了都要被酸出一身鸡皮疙瘩。

而诺澜，自然是百般配合曾小贤的一切举动，虽然隔山阻水，还是柔情万千，牢牢地把他的心牵住。但不管怎样，既然已经知道一菲的心思，把她和曾小贤留在一起朝夕相对，始终还是有点儿放不下心来。正巧她有个同学开了个高端人士的相亲网站，诺澜就把一菲的资料递了过去，结果，居然一呼百应。每天收到一大堆应征信的一菲，心情自然大好，或者是为了安诺澜的心，假装心情大好，也未可知。人生嘛，最重要的当然是未来，没准真就有合适的人在等着她呢？

一听说诺澜介绍一菲去相亲，曾小贤立马就炸了："相……亲？你没事相哪门子亲？网上骗子太多了！靠不靠谱啊，而且……"

　　一菲打断他，随口问："对了，张伟暗恋的那个薇薇，搞了半天也是个律师，还是他的竞争对手，你知道吗？"

　　曾小贤愣住："知道啊，可这跟我有个屁关系啊？"

　　一菲紧接着就对他一声怒吼："那诺澜帮我相亲也跟你有个屁关系啊！"

　　换作从前，曾小贤可能还有点儿发言权，现在再说这种话，立场何在呢？自己有了诺澜，难道还让一菲继续单着等他吗？道理是这么说，心里那道坎儿始终过不去，于是闷闷不乐。美嘉本想凑过去找诺澜聊聊天，被他一肚子火地轰开。

　　不就谈个恋爱吗，每天肉麻兮兮地扮猥琐，还要发神经，我碍着你了吗？美嘉越想越不高兴。走去隔壁，看到关谷和悠悠正在数满屋子的毛绒玩具，像是打劫了整个玩具店。一问之下，原来关谷陪悠悠去买小龙虾，看到隔壁店里有台用大钳子抓娃娃的机器，两人就试了一下。没想到关谷小时候在日本玩得太多，对这个捏娃娃机或者叫钓娃娃机很有研究，把窍门传授给了悠悠，再稍稍指导了一下，悠悠领悟力超强，居然通杀，把整个机器里面的娃娃都搬回了家。

　　"是你手把手教得好。""不，是你聪明。""不，是你耐心。""不，换别人肯定钓不到。""嗯……你嘴真甜。"两人赤裸裸地秀恩爱，卿卿我我，美嘉看得更加心烦意乱，怎么全世界的人都在谈恋爱？！曾小贤被诺澜放着风筝，一菲忙着挑选优质男，张伟在跟暗恋对象打对台官司，吕子乔永远都在策马奔腾，好像爱情公寓里只剩下她美嘉是一个人。

　　没地方去，没人可陪，美嘉无聊地靠着书架看漫画，不知不觉就睡着了。

　　突然四周烟雾缭绕，屋子里多了台钓娃娃机，关谷站在她身后，手把手教她钓娃娃。每钓上来一只，关谷都会微笑地看着她，表扬一句："斯过意！这个很难抓的。"

　　美嘉羞答答地说："关谷君，要不是你手把手教我，我肯定不行。"

　　关谷凝视着她的眼睛，认真地说："不，是你聪明。"

　　"不，是你耐心。"

　　"不！换别人肯定钓不到。"

　　"我想改个名字。我们叫它——夺命钳子抓抓抓，怎么样？"

　　"我怎么没有想到呢？你真是个小天才。"

"关谷君，你嘴真甜。"

两人你一言我一语，渐渐靠近，近到能清晰地听见彼此的心跳声。美嘉闭上眼睛，迎上去，感觉关谷的呼吸要把她包围起来了。"等等，好像有人在看着我们？"美嘉突然觉得有什么不对劲，关谷安慰她说没人。只有桌上有个盘子，里面一只活的小龙虾，张牙舞爪地看着两人柔情蜜意地kiss……

美嘉在梦中笑出声，流着口水从沙发上滚下去，摔醒。正好张伟背着包手持法律书和笔记本从外面进来，看到后赶紧过来扶起美嘉，好笑地问她刚才到底梦到什么了那么高兴。

"我梦到了关……"美嘉迷迷糊糊地爬起来，打个哈欠，刚要说出"关谷"两个字，想起梦里的旖旎，脸一红，连忙改口，"关你什么事？"

本来只是随口问问，管管闲事，简简单单一句话，美嘉居然马上脸红，张伟倒觉得奇怪了。更奇怪的是，问她为什么脸红，美嘉更加慌乱，嘟着嘴，脸上红得像高烧 42 度，说话也语无伦次："你有病啊，老娘我……爱脸红就脸红你个……没事看什么看……"

可能是最近打多了官司，张伟的推理能力很有长进，用脚丫子都嗅出了暧昧的味道，肯定美嘉是做了一个很不寻常的梦。如此八卦，怎能不奔走相告。于是，立即去找一菲和曾小贤分享他的心得。

"美嘉的那种脸红，不是西瓜的通通红，也不是苹果的嫩嫩红，更不是烤鸡翅的苏丹红，而是一种很荡漾的……荡漾红。所以，根据我缜密的分析，美嘉做春梦了！——而且她梦到的对象，很可能就是咱们认识的某个人。"张伟说得头头是道。

一菲没好气地打断他："把你的素养用在和薇薇的官司上吧，祥林嫂！暗恋女神变成竞争对手，你侬我侬变成了你死我活，你倒还有心思管别人的闲事。女孩的心思你猜不透的！"

"不难啊，我已经找到规律了。"看到素来八卦的两个人都无动于衷，张伟真是有点儿友邦惊诧。

一菲撇撇嘴："一边玩去。你们男人为什么一个个都自以为是，真要拿出点儿本事的时候又都蔫了？"

情绪这么不对，是相亲不顺？一菲的资料挂的是首页，应征的光高帅富就几十个，忙都忙不过来！关键是，有钱人不见得有创意，连约会的方式都千篇一律——吃东西，喝东西；喝东西，吃东西，没几个来回一菲就兴致全无。

张伟呵呵地笑着："那不挺好，伙食餐饮全省了。"

一菲问他："你不是擅长推理吗？猜猜我想约会什么样的？"

曾小贤听说一菲约会并不顺利，心里暗自高兴，多了点儿打趣的心情："别难为张伟了，他只会推理女孩的心思。你不一样。"

一菲转头微笑着看他，手上却略略用力，一把勺子被她拧得失了原形。眼见形势不对，张伟跟曾小贤双双夺路而逃。

2

最近漫画业界不够景气，关谷的《爱情三脚猫》被东志社停载了，理由给得让人啼笑皆非，说是为了配合《复仇者联盟2》上映，老板决定临时插几期美国英雄的漫画，说是比较应景。（注：几期＝200期）

如果是以前，一人吃饱，全家不饿，关谷当然不会发愁。可现在他要结婚了，不仅要对自己负责，更要对悠悠和他们的未来负责，必须要面对现实，踏踏实实地生活。继续搞创作，还是结婚养家？梦想和现实之间，看来只能选一个。画漫画的收入越来越不稳定，关谷只好考虑换一份工作。

悠悠心疼他，不忍心让他放弃自己的漫画事业，但生活必须有一定的物质基础，柴米油盐都是很现实的经济问题。商量来商量去，决定让关谷先找份兼职，一来不耽误创作，二来还有收入，一举两得！至于要做什么，两人找到大师兄杜俊，想他走南闯北，见多识广，一定会有好主意。

漫画业不景气也不是一两天了，大师兄之所以能笑傲江湖、涛声依旧，全靠的是……无与伦比的专业实力，唯我独尊的江湖地位？

"全靠着我还同时兼着18份兼职……否则早就饿死了。"杜俊开口一句话，就把关谷和悠悠听蒙了，18份？敢情漫画才是兼职啊！

兼职小王子，忍人之不能忍，为人之不能为，坚忍不拔，方成大器。

兼职一：坐在人家刚刚装修好的空房子里，大口呼吸，利用人体的自净功能，尽可能多地吸收甲醛毒气，让客户尽快入住，人们称之为——甲醛净化员。虽说工作难度低，对学历身高长相全无要求，每天工作一小时，收入还不菲，但伤害指数太高，略等于自残。

兼职二：得人钱财，与人消灾。倒不是要混黑道杀人越货，大师兄的客户不是一般人，而是淘宝卖家，他的工作就是保证客户的好评率，帮他消除差评。管你是货不对版、质量太差、尺寸不合、快递太慢，还是老娘今天心情不爽，差评消除员一出马，面子往柜子里一收，灵魂往树上一挂，哭穷、扮可怜、抱大腿、死缠烂打、生磨硬泡、无底线、无节操，没有改不了的差评，没有冲不到的皇冠。

……

大师兄推荐的兼职要么糟践肉体，要么出卖灵魂，实在太不靠谱。无奈之下，关谷和悠悠只得找来大家商议，吞吞吐吐、期期艾艾地表示，当梦想照进现实，需要脚踏实地，关谷前途堪忧，奈何婚期将至，为了这个家他只好不辞辛劳。若是能找到合适的兼差也是极好的，不仅能应付开销，更不负爱的恩泽。

众人异口同声："说人话！"关谷、悠悠这才不得不承认，最近偏穷，所以才想找份兼职贴补家用。

所有人都在出主意，只有美嘉一个人在走神，曾小贤看她神情怪异，连喊了几声，她才听见，愣了半天，突然变得很热情地"Hi"了一声。美嘉完全莫名其妙的反应，张伟都看在眼里，越发印证了他心里的想法。

曾小贤倒没在意，问他："关谷想找份兼职，你的意见呢？"

美嘉刚刚还热情洋溢的笑容立即消失，换之以满脸尴尬，像是正在做坏事的小孩被捉了个现行："我？那么重要的事你问悠悠啊，我又不是关谷的女朋友。这是私事，我……我怎么能掺和呢。万一我的意见破坏了你们的恩爱生活，那我的罪过就大了。"

不就是想听听大家的意见吗？赚外快又不是找外遇，还会影响感情？众人更加莫名其妙了。

关谷以为她没听明白，仔细解释了一遍："美嘉，你做过我的助理，应该对我比较了解。你觉得我的长处在哪儿？"

"长处？"美嘉越发一副被人踩了尾巴的神情，脸腾地一下就红了，慌张地回答，"你哪儿长我怎么知道！"

关谷自认为自己没说错什么话呀？怎么美嘉的脸……"西瓜，苹果，烤鸡翅，Oh！No！"张伟在一边起哄，拿出手机给美嘉拍照。

"我……我尿急憋的！"美嘉找个借口，慌慌张张地跑了。

证据确凿，美嘉见到曾老师不脸红，见到张伟不脸红，唯独见到关谷和悠悠脸就红，只能说明一点，美嘉心虚，原因是她暗恋关谷！张伟对自己的推断十分满意，看看手机里的照片，再看看美嘉，就更加得意了。

好不容易人散了，可以清清静静看会儿电视了，死张伟却在一边猥琐地看着自己，美嘉浑身都觉得不自在，忍不住吼他："喂！看够了没有？我脸上有钱啊？"

张伟嘿嘿一笑："钱倒没有，有欲望！"

美嘉差点儿被他呛着，更怒了："我一口盐汽水喷死你，你脸上还有青春痘呢！"

张伟把手机里的照片给她看，照片上美嘉的脸红得像煮熟的小龙虾！犯罪心理学上说，日有所思，夜有所梦。美嘉的脸红就是典型的条件反射，是她潜意识里蕴藏着强烈的自我暗示，表面可以掩盖，但，张伟接着说："对于像我这样的推理高手，你这一切都不过是掩耳盗铃，逃不过我的火眼金睛！"

美嘉的心事被他说中，只好胡乱骂他："胡说！我一定是最近见他太多了才会这样的。别以为你脑门有条疤就冒充包青天！你个死黑鬼、大煤球！还推理高手，推你的粪球去！"

"见多了就会梦到吗？"张伟不怀好意地笑笑，拿出一张自己的西装律师照片递给美嘉，"请证明！如果你天天看着我……的照片，也能梦到我的话，那就算你赢。如果失败了，就请主动臣服于我的智慧，别抵赖，脸红是装不来的！"

还真骚包！照片都随身带着！美嘉看着张伟的照片，只好咬咬牙答应。

几天后，美嘉真的又在沙发上瞌睡，做起梦来。还是烟雾缭绕的房间，还是那台钓娃娃机，还是关谷和她，手把手地一起钓娃娃。

眼见又抓到一只最大最漂亮的娃娃，美嘉兴奋地喊："啊！啊！我又钓到了。"

关谷宠溺地看着她："亲爱的，为什么要说'又'？刚才你还说是第一次玩这个。"

美嘉撒着娇回答："骗你的啦，其实我是高手。"

"纳尼？"关谷好像早就料到了，暧昧地抚着她的手，"那你教我吧，手把手的。"

美嘉突然想起，上次kiss就被只小龙虾看见了。她的秘密，一定是那只小龙虾说出去的，要不然张伟怎么会知道？"等一下哦。"美嘉匆匆地走到一边，把桌上的一盘小龙虾倒进垃圾桶，现在安全了。两人甜蜜地靠近，手拉着手……

正浪漫着呢，沙发后突然爬出一只巨大的小龙虾，不，是一只长着人脸的小龙虾！"啊！！！张伟！！！"美嘉吓得一声尖叫。

刚一睁眼，张伟就坐在身边，涎着脸问："你梦到我了？"美嘉又被吓了一跳，下意识地往旁边挪了挪，想起之前的约定，轻松地说："是啊！我的嫌疑洗清了。"

那怎么美嘉看到自己不脸红呢？听美嘉一描述，原来在她的梦里自己只是一只小龙虾？仔细看还依稀可以辨认出人形？你当拍科幻片呢！等等，美嘉又不对小龙虾过敏，怎么会看见只小龙虾就被吓得脸色都白了？肯定有阴谋，肯定还有没说出来的暧昧！"啊！！还是有关谷对不对！"

美嘉的脸又红了，刚才的镇定自若一下就没了，低着头抵赖"你答应过的，梦到你就好了，没说其他条件啊。"

"这次你梦到关谷还是脸红，而我居然是只龙虾，还不能说明问题吗？"张伟越说越来气，我堂堂一个大律师，就是你梦里的一只虾？不暗恋我也就罢了，也不用这么糟蹋我吧？不行，得给她来一招狠的！"你就不怕关谷、悠悠知道？"

美嘉果然慌了，威胁道："你敢告诉他们你就死定了，臭煤球！"

好啊，不服输还骂我！"走着瞧！"张伟说着就往外走。美嘉心虚，紧跟在后头追了出去。

3

一半是友情，一半是爱情……曾小贤无聊地翻着极限运动杂志，嘴里哼着《左右为难》。唉，诺澜和一菲，怎么稀里糊涂就成了现在的局面！按说诺澜应该算爱情，一菲才是友情吧，可爱情跟友情的差距究竟有多远？不过是一时的心软，对诺澜的友情就变成了今天的爱情。而一菲呢，当初自己如果稍微勇敢一点儿，是不是就已经拥有她，而不是如今为了她相亲的事心烦意乱了。唉！

门外有人敲门，打断了他的胡思乱想。打开门一看，一个浑身上下透着小开气质的眼镜男捧着一把硕大的鲜花，满脸堆笑地问："请问胡一菲小姐住这儿吗？"

来者正是胡一菲众多追求者之一，比利。在网上稍微有过沟通，暂时还没见过面，但对胡一菲很有好感，觉得她是一个非常非常特别的女人。所以，这天特意订好了法式大餐的座位，过来请她吃饭。

可巧胡一菲今天刚好不在，曾小贤正好打发他走，让他打电话给餐馆改天。

"餐馆我买下了，改天倒没问题。可厨师是专程从法国请来的，还等着呢。"比利想想，掏出电话来拨号："喂，你让那个做饭的先回巴黎候场，等我通知。"

这架势，这气派，曾小贤听得一愣："这位大哥，富二代啊？"

比利谦虚地笑笑："我不是，我爷爷是。"

我勒个去，什么交友网站啊，还有这么高端的用户？可高端用户为什么会看上胡一菲呢？难不成女用户就她一个？以前只是听她说说，心里都不舒服了，现在追求者活生生地站在自己面前，曾小贤心里更是一万个不乐意。不行！得想办法拆散他们！主意一定，曾小贤打着哈哈，干笑着劝比利："别麻烦人家法国同胞了。胡一菲她不喜欢相亲老吃饭，没意思。"

"那我可以陪她看电影啊，我这就去买家电影院。"比利显然误会了他的意思，马上又开始拨电话。

曾小贤再劝："大户，不是，大哥！你买条院线也没用，不值得。"谁承想比利是铁了心地喜欢上了一菲，觉得她特别对胃口，花多少钱都觉得值。钱钱钱，又是钱，有钱了不起呀？约女生得有特色，花钱算特色吗？当然，像他这么花应该算"狠"有特色了。

"一菲比较特别，她……看诚意的。"曾小贤沉吟着，拖延着想对策，正巧翻到手上的杂志有张蹦极的照片，立马高兴地接着说，"比如蹦极就不错，敢不敢？"

比利面露难色，这个……看样子真被唬住了。曾小贤的心放下来大半个，还在一边添油加醋："这都不敢？怎么能算诚意呢？一菲最喜欢冒险了，约会要是没有生命危险她浑身难受。怎么样？还觉得她特别吗？"有道是，智商超过120，轻松摆平高富帅。跳啊，你倒是跳啊，融入那蓝天里啊，哇哈哈哈！曾小贤忍不住心里得意地笑。

谁知道世事难料，缺心眼的比利不仅有钱，还有勇气，果真邀了一菲去蹦极。以一菲的个性，当然玩得很嗨皮！比利不仅拍了合照，还牵了一菲的小手手，一嘚瑟就把合照和跟一菲约会的故事发出去了。这一下，在胡一菲的相亲论坛上掀起轩然大波。对，你没听错，由于追求者数量实在太多，相亲网特意为胡一菲设了一个追求者论坛，供大家了解一菲的爱好兴趣，沟通交流，十分火爆！从来都听说一菲是冰山美人，好多人连约都约不到，更别说占美人的小便宜，而如今比利居然能够博得红颜一笑，让冰山开始融化，显然，背后有高人指点！可是谁会想到高人曾小贤当初是存心想让比利知难而退，好拆散他们呢？

这天曾小贤正在酒吧闲聊，服务员过来，说门口有几位客人想请他过去喝一杯，手指之处，三个西装男举杯示意。可自己不认识他们啊？只迟疑了一下，臭美的曾小贤马上给自己找到了理由，粉丝，一定是粉丝，那绝对是有可能的！于是施施然走了过去。

谁知道又是一菲的追求者，这次还不止一个，是三个！阿志、阿豪、阿德三个人都是在交友网站上看到胡一菲的，对一菲很感兴趣，不过她好像不太接受他们的诚意，约她吃饭好几次了都不肯赏脸。后来比利挂出了他和一菲的合影，三个人才聚到一起，他们实在奇怪比利怎么能想出蹦极这么好的点子，于是就一狠心，凑了20个金币问比利，这才套到了高人的地址，慕名而来。

曾小贤撇撇嘴："不都是高帅富吗，20个论坛币还用凑的？"

"我们那是真的金币。"阿豪讪讪地说，好像有钱是多么上不得台面的事。曾小贤很糗，赶紧转脸对着别处，佯装跟某个熟人打招呼。

阿志问："冒昧问一下，您和一菲是什么关系？怎么会对她这么了解？"

"我？"曾小贤激动地挥舞双臂，但比画来比画去，实在比画不清楚他和一菲的关系，情人？显然不对。朋友？更加不对。以眼下的形势，他跟胡一菲压根儿就没有关系。分析的结果居然如此凄凉,曾小贤怔住了,呆了好一阵才回过神来,浪笑道:"那是因为我是一个情感节目主持人。女孩的心思,我最懂了。"

三人哪猜得到他的心思,对他佩服得五体投地,齐刷刷地对着曾小贤一鞠躬:"那就请您也教教我们吧,怎么才能和一菲约会!拜托了!"

曾小贤推辞着:"不不……这个……"

三人又异口同声道:"我们出 50 个金币!"

50 个金币!十足真金!曾小贤仿佛看到漫天的钱在飘,忘了怎么拒绝。

一传十,十传百,很快曾小贤就成了众多一菲追求者手里的香饽饽,人人跟他套近乎,送礼的络绎不绝,电脑、西服、高档酒、工艺品什么都有,就盼着能让曾大高人指点一两招,好一亲芳泽。

子乔倒纳闷了,曾小贤追一菲很擅长吗?电视剧都演了四季了,曾小贤对一菲连个像样的表白都没有过,反而跑偏追到诺澜那儿去了,拿什么教人家呀?可能成功人士都太忙,忙得没时间谈恋爱,所以曾小贤随口胡说几句,一群缺货就当真了。

上好的买卖摆在眼前,子乔决定,深度开发一菲的剩余价值,给追求者们开班上课,每周一次,合理收费,童叟无欺。鉴于目前众人对曾小贤的虔诚和尊敬,授课者当仁不让就是他了。

"我?!"曾小贤被子乔宏伟的计划吓了一跳,"我可没东西教他们,也没兴趣教他们!"

子乔试着一身新西服,左右端详都十分帅气,对于曾小贤的拒绝不以为然,随口道:"既然你那么坚定,我只能去告诉他们,我吕老师,亲自授课。"

曾小贤呸他一鼻子灰:"你凭什么教?你又没追过一菲!!"

子乔不屑地瞄了他一眼:"又不是只有你认识一菲,and 这是我的专业啊。"

不怕高富帅有钱,就怕高富帅有脑!吕子乔去教,那还得了?!曾教授权衡利弊,终于觉悟,我不下地狱谁下地狱,为了一菲不被人追走,拼了!

4

经大师兄杜俊关照,关谷终于找到了一份稍微说得过去的兼职工作,帮警察同志画嫌疑犯的肖像。当然，只是一个小派出所，嫌疑犯的对象也绝不是什么杀人越货的江洋大盗，就是帮忙画个小偷啊、色狼什么的，帮助维护一下片区治安。能为社区服务，还能跟自己的专业有一丁点儿关系，关谷已经很满意了。

工作开始，关谷拿着速写板正襟危坐，杜俊看到他那副严肃模样，忍不住在一边冷笑。关谷本以为自己有什么地方做得不对才惹得大师兄瞧不起，直到他遇到第一个报案的群众。

第一个录口供的是位少女。据说在公交车上，一直有个小偷在打她的主意。"我记得他戴着一块劳力士的金表，是格林尼治蚝式恒动系列的。他的皮带是爱马仕的荔枝纹 3.8 通用型。鞋子就一般，Gucci 2006 年的老款。"

小美眉观察得还真够仔细的，那就说说嫌疑人的相貌吧。

"相貌？这我哪记得住！"少女茫然地摇摇头，"哦，对了，他的左手中指的戒指是 Cartier Trinity 三色金系列的。"

关谷瞪大眼睛问："那个男人那么有钱，你确定他是小偷？"

少女十分肯定地点点头："当然！从上车开始，他就贴着我的后背蹭啊蹭啊！准是要偷我的包，我就死命抱着，他只能蹭我的腿。半个多小时，他蹭得气喘吁吁我都没松手！"

关谷和杜俊面面相觑，深深为美眉的智商担忧，但担忧完了画什么呢？是画劳力士的金表，还是爱马仕的皮带？关谷拿着画笔的手凝住了。

第二个是位韩国男子。他一进来就捶胸顿足，手舞足蹈，噼里啪啦地往外倒韩文："我的车被撬了，电脑丢了，长官，你们一定要帮我抓贼，把电脑找回来。里面的照片对我很重要，如果泄露出去后果不堪设想，我女朋友一定会恨死我的……"

"先生，麻烦说普通话？"关谷礼貌地提醒他。

"我说的就是韩国普通话啊。怎么办，急死我啦！我整个人都感觉要爆炸啦！"韩国男比画了一个爆炸的手势，杜俊立即心领神会，告诉关谷，他好像说嫌犯是爆炸头。还打着手势跟人家确认，对不对，斯密达？

男子连连点头："对，就是这种要爆炸的感觉，斯密达，我跟我女朋友相处五年了，什么车祸失忆白血病都挺过来了，这次你们一定要帮我……"

帮你是可以，可整整看了一集韩剧，嫌疑犯都没有出场啊，斯密达兄弟？关谷无聊地转着笔杆，还是不能下笔。

第三位，菜场卖鸡的小贩。这个好，不说外语，可是……一口华丽丽的本地话呀！当然，对于已经在中国生活了好几个年头的关谷，语言沟通不是问题，那就请仔细、具体描述一下出事经过吧。

"今天早上我在菜场卖鸡，当时有个韩国人追小偷经过，我就去看热闹，回来后发现，鸡少了一只！我丢的那只是丝羽乌骨鸡，正宗家养的，38块一斤呢。它走起路来是这样的。"小贩的描述果然具体，一边咯咯咯咯地学着母鸡叫，一边还学着母鸡走路的样子……

看关谷愣住，小贩还催呢："哎？你们怎么不画呀？"大叔，你这是让我们画小偷还是画您家的丝羽乌骨鸡啊？

谢天谢地，第四位终于来了个靠谱的。大婶一上来就直奔主题："那个骗我钱的家伙长得很特别的——三角眼睛络腮胡，招风耳朵香肠嘴，哦，还有！脸上有一条那么长的疤，吓死人了！"

长得这么吓人，还能骗到人？关谷的脑子有点儿不够用，还是画不出来。杜俊在旁边提醒："画吧。帅的都去演偶像剧了，谁还当骗子！"到底是大师兄见多识广，这都可以！

综合种种口供，关谷最后画了一个爆炸头、三角眼、络腮胡、招风耳、香肠嘴，外带一条巨大刀疤的丑八怪。杜俊安慰他，虽然有些障碍，但也算有收获。可关谷那颗渴望服务民众、伸张正义的心啊，骤然跌到了谷底。

对大师兄彻底失望后，关谷又转战58同城，真以为"杨蜜"做了几次广告，工作就是在那儿找的呢？除了满屏的网络兼职、淘宝开店，就只剩下一个：群众演员——龙套日本兵，日薪，当日结算，管盒饭。

悠悠就不明白了，关谷现在病急乱投医，连龙套演员都愿意去做，为什么就不愿意去做美术老师呢？

关谷的解释是，"我不想教书，我是为创作而生的。"可去剧组跑龙套，这和创作有关系吗？关谷又说了，"关系是不大，但至少换个行当，不会那么难受。"细究起来，关谷之所以排斥去当美术教师，是把当老师等同于自己漫画事业的失败，同是与美术相关的职业，但给人的感觉是降了好几个档次。

悠悠看透他的心思，坐到他身边，微笑着开导他："关谷，这没什么，你看看身边，就说我好了，我还是为演戏而生的呢，结果呢；曾老师立志做个电视节目主持人，现在呢；还有张伟，随便碰到个对手就尿了，削尖脑袋非要做律师。谁都有理想有追求，可谁都不能一步登天，得慢慢来。有时候妥协一下，并不意味着失败，也许机会就在转角。"

关谷有点儿被她说动了，迟疑地问："你真的觉得我应该去做老师？"

悠悠点点头，鼓励他："试试看嘛，做老师至少不会影响健康、尊严，还有智商，而且很有意义啊。"

关谷摇摇头，又叹了口气："我可不想害人。我当年学画画那么久，现在还不是一样要找兼职。"

"可你教的那些孩子没准比你幸运啊。他们会遇到一个更加负责有远见的老师，关谷老师一定不会再让这种尴尬发生了！"悠悠微笑着，看着眼前这个像小孩子一样不知所措的男人，"如果你的学生未来学有所成，不用找兼职，对你来说不就是最大的成功吗？"

关谷老师，这个称呼听上去还蛮不错的。再加上悠悠描绘的那种景象，关谷顿时觉得自己形象高大了许多。正想着，张伟和美嘉吵吵闹闹地前后跑了进来。"我说了哦！""你说啊！""我真说了哦！""有本事你说啊！"两个人叽叽喳喳的，不知道在吵些什么。

张伟清清嗓子，一脸坏笑地宣布："二位，我有一个重大消息要告诉你们！"

"闭嘴，你这个大煤球！！"刚才还无所畏惧的美嘉突然扑上来，死死地捂住张伟的嘴，一面对关谷和悠悠解释："他口臭，该漱口了！"

关谷高兴地说："其实，我也有个重大消息要告诉你们，我打算去做美术老师啦！"

美嘉替他开心，恭喜他终于想通了，张伟被捂着的嘴里也漏出一些含含糊糊的声音，不知所云。

"我明天就去应聘，祝我成功吧！"说着，关谷就过去跟二人拥抱。美嘉尴尬地躲开，还是继续捂着张伟的嘴，不让他说话："别过来！你有悠悠支持就行，我……只是来找张伟的。"

悠悠觉得奇怪，问她怎么了，张伟使劲拨开美嘉的手，得意扬扬地喊："我知道！"

"我自己说！"美嘉抢在他前面，低着头，像是在认罪，"我……我做了一个梦。悠悠，我错了，我梦见关谷了。梦里我和关谷单独在……在玩钓娃娃机，很亲密的那种，还被只小龙虾看见了……两次。"

"第二只龙虾居然还是我！"张伟忍不住地插嘴说。

"别担心，悠悠，我不会破坏你们的关系的。我……"美嘉撇着嘴，急得眼泪都要掉下来了。悠悠觉得好笑，柔声安慰她："美嘉，做个梦而已，不代表你和关谷有什么。可能，你爱上的是钓娃娃机，或者小龙虾。这些不是也出现好几次了吗？还可能，你只是被我们那天描述的画面打动了，你也渴望这种——亲密的恋爱感觉？"

"我知道了，我知道了！"张伟又忍不住犯贱地插嘴，"你是说，美嘉单身太久了，她饥渴了？！"当然，话没说完就被美嘉又掐又拧。

"做个试验吧，此时此刻，你对关谷来电吗？"悠悠指着关谷，后者一副邋遢宅男形象。美嘉仔细看了看，果断地摇摇头。悠悠微笑着总结："那不就没事了！"

美嘉兴奋得跳起来，连日来的愧疚自责一扫而空："太好了，我没有爱上关谷！"

"喂！不公平，我去换件衣服。"死脑筋的关谷想要挣回点儿面子，被悠悠狠狠瞪了一眼，嘻嘻笑着安慰美嘉："你没事，只是发春，不对发情，不对发浪……我的意思是，你该找个男人谈恋爱了。"

"男人？哎，我也是男人啊。"张伟挺起胸膛，极力想让自己的形象变得伟岸一点。美嘉瞥了他一眼，冷冷地评价："你不是，小龙虾！"

5

《约会胡一菲基础导论》第一讲，来了 14 个同学，小贤上课，子乔助教，看上去煞有其事。

"众所周知，胡一菲，属狗，狮子座女博士，是一个复杂而少见的生物。她内心深处究竟需要什么？——这是门科学。"刚说两句，台下众小开就唰唰唰拼命做笔记；还有人高喊，老师的开场白说得太好了！曾小贤呆了一会儿，说这些都有人听？你们这群富二代才真是濒临绝种的高危生物吧！但有人夸嘛，总归自我感觉还是不错的，臭美的他很快开始有了点儿"叫兽"的感觉。

"行！今天我们就来解读一下胡一菲的各种表情。"曾小贤对子乔示意，子乔打开 PPT 文档的第一张——胡一菲各种表情组成的照片墙，面对女神的各种风范，众人自然惊叹不已，学习劲头更加十足。"所有的表情中，笑容是最常见也是最有内涵的一种。只要能读懂一菲的各种笑容，就能在约会中掌握主动。"

第一张！平日里朝夕相对，猛然看见一菲被放大 N 倍的高清照片，曾小贤的心里不由得咯噔了一下。纤细柔美的眉毛，观之温柔可亲的双眸，鼻梁挺直却又带点儿俏皮的圆润，花朵般润泽美好的双唇，标准的尖下巴瓜子脸，脸上一点小肉肉，多一点嫌胖，少一点嫌层次感不够，就这样刚刚好的弧线，才使整个脸面都变得生动自然。

"她看上去很开心啊！"有位同学评价。曾小贤回过神来，舔舔嘴唇："错！乍看她是笑得很开心，但请仔细观察，她嘴角的线条有点儿生硬，眼神也不够灵活，这是典型的强颜欢笑！说明你的话题她一点都不感兴趣，只是礼貌地配合一下，建议你最好换个话题。"

哇噢，中国版的 Cal Lightman 教授啊！同学们对曾教授的景仰，顿时如滔滔江水，泛滥成一页又一页的笔记，生怕漏掉一个字的精彩。

第二张，开怀大笑，这张就一定是开心了！女孩子讲究笑不露齿，一菲张嘴大笑，简直有点儿忘形嘛！"又错！请注意，这次一菲笑起来是闭着眼睛的，但我们可以推断，如果现在她的眼睛是睁开的，视线的方向是朝上，也就是说，她根本没有看着你。或者我们可以理解为，这是她闭着眼睛冲你翻了个白眼。这是讽刺的嘲笑！往往会伴随着尖厉的拖长音并且用鼻孔看着你。千万别得意，因为下一句话她会损得你欲哭无泪。"

想起一菲平日对自己冷嘲热讽的样子，曾小贤不觉地嘴角扭曲了一下，边上的子乔突然哈哈哈哈笑个不停。曾小贤没好气地冲他一吼："课堂纪律！下一张！"

第三张，笑不露齿，看上去像在打哈欠。"如果你觉得这是该送她回家的信号，那你就真的可以回家了。胡一菲是什么？狮子座！女王！女王不会掩饰她对你的嘲讽、不满、生气，但是，她不喜欢在别人面前暴露自己的真实想法，这就是她为什么此时会捂着嘴的原因。但我们从她的眼睛与眉毛看，没有任何夸张，说明她目前处于完全放松的状态，而且目光柔和，这是一种接受的信号。唯独只有这个情况是她真的在笑。如果看到这个场面，恭喜，你逗乐她了。"

"Yes！"台下的阿豪突然激动地喊了一声，压低声音但还是很嗫嚅地跟同桌说："上次我请一菲吃饭，她这个动作保持了很久。我有戏了。"

子乔冷笑："那是因为这位同学你有狐臭，下一张！"

第四张，冷冷微笑，照片里的一菲高贵冷艳，完全是女神范儿！但是千万别忽略了一个很重要的细节，魔鬼藏在细节之中，她的手指在用力，手里的勺子已经被拧弯了。"仔细看她的眼神，是不是保持在一个方向？但她这个眼神并不是之前我们所说的敷衍无聊时候的呆板，而是她体内的警报装置开始锁定目标的信号！当然，当一菲手上的某样东西发生形变的时候，表情已经不再重要，说明你闯祸了。然后，两秒之后，你就会看到如下画面。"

子乔翻页，不小心放出一张大胸美女，台下一片哗然，曾小贤都给呛得咳起来。咚咚咚，连切三张照片，一菲杏眼圆睁，双眉倒竖，握拳，咬牙，完全是一触即发的攻击状态。

"当你看到以下表情的时候——"曾小贤语重心长地叮嘱，"跑！赶紧跑！千万不要——回头拍照！"众人吓得一起哆嗦，哆嗦完了狂记笔记。

在曾小贤和吕子乔的培训之下，一菲的相亲活动越来越和谐，那些追她的男生好像突然开窍了，似乎一夜之间都变得懂人事了。话题不干了，约会不闷了。渴了还没伸手，水就递到了；困了还没哈欠，就送她回家了。所以，一菲的心情也越来越好，满世界的阳光明媚、风和日丽。

"难道是老天在暗示我？你说，我是不是该考虑选一个正式交往一下了？"闲聊的时候，一菲问曾小贤的意见。

曾小贤实在想不出什么理由来阻止她，干着急，只能敷衍说："别那么冲动，再看看嘛。"

这算是一种挽留吗？一菲心里动了一下，但一想起诺澜，顿时又没了勇气，勉强地笑了笑，假装大方地说："差不多啦，既然这些家伙硬件软件都不错，我也不能老吊着他们，也算了了诺澜的一件心事。"

曾小贤想不通。诺澜？她能有什么心事？一菲看着他，心里叹了口气，自己怎么会喜欢上这么个傻货！淡淡地留下一句："你不懂的。"

一菲刚转身离开，曾小贤就心急火燎地去找吕子乔算账，要不是他出的办培训班这馊主意，那些追求者怎么可能近得了她的身？现在一菲说要在三天内，随便挑一个应征者做男朋友，简直太草率了！他就草率过，看看现在这日子过的！憋屈，太憋屈！

"挺好啊，你教完基础课，就可以开实践课了，他们交往得越久，我们不愁吃喝的时间就越长！"吕子乔毫不在意，"要不本着对朋友负责的精神，我们把随堂测验的成绩提供给一菲，让她的选择有个参考？"

曾小贤愕然："我们什么时候有过随堂测验？"

子乔笑道："我好歹是个助教呀？你下课之后啊，我都会把他们留下来，验收一下听课效果，有几个比较拔尖的。"

曾小贤气急败坏："这能算吗？他们根本就是作弊，要不是我告诉他们那些窍门，他们能近得了一菲三尺以内？！"

"这不是我们的办学宗旨吗？礼也是你收的，PPT也是你做的，现在才想要后悔了？"子乔拍拍他的肩膀，劝道，"曾老师，你对诺澜负责就行了，一菲挑一菲的男人，你赚你的外快。用得着那么激动吗？"

"谁……谁说我激动了？！"曾小贤自作自受，气得眼神散乱，两撇眉毛乱抖。

事到如今，只有将敌人阻截在封锁线以外，具体做法就是跟同学们讲讲约会胡一菲的危害，吓都能吓死那帮没见过世面的！

"大家都知道，胡一菲，女博士、跆拳道黑带、网球高手。这一系列的称号难道是巧合吗？绝对不是！一菲脾气诡异，喜怒无常，有极强的好胜心，如果你败给她，她会嫌你没用；如果你赢了她，那她就会跟你三局两胜、五局三胜、七局四胜，直到她把你打败，然后……嫌你没用！

"当然，作为女人，总会有失落脆弱的时候。她有时候也会很迷糊，一旦有挫败感，她就会找地方把自己藏起来。如果你找不到她，你会很担心；如果你找到她，你会更担心——因为她往往会用跟你比赛的方式来撒气，至于比赛的结果，请参见上一条。

"最后，也是最重要的一点，如果你们之中真有人不幸和她交往了，千万别牵她的手。因为她会忍术——弹一闪。"

怎么老师分析的技术指标风向突然变了啊？同学们哗然，交头接耳起来。

阿德举手问："老师，不牵手怎么算交往？"

曾小贤严肃地反问："交往重要还是命重要？"

比利发言："蹦极的时候，我牵过一次她的手，没那么吓人啊？"

曾小贤愣住，台下的同学马上开始围攻，"老师，您有没有牵过她的手？""老师，为什么今天您总是说小菲菲的坏话？"

"小菲菲？是你叫的吗！"曾小贤烦躁莫名。比利无辜地回答："不是您自己说的，她不开心的时候，就该这么叫她吗？"

"你你你你……你给我站起来！"曾小贤明显又开始激动了，点人的时候手指一抖，站起来五个学员。烦躁地按下去四个，单问比利："随堂测验！为毛一菲姓胡，他弟弟展博却姓陆？"

比利自信地说："因为他们是重组家庭。"子乔在一边颔首点头，回答正确！

曾小贤再问："一菲最不擅长却又最爱做的事是什么？"

"做蛋糕，还有菲克力。"回答又正确！

"解释一下为什么她会考到博士？"

"因为彪悍的人生不解释。"比利昂首回答，神气里都带着点儿一菲彪悍的味道，必须正确！

曾小贤有点儿词穷了，抛出撒手锏："一菲最大的理想是什么？那是个怎样的男人？"

"她最大的理想就是有个男人告诉她她真正的理想是什么！那个男人要么比她聪明，要么比她强壮，否则凭什么征服她？"说到high处，比利握紧双拳给自己加油，"我会努力的！"

回答正确！子乔衷心地给他比画了个赞。

不是我没努力，实在是敌人太过强悍啊！曾小贤喘了口气，灰心地说："看来，我已经没什么可以再教你们了。从今天起，你们都毕业了，各自上路吧。记住，好好善待一菲。"

"我有问题！"突然，一菲出现在曾小贤身后。曾小贤闻声回头一看，吓得脸色都变了。子乔凑过来，见气势不对赶紧闪到一边。

"老师说过，出现这个表情的时候，应该……"阿德提醒大家，所有人大喊"跑啊"，纷纷做鸟兽散，满教室的人只剩下稀稀拉拉几个。比利只觉得自己双腿发软，实在迈不动步子，索性站定。原来都是缺心眼的比利，问同学要不要抄笔记，群发短信的时候发错人，发给了胡一菲。

"你们两个是不是无聊成化石了，居然在这里培训？！"一菲冷冰冰地扫视全场，居然发现角落里还有个女生："这个女的是谁？她也是来跟我相亲的？"

阿豪呵呵地笑着解释："她是我女朋友，来旁听的。"

"女朋友？"曾小贤真是被他们的智商惊到了。

"我本来是没女朋友的，但是来上了两节课之后，发现我估计没戏了，就找了个女朋友。"阿豪不好意思地点点头，"钱都花了，总得把证书拿到吧。"

"都——给——我——滚！"一菲咬着牙，一字一顿地下逐客令。子乔和其余人等趁机都跑了出去，只剩下呆呆的曾小贤和那个跑不动的比利。

看着一菲怒气冲天的样子，曾小贤低声说："是你自己抱怨说这些人没创意的。"

"关你屁事，要你多此一举帮我推销，你那么希望我赶紧找个男朋友吗？"一菲毫不客气地呛他一脸。

"他是个好老师。"比利不识趣地插嘴。

"谁在说话？"一菲只把他当空气。

"放心，我会搞定的。"比利对曾小贤挤了个眼，觍着脸叫一菲："——菲菲，小菲菲，菲菲菲菲菲……"

一菲回头，眼睛放出射线，比利瞬间灰飞烟灭，曾小贤不忍地捂住了眼睛。

"姓曾的！中国那么多兵器你不学，偏学剑，上剑不练练下剑，铁剑不练练银剑！恭喜，你终于达到人剑合一的境界——剑人。我跟你还没有熟到允许你在外人面前拿我的隐私臭显摆，更没有熟到你可以随便说我的坏话！最幼稚无聊脑残的不是他们，是你！别以为你很了解我，你差得远了，你是我谁啊！"一菲长篇大论说完，觉得心都要空了，盯着他的眼睛开始有点儿发酸。曾小贤，你伤我还不够吗？

"从今天开始，我们绝交！"一菲迟缓而坚定地下了最后通牒，一摔门走了。空荡荡的教室里只剩下曾小贤呆立在原地，一菲伤心的眼神像在他心上插了一把刀，一点儿一点儿越疼越深。

6

夜深了，张伟裹在被子里，眼珠转动，笑得很暧昧，显然是做梦了。

　　梦里烟雾围绕，屋子中间摆着一台神奇的钓娃娃机！"啊！啊！Yes！"又抓到一只娃娃，张伟兴奋地大叫。关谷凝视着他，脸上露出宠溺的微笑："斯过意！你真是天才！"

　　张伟娇嗔地瞟了他一眼："是你教得好。"

　　关谷的眼神更热烈了："不，是你冰雪聪明。"

　　张伟歪着头卖萌："那我们再钓一个……我要那个小龙虾！"

　　"没问题！"关谷靠近，握住张伟的双手，张伟微微仰起头，眼神里尽是幸福和满足……

　　梦做到一半，张伟突然惊醒，回想起梦中的场景，不禁瞪大眼睛，绝望地低吼："Oh，No……"

第九章 / 冷战风云

1

自从宣布与曾小贤绝交后，胡一菲已经有两个星期没和他同屏出现过了。人说对女人而言，消炎消肿都比消气快，果不其然。开培训班的事，曾小贤本来就出于私心，不过不是为了"帮"一菲找男朋友，而是想帮她拆台。但不管是什么目的，错了就是错了，结局都是一样。从暧昧对象到普通朋友到连朋友都没得做，曾小贤怎么可能让这种事情发生，再说了，好男人不能让自己爱的女人受一点点儿伤，不是吗？必须诚恳道歉，主动求和好。

但磨叽如曾小贤，做任何事都不可能爽爽快快。他那些自以为的委婉和幽默，别人根本无法理解。比如那天，为了表示诚意，曾小贤特地准备了一块手表、一份生鱼片，还有一个气球，放到一菲房里。手表的表，生鱼片的生，加气球的气，连起来就是……表生气啊！这么"明显"的意思，不知道一菲到底有没有看出来，反正东西送出去后石沉大海，没有半点回应。

一招不灵，曾小贤只好再想办法。就在昨天早上，趁一菲刚起要吃早餐，他舰着脸蹭过去，毕恭毕敬地递上一块蛋糕。可一菲只是斜眼瞥了一下，嘎嘣脆地送他一个字——"滚"！虽然被骂，曾小贤还是很高兴，毕竟这是两人绝交十多天以来，一菲对他说的第一个字。这说明……一菲憋不住了！一定是这种孤独寂寥的日子她再也熬不下去了。

最近公寓里的火药味已经淡了许多，看来胡一菲发泄完了，终于想通接受和谈了，所以才主动跟自己说话。她要是知道那是他精心准备的特制蛋糕，里面还藏着写着"sorry"的字条，该觉得他多有诚意多有内涵，恐怕就不止对他说一个"滚"字了。

曾小贤正快乐地遐想着，子乔过来叫他，说一菲找他，在3602等。看来是自己的和谈攻势起作用了，曾小贤越发得意，心说，女人毕竟是女人，冷战害人，偏要死撑，早知今日，何苦折腾。唉！

哼着小曲来到3602，一菲果然正襟危坐在沙发上等着，曾小贤将将额前的头发，一甩头，摆了一个自以为很酷的姿势，自以为很深情很动人地凝视着一菲："听说你找我？"

一菲不置可否地笑笑，转动着手里的新钥匙，眼角都不朝他瞄一眼："曾小贤，通知你一下，3601新换了门锁。你那把钥匙废了。"

"给我把新的就行了，多大点儿事啊。"说着，曾小贤伸手去拿钥匙。一菲却收回手，笑容里多了些不屑和少许得意："我刚把备用钥匙给了悠悠、关谷和子乔。不巧，缺了一把。"

没事换什么锁啊？到底什么意思？曾小贤脸上还笑着，心里却打起了小鼓。

"我只是希望闲杂人等没事就别出现在我们的套间了。最近老有人把什么破手表啊、烂气球之类莫名其妙的垃圾留在我房间，我准备整顿一下。"说着，一菲把一个纸箱子递给曾小贤，里面全都是他平日里放在这边的，或者是送给一菲的东西，箱子最表面就摆着他前一阵刚送过去的手表和气球，生鱼片当然已经扔了。

曾小贤捧着箱子，好像所有心意都被退了回来，有点儿挫败："你是认真的？"

一菲站起身，一脸轻松地说："废话，阳台的锁我也顺道换了。买一送一，店里还送了我一根防盗链。我的地盘，我当然有权筛选合适的东西出现在这里，包括人——谢谢配合。"

明显就是打击报复啊！曾小贤总算是明白过来了，狠狠点了下头，行，又不是非来不可！可是，那块藏着"sorry"字条的蛋糕呢？

　　"喂狗了。"一菲给了他答案。

　　曾小贤翻翻纸箱，发现一菲做得真够绝的，差不多第一季到第四季的所有东西都让她退回来了，根本就是决裂啊！说好的和谈呢？想来想去怎么也不甘心，曾小贤故意找碴，问："上回送的那个绿色杯子呢？怎么没在纸箱里？我知道你舍不得，但我要回去也是为你好，怕你哪天触景生情。"

　　"谁稀罕！"一菲走到窗台拿过一个种着盆栽的马克杯，拔掉植物，把杯子递给他，"拜托你下次网购前看看清楚，杯子下面会有个洞吗？这根本就是个花盆！"

　　拿我送的杯子种盆栽？！明明是很有个性的杯子，自己不识货而已！曾小贤越想越气，搬起箱子回房，临走还不忘挑衅地说："我明天就用给你看！"

　　第二天，曾小贤便用手指堵着洞，用那个杯子装了满杯咖啡，然后去找一菲。看到曾小贤过来，张伟马上从沙发上挪开一点儿，让出他和一菲之间的空位，热心招呼道："曾老师，过来坐啊。"

　　一菲默默地看着杂志，假装没看见他。

　　"不必啦，免得有人不自在。"曾小贤空着的那只手一摆，斜靠在沙发靠背上，手假装无意地搭到一菲的肩头，"哎呀，我忘了，这是公共场所，不是某人的私人地盘，我怕什么？"

　　不知死活！一菲在心里骂了一句，还是把他当空气。曾小贤得寸进尺，又往一菲身边凑了凑，感叹道："我真是越来越喜欢这儿了。没有歧视，没有霸权，更没有人在门上装什么防盗链！"

　　张伟乐得看热闹，笑嘻嘻地问："曾老师，你来酒吧怎么还自带个杯子？"

　　"有品位！你也一眼看出这是个——"曾小贤高举起手里的花盆，加重语气地说，"杯子啦！不仅是杯子，而且里面还有咖啡——摩卡咖啡，一滴不漏。"

　　还自配广告词！那副贱贱的表情，真是让人恨不得一掌拍飞他！一菲想归想、恨归恨，表面还是保持沉静，不动声色。正巧子乔急匆匆地进来，她才放下杂志起身，拍拍手，开口说："人都到齐了，走吧，3601开会。"

　　"我们四个？"张伟东张西望也看不到其他人。

　　一菲抱着胳膊，眼角都不瞟曾小贤那个方向："这儿明明一共才三个人啊。"

明显没把贤哥当人看啊！曾小贤气急，刚要说话，子乔看到他手里的杯子，抢过来准备喝，咖啡从底下的洞里漏出来，洒了他满身。摩卡咖啡，果然漏了个一滴不剩。杯子？我看是杯具吧！

看完曾小贤出丑，一菲心情愉快地带着子乔和张伟回 3601 开会。会议从阿博之死展开。谁是阿博？当然不是展博，而是那株因为失去了花盆而凋零的盆栽！是有个姓曾的混蛋强拆了它的窝！多么好的一条生命，就这样消失了，多么让人心痛。一菲突然提高音量：“新仇旧账，不共戴天。你们知道应该站在哪边了吗？”

想怎样啊，大姐？朋友之间闹点儿矛盾，有点儿小误会，不至于要弄成这样水火不容吧？子乔很想打个圆场，便说：“阿博的死，我们很遗憾，可上次那件事，老实说我也有责任。”

一菲厉声问：“PPT 是你做的吗？”

眼见火要往自己身上烧了，子乔只能先求自保，暂时放弃曾小贤，想都没想就果断地回答：“那绝对不可能。”

“只要你们在大是大非的问题上认清立场，我是不会计较的。”一菲的目标只是曾小贤，并不跟子乔纠缠。曾小贤说她孤寂无聊、空虚难耐是吧，那她就把他的台给拆了，让他去体会一下什么叫作“呐喊于生人之间，而生人并无反应”！

张伟茫然地问：“你要我们怎么做？”

“本来，我想给阿博办场追悼会，你们这些做叔叔伯伯的，多少也该送些抚恤金吧。”一菲背着手，慢慢地在屋子里转了半个圈，“但只要你们跟姓曾的划清界限，这些礼金也可以免了。”

一边是兄弟，一边是现金，这可怎么好选？看他们两个还有点儿犹豫，一菲又补充道：“如果你们坚持想做他的同党也行。不过从此 3601 也只能跟你们划清界限了。”

子乔瞪大眼睛：“就是说我们也不能进来了？”

张伟的眼睛瞪得更大：“可我本来就住这儿啊！？”

一菲甜甜一笑，挑衅道：“哦？想试试吗？”两人果断摇头。

门外，曾小贤正扒着偷听，眼见着兄弟们一个一个屈服沦陷，他的眼珠子一转，嘴角露出一丝邪恶的微笑，心里打定了主意。

2

关谷老师……关谷老师？关谷老师！这称呼真是越听越有 feel、越听越高尚、越听越职业、越听越喜欢。在悠悠的劝说下，关谷终于从心里接受了当老师的想法，并很快将想法付诸实施。可万万没想到，上课的第一天，关谷就遭遇了职业危机。

那天，关谷好好地去上课，看到一群朝气蓬勃的学生，心情尤为激动。他是一位好老师，他一定会好好教导这些同学，让他们领略漫画的精华，成为漫画界的精英，振兴漫画业。将来，他们一定再也不会像自己一样，为了生存还得谋求第二职业。想到他们光辉灿烂的未来，关谷的声音里透着满满的自信："今天关谷老师要给大家介绍的，是一个非常有趣的绘画领域——漫画！在日本，这已经是个非常成熟的艺术门类。我们先不动笔，大家可以交流一下对漫画的理解，有什么要问的，可以自由发言。"

阿立首先举手提问："三赛，您真是日本人吗？"

"叫老师，不要叫三赛。"关谷和蔼可亲地回答，"我来中国好多年了，我很热爱这里，所以也算大半个中国人了。"

另一位阿松同学问："那您的日语是不是忘得差不多啦？"

"怎么会？"关谷笑着用日语做了一遍自我介绍，"我叫关谷神奇，请多多关照。"

刚才还心不在焉的同学们马上来了精神，整齐划一地跟着他念了一遍。关谷连忙摆手，说这是自我介绍，不是课堂朗读，不用跟着念。

阿立又问："老师，听说在日本关西话和关东话区别很大，我们学什么口音比较好？"

关谷沉吟了片刻，突然想起自己的职责，决定把话题引导到漫画方面来，问大家都看过哪些漫画。同学们异口同声：《海贼王》！经典就是经典，沟通无障碍。

女同学玲玲提问："那您知道路飞的口头禅是什么吗？"

说到漫画，关谷就来劲了，把外衣一掀，叉着腰装出路飞的神气，用日语说

"俺は海贼王になる男だ！"

所有人又热烈地跟着一起念。关谷隐隐觉得有点儿不对，呵呵一笑，把话题绕回来："除了台词，我觉得《海贼王》的漫画技巧更值得我们学习，不是吗？"

"那这句口头禅是什么意思呢？"同学又问。关谷不得不解释："路飞说的是——我是要做海贼王的男人。"

玲玲恍然大悟："怪不得他不喜欢身边的女孩，原来是想做海贼王的男人。"同学们显然找到了新的兴趣点，嘻嘻哈哈地在底下说起了悄悄话。

关谷用力咳了几声，极力维护课堂秩序，叫大家一起讨论漫画。可学生们生出新的古怪，说要让老师用日语跟他们讨论。"纳尼？"关谷心说，你们玩我的吧？全体同学齐刷刷跟着念，"纳尼？"关谷着急了，摇着手叫停："敲到麻袋！"同学们又跟着念，"敲到麻袋。""科索！（可恶！）"关谷生气地喊道，台下又一片，"科索！"

就这样，关谷老师的第一堂漫画进修课莫名其妙地变成了日语课，要不是满教室的雕塑、素描和画架，他真要以为自己走错教室了。

乘兴而去，败兴而归。一到家，关谷自然跟朋友们发了一堆牢骚，还说要去找一菲，求教一下跟同学沟通的秘诀。可大家好像并不太理解，因为按照中国人的思维，在课堂上，从来都是老师讲老师的，学生睡学生的，人鬼殊途；除了点名的时候稍有沟通，其他时候井水不犯河水，还用得上什么秘诀？

"哟，确实挺奇怪的——这究竟是为什么呢？"子乔做深思状，歪着头想了片刻，突然问关谷："这句话用日语怎么说？"张伟和曾小贤大笑着跟着起哄，连悠悠都忍不住抿起了嘴。

关谷瞪了他们一眼，生气地说："一点儿都不好笑。我是去教漫画的，太不尊重我了，这分明是种族歧视嘛。"

曾小贤劝他，种族歧视倒不至于，既去之则安之，横竖都是上一堂课，教什么不是教？只要传道授业解惑，都算老师。关谷奇怪地重复着他的话，传到、收银、接货——这不是快递吗？

悠悠安慰他："换个角度看，他们至少没睡觉，只是学风有点儿跑偏了。引导一下就好了。"可关谷还是固执地说："我是教画画的，又不是王二小放羊，怎么引导？"

悠悠白了他一眼："王二小放的是牛吧。"

张伟出主意："你可以拉拢其中一个学生，让他带头问你专业问题，然后你狠狠表扬他，不仅树立了榜样，还能把课题拉回来。"

拉拢一个学生？关谷听得迷糊了。子乔跟他解释："这种学生，江湖人称——课代表。每个老师都有一个这样的心腹，冬天的小棉袄，夏天的小内裤，同学眼里的小混蛋。"

主意倒是不错，可关谷才刚上任，跟大家也不熟啊，上哪儿去找课代表呢？悠悠毛遂自荐，反正关谷教的是进修班，她可以混进去旁听，到时候负责问问题，这样，关谷就不会孤立无援了。

关谷撇着嘴："可你懂漫画吗？"

悠悠拉着他的胳膊卖萌撒娇："不懂才要问你啊，关谷老师……"尾音拉得长长的，在关谷耳朵里绕呀绕，立马让他改变了主意："你被录取了！"

做演员还有帮人解围的功能？悠悠的唐氏表演法又有了新的用武之地了。

3

大家还记不记得，第三季第四集里，那个家里开宠物店，考了三十八分要跳楼自杀的男生？因为乌龙老师——美嘉当时的一番话，不仅把他从死亡线上拉了回来，还彻底改变了他的命运。

张三峰，请注意，不是张三丰，也就是那位自杀男，自从从兽医系转到电信系之后，他就突然有了动力，学起来轻松多了。学校是学分制，他花了四个月就把本科的课程都自学完了，之后报名去了西藏支教，同时自学了第二外语，还翻译了三本国外专著。回来之后，还想再充充电，就把研究生课程也修完了。除此以外，去年他和同学一起开了一家新概念软件工作室，很快拓展了几百万用户，甚至有风投公司找上门，要帮他们把工作室扩大规模争取上市。

从本科都差点儿留级，到现在的学霸兼成功男，小峰同学的成功轨迹几乎跟比尔·盖茨当初是一样一样的，而这一切，都是因为美嘉，所以他一直感恩戴德。日子久了，感激滋养成了感情，奈何家里一直不赞成他在读书期间谈恋爱，小峰便一直珍藏着这份爱意。直到现在，研究生马上都要毕业了，他便怀揣着一颗火热的心，出现在了美嘉面前。

"陈老师，不，美嘉，有件事想请你帮忙。"见面之后稍微介绍了一下自己最近的情况和变化，小峰就开始切入正题。

见到焕然一新的张三峰，美嘉自然也很兴奋和高兴，怎么说那也是她拯救回来的呀！"你说，只要别跳楼就行。"

"这周六晚上有个研究生毕业舞会，有时间赏个脸吗？"

"Party！"美嘉激动地瞪大一双美丽的眼睛，手中杯子里的水都差点儿泼出来，洒在小峰的西服上，"Sorry。我就说读研究生好混吧，整天happy。"

小峰一点都不在意，笑着解释："这是我们学校的传统，到时候每个男生都得带一个舞伴，所以我……"

"我们行走江湖的，一向义字当头！路见派对一声吼，该出手时就出手——有帅哥吗？"不等他回答，美嘉就一脸严肃地对他说："行，没问题，一言为定！"

Party，party，帅哥，帅哥，你们都给我 high 起来！这可是美嘉的软肋啊。张三峰你是研究过，故意的吧？

就这样，以 Party 的名义，小峰不仅陪美嘉去逛街，买了好多套她喜欢的礼服，还请她吃了饭，喝了咖啡，看了电影……美嘉只把他当成一个不务正业、整天打 Dota 混日子、连女朋友都没时间找的呆子，连 Party 舞伴都要临时找人顶替，压根儿没想到小峰会对自己有什么想法。

"不是你让我抓紧青春找男人的吗？这身衣服一穿，舞会上一定会有很多男老师迷上我。"美嘉穿着一件漂亮的礼服，拎着两件舞会礼服在穿衣镜前反复比较。

悠悠听她说完小峰的故事，看看衣服，又咂咂嘴："我看啊，已经有人看上你了！"

"谁？"

"那个小峰啊。"

美嘉赶紧辩解："不会的，他只是找我帮他打酱油的。"

悠悠看着她摇摇头："毕业舞会可不是随便拉个人就去的，男生邀请的一般都是自己喜欢的人，这么明显的道理，你读过大学没有啊？"

"没有啊。"美嘉歪着头，咬着嘴唇，努力想把这些天的经历串到一起，"不可能吧，他压根儿还是个不务正业的小屁孩呢，读个大学连女朋友都没找。"

"大学是用来上课的，谁说是用来找女朋友的？"悠悠又好气又好笑，"年纪轻轻搞软件设计居然能拉到风投，居然还在做 IPO 准备上市，这个小帅哥很有前途，我劝你还是从了吧。"

美嘉怎么想都还是觉得浑身不自在："可我还是一点儿都没有感觉啊，他……比我小好几岁呢，我从来没想过会找个比我年纪小的呀，我可不能接受姐弟恋。"

你这哪有一点姐姐的样子？人家心理上可比你成熟一万倍了。悠悠看着缺心眼的美嘉都觉得好笑，嘴上说："这有什么，杨过还比小龙女小呢。你不是只看帅哥，从来不挑的嘛。再说了，谁让你当年去改变他的人生的？"

借用一下子乔的台词，改变了就得负责吗？美嘉真是有点儿不明白了。

有了心里那道坎儿，再跟小峰相处时，美嘉明显变得不自然了。还是约会吃饭，小峰在那儿不停地说话，她却心不在焉地戳着盘子里的菜，不知怎样开口拒绝才好。

"读书那会儿，我爸很反对我谈恋爱。不过他答应我只要毕业了就可以交女朋友，所以我拿到证书就第一时间来找你了。"小峰热切地看着美嘉。"找我……帮你介绍吧？没问题。"美嘉尴尬地顾左右而言他。

"你不都答应我去参加舞会了吗？"小峰笑着摇头，亲昵地去拉美嘉的手，从对面桌上移过来，坐到她身边，深情地凝视着她，"要不是那次你拦着我做傻事，我怎么会有今天？你的话给了我鼓舞和信心。我一直想着有一天，会让你看到全新的我。"

"看到啦……你头发长了！小伙子挺精神的。"美嘉更加尴尬，突然伸手摸他的头，借机挪开身子。趁小峰愣住，夸张地喊了句："哎呀，我炉子上还炖着汤，改天再约吧，拜拜。"

说完，美嘉匆匆逃走，慌乱间连大门的方向都差点儿认错。小峰欲言又止，摇摇头，心里啧啧称奇，笨笨的女孩子，还真是招人喜欢呢。

4

课代表计划正式执行，悠悠穿着学生装来到学校，说自己是插班生，很容易就跟同学们打成了一片，完全没有人怀疑她的身份。回到学生时代的感觉真好，悠悠差点儿都要忘记自己"任务"在身了，快要上课了，才匆匆给关谷打电话交代，一切就绪，只请老师登场。

"一会儿见啦！M-u-a！"悠悠甜蜜地对着电话里送个香吻，挂了电话。正好被走过来的玲玲听见，好奇地问："好甜蜜啊，悠悠同学，给谁打电话呢？"

"我未婚夫……"悠悠险些说漏嘴，才想起现在自己可是学生娃！慌忙改口，"呸，男朋友！网吧认识的。"

玲玲一脸羡慕，说自己男朋友也是网吧认识的，不过前几天跟她分手了。还大度地替他开脱，在一起都三个星期了，腻了也正常。悠悠一愣，马上收起脸上的惊讶，暗自叮嘱自己：我现在可是青春期美少女，一定要记住了，跟着他们的思维走，不能再说错。

"本来周末我们要一起看电影，现在用不着了，这票你和你男朋友去看吧。"玲玲说着，拿出两张电影票递给悠悠。《桃花侠大战菊花怪2》？！这都什么乱七八糟的片子啊？居然还拍续集？悠悠心里苦笑，表面还要装出很惊喜的样子："听说这片子超赞的！"

悠悠被同学们的热情感动，差点儿都要为自己假扮学生的事感到内疚了。这时，却有两个男同学过来，通知她今天值日。"呛……呛老师？"听到值日的工作，悠悠可真是被呛住了。

同学解释："就是问一些让老师下不来台的问题，这个新来的关谷老师是日本人，傻不拉叽的，呛他很容易。你准备个日语问题就行了。这可是给新同学的福利！"

悠悠还是张大嘴反应不过来的样子。玲玲拍拍她，笑道："你第一天上课，当然要找点儿乐子啦！"

悠悠这才明白，敢情关谷在课堂上遇到的种种尴尬都是同学们故意的，可这么做的目的是什么呢？目的？同学们显然没有这个心思，都是学生，又不是社会上的人，能有什么目的呢？顶多就是整整蛊，图个开心嘛！

关谷可不知道这些插曲，以为悠悠早已掌控全局，一上课就把悠悠推了出来："很高兴今天我们班上又多了位新来的学员——唐悠悠同学，我猜你一定很喜欢漫画吧。为了表示欢迎，你可以问一个关于漫画方面的问题，老师会帮你解答。"

悠悠迟疑地站起身，问题是早就背熟了的，可如今该怎么开口呢？

关谷见她不说话，以为她是忘词了，又提示一下："今天的课题是'日本漫画大师——手冢治虫的作品鉴赏'。"悠悠总把手冢治虫说成"手中的虫"，关谷特地一字一句地强调了大师的名字，怕她一不留神问成了生物问题。

"手冢治虫先生的代表作——《铁壁阿童木》开创了新的画风，请问……"看着关谷满怀期待的表情，再回头看看同学们同样期待的表情，悠悠心里纠结着。"我们以后可以做好朋友啊。"想起玲玲天真无邪的友好，悠悠终于做出了决定，严肃地问："铁臂阿童木……用日语怎么说？"

同学们哄堂大笑，关谷窘得一脸血。就这样，因为悠悠的临阵脱逃，关谷又莫名其妙地教了一节课的日语，就差没用日语讲相声了。她倒真是跟同学打成了一片，可关谷真的很想把她打成一片，像拍苍蝇似的！

同学的友情不能不顾，关谷的事业也不能不支持。一计不成，悠悠又生一计。不如下次她再唱反调，然后假借着关谷生气，把她轰出教室！她自然是可以就此卸了"课代表"的重任，班上同学说不定也会因此感到害怕，这样就不敢和关谷作对了。

悠悠说的是杀鸡儆猴还是杀金丝猴，关谷的中文不够灵光分不清，但脑子能灵光到理会计划精神就够了。于是，Plan B 开始执行。

又是美术课，关谷被同学们围着，大家你一言我一语地踊跃提问。"ある有什么作用？是哪个词变化来的？""三赛，你看我的发音准不准？""老师能不能教我们唱日本民谣？"……

"你们别再问日语问题了好吗？！"关谷给他们吵得差点儿要崩溃了，忍不住地大吼一声，同学们果然安静下来，"这是漫画鉴赏，不是日语基础，别逼我！否则我分分钟……"

他话还没说完，大家就齐声用日语帮他补全："切腹自尽！"

眼见关谷捂着脸走投无路，悠悠挺身而出，认真地说："老师！我爱漫画！"

关谷大喜："听听，这才是你们的榜样。悠悠同学，请提问吧。"

"我是想问，我爱漫画！这句话用日语怎么说？"悠悠的话一出口，教室里又是一阵哄堂大笑。关谷勃然大怒，指着悠悠，大声斥责："够了！你到底是爱漫画还是爱日语，还是爱捉弄老师？我的班上不欢迎自由散漫的同学！给我出去，出去！"

同学们果然害怕了，教室里变得鸦雀无声。关谷忍不住心里有点儿小得意，老虎不发威，真当我是病猫呢？！

悠悠委屈地低头走出去，走到门口，突然回头："老师，我有几句话要说。"好不容易消停下来，又想整什么幺蛾子啊？看到悠悠热泪盈眶，唐氏表演法呼之欲出，关谷的心顿时又凉了半截。

"老师您说得对！我是个自由散漫的学生，我不配在这里学习。我影响了课堂秩序，应该受到惩罚，对不起大家，我再也没法和你们一起上课了，以后我都没脸再来了。我太惭愧了！我应该回——老家去。"

老家？关谷有种不祥的预感，悠悠这是要唱大戏了。

"我老家在乡下，爹得了重病，娘独自养活了我们八个孩子。为了把我送到城里学画画，我娘杀了种田的老黄牛，还把我姐姐嫁给了村长的傻儿子，才换来了这个旁听的位子，可我没有珍惜，居然用这宝贵的机会——学日语！"

关谷听得下巴都要掉下来了，这也太能编了吧？

"也许我的未来会因为今天的错误而改变，可这是我咎由自取啊！没错，我们年轻任性，我们不以为然。但无法否认，我们早晚会因为年少无知和肆意妄为而付出代价！可是，这代价对我这样一个乡下孩子来说，太大！太大了呀！"悠悠突然往地上一跪，大哭起来，"娘啊！孩儿不孝！姐姐啊！我对不住你啊！"

一群少不更事的同学认真地听着，悠悠的眼泪一下来，台下几位同学都忍不住地抹起了眼泪。再这么折腾下去，这节课很快又要完了。关谷实在受不了了，挥手打断她："行啦！行啦！你回到位子上去吧。回来上课，下次注意就行了。"

悠悠表演得意犹未尽，根本停不下来，哭着求他："老师，你赶我走吧。"

"不，你留下！"

"不！赶我走！"

"不，你留下！"

两个人拉锯似的对答，玲玲突然站起身说："悠悠，别走了！关谷老师，你就留下她吧。既然你那么希望学画画，我们不捣乱就是了。"

其他同学也附和："看在悠悠的面子上，大家以后别再说日语了，陪她一起认真学画画吧。我们是个集体啊！"

所有同学都表示同意。

虽然 Plan B 出了点儿小岔子，走了一点儿歪路，课堂日语风波终于平息，关谷真是有点儿哭笑不得。

5

自打一菲实行坚壁清野政策，勒令张伟和子乔跟曾小贤划清界限，两个人现在看见曾小贤就逃，唯恐惹祸上身，被女魔头责罚。曾小贤心知肚明，只是不戳破，也不逼他们选择立场，如此怀柔政策，反而让两兄弟多出几分歉疚来。

以德服人的政策执行了几天，曾小贤决定开始采取主动。这天他刚回家，碰到张伟和子乔在屋里打游戏，心情愉快地走上去拍了拍他们的肩膀，热情地打招呼："兄弟们，我回来了。"

子乔和张伟面面相觑，假装看不到曾小贤，各自找借口想要离开。

子乔说："我渴了，去买瓶可乐。"曾小贤堵他："冰箱里就有。"

张伟说"我饿了，买手抓饼去。"曾小贤再堵他："我刚叫了外卖，马上到。"

两人无奈，居然推说尿急要去隔壁上厕所，抢着就往外跑。曾小贤又挡住他们，所谓人在江湖，身不由己，贤哥并不是不理解，可现在只有三个人，胡一菲也不在，兄弟们也做得太过分了吧？

张伟小心翼翼地看看四周，竖起手指做了个嘘声的手势，悄悄说："嘘！她无处不在。"子乔跟着猛点头，表示万分同意。

这也太夸张了吧，还无处不在，难不成她胡一菲还能进化成气体？曾小贤撇撇嘴，问他们两个："胡一菲是不是让你们跟我划清界限？"

张伟猛点头，嘴上却说："没有，我们只是随便聊聊。""你们同意了？"

子乔猛摇头，嘴上却说："当然，当然。"

"既然这样，我就不为难你们了。"曾小贤大度地放开他们两个，从口袋里掏出两张票，塞到两人手里，"只可惜，我这儿有三张内衣秀的票，没人陪我去看了。维多利亚的秘密，今晚八点。我自己留一张，剩下两张，麻烦帮我转交给有缘人。"

内衣秀？这个，不太好吧……我们没兴趣，真的，谁爱看谁看。两人嘴里推辞着，一边点头一边抢票。

曾小贤哈哈一笑，又拿出一对徽章，往他们跟前一丢："对了。这是 VIP 徽章，戴上它可以进后台，也记得转交一下。我先走了。"

子乔接住徽章，跟张伟争抢着在胸前挂好，比画了个剪刀手，对着曾小贤离去的方向默默在心里说：贤哥先走，兄弟随后就到！

劲爆的内衣秀，让伪装出来的隔阂彻底消融。从秀场回来，三个人勾肩搭背，感叹着，薄醉微醺，人生几何，红颜易老，应及时行乐。万般皆浮云，唯有情义值千金，说到激动处，三个人握拳平放在胸口，一起发誓："永远，都是，好兄弟！"

从电梯出来，兄弟们不得不面对现实，再往前一米，就是胡一菲的势力范围了。

曾小贤理解地拍拍张伟和子乔："和我划清界限吧。只要你们心里有我，我死而无憾！"

张伟笑嘻嘻地说："放心，我不会说出去的，问起来，就说咱们最多只是逛了圈内衣店。"

正好一菲下班回来，从背后出现，冷冷地咳嗽了一声，三人惊得魂飞魄散。子乔连忙解释："我们楼下刚遇到的。"张伟一紧张脑子就不好使，跟着说："对，我们没去看内衣秀。"

"哟，这是什么徽章呀，好漂亮呢？"一菲看到三个人胸前的徽章，微笑着说，"玩什么呢？怎么不带我去呀，好兄弟？"

张伟捂住徽章，紧张得面部表情都错乱了，颤抖着说："维多利亚有秘密，我们没有。没带你去，是因为……因为……那儿……没你的 size！"

这解释……子乔跟曾小贤彻底跪了，一个捂脸，一个撞墙。不怕对手猛如虎，只怕队友蠢似猪，真是至理名言！

"刚才忘了对口供吧？编，接着编，编好了再解释。"一菲冷冷地瞥了他们一眼，转身进门。

关键时刻，兄弟靠边站，卖友求个生存先。子乔提议跟一菲摊牌，说是被曾小贤催眠了，张伟再同意不过。过去一推门，发现门已经锁上了。

曾小贤稍有点儿幸灾乐祸："糟了，3601和你们也划清界限了？"

"不会吧？"张伟敲门，低声下气地求："一菲，我们编好了，不是，我们合计好了，也不对，总之让我们进来说吧。"

一菲在屋里甩出来一句："那个贱人说得没错。"

曾小贤没错？难道是一菲承认自己错了？怎么可能，当然是说3601从此也跟张伟和子乔划清了界限！接着敲门，里面再也没了回应。子乔跟曾小贤打着哈欠要去洗洗睡，无家可归的张伟可慌了手脚，拖住两个人："好兄弟，讲义气，有福同享，有难同当。你们别逼我啊！我可什么事都做得出啊。"

子乔斜睨着他："你想干吗？"

张伟横下一条心："再逼我，我就……我就去跟她道歉！"

曾小贤笑道："一菲已经失去人性了，要是道歉有用，我也不用这么折腾了。"

"那是你没诚意，道歉这种技术活还得看我的。"张伟得意地甩甩头，"我在网上看过，最专业的道歉应该面对面，用眼神表达愧疚。你之前那些方法都弱爆了。"

"眼神也可以道歉？来一梭子我看看。"曾小贤不信，张伟立刻换上一种诡异的眼神盯着他，看得他直起鸡皮疙瘩："你还是去恶心子乔吧！"

张伟又盯着子乔，子乔嫌弃地推开他的脸，鄙夷地说："这是你之前看内衣秀的眼神吧。"张伟转身去敲门，子乔突然想起之前一菲给过他们备用钥匙，赶紧拿了出来。结果，门倒是开了一条缝，上面还挂着一条安全链。

奇葩的张伟竟然把头伸进了打开一点儿的门缝，用他那种诡异的眼神盯着一菲："一菲，我错了，我是来道歉的。"

"你想干吗？"一菲突然看到门缝里卡着一颗脑袋，吓了一跳，捂着眼睛，不敢直视张伟骚包的眼神，"走开！别用这样的眼神看着我。"

张伟继续发功，表情沉痛不已，眼神更加猥琐："我是真心的，求你了，让我进来吧。"一菲实在看不过去了，给他戴上一副墨镜，看着他那傻样，差点儿笑出声来。

张伟电眼被阻，只好撤退，谁知道头竟然卡在了门缝里，试了几次都拔不出来。子乔跟曾小贤在屋外只看见他的屁股扭来扭去，还以为又是什么道歉的新鲜花样呢，在一旁看得啧啧称奇，难道这叫卡门道歉法？

"真的，我真的卡住了。快帮忙！"张伟疼得龇牙咧嘴，曾小贤和子乔这才知道他不是装的，合力拉他的屁股。"拉头，不是屁股！啊！不行，不行，我脑袋要爆炸了。"

看着他狼狈的模样，曾小贤又好气又好笑，一边拉一边调侃他："今天总算是见到什么叫作脑袋被门夹了，你还不如趁这机会换一个吧。"

6

关谷和悠悠从学校回来，正看到曾小贤和子乔努力地把着张伟的头往外拔，是玩拔萝卜吗？"我们可以参与吗？"悠悠兴奋地问，子乔耸耸肩，示意她随便参与。

一群人围着张伟的屁股瞎扯乱拽拿不出个主意，着实有些不太好看。要想把安全链拿下来，首先要关门，但是一关门，张伟的脑袋不保，不好办哪！

门外的人乱糟糟地出主意，门内一菲却玩得很开心。她在门后面画上一张巨大的龟壳，伸长的脖子正好连着张伟的头，再加上张伟脸上的墨镜，活脱脱就是一只忍者神龟！

"就是脸黑了一点儿，要是绿色的就更像了。"一菲自言自语着，拿出手机来拍照，一面还下命令："笑一个——茄子！"

张伟配合地对着镜头咧咧嘴，一菲再也忍不住扑哧笑出声来。笑了就说明不生气了，张伟喜出望外，越发觍着脸求情。一菲捂着嘴，忍着笑，刚才的怒气果然不见了，看在他辛苦扮乌龟的分儿上，决定饶了他，去房间拿螺丝刀。

张伟忍不住哈哈大笑："她笑了，我赢了！一菲不生气了，她要帮我拆链子了。"

这样也可以？门外众人大跌眼镜，张伟更加得意。虽然付出了不少代价，总归博得美人一笑，可见道歉真是一门学问。话粗理不粗，由此引申，如果曾小贤也能把一菲逗笑，说不定冷战也能结束了。

"切，你想我也把脑袋塞进去？我没这货的天赋。"曾小贤试着把头往门缝里塞了塞，但显然门缝太小，头太大，进不去。

虽然……但是！换个位置，用点儿力气，没准也行啊，门外三个人一起把曾小贤的脑袋往门缝里塞，只听得曾小贤"啊哦"惨叫一声和隐约一丝碎裂的声音，不知道是门框还是头骨，曾小贤的脑袋妥妥地被塞进了门缝，正好在张伟上面。

"救命啊！这不科学！脖子疼啊！"曾小贤哀号道。

张伟镇定地说："楼主，淡定。"

"你不疼吗？"将心比心，曾小贤现在才深刻体会到了张伟的感受。

"刚才还有点儿，不过你的头进来之后，好多了。"张伟嘻嘻地笑着，试着转动了一下脖子，居然神奇地从门缝里出来了！不仅解放了，简直来去自如。乐得张伟不停地演示："楼主，我又进来了，我又出来了，我又进来了，我又出来了！"

正好一菲拿着螺丝刀过来，看他那副嘚瑟模样，把螺丝刀一扔，抱着胳膊冷眼瞧着他们耍宝："敢情你们觉得这样挺好玩是吧？差点儿上了你们的当！你们能自己卡进来，就自己出去呗。"

"一菲，菲菲，我真是来道歉的。而且，我的头也真的卡住了！"曾小贤的头被卡住不能动弹，勉强挤出一个乞怜的眼神，"劳驾！您也笑一个，然后放我出来吧！"

一菲不为所动，只能靠门外的朋友们帮忙了。从理论上说，要让曾小贤的脑袋出来，除非是找一个更大的脑袋塞进去，可现场去哪儿找一个比曾小贤的更大的脑袋呢？子乔、张伟、关谷，悠悠轮流把头伸进去，空间都富裕得很。

"哟！还玩队形啊。"看他们玩得那么嗨，一菲更加生气了。

子乔："别误会，我们是来看曾老师最后一眼的。"

张伟："楼主，不得不说，你的头真的太大了。"

悠悠："我们四个加起来都救不了你。"

关谷："坚持一下，物业明天早上就会来的。"

一人说了句风凉话，四个人都轻轻松松撤了出来，准备洗洗睡。

"明早！喂！你们别走啊！喂！"曾小贤绝望地喊，"张伟，听着，我卡着你今晚就彻底进不去了啊！"

张伟笑得龇出一口白牙："没事，我可以睡你的房间。"一菲幸灾乐祸地提醒："你们别忘了给他披件衣服，半夜里凉。"

"外面的！最后再试一次，推我屁股！推呀！在这儿卡一夜，我会被风干的。往里推，别往外拉！"曾小贤求他们，门外四个人终于又回来了，一起使劲把曾小贤往门里推。"一二三！使劲，一二三！使……"口号没喊完，链子断掉，曾小贤一个猛扑冲了进去，正好趴在一菲身上。

"菲菲，对不起。"四目相对，曾小贤温柔地说，眼神迷离，正是张伟说的诚意。门外四个人起哄，又看一菲神色不对，曾小贤才注意到自己左手撑地，右手正好按着一菲的胸……"sorry 啊，我真的是来道歉的。"可能是太紧张，曾小贤换了个手，右手撑到地上，左手又该死地按到一菲的胸部。

一菲狠狠地瞪着他，像是要把他生吞活剥了似的。"弹……一……闪"，一菲牙缝里挤出几个字后，就听到一声"咔嚓"，曾小贤被生生甩出屏幕以外，这次大概真的是头骨碎裂的声音。

7

虽然在悠悠的努力下，单纯善良的同学们答应以后一定会好好上课，但毕竟这只是演戏，难道悠悠还能当一辈子课代表吗？她是真的挺留恋当学生的日子，而且能每天多出些时间跟关谷腻在一起，心里是挺乐意，但毕竟不是长久之计。或者，关谷也可以像其他老师一样，用中国老师最常见的手段，用期末成绩不及格或者不发证书来威胁大家，胁迫同学们听课，不敢捣乱。

思来想去，关谷决定跟同学们坦诚相见，用自己的真诚打动他们。

第二天上课，关谷宣布的第一件事情就是——真相。"唐悠悠同学以后不会再来上课了。因为其实她不是学生，是我的未婚妻，她是为了帮我维持秩序才来上课的。对不起，欺骗了大家，希望大家理解老师的一片苦心，对不起！"

关谷连鞠躬带道歉，同学们倒不好意思起来，好一阵教室里都没人出声。

玲玲突然举手："老师，我们还能问几个问题吗？"

关谷和蔼地笑笑："只要不是日语的，什么都行。"

"你们什么时候结婚？我们可以参加吗？是您追她的，还是她追您的？你们当初是怎么好上的？您是怎么跟她求婚的？"玲玲问，"你们在一起这么久了，不腻吗？"

大家七嘴八舌，问题像连珠炮似的抛出来。关谷的世界，又崩溃了。

第十章　我是励志师

1

《爱情公寓》从第一季走到第四季，我们深深地爱上了剧里的每一个角色，他们那么鲜活生动，又好像跟我们每一个人有着千丝万缕的联系。我们对每个角色的特征了如指掌，谁谁谁的身高、谁谁谁的习性……我们对每个角色的台词倒背如流，"我一口盐汽水喷死你""好男人就是我，我就是曾小贤"……我们对每个角色的背景设定如数家珍，曾小贤是电台主持人；胡一菲是女博士兼大学老师；陆展博是软件程序员，现在已经转行成了EIO地球卫士；林宛瑜是林氏银行的闺阁千金，如假包换的富家大小姐；唐悠悠是屡战屡败、屡败屡战的女演员；关谷神奇是从日本来中国谋发展的漫画家；美嘉是宠物店助理；吕子乔……

对，吕子乔！只有吕子乔，从头到尾就没人知道他是做什么的。从第一季开始，我们见他卖过神功丸，支持过某种科学实验，隔三岔五地撮个Party捞点儿油水，甚至还跟美嘉假扮两口子骗过礼金，但是真没见他有过什么正经工作。但他的日子过得很悠哉，住的是高档公寓，出没于酒吧Party健身房，穿着打扮都是富家公子的派头。于是，人们开始各种猜测。有人说，子乔偶尔说出一口四川话，而且有一个年龄相仿的小姨妈，其实他正是四川某大型家族企业的传人，正宗的富二代；有人说，他有一个有钱的干爹，根本就是啃老一族；有人说，他无非就是个混迹花丛的骗子，俗称大忽悠，没听 Lisa 榕说当年他们在一起连房费都是她付的？有人说，他压根儿就是个混混，拆东墙补西墙，兄弟支援一点儿，小姨妈大姨夫那里蹭一点儿，女朋友补贴一点儿，也就凑合着过了……

但是！以上种种都只是猜测！经过漫长的四季等待，感谢玉皇大帝神仙菩萨，感谢耶稣基督圣母玛利亚，感谢雷神奥特曼真主阿拉，导演和编剧终于大发善心要揭秘子乔的身份，当当当当！

"请叫我——励志师。"

子乔平静地宣布了这个消息，所有小伙伴都惊呆了。关谷的反应是犯迷糊，只听说过工程师、会计师、造型师。励志师是什么……和荔枝有关系吗？曾小贤的反应是怀疑，连搜狗拼音都打不出来的词，算是个职业吗？是子乔自己发明的吧？！

子乔为自己申辩："就因为前无古人，所以才叫创业嘛。目前我的项目已经顺利度过了试用阶段，马上就要大面积推广了。"

悠悠从鼻子里哼了一声："你不作孽就不错了，还创业？"

子乔只好再透露一点儿："唉，跟你们说多了也不懂，这么说吧，在生活中，我是吕子乔，但在网络上，我是一个维护女性心理健康的使者。"

女性？心理？健康？看三个人还是完全不明白，子乔拿起曾小贤的 pad，给大家搜视频，事实胜于雄辩嘛，"我负责创意和演出，小黑负责拍摄。低成本，高回报。"目标对象是女性！低成本小电影？"子乔，你不是想转行当新一代动作片巨星吧？"大家越想越三俗。

子乔白了他们一眼："醒醒！我这是专业教育视频，你当是娱乐的吗？Download store，9.99 元下载一次，支持支付宝。Go！"

曾小贤见子乔用自己的支付宝账号埋单看他的烂片，第一个就不乐意了，拦阻不成，悻悻地说："你怎么不去抢，连《爱情公寓》都是免费的。"

视频开始，所有人暂停讨论。蓝天，白云，花瓣飘飘，唯美的音乐声中，子乔出场，俊美的脸庞，潇洒的气质，裁剪适度、价格不菲的西装上还别着一朵雅致的茉莉花，无论怎么看都是 perfect，360 度无死角地帅！"你好，我是你们的天使——小布老师。从今天起，我将和你一起面对人生，跟着我的步伐，小布会改变你的世界。接下来，请根据需要，选择你要下载的内容。"掌风拂过，屏幕下方弹出一个选项菜单，坚强篇，自信篇，勇敢篇，每一项还是 9.99 元。

坑爹啊，又收费？你以为客户都是傻帽吗？这回不止曾小贤觉得心疼，连关谷都觉得太不靠谱了。

"励志靠的是人格魅力，全凭自愿。"子乔微微一笑，"这样吧，我给你们介绍几个成功案例，你们就明白了……"

坚强篇

午餐区，胖女孩 Ada 看着满盆食物纠结，身材，还是美食？真是让人左右为难。Ada 拿出手机，点了子乔 app：你是个坚强的女孩，你可以控制自己的欲望。食物是魔鬼，战胜它！记住，天使与你同在！你本来就很美！说完，子乔送出一个飞吻，性感弹性的双唇充满诱惑。Ada 痴迷地看了好一会儿，突然站起，胳膊一扫，把桌上的食物全部倒掉，拿出哑铃开始拼命健身。

自信篇

办公楼，白领出没。Betty 穿着长裙，拿着文件急匆匆地走过长廊，正巧身边两个帅哥路过，显然在看她，还悄悄说着什么。是今天的长发特别柔顺？还是这条长裙特别显身材？是对我有意思？还是……有意思？Betty 一分神，狠狠摔了一跤，文件和手机掉了一地不说，裙子还撕了条大口子。所有人都看着她，眼神里都是嘲讽，Betty 尴尬得恨不能找个地缝钻进去。绝望无助的时候，她拿出手机，点了子乔 app：你是个处变不惊的女孩，小小的挫折不会影响你的妩媚。自信在你心中，而你在我眼中。记住，天使与你同在！你还是那么美！又是一个飞吻，Betty 脸上露出羞涩的微笑，突然有了信心。只见她很干脆地撕掉长裙的下半截，临时变成短裙，昂首阔步地走掉，刚才还在嘲笑她的同事都惊呆了。

勇敢篇

超市，十几个人排着队等着结账，Lily 站在中间。突然有个小流氓走了过来，看了看队伍，挑了看上去身形单薄的 Lily，大摇大摆地站到她的前面，还回头看了她一眼，满脸的不屑。Lily 敢怒不敢言，委委屈屈地拿出手机，点了子乔 app：你是个勇敢的女孩，你可以对世间的一切不平说"不"。让我赐予你力量，去捍卫你的权利！记住，天使与你同在！欺负你，想得美！子乔的飞吻似乎给 Lily 注入了无限神力，只见她拍拍小流氓的肩，趁他回头，一个过肩摔，几招无影脚，揍得小流氓哭爹喊娘。旁边的人都看傻了。

别说他们傻了，子乔的小伙伴们也都看傻了。子乔是有魔法吗？他到底对这些女孩子做了什么？视频里只是说了几句空话，就能让一个人脱胎换骨？就算是顶级的催眠师，也不至于有这等功力啊！

子乔自信满满地介绍："这就是励志师的工作。当今社会，女性群体面对生活的压力，渴望更多关爱，除了肌肤的保养，更需要心灵上的慰藉。我发现了这个空白，毅然决然地站出来鼓舞她们。一点点儿赞美，一点点儿暗示，一点点儿诱惑，再加上我这张英俊面孔的完美演绎，完成黄金配比，几句话一样会有惊人的效果。只要一点点儿费用，换来的是大自然的力量。"

悠悠奇怪了，"那我为什么没感觉？"

子乔笑笑："抱歉，目前该视频只对 25 岁以下的单身少女有效。"

"你是想说，我不是少女？"悠悠怒了，站起身过去拉子乔的耳朵，"没大没小，我是你的长辈，怎么说话呢？"

"别激动！看看这段。"子乔一边躲着，一边拿 pad 挡在自己前面，点了视频：你是个文静的女孩，世界如此美好，你却如此暴躁，这样不好！不好！记住，天使与你同在，让我看看你的美……

又是一个让人心醉神迷的飞吻，悠悠突然羞涩地低下头，咪咪地傻笑起来。"悠悠，你怎么了？"关谷着急地上前想要摇醒悠悠，可任他怎么喊，悠悠还是那副花痴模样。关谷忍不住对着子乔怒吼："喂！你干了什么？她是你小姨妈呀。"

2

酒吧的酒保阿冰和阿邦要结婚了，给关谷送来一份请柬。不就是某次关谷在厕所里撞见他们亲热，随口祝了句早生贵子吗？就这交情，连半生不熟都算不上，也要开张罚款单，送颗红色炸弹？中国人的这些人情观念也太奇怪了，关谷自然有点儿不爽。

回家把请帖给悠悠一看，悠悠倒是马上激动了，嚷嚷着自己也要去。关谷就觉得奇怪了，去送红包又不是拿红包，至于那么激动吗？

"滨江大道的皇家会所，哇噻！我听说好多人在那里办婚宴，据说风水好，我得去见识见识。"为了选婚礼场地想破了头的悠悠，怎么可能放过这种机会。虽然请柬上只写了关谷一个人的名字，但是多一个位子、多一份礼金，还能多一份祝福，想来阿冰跟阿邦也不可能拒绝吧。

既然悠悠那么想去，关谷只好再去找阿邦商量。刚到酒吧，就听见阿邦正对着电话烦躁地吼着："我妈只吃普罗旺斯蓝莓，不是波希米亚蓝莓，更不是草莓不是黑莓不是杨梅！你搞错了？听着，如果到时候我妈吃到的蛋糕上没有我要的蓝莓，你们这破店就等着发霉吧！"

阿邦是单亲孩子，还是独子，妈妈一手辛苦把他养大，盼了多久才终于盼到他成家的这一天，他铁了心要把这场婚礼办得风风光光的，给妈妈脸上增光。所以事无巨细都要亲力亲为，从司仪到蛋糕，从婚礼场地到宾客名单，忙得焦头烂额，神经早就紧张到了极限。眼下一听关谷居然要加一个位子，阿邦立刻就爆发了。

"你开玩笑吧，礼宾名单刚拿去印刷，所有位子都定了。每个位子都是有编号的，编号用来抽奖，抽奖关系到游戏，游戏决定输赢，输赢又是内定的，都有流程啦。知道我最担心什么吗？"阿邦一口气说了一堆，才停下来喘口气，"那个白痴司仪彩排了六遍才搞清楚流程，你想我们全部重来一遍吗？"

听他说得那么严重，关谷都有点儿不好意思了，结结巴巴地想继续争取："悠悠……只是想送个红包，而且她可以坐我腿上。"

阿邦摆摆手，还是拒绝，嘴里客气着："哎呀，礼到就好了，来什么人呢……心意我领了，只是我老婆这几天操心操肺就是在倒腾这些座位和流程，她知道一定会发疯的，要不——下次？"

还没结婚就说下次？阿邦果然是忙得神志不清了。没办法，既然自己通知得太晚，就不要再麻烦人家了吧。

关谷是碰了壁回来，悠悠这边情况就不一样了。刚刚悠悠在电梯那儿碰到阿冰，顺便也提了想去参加婚礼的事，阿冰二话没说就答应了。加个位子多大点儿事！阿冰还让悠悠一定要来，一定要见识见识她那件超赞的婚纱，到时候多拍些照片！

两口子，两个说法，到底该听谁的？关谷和悠悠倒无所谓，只要能打到酱油就行，可到了阿邦和阿冰那里……一场战争就这样爆发了！

酒吧打烊，阿冰心疼阿邦最近太辛苦，体贴地让他先走，自己一个人收拾。阿邦却说，为了老婆和这个家，一点儿都不辛苦。

两个人卿卿我我，情意绵绵，本来气氛十分美好，直到阿冰说："对了，酒席加个位子啊，关谷的女朋友悠悠也要来，我答应了。"

阿邦一把推开阿冰，难以置信地问："你……说什么？"

阿冰被他推得一肚子火，不满地说："多个位子而已。回头重新排一下呗。"

"你说加就加呀……"阿邦的音量瞬间提高了 80 个分贝，说话的速度也比平常快了 N 倍，叽里咕噜发了一大堆牢骚，总之一句："这么大的事你怎么不跟我商量！"

"嚷嚷什么，好好说话不行吗？"阿冰怒了，一肚子苦水也忍不住往外冒，那天那天还有那天，那些事你都还记得吗？当初你是那样，现在你又这样，都是你们男人变得快，还有没有一点儿良心了？

阿邦不服气了，一声："哟嗬！还我没良心了？要不是你说非得怎么怎么怎么，我现在怎么会怎么怎么怎么，一天到晚地忙炸了头，倒是我没良心了？你倒摸着自己良心问问，筹备婚礼这几个月，你除了盯着自己那婚纱，做过点儿什么没？现在倒好，坏人我做，你做好人！"

"我都答应了，怎么着吧？我结婚我还不能做主啊？"阿冰冷着脸对他，"翻老账是吧？那我也给你翻翻啊！那天要不是你非拉着我去那什么地方……那什么，我们能被悠悠她男朋友逮着吗？要不是你说为了堵人家嘴送份请柬给人家，能有这么多屁事吗？还有脸说婚纱，拍个婚纱照，连外景都没有，死抠死抠的……"

"我还抠？你也不看看，家里到处是你的鞋子，这名牌那名牌的，我给你买的时候眨过一下眼睛没？"

"那还不是怪你买的房子太小了？连堆鞋都放不下！还有你妈！更年期！我忍她很久了！"

"明明就是你控制欲太强，这也要争，那也要争，我妈本来就不同意，现在都快被你气出高血压来了。对了，还好意思说我妈，你也不看看你那帮乡下来的亲戚，又吃又拿，不知道的还以为咱家里进了一群蝗虫呢！"

…………

"这婚我不结了！你娶你妈好了！"

"不结就不结！"

阿邦转身就往外走，阿冰叫他站住，刚一回头，阿冰就是一拳上去，阿邦只觉得眼前五彩斑斓，金星乱冒，脑袋似乎要裂成两半了。

然后呢？然后阿邦就成了现在的熊猫眼；再然后，婚礼就取消了！

"纳尼？就因为我们想加个位子？"听到这个惊心动魄的故事，关谷和悠悠差点儿石化，宁拆一座庙，不拆一桩婚，两人这罪过可就大了，"阿邦，婚礼我不来了，关谷也不来了，你们和好，行吗？"

阿邦摇摇头，故作洒脱地安慰他们："小事，没你们的事，谁让她骂我妈来着。我今天才知道她有那么多不爽，不结最好，否则结了也得离。"

关谷打断他，严肃地说："这可不能赌气，你妈不是一直要抱孙子吗？这下怎么办？"

"三年了，我和阿冰举案齐眉，别说吵架，连脸都没红过一次。可就这三个月，我算是受够了，看穿了。好嘛！终于有人点了引线。轰！同归于尽吧，连同我们的未来，我妈的期望，这就是命！就是命？命……啊……"想起家中老母，阿邦更加伤感了，悲从心起，趴在吧台上就号啕大哭起来。

3

子乔满世界推销他的励志视频，全爱情公寓的人都观摩过了，就剩下张伟，一直找不到人。据曾小贤透露，此人很荡（down）漾。张伟代表的豪大大房产，其中一个楼盘影响了周边的学校和居民，薇薇作为弱势方代表起诉他们公司，第一次开庭之后张伟完败，公司眼看就要停工赔款。痛定思痛，张伟这几天都在书房闭关，准备下一次的开庭。好几天了，据说连厕所都没上过。

两人来到张伟的房间，看到的是这样一幅光景：满屋子扔的都是法律书、档案、文件，床上地下这里一沓、那里一摞。屋子中间是顶着两个巨大的熊猫眼的失魂落魄的张伟，屁股底下坐着一个痰盂，手里正翻着一本书，不知道有多久没睡过觉了。满脑袋头发乱糟糟得像个马蜂窝，连他最喜欢的海绵宝宝睡衣都拧得皱巴巴的，一看就好几天没换了。

张益达？Snake？兄弟们亲切呼唤，他都没有一丝反应。曾小贤凑到他耳朵边上，大吼一声："伟哥？！"

张伟像是突然从噩梦中惊醒，高举起双手，声音尖锐异常："法官大人，我反，反，反对！"

"是我们。"子乔轻声说话，生怕惊醒他梦游，让他横死眼前。

张伟明显松了口气，整个人又瘫下来。曾小贤拍拍他，劝道："别那么拼啦，案子是别人的，命是自己的。"张伟凄凉地一笑："这点小，小，小场面吓不倒我。我一定能反，反……反败为胜的！"

子乔学他："张律师，你说话，怎，怎么了？"

"很，很好啊，我，我已经找到对，对方漏洞了，下，下，下次开庭，我，我，我一定能赢。"张伟气势虚弱地握了个拳表态。"赢就赢呗，你结巴什么呀？""有，有，有，有，有吗？"小贤和子乔一起点头。

张伟紧张得嘴都哆嗦起来，越发结巴起来："糟，糟，糟糕！"

子乔问："该不是几天没和人说话，忘，忘记怎么说话了吧？"

曾小贤白了他一眼："别学他。"怎么可以把自己的快乐建立在他人的痛苦之上呢？损归损，原则还是要的！

子乔无辜地说："我被他，带，带过去了。"

张伟怒道："你放……啊，放……啊，放……"要死了，连个屁都放不出来了，估计真是挺严重的。"放……放心！一会儿说，说不定就好了。"张伟的眉毛眼睛鼻子全皱到一处，才好不容易憋出下半句话，开心得笑了起来。

专业水平已经悲剧了，说话再悲剧，这官司就是悲剧二次方啊。张伟使劲晃了一下脑袋，安慰自己，我没事，一定是在做梦！如果真在做梦，那掐一下不就醒了？曾小贤往他身上狠狠一掐，张伟立马哇哇大叫："啊，啊，啊，啊哟哇啦。"

连喊痛都结巴？张伟慌张地"嗨，嗨，嗨"了好几声，才凑成一句："Help me！"

兄弟有难，怎可坐视不理！曾小贤马上带着张伟去看医生，诊断结果很悲剧，医生说是神经紧张导致的语言系统混乱。除非克服心理上的恐惧，否则短期内好不了。马上就要第二次开庭，一个不能讲话的律师还能用吗？

从医院回来，张伟情绪低落，一直不肯说话，快到公寓了才说自己要去超市买东西。曾小贤好心要陪他一起去，张伟居然突然爆发，说自己只是语言障碍，又不是残了瘫了，上个超市都要人陪吗？当然，事后证明，曾小贤的担心并非多余。

张伟在超市拿了一堆东西，没精打采地挤在一群人中间排队等着埋单。好不容易轮到他，店员刚要刷条形码，他突然想起什么，说："等等，我要打……打……打……"

"打劫？"店员惊得花容失色。

"打折！"没好气地憋出两个字，张伟白了店员一眼。人家又问："有会员卡吗？购买力士沐浴露可以抽奖，报卡号也可以。"

"行！打……打，打……"怎么又开始打上了？张伟凝神静气，总算报出卡号前面几个字："打布溜——WTF1213……3……3……"

到底几个三？一个啊，1213……3……3……后面排队的 Lily 听得不耐烦了，看看表，催他快一点儿，自己要赶时间。

"3……3……"张伟回头看着 Lily，终于使劲憋出最后一个数字："38！"

Lily 以为他骂人，拿出手机，点击子乔的励志视频。看完之后，勇气倍增，扳过张伟的肩，左勾拳、右勾拳……暴雨般的拳点落在张伟胸前、脸上，直打得他面目全非。

张伟真是没救了，这个样子，别说上庭打官司，整个一生活不能自理了呀！

看着张伟那张贴满创可贴的脸，子乔忍了好久才憋住笑，认真地跟他说："医生帮不了你，也许可以帮你。很多女性也有你这样的情况。"

张伟抬头，诧异地看着他："女……女性？"

子乔继续推销："别在意这些细节。原理是一样的，恐惧，紧张，你需要心理干预。心理学也有细分，你看的那个心理医生不符合你现在的情况，所以才没有效果。你需要励志科的介入。"

张伟嘴结巴了，脑子还没结巴："励志……科？从，从来没听过。又……忽……忽悠我的吧？"

"只要9.99元，试一下这个视频疗法。"子乔关切地拍拍他的肩膀，"反正你现在是死猪不怕开水烫。哦，不是，我的意思是说死马当作活马医，试试我最近制作的恐惧篇、忐忑篇和焦虑篇。作为第一个试用客户，无效退款。"

张伟将信将疑地拿过 pad，天使真能与你同在吗？

4

思来想去，美嘉觉得还是应该点醒小峰，自己并不适合他。毕竟小峰人不错，早点儿让他幻想破灭，也总比他的希望越来越大到最后再伤心要好。但是，该怎么开口呢？坐在餐馆里，美嘉还在想这事，心不在焉地夹着桌上的泡菜吃。

"知道吗？泡菜是致癌的。"小峰关切地提醒她，"韩剧里男主角和女主角为什么老得绝症？就是因为天天吃泡菜。"

"对哦。"美嘉点点头，看着小峰，吞了一大口泡菜。小峰回视她，仍是一脸温柔："别人还说那是狗血，其实，那是泡菜。"

美嘉哈哈一笑，示威似的又夹了一筷子泡菜，一口一口地嚼给他看。

见劝她不过，小峰只好另找话题，说最近有几部新出的韩剧，虽然剧情老套了点儿，不过画面还是不错，推荐给美嘉看看。

美嘉做出一副老气横秋的样子："小峰，我一直想告诉你，我已经过了看韩剧的年纪。我在像你这么大的时候，根本不知道什么是韩剧。"

小峰笑："为什么？我们不是差不多年纪吗？"

"因为……那会儿三八线还没画好呢。"美嘉明显耍无赖，小峰脸上的笑意更深了，盯着她，像哄小孩子似的问："那你在'像我这么大的时候'，看什么？"

日剧啊！《东京爱情故事》，还有《魔女的条件》。代沟就是代沟，美嘉说得兴奋，小峰听得懵懂，什么是《魔女的条件》？是《魔鬼的后妈》前传吗？

"《魔女的条件》是讲师生恋的。松岛菜菜子爱上了比她小好多的泷泽秀明……"想想不对，美嘉赶紧打住，尴尬地转移话题，"当我没说过。"

还好小峰没注意，只问清了松岛菜菜子的名字，说是回头上优酷去补补课。美嘉又开始倚老卖老："我年轻那会儿，别说优酷了，牛仔裤都还没流行呢。那个年代，打游戏还是要插卡的，小虎队还是在一起的，盐汽水还是有卖的，葛优还是有头发的，见过吗？"

　　这也太早了吧？美嘉到底想要传达个什么意思？小峰都听蒙了。美嘉像个大姐姐似的摸摸小峰的头发，慈爱地对他说："看着你们这些孩子，不由得让人心头突然涌出一丝沧桑感，别见怪。原来老娘已经出道那么久了！唉，有些事情回不去，有些事情求不来。你懂的。"

　　反正话已经说到这份儿上了，小峰能不能听明白，就看他的造化了。于是，等到毕业舞会那天，美嘉理所当然地没去赴约，白白让小峰等了整整一个晚上。

　　谁知道小峰以为美嘉说了那么一大堆，只是想说自己有怀旧情结，想尽了办法去淘来那些她提到过的古董，小虎队 CD、游戏卡机、盐汽水等等，装了一大袋，献宝似的拿到她面前来邀功。

　　美嘉看躲不过，只好跟他明说："你搞错了……我知道你对我有感觉，但我真的不适合你。"

　　小峰愣了片刻，忽然笑起来："呵呵，你想太多了。其实我是想告诉你，我昨晚在毕业舞会上认识了一个女孩。她叫晓昭，中文系的。她也没有舞伴，舞会结束后，我们就一起去买消夜。老板问她要什么，她说：来份'寂寞'，可惜'寂寞'卖光了，只剩'空虚'了。我又问'快乐和开心'有吗？晓昭说她不要水货。最后我问'知己'有卖吗？老板说，'一缘'一份，可我没带钱，刚好她有，就这样我们来电了。这是种意境，是心和心对上了暗号！"

　　这就是新新人类的爱情观？都什么跟什么呀？一个字都听不懂。你们赢了，地球是你们的，我们全是奥特曼！但小峰找到意中人是好事，总算是解除了现在的尴尬，美嘉由衷地为他高兴，一副"你长大了，老娘很欣慰"的表情。

　　小峰认真地说："美嘉，为了奋斗我心无旁骛。但是空下来我是真的挺想谈一次恋爱的。有些事不能勉强，我决定向前看。现在不用再躲着我了吧？"

　　没有包袱一身轻，毫无心机的美嘉马上雀跃得像个小孩："当然，我们还是朋友嘛。"

　　小峰忍着笑，把那袋子古董递给她："作为朋友，你能收下我的礼物了吧？"

　　美嘉还是有点儿顾虑，问："你女朋友没意见吧？"

　　"放心，她比我还小，不认得这是什么。试试，看看味道对不对？"小峰殷勤地给美嘉打开盐汽水的瓶盖，美嘉喝上一口，果真好像回到了孩提时代，手舞足蹈地快要嗨翻了。

于是，以"朋友"的名义，美嘉又和小峰约会了。只是，本来应该是三人约会，晓昭总是因为这样那样的理由爽约，落到最后总是只有他们两个人。幸福的大道上经常堵车，因为赶路的人太多了嘛，可为什么每次被堵的都是晓昭呢？美嘉，你就不能用脑子想一想吗？

每次吃饭都是小峰抢着埋单，美嘉心里觉得有些过意不去，约小峰和晓昭一起去吃泰国菜。小峰听说美嘉喜欢吃泰国菜，说正好有个客户请他去开会，不如干脆三个人一起去泰国吃免费大餐。

人妖！大餐！泰国！美嘉自然是很兴奋，只是三个人一起去，自己岂不是电灯泡？

小峰安她的心："你是我的僚机才对，我和晓昭单独去，我还怕她不同意呢。再说了，到时候我开会，你还可以帮我陪晓昭到处玩玩，就当是帮我个忙，给她一个惊喜，周末就走！"

好吧，那就再帮一次！以朋友的名义！美嘉愉快地答应了。

5

祝福这东西太多了居然也会崩盘，为了弥补自己的过失，悠悠和关谷口水讲干，舌头说得抽筋，总算是把阿邦和阿冰两位劝得重归于好。回到公寓，两人抢着喝完一大瓶水，开始吐着舌头直喘气。

"我哪儿知道，这会是压垮骡子的最后一根稻草。"说起那一对，悠悠仍然一脸无辜。关谷提醒她，应该是骆驼吧。"管它是什么，反正这些牲口都弱爆了。"

关谷关注的重点却不一样，照今天的事情看，结婚前，两口子总有一个人先疯，然后逼疯另一个，和阿邦比起来，悠悠已经疯得很一般了，顶多就是没完没了地看场地而已。总是说风水风水，还不如去森林公园结婚算了？那地方有风有水，还有松鼠，多有情调！完全就是把简单的事情搞复杂了嘛。

悠悠本来就不高兴，一听他这番话更不高兴了，埋怨道："你太没良心了吧，我每天东奔西跑，货比三家，这里风水不好，这里价格太高，这里人太多档期都排到了 2018 年，这些你都知道吗？你就只会在家写写画画，还好意思说我。"

关谷从来自认为是有担当的，一直在为这个未来的小家庭努力，每天努力工作，还要做兼职，悠悠居然看不到，说他只会写写画画？

这话悠悠就更不爱听了："只有你努力，我就没努力过吗？为了维护你的自尊心，为了你伟大的漫画事业，生活中那些大大小小、琐琐碎碎的事情我从来都不来烦你。全城好点儿的川菜馆就那么几家，要定菜谱，要选师傅，要试菜，用什么酒，餐巾怎么个叠法，桌布用什么颜色，什么事都要考虑，还要跟餐馆讲价打折。我一天到晚忙完回来你就知道说风凉话，那酒席你去定呀！"

关谷皱起眉头："要怪也只能怪你口味太重，为什么大家非要迁就你吃四川菜？你知道我每次吃四川菜为什么都要添特别多的饭吗？不是因为四川菜特别好吃，是我实在辣得受不了，只能靠吃饭来缓解一下。"

悠悠也噘起嘴："我是四川人，你是日本人，我爱吃辣的，你爱吃生的，我们的习惯本来就不一样啊？可两个人既然在一起了，就要相互妥协，你懂不懂？"

关谷小声嘀咕："我不妥协，会忍到现在？"悠悠听到，站起身来，委屈得眼泪都要掉下来："那你别忍就是了，谁逼你了！"

子乔从外面进来，看到这两个平日恨不得分分秒秒腻在一起，永远在秀甜蜜秀恩爱的人居然在吵架，惊讶之余，一时都忘了自己进来是要干什么。

按照事情的发展，下一句悠悠就要问候关谷的妈妈了，然后关谷生气反击，放了狠话，悠悠不服，说了些更狠的，说完还不解气，挥手打了关谷……等等，这剧情怎么这么眼熟？

"难道我们和阿冰阿邦一样了？"关谷突然醒悟过来。

悠悠也若有所思地点点头："原来这就是压垮牦牛的最后一根稻草。"刚才还是骡子，现在又变牦牛，横竖只要是个动物，都有可能被最后一根稻草压趴下。

他们醒过神来，子乔也想起自己此行的目的："你们这是典型的婚前焦虑症状，需要励志师的干预。我刚拍好了第二个三部曲——要不要试试？"

又是那套骗小女孩的把戏！关谷对上次悠悠的反应还心有余悸呢，怎么肯再上他的当。可子乔说，现在他的客户已经不再局限于女性了，还带着他们去见识了他新拓展的用户——张伟。

隔壁套间里，脸上贴满补丁的张伟抽抽噎噎地盯着pad。画面展开，视频里的子乔温暖而美好：不必害怕，失败只是心头的浮云。战胜恐惧。你是一个自强的女孩！大声呐喊，释放内心的狂野。记住！天使与你同在！你本来就很美。换汤不换药的一套，张伟居然看得哧哧地笑了起来，当真是比张悟本的绿豆汤还管用啊！

看到张伟那反应，关谷和悠悠的鸡皮疙瘩掉了一地，哪里还敢试子乔那套，还是自己想办法吧。想了好几天，居然不约而同地想到一个能让他们减负的好办法，那就是，找一个靠谱而且爱管闲事的人把婚礼外包出去！真是心有灵犀啊！

可惜这灵犀只通了一点儿，想法是统一了，执行想法的人却不同，关谷找了曾小贤，悠悠找了胡一菲。人民内部看来还是有点儿分歧。

"要不，就当我们把婚礼包给了他们两个人，怎么样？"悠悠提议。可曾小贤和胡一菲的冷战还没完呢，让他们两个合作，不怕到时候办出两场婚礼来啊？"除非……我们劝他俩和好，就像劝回阿邦和阿冰一样。"

关谷撇撇嘴，表示不抱希望："他们？和好？除非碰到妖怪。"

正说着，张伟从厕所出来，浴巾围在胸口，头上包着毛巾，脸上贴着黄瓜，翘着兰花指拿着瓶沐浴露，嗲声嗲气地跟他们打招呼："Hi，借一下悠悠姐的洗发水洗头发。"

悠悠和关谷面面相觑，妖怪都自动出现了，难不成一菲跟曾小贤真有转机？

6

刚败诉那几天，张伟差不多把三年的噩梦都做完了，只要一合眼，就梦见自己在薇薇面前理屈词穷，被同事指指点点地嘲笑。说来也奇怪，那天看了一整晚子乔的励志视频，后来入睡后他居然不做噩梦了，一夜安睡到天亮，起来觉得神清气爽。洗个澡，敷个面膜，整个人的状态都恢复了过来，自信回来了，嘴皮子也溜啦。兴奋之余，当然是继续苦苦钻研豪大大集团的case，争取在第二次开庭的时候决胜，让薇薇对自己刮目相看！

他这里要专心，美嘉就给他分心。自从跟小峰、晓昭约好去泰国游玩，美嘉整个人的心思都在人妖、大餐上，嗨得不得了。她自嗨不要紧，可她在屋里吵吵闹闹、手舞足蹈的，张大律师就有意见了，合上手里的卷宗皱着眉对她说："女孩子家家的，别那么一惊一乍，行吗？都吓着我了。"

美嘉心情好，才不管他说什么，笑嘻嘻地凑到他面前，好奇地打量着："张伟，你没事啦？你昨天不是结巴了吗？"

张伟微笑着说："多亏了子乔的励志视频，我看了一整晚，醒来就什么都好了。"

美嘉皱着鼻子闻闻："我说呢，怎么你身上有股妖气。你看他那东西，不怕做噩梦啊？"

张伟还是微笑，像是嗔怪美嘉不懂事："哪有！真会讲笑话。昨晚我只梦到一座冰山，还有一个天使在我眼前飞呀，飞呀。"说话间，不由自主地翘起兰花指。美嘉瞪大眼睛看着他，张伟赶紧把手指按下去。

美嘉见他说话真不结巴了，也觉得神奇，只是不相信子乔能有那么大能耐，还是劝张伟："听子乔在那儿忽悠呢，真当他是天使啊？你就是缺乏睡眠而已，别吓唬自己。"

张伟抿嘴一笑："我懂，美丽是睡出来的嘛。"

美丽？美嘉又用力吸吸鼻子，妖气越来越重了！

"自信！是自信！"张伟改口，自信的手指头又翘成了兰花状，按下去，又翘起来，再按，还是翘起来，只好掩饰地把手藏到身后。

屋外有人敲门，美嘉过去，见是送快递的，聚美优品。自己半小时前才刚订的，这到得也太快了吧？美嘉翻翻快递单，自言自语："不对啊，我没订过冰川水啊。"

"我的我的我的。"张伟从里屋冲出来，不知什么时候换成了浴巾装，一边还擦着头发。这才几分钟不见，怎么就洗澡去了，没病吧？看美嘉不停地看着自己，张伟不好意思地笑笑，解释说："最近作息不规律都长痘了，保养一下不行啊。据说这个冰川水效果不错，你要不要也试试？"

美嘉这才发现，张伟现在不是妖，而是娘！看他拿着冰川水往自己脸上身上到处喷的样子，美嘉打了个寒战，摇摇头拒绝："我买的是防晒霜而已，没你那么讲究。"

张伟用指尖快速轻盈地拍打着皮肤，随口问："现在很晒吗？我是不是也要涂一点儿？"

美嘉翻他一个大白眼："去，我是去泰国旅游用的。"

去泰国？一听美嘉说她要和小峰，以及小峰的女朋友晓昭一起去泰国旅游，张伟停下保养的节奏，歪起脑袋想想，这算什么配置？三个人不觉得怪吗？八卦之心既起，索性丢了手上那些瓶瓶罐罐，神神秘秘地凑到美嘉身边，"哎，你和他女朋友很熟啊？"

"晓昭？说熟不熟的，听小峰说过好多次，只是没见过。"

"这女人真奇怪。"张伟撇撇嘴，跷起二郎腿，一边嗑起瓜子，一般眉飞色舞地给美嘉分析，"和自己男朋友旅游，还带个电灯泡，不诡异吗？我问你，如果你男朋友总是跟你提起自己有个异性普通朋友。你会怎么选？A. 第一时间验一下对方什么来头，有没有威胁；B. 躲着不见。"

"肯定选 A 啊。"美嘉想都不想就回答。

"对了嘛，这才是咱们女人正常的条件反射嘛。"咱们？美嘉的眼睛又瞪起来了。张伟自己也一愣，摆摆手，痴笑："讨厌，不要在意这些细节。"

美嘉说自己其实很想见见这个晓昭，可她每次都有这样那样的原因错过，小峰也总说下次下次，大概是现在年轻人都喜欢玩神秘吧，所以也没太在意。

"哎！我明白了！"张伟突然喊了一声，凑到美嘉耳朵边上要跟她说悄悄话。美嘉躲了几下没躲开，只好一脸嫌弃地由他去了。可张伟居然说，晓昭压根儿就不存在！小峰之所以骗美嘉自己有了心仪的女孩，是为了让她放松警惕，然后可以继续约会，等日久生情，美嘉自然就无法再拒绝他了。

"怎么可能？你有证据吗？"美嘉心里其实也早有类似的猜测，此时被张伟说出来，倒好像是她自己在撒谎，一时被人拆穿了一样，急得脸都红了，"少来！一定是你以前也用过这种烂招泡妞，小峰才不会呢。"

"去！这都是那些臭男人的花招，我怎么会用？"张伟抛过去一个娇俏的媚眼，小指翘起，凑到鼻子底下闻闻，皱起眉毛说，"唉，我又臭了，再去洗个澡。"

张伟虽然已经变成了妖怪，说的话还是有几分道理的，美嘉心里打起了鼓，想去泰国的心便没那么雀跃了。日子越久，就越是觉得小峰的一切解释都可疑，晓昭，真的只是一个借口吗？

待到周末出发的那天，小峰过来接她，说晓昭的同学去世了，所以去不了了。

美嘉关心地问："她在哪儿？我们去看看她吧。"

小峰不自然地说："不行，因为晓昭……在医院……被……隔离了。她在追悼会上伤心过度，得了乙肝，所以隔离了。"

美嘉反应慢，但还不是个傻子，这理由也太扯淡了！

小峰赶紧转移话题，告诉她："航空公司给咱们升了头等舱，高不高兴呀？要不我们先庆祝一下吧？"

"真的！我还从来没坐过呢。"美嘉兴奋了几秒，沉下脸盯着小峰，严肃地问，"别扯开话题，你的女朋友得了乙肝，同学死了，你居然还升舱庆祝？说实话，这个晓昭是不是不存在？你其实还是对我有意思，晓昭只是个借口，对不对？"

"航空公司又不知道。"小峰小声嘟囔着，见实在编不下去了，只好承认，"OK，我还是喜欢你，晓昭是虚构的……我这么做只是希望你别拒我于千里之外，你就当我一厢情愿好了。"

小峰眼巴巴地看着美嘉，美嘉只好移开目光，省得自己又心软："我知道你情愿，但是，我不想做那个伤害你的人。我不能陪你去泰国了。"

"那柬埔寨也行啊……"

美嘉咬住嘴唇，狠心说："我们最好还是别见面了，对不起。"

本想日久生情，现在却连朋友都没得做，小峰不禁黯然，凝视着美嘉，眼神里有无限的眷恋，却只挤出个微笑，温柔地道别："懂了，那我走了，美嘉。"

"叫我陈老师。"美嘉瞟了他一眼，触到他火热的眼神，赶紧又低下头，轻声说，"冷静一下吧，你的心跳好快。"

"再见。"小峰突然转身，轻轻拥抱了美嘉，终于下定决心离去。"扑通、扑通、扑通……"小峰都已经走了，心跳声还依旧，美嘉这才发现，动心的那个人，居然是自己！

7

要想婚礼外包计划执行成功，首先要劝和曾小贤跟胡一菲两位外包商。

但不等关谷和悠悠有所动作,两个人就已经呛起火来了,据目击者阿冰和阿邦说,那架势,针尖对麦芒,土匪遇流氓,简直就是水火不相容!

半小时前,胡一菲本来好好地在酒吧里翻杂志,曾小贤却突然冲进来,指着她就开始嚷嚷,说她居然让子乔主持关谷的婚礼,根本就是瞎指挥,而且,关谷已经说过,婚礼的事由他曾小贤负责,叫胡一菲不要瞎掺和。可胡一菲说,悠悠找的是她呀。曾小贤死活不信,非说是一菲从中作梗,联合他们两口子吃饱了撑得耍人玩。争吵就这样开始了。

对于曾小贤的诋毁,胡一菲根本就不在意,只从鼻子底下哼了一声,鄙夷地说:"我有空啊?耍你玩还用得着跟人联合?结婚这种大事当然得找个靠谱的人负责,你的人品靠得住吗?"

事关人品,曾小贤当然据理力争:"我人品怎么了?作为本区居委会副主席,我们这些人,乃至整栋楼上上下下谁有点儿什么事情不是我在帮忙、我在跑腿啊?再何况了,我才是他们最好的朋友,结婚这么大的事情,不请我张罗还能请谁?"

说到帮忙,一菲的火气就上来了:"还好意思说帮忙,我看你是帮倒忙吧?谁家的事你都要掺和一下,也不先问问人家乐不乐意。我跟你的账还没算清呢,犯贱也要看看场合吧。"

曾小贤自然知道她是意有所指,本来就对那相亲培训班的事存着愧疚,声音立刻变小了些:"一码归一码,别总公报私仇嘛!你看看你,不分场合地点,开口闭口就是犯贱,我的忍耐也是有限度的!"

一菲噌地一下就从沙发上站起身来,瞪着他:"你有100个不满意冲我来呀,没人拦着你。"旁边的人都围过来看热闹,阿冰和阿邦把他们拉扯开,生怕打起来。

"我哪敢有不满意呀!我敢吗?就你这山大王似的,惹着你还不等于自杀呀,还是斩立决,犹豫的机会都没有。可你别忘了,我是个男人,我的忍耐是有限度的!"

"你还忍我?我才一直忍着你呢!七年前到现在,你样样事情跟我作对,要不要从头算算?那天,那天,还有那天,你都干了些什么,你都忘了?!"

"谁知道你说哪天,哪天,还有哪天?鸡毛蒜皮的事情都记在心里,没事就翻出来算老账,就算我脾气再好,我的忍耐也是有限度的!"

"想不认账，是吧？我就不说那天，那天，还有那天的那些破事了。就最近的事你总还记得吧？出那些损招，还有那个 PPT，贩卖人隐私，我跟你熟到那种程度了吗？正常人能干得出来那种事吗？"想到恨处，一菲抓起身边的杯子就往他身上砸。

曾小贤跳着躲开，东挪西闪地还不忘还嘴："君子动口不动手！别动手，听到没？这是公共场合，不要动手！我的忍耐是有限度的！"

一菲继续扔，手边上能够得着的东西都往他身上扔，一边气呼呼地骂："贱人，你是不是没其他词儿了！君子！那也得看是对谁！对你这种，贱人曾！就得动手，我就砸你了，就砸你了，怎么了，怎么了？"

"我的忍耐是有限度的……哎呀……救命啊！"

"姓曾的！今天我不收拾你，我就不姓胡！"

……

真是太邪门了，最近大家是犯了口舌星吗？怎么个个火气都那么大，动不动就要吵架？不过这次不用悠悠和关谷出马，刚刚有过切身体验的阿冰和阿邦就主动过去劝架了。阿邦陪着曾小贤，阿冰守着胡一菲，两边同步开劝。

曾小贤气得横竖只有一句话："我的忍耐是有限度的。"阿邦劝他："行啦，男人嘛，让让女人。"

那边一菲接口："这货根本就不算男人。"阿冰理解地拍拍她的肩："别生气了，吵架吵的都是情绪，冷静一下才能解决问题。"

"得了吧，看到她我一点儿情绪都没有了。"曾小贤在这边哼一声，阿邦赶紧捂住他，悄悄说："前几天，我和我老婆也差点儿闹翻。特殊时期嘛，大家都有压力。"

一菲瞪眼："什么叫特殊时期，犯贱是这家伙的常态。"阿冰跟着叹口气："我老公也是啊，睁眼闭眼就过去了。过日子嘛。"

曾小贤马上梗着脖子回话："过日子，这日子是人过的吗？谁要是娶了她，非被她弄疯不可。"阿邦特表示理解地笑笑，攀住他的肩膀，语重心长地说："你不下地狱谁下地狱？"

"谁爱下谁下！我和他半毛钱关系都没有。"一菲冲着这边翻了个白眼。阿冰看着这对冤家，也笑起来了，一副过来人的腔调："别怄气啦，你俩不就是因为婚礼吵起来的吗？跟我和阿邦一模一样。"

"等一下，这不是我们的婚礼。"曾小贤总算反应过来，那边胡一菲也跟他站到了同一阵线，两人异口同声："我们真的不是……你们搞错啦！不信你去问 TA！"

不是你们的婚礼用得着那么激动吗？别装啦！连说话都那么默契，怎么看也应该是一对啊。阿冰和阿邦说什么也不信。

"真的不是啦。要怎么说你们才会信。你！"两个人张口就是一样的话，一样的语速、一样的表情，自己都被气着了，恶狠狠地对视着吼道："闭嘴！……靠！"

阿冰、阿邦看着两人，点头笑着，吵个架都能那么同步，得灵魂伴侣的级别吧，起码得七世怨侣。亲们都懂的。

被他们一打岔，刚才为什么吵架都忘了。曾小贤着急地跟他们解释："你们别在外头胡说，我们真的不是男女朋友。"一菲也只好无奈地说："你们赢了，我们不吵了还不行吗？"

看！床头打架床尾和了吧！阿冰、阿邦笑得更加暧昧了。真是要了亲命！都说解释就是掩饰，掩饰就是事实，多说无益，是非之地，不宜久留，曾小贤跟一菲只好各自夺路奔逃。

8

莫名其妙大吵了一架还被人误会，归根结底，罪魁祸首还是悠悠和关谷！义愤难平的一菲和曾小贤难得联手，一起去找那两口子算账。找来找去，两人居然在洗脚？！好嘛，扔了一大摊子事给别人，自己居然在这儿逍遥！是可忍，孰不可忍啊！

"听我解释啊，本来我们想来办张洗脚卡给你们赔不是的，可是发现他们今天有促销。半价！买一只脚送一只脚，所以就先试试看喽。"悠悠、关谷忙着说话，脸上却看不出多少歉意，"这叫特效足浴，据说还能减负抗压，不信你们也可以试试啊。"

想腐蚀群众？少来！

几分钟后，四人并排躺在沙发上洗脚……一菲舒服得连眼睛都不想睁开，轻飘飘地感叹："真的唉，好像世界突然和平了。"

关谷问："是不是觉得很幸福？"曾小贤却在一边迷糊地笑着回答："我不姓胡，我姓曾……"

看样子，二位终于休战了，更准确一点儿，是暂时休战了而已。不过有一件事，曾小贤跟胡一菲达成了空前的一致，那就是："外包结束！你们的婚礼自己搞！"

悠悠、关谷面面相觑，正好悠悠电话响了，接过来，却是美嘉："悠悠，跟你说个事，你可千万别说出去——如果我说我跟小峰来电了，你会鄙视我吗？"

悠悠还没来得及说话，旁边三人已经开始起哄，七嘴八舌对着免提贺喜："什么？你们来电啦！恭喜啊，美嘉。"

居然大家都在……美嘉来不及害羞，把事情经过大概地说了一下，问大家意见："我发现得貌似晚了一点儿，是在拒绝他之后才有感觉的，你们说我要不要追到机场去？"

一菲和悠悠抢着回答："按照偶像剧的套路，当然应该追啦。早说过了，这年头能找个长着唐僧脸、悟空身材、沙僧脾气的男朋友不容易，可不能错过！"

于是，美嘉决定先过来找悠悠，再跟悠悠一起去追小峰。可等她一过来，却马上加入了洗脚大军，闭着眼躺在沙发上感叹："啊！爽！"

一菲笑她："等你洗完，人家都到曼谷了。"

美嘉无所谓地哼哼："急什么，我突然觉得不紧张了。"

这么巧，子乔也从外面路过，洗脚大军又多了一员猛将！因为这儿的老板娘是他这个励志师的客户，作为 VIP 的优待，子乔的洗脚桶都比别人的大两倍！

美嘉幸灾乐祸地笑道："你还敢说励志师这事？！张伟正在到处追杀你呢，说不定已经拿着刀在路上了。"

原来张伟看了子乔做的励志视频，结巴的毛病是好了，却从头到尾都变成十足的娘娘腔。今天豪大大集团案件第二次开庭，他在薇薇面前把脸都丢尽了。

子乔惊恐地张大嘴："追杀我？可我刚发了微博定位啊。"

十分钟后，子乔还在洗脚，一脸无所谓。生亦何苦，死亦何哀，该来的总会来，是祸躲不掉，等洗完再说吧。

"吕子乔，你躲在这儿啊！给我起来，我要跟你单挑，你害得我被全同行的人嘲笑。"很快，张伟就怒气冲冲地出现在门口，虽然看见大家都在稍稍有点儿惊讶，还是故作凶狠。

子乔居然一脸幸福和满足，飘飘然地说："我没打算反抗，等我洗完，任凭发落。"

张伟的脸被气得更黑了："你当我傻呀！让我在这儿傻站着，等你洗完？"

或者，还有一个方法……一会儿工夫，张伟靠在子乔身上，和他用一个桶在洗脚，脸上的愤怒早就消失，嘴里还不服气地念叨，速度比平常慢了至少 20 倍："等我洗好，我还是会杀了你的。"

就这样，大家一起洗了整整三个小时，这三个小时中，我们都获得了前所未有的平静，没有愤怒、没有焦虑、没有纠结、没有恐惧。世界其实真的很美好，一切只是因为我们太紧张了。

一周后，小峰从泰国回来，又约了美嘉见面。四目相对，美嘉再不像从前那么大方，羞羞答答地说："小峰，我有事想对你说。"

小峰满脸兴奋："巧了，我也有事要对你说。上次的事情就当没有发生过吧，我在去泰国的飞机上认识了一个女孩，我们一见钟情，她叫敏敏，回头介绍你们认识啊。"

美嘉了然地微笑："不用再编了，我考虑过了，是我太纠结了，也许我们可以试试……"

小峰打招呼，叫了一个女孩进来，大大方方地给美嘉介绍："这就是我说的敏敏，我的女朋友。"敏敏小鸟依人地偎在小峰怀里，伸出小手跟美嘉打招呼。

看着他们郎才女貌、卿卿我我的样子，美嘉愣了好一会儿，才迟疑地道了一声："Hi……"

第十一章 / 土豪，我们做朋友吧

1

诺澜一走，曾小贤又成了台里的垫底王，热闹一时的《你的月亮我的心》重新变得门庭冷落。曾小贤倒无所谓，一个人自由自在，打打瞌睡，混混日子，乐得逍遥。

这天正迷糊着呢，Lisa 过来找他。所谓无事不登三宝殿，正是有紧急任务要交代。本来是台长叫 Lisa 周末去接待一位外地来的客户，可那天 Lisa 表妹结婚，她要去当伴娘，没有空，所以来找曾小贤代替。

客户档案的照片里是个普普通通的小伙子，就肉多点儿，没别的特点，可台长还专门叮嘱，说客户身娇肉贵，要好好接待，千万不能怠慢。男的？还是个死胖子？曾小贤的兴趣立刻降为零。任务归任务，大不了带着到电视塔爬一爬、江景游轮坐一坐、买堆土特产，再拍几张留念照以示到此一游，就算交差。

"你当接待你乡下亲戚啊？！这个杜小涛是温州响当当的富商！他爸十年前就身家上亿了！杜小涛是家族企业未来的掌门人，他这次是专程来和领导谈合作的。"他的计划还没说完，就被 Lisa 呸了一脸口水。"你就不能干点儿体面的勾当！听着，目前为止你节目明年的广告招商还是零，我给你个近水楼台的机会，别给我浪费了！"

啊？这么重口味？曾小贤心里一惊，扭扭捏捏地说："我卖艺不卖身的。"

德行！Lisa翻了他一个白眼："想哪儿去了！我是让你投其所好，带他去打打高尔夫！有钱人都这样，一场球打high了，赞助个百八十万不就一句话的事吗？别告诉我你连高尔夫社交都没听过啊！"

曾小贤一脸茫然："高尔夫射击？"

Lisa不耐烦地重复："是高尔夫社交！"

"高尔基社交？"

"高尔夫社交！"

"高尔夫社交？"

"白痴！是高尔基……"Lisa愣住，这才发现自己被曾小贤带进圈套，狠狠地瞪了他一眼。曾小贤没心没肺地在一边乐呵，嚷嚷着："错了！错了吧！"

就他这样子，还去接待高端客户？Lisa心里实在有点儿不放心，可是表妹的婚礼怎么能不去！表妹夫可是说了，公司大把又帅又能干的钻石男同事都要出席婚宴，到时候她这伴娘打扮得美美的，岂不是要迷死一大片？哈哈，想着都开心，管他杜小涛、杜海涛呢，人生幸福最重要！

同样是追求事业和美好人生，悠悠的态度就端正多了，只要有戏演，配角也好，龙套也好，电影、电视剧、话剧、舞台剧，什么机会都不放过。功夫不负有心人，悠悠的勤奋上进终于有了回报。拍上部戏的时候，有一家国际知名的娱乐公司的老板Stephen来探班，对悠悠的印象特别好。他们计划在这里开家分公司，还要签一些有潜质的新人，悠悠是锁定目标之一。也就是说，如果签约成功，悠悠可能很快就要红了！

如此大喜事，怎能不跟好朋友分享。关谷跟悠悠在一起这么久，已经算是小半个圈里人了，一听说这个消息，最兴奋的就数他了："你说的就是那个金牌制作人Stephen？"悠悠点头。

张伟茫然地问："很厉害吗？"

"土鳖！史蒂芬·斯皮尔伯格总知道吧？"张伟点头，国际首屈一指的大导演哪，谁不认识。关谷骄傲地介绍，"悠悠说的这位Stephen，是他同母异父的弟弟，在亚洲很有影响力的！"

Stephen 让悠悠把以前拍过的戏整理个《演艺集锦》发给他，他要给其他合伙人看一下，如果没什么问题，签约的事就能定了。思过咦！大家都真心为悠悠感到高兴。刚才还谦虚说八字没一撇，这简直是一捺都呼之欲出啦！

关谷比较关注细节，忍不住问："《演艺集锦》，你有这东西吗？"

悠悠让他放心："前几天我就已经托楼下的小黑帮我剪了，我让他帮我挑几部有代表性的，最能展现演技的那种。"

关谷激动得又开始乱用词："一听就知道，一定语无伦比。"美嘉笑他都语无伦次了："那叫无与伦比！"

笑归笑，闹归闹，大家约定等悠悠明天拿回《演艺集锦》就一起欣赏，一定要先睹为快。

2

"球置于左脚内侧两英寸处。脊椎呈中立状态，双臂自然下垂，左肩比右肩略高，以腰部带动整个身体转动 30% 左右，上杆和下杆过程中左臂基本保持直线，手肘不要弯，注意力集中，击球时不要犹豫，干脆点儿，Go！"子乔拿着一本《高尔夫入门手册》，一边念一边指导曾小贤的动作。严阵以待的曾小贤头戴高尔夫球帽，穿着高尔夫球衣、球裤、球鞋，手上还戴着高尔夫手套，却两手空空地模拟着挥杆的动作，旋转、击球，一声脆响，电视机屏幕上爆出一句"Nice shot"！曾小贤臭美地扶着帽檐，眯起眼睛，假装看着遥远处绿道上的小白球，自夸了一句："帅爆了！"

一菲、关谷、张伟和美嘉从外面进入公寓，看见一对二货居然在用 WII 游戏练高尔夫。美嘉开口就损："你们在耍猴吗？"一菲冷笑一声："闪一边去，把 DVD 接好，我们有更重要的东西看。有能耐下场打真球去，拿个游戏机自恋个什么劲。"

曾小贤心有不甘地挪开身子，嘟囔着："周末就要下场，这不是热身嘛。"

张伟好奇地问："你要去打高尔夫？"

曾小贤告诉大家，有个温州富商来台里谈合作，Lisa 派他应酬一下陪客户玩两杆，顺便谈谈赞助节目的事，他这才临时抱佛脚在这儿练习。练习也就算了，WII 也算了，那也不能找个山寨教练呀？子乔那套照本宣科的东西顶多也就哄哄小妞，曾小贤还真信啊？这不明显误人子弟，瞎耽误工夫嘛。

关谷安慰他们："不用着急，如果真是你说的那样，球打得怎么样貌似不重要吧，谈生意才是主题。"张伟也接着说："对啊，安排得体面点儿就行了——先备上一套上好的杆，再请两个陪练，雇几个球童，全程小车接送，美女雪茄伺候着，到时候就算一杆打不进，生意也能谈成。"

"哟，你还懂这套。"听他说话一套一套的，一菲明显不信地看着他。

张伟立马端出架子："好歹我也是高端人士，好不好……"众人看着他，张伟的气焰瞬间降了下去，没好气地说："偶尔去过一次，不行啊！"众人继续摇头，张伟只好认怂："勤工俭学的时候，我去高尔夫球场打过工……"见众人还不信，他翻个白眼讲了实话："主要是在场外捡人家打飞出来的球，然后拿去卖，五块钱一个。你们满意了！"

这还差不多，符合你张益达的气质，围观群众基本表示满意。

张伟不甘心地叨叨："没吃过猪肉，但我见过猪跑啊。那帮富人都是这么社交的。"

就算他说得有道理，办张球场的会卡几十万，一套过得去的球杆好几万，果岭费、球车、球童、小费、休息室、雪茄、吃喝消费……这一堆的东西算下来，我的个乖乖，广告还不一定能拉到，曾小贤还不被玩得倾家荡产？不就拿根杆子把球打进洞吗，至于那么大费周章吗？

曾小贤一脸郁闷，Lisa还说是给他个近水楼台的机会，明明就是个大坑啊！关键是，杜小胖只爱高尔夫，想不跳这坑都难，该怎么个跳法呢？

正讨论着，悠悠拿着她的《演艺集锦》回来了，据说是小黑从她演过的所有角色片段里剪了四段最赞的。一众人立马甩开曾小贤的事不管，围到沙发前看电视。

第一部，言情偶像剧……

校园内，悠悠饰演的池早早，拿着刚做好的三明治，看着皓辰从对面走过。内心独白：喜欢皓辰的第1001天，三年来我每天都在这里守候，看着皓辰从对面走过，可他——从没看过我一眼。想着，悠悠叹了口气，难过地垂下眼帘。可当她抬起眼眸，再看对面时，皓辰正转头看着她，还微笑着对她挥手。

天哪！难道今天就是我的幸运日吗？勇敢点儿，早早！把你的心声大声喊出来吧！悠悠开口，嗲嗲的台湾文艺腔："欧皓辰！我宣（喜欢）你！我的脑和心，我全身上下每一个器官，都在说着——我宣（喜欢）你！"

那羞涩，那期待，那纠结，那腔调，那决断之后的勇敢，那勇敢之后的温柔坚定，悠悠，不得不给你点 32 个赞哪！

皓辰调皮地逗她："你宣（喜欢）谁？"

悠悠甜蜜地抿嘴回答："欧皓辰！"

皓辰又问："谁宣（喜欢）欧皓辰？"

悠悠勇敢地说："池早早……"

皓辰继续开玩笑，说自己听不见！悠悠兴奋地过马路，一辆卡车开过，音乐戛然而止，刚刚还在飘逸着长裙奔跑的她被卡车无情地带走了。

下一个镜头，悠悠躺在皓辰怀里，满脸鲜血，气息奄奄地说："这是……我为你准备的早餐，趁热……"话没说完，眼一闭，头一偏，死……了？

台词不应该是，这是我最后一份党费吗？片段播完，大家默不作声，只有悠悠还在兴奋地介绍："这部剧我总共只有这一场，我还记得名字叫作——《爱情是从告别开始的》。当时导演让我从三个层面同时表现出遗憾、满足和渴望，看出来了吗？"

子乔顾左右而言他："这个欧皓辰谁演的，太丑了！我演都比他强。"曾小贤阴不阴阳不阳地评价："她演的戏，我们早有心理准备了。"一菲最干脆，直接挥手："言情剧没意思，下一段，下一段！"

第二部，武打功夫片……

蒙面忍者："千手观音，你终于来了。"

悠悠扮演的千手观音，古装扮相清丽脱俗，冷冷一声："八臂罗汉，我是来给你收尸的。"

"那要看你有没有这个本事了！看飞刀！"忍者狂妄地大笑，顺手甩出一把飞镖，悠悠用嘴接住。忍者双手又甩出两把飞镖，悠悠用嘴一起接住。

思过唉！高手啊！这部戏里悠悠的设定就是"百分百用嘴接飞镖"。既然是百分百，这回总死不掉了吧？

剧情继续，悠悠吐了一地飞镖，冷笑："暗器对我是无效的，还有什么飞行道具都使出来吧！要是我用手接就算我输。"

江湖险恶，防不胜防，忍者耍了一堆花架子，突然吐出一口浓痰……悠悠下意识还是用嘴接了……忍者哈哈大笑："这你也敢用嘴接？"悠悠突然跪地，口吐白沫："痰……痰里有……毒。"说完，又死了。

这口味也太重了吧？一帮人吐得稀里哗啦，就算是没吐出来的胃里也都翻江倒海了。只有关谷，捂着嘴，强忍着恶心，继续鼓励悠悠："亲爱的，武侠片口味太重了，有没有主流一点儿的角色？"

第三部，谍战片，悠悠饰演战地医生……

战地医院，背景里炮火轰鸣，硝烟弥漫，单调昏暗的灯光下，悠悠在做手术。镊子。护士递过。剪刀。递过。消毒水。递过。擦汗。护士过去擦汗，突然用纱布捂住悠悠的嘴，抽出一把手术刀，捅向悠悠。

"为什么！我只是一个医生啊。"悠悠从她的指缝里喊出微弱的声音。

护士又捅了她一刀："对不起……可我是个间谍，李将军是我们的心腹大患，我不能让你救活他！"

悠悠喘着气，断断续续地说："那你捅我干吗？捅……他……嘛。"然后……又死了。

捅我干吗？捅他嘛。这遗言，也太草率了吧，写剧本的长没长脑子啊？不过，相比前两段，总算有点儿突破，以前是一个人死，这次一尸两命。值得鼓励，继续继续！

第四部，科幻片《王子的拯救》，悠悠饰演绝地武士……

一开场就是中英双语字幕，高端大气：帝国和叛军的战斗还在持续，死亡的恐惧在四处蔓延。英明神武的反抗军精神领袖卢克，被秘密关押在帝国战列舰3601号上运往死星审讯。绝地武士唐悠悠奉尤达大师之命，不惜一切代价营救王子，撤离时却遭遇重兵围困，各种机甲战车、外星精灵轮番攻击……

悠悠出场，双手举着激光枪还击，百发百中："王子，快上救生舱！我来断后！"

战舰的舱门打开，达斯魔气势逼人地走出来，挥舞着双头光剑，把悠悠射过去的激光一一反弹开。悠悠索性扔了激光枪，也拿出一把光剑，拿出破釜沉舟的决心，坚定地说："好朋友，终于又要和你并肩作战了！"

结果剑柄握反，弹射出的光剑刺穿自己……"失误了！"悠悠呻吟一声，倒地，身亡。

言情、武侠、谍战、科幻各类片种全有了，意外、决斗、他杀、自杀各种死法也都齐了。戏路还算百变，可结局永远只有一个字，死。这样的集锦要寄给老板，人家不以为她只会演死人就怪了。

众人大摇其头，连关谷都不得不担心，只有曾小贤保持乐观："往好的方面想，我知道有部话剧就挺适合悠悠的，她可以演主角。"

悠悠兴奋地问："什么戏？"答曰："阿加莎·克里斯蒂的——《无人生还》。"

3

接待杜老板的欢迎会，台长都到了，曾小贤居然玩失踪？！当然，被逮着了又被 Lisa 一顿好骂，曾小贤在一边唯唯诺诺地解释："Lisa，这几天实在太忙了，我给忘了。明天就要陪客人了，我总得找个便宜的场子，不是，体面的场子吧。"

"什么场子？"不见其人，先闻其声，说话间，杜小涛挺着个大肚子就出现了。闻名不如一见，现实中的杜小涛比照片里更加"雄壮"。Lisa 一秒钟换脸，热情洋溢地打招呼，还拉着曾小贤过来介绍。

"说到运动，曾小贤听说您也很喜欢高尔夫，所以专程包了场子要和您切磋一下。"听 Lisa 说到包场子，曾小贤心里咯噔了一下。

杜小涛果然感兴趣："不瞒你说，我就喜欢打球。不管到哪儿球杆从不离身。"说着，还从包里拿出一根黄金杆，像是生怕别人不知道他对高尔夫的热爱。

曾小贤打着哈哈，边捧他边想计策："果然是高手。您都独孤求败了，要不换点儿别的节目吧？"

杜小涛看着他摇摇头，一副你也太不理解我了的表情："唉，知道男人为什么喜欢高尔夫吗？因为每个洞的风景都是不同的，即便同一个洞，也有不同的进法。"

Lisa 在一边附和："女人也喜欢高尔夫，因为每根杆的感觉也不一样，即使同一根杆，力度不同，感觉也不同。"

这个……曾小贤都不知道该如何接茬了，脑子里突然想起那天美嘉说的，不就拿根杆子把球打进洞吗，至于那么大费周章吗？他突然有了主意，信心满满地对着杜小涛拍胸脯："有了！放心，包在我身上！"

市中心，繁华地带，还能有球场？这地段得多贵啊！迷迷糊糊地被曾小贤带着转，杜小涛浑不知身在何处。室……内？！高尔夫还有室内的？地下室？！难道是外星人的地下基地？

他那里一路嘀咕，帮他背着球杆的曾小贤只管安慰："放心，包您满意！"

推开房门，没有外星人，没有地下基地，只有几排整齐的桌球台，杜老板惊讶得嘴张大呈大写的 O 形。还没来得及说话，穿着兔女郎服装的美嘉款款而来，甜丝丝地迎接他们："欢迎光临，我是这儿的服务员小美，恭候二位多时了。"不管刚才是想抱怨还是惊叹，反正那些话都缩回杜老板肚子里去了，现在他眼里只剩下眼前这位可爱的美女小兔纸，还学着美嘉的姿势卖萌地打招呼，"Hi！"

曾小贤在一边点头哈腰："杜老板，昨天我专程看了天气预报，今天可能有雨。而且还是东风转西风，南风转北风，我怕您身子骨单薄，所以再三考量才定在了室内。"

杜小涛暂时把目光从美嘉身上挪开，环顾四周，还是有点儿稀里糊涂："这不是高尔夫啊，我连球杆都带了，怎么打呀？"曾小贤使劲对美嘉使眼色，美嘉赶紧解释："这是高尔夫的亲戚——斯诺克。不都是拿根杆子把球打进洞吗，原理差不多的啦。"

杜小涛愣住，同样差不多的意思，怎么从美女嘴里说出来，就显得很有道理了呢？

曾小贤呵呵地干笑着，生怕杜小涛不买账："偶尔换换口味嘛，你看这儿多气派多宽敞。"

"而且酒水畅饮，烧烤自助，这是曾先生能承受的最豪华配置了！"美嘉帮着说话却说漏了嘴，被曾小贤暗地里戳了一下，连忙改口，"我是说……这一切都是他提前为您准备好的。"

"岂有此理！"杜小涛突然一脸严肃，曾小贤紧张得汗都要流下来了，他却又哈哈一笑，"我有生以来，还从没见过这么有意思的地方！"

桌球房都没来过，这也太孤陋寡闻了吧？寻常人怎么知道富豪们的辛酸啊！杜小涛打生下来起，家里大院是一片高尔夫球场，后院是一片高尔夫球场，连厕所周围都是一片高尔夫球场。长大之后，除了高尔夫，老爸从不许他碰其他任何运动，因为那些运动，对他们这样的人家来说，实在太 Low。

没来过？哈哈，那就好办了！杜小涛在那边触景伤怀，美嘉陪着伤心垂泪，曾小贤心里可乐开了花，说话的底气都足了很多："您是不知道，咱们这儿现在很多高端人士都崇尚打桌球。喝个小酒，吃个烤串，再谈谈生意，多么高贵的生活方式啊。"

杜小涛跃跃欲试，可他来都没来过，哪儿会打桌球啊？这当然不是问题，曾小贤已经为他约了这里最好的教练——吕子乔："你好！杜老板，竭诚为您服务。"怎么样？服务够周到吧？

楼上传来卡拉 OK 的音乐声，杜小涛四顾着找声音的来源，子乔顺口就说，楼上有家 K 房。曾小贤打断他："什么呀！也不看看这儿什么档次（chi）！什么 K 房？这是……真人伴唱！我特意安排的背景音乐。"

楼上开始号叫《我的歌声里》，各种岔音走调呼儿嘿哟。好在杜小涛显然对卡拉 OK 这种 Low 玩意儿也没研究，新鲜，居然还表扬这歌唱得真不错。

讲解了一通桌球的基本规则，子乔开始亲身示范动作，帅气地俯身，击球，球应声落袋。杜老板也依样画葫芦地俯身，架杆的手一直在动，总也打不着球。子乔在一边提醒："手别动，杆动！"杜老板抬起头，认真地问："感动？要感动到什么程度？"

智商不足，小脑显然也有问题，这可怎么教？说好几个人过来的目的，就是想方设法地哄杜老板开心，眼下一个球都打不进去，还怎么个开心法？哄不好他不仅曾小贤的赞助谈不成，大家的小费也别指望了。

子乔这边犯了难，美嘉那边可是顺风顺水。只要过去微笑一个，说一声："杜老板，加油哦，喝一杯吧。""杜老板，要不要来口烤串？"杜老板心花怒放，赏金那是大大的，小费五百五百地给啊！

子乔悟性不差，很快转变思路："是这样的，桌球有很多种打法，刚才我示范的是最普通的一种，可能不适合你，接下来我给你示范一种文艺打法。"说完，潇洒地反手在背后架杆，击球，球进。杜小涛想学，可惜人胖手短扭不过来，连球杆都架不上去。子乔只好再换："呃……这种也不适合你，我再推荐个高端的。这个动作被誉为桌球界的托马斯全旋转。属于极高的境界！看好了。"

子乔一个后仰，稍微侧身，眼角瞄球，击球，球进！一连串行云流水般的动作，太帅了，连美嘉都忍不住喝起彩来。

"我也行吗？我是老实人，可别忽悠我啊。"杜小涛倒是有点儿自知之明，架不住曾小贤跟子乔在一边吹捧，"杜老板骨骼惊奇，一定可以。""试试嘛！教练说行你一定行！"

杜小涛模仿子乔的动作，先是一坨肉往桌台上一躺倒，别说瞄杆，再就什么也看不到了。打！放手打！几个人又在边上给他鼓劲加油。杜小涛一杆乱捅，曾小贤使个眼色，美嘉用手把球拨进，欢呼跳跃："Yes！进了耶！听到落袋的声音了吗？太漂亮了。"

"嘿嘿，看来我还是有点儿天赋的。"杜小涛自信高涨，兴趣更加浓厚，忙着问这招叫什么名字。美嘉笑嘻嘻地回答："第一种普通，第二种文艺，这个当然就是2……"

子乔和曾小贤抢在她前面齐声宣布，这叫"爱……情公寓打法"！

4

在朋友们的强烈建议下，悠悠只好请小黑重做了一个版本的《演艺集锦》，把那些死掉的镜头统统删掉。本来就不多的镜头左删右减，结果就变成了像是几张照片拼贴了大段的字幕，简直是片花中的片花，比人家的写真集还要简陋。

"不行！这可关系到你未来的发展。一定有什么办法，既能瞒天过海，又能……"关谷心疼悠悠，苦思冥想着该如何办，"瞒天过海。"

悠悠叹气："要是我在这些戏里没死就好了。"

关谷灵机一动："哎！要不我们重拍吧？反正Stephen不了解内地影视剧，

我们就按这四个片段背景重拍一段微电影，这样不就可以不用死了吗？"

微电影？当下最流行的草根娱乐，全部DIY，悠悠的演艺角色经过改造后重现，并不是不可能。听说万能的小黑有个兄弟在影视基地工作，也许找他就能搞定场地、服装、器材设备。关谷是个漫画家，设计剧情和画面是他的强项，可以担纲导演和负责剧本！加上悠悠这个专业演员，再找几个配角演员，就齐活儿了。

小黑真乃神人也，居然真能找到一模一样的场景。关谷、悠悠就位，DV就位，剩下就是神秘的配角演员了，那就是，一菲和张伟！关谷一开始真没打算请他们，可是张伟刚巧看到关谷新写的剧本，吵着要来演欧皓辰，一菲听说居然也要来凑热闹，于是，就这样了。

第一部，言情剧。

戏被关谷改了，前面部分保持不变，但悠悠过马路的时候不会撞车，然后悠悠勇敢表白，皓辰被感动，从此两情相悦。爱告，take one，action！

……悠悠勇敢地喊出了自己的心声："欧皓辰，我宣（喜欢）你！"

"花美男"张伟猛地一回头，撩了一下额前的头发，耍帅，眼神诡异："你宣（喜欢）谁？"

悠悠的鼻子皱了一下，极力忍着不笑，继续念台词："欧皓辰。"

"谁宣（喜欢）欧皓辰？"张伟甩头发上瘾了，不停地摆动头发，脖子扭过来扭过去，眼神散乱，漂移不定。

悠悠跑过街，果然没有卡车，但是看到花痴美男那副模样，实在忍不住地笑场："皓辰，这是我亲手给你准备的药，你趁热吃吧。"

关谷只好叫停，再给张伟说戏："花美男不是花痴男。想象一下，你是个富家公子，长得帅，能力强，你的自信和温柔是由内而外的，要走心，明白吗？"

张伟茫然摇头，也难怪，一个孤儿院出来的孩子，你让他怎么感受高富帅的生活嘛，说了也白搭。关谷只好再启发他，想想《还珠》里的尔康，再想想《流星花园》里的花泽类！张伟马上就找到了感觉，还埋怨导演指点得太晚。

爱告，take two，action！音乐响起——

悠悠捧起三明治："皓辰，这是我亲手为你准备的早餐。"

张伟这回眼神倒是不飘了，死死地盯住悠悠："我值得你为我酱（这样）做吗？"

悠悠羞涩地告白："1001天以前，我就已经宣（喜欢）上你了。"

"其实……自从上次在王爷府见到你，我也没有忘记你。"张伟尔康上身，串错台词，王爷府？想多了吧，"呃……是校门口！当时我就知道你不是普通的丫鬟。"

关谷着急地在旁边喊："回来！回来！别扯远了。"

"皓辰，三年了，你终于对我说话了，我好激动，激动得都想哭了。"

"表（不要）！哭出来就不好看了。"

"可人家忍不住啊。"

"教你一个方法，当忍不住想哭的时候，你就倒立，这样泪水就流不出来了，造（知道）吗？"

"真的可以吗？"悠悠感激地抬起头，吓了一大跳。张伟不知道什么时候已经倒立着了，嘴里还在深情演绎："看到没有！我不会骗你的，这不是我说的，是花泽类说的。你有没有觉得我们很像啊？"

只看倒立的姿势，看不到脸的话……的确有点儿像。关谷气冲冲地喊Cut，张伟还在空中踢动着双腿央求着："别停啊，导演，我终于找到花泽类的感觉了！"

一菲提议："导演，要不我去弄辆卡车过来，把他撞死算了。"

男主角如此"惊悚"，言情片实在没办法再拍下去，关谷只能改拍武戏。跟张伟相比，一菲果然要靠谱得多，古装扮相一上，飒爽英姿，跟悠悠的俏丽相映成辉，视觉效果就很赏心悦目。戏的发展还是跟先前差不多，一菲和悠悠过招，悠悠百发百中接飞镖，不过当一菲使出吐痰攻击的时候，悠悠轻松躲开，然后回击，将她击倒。

张伟呢，文戏都演成那样，武戏就靠边站吧，委屈兮兮地负责场记打板。《龙门飞镖》，take one，action！

一把飞镖，悠悠用嘴接住，两把飞镖，悠悠用嘴接住，漫天飞镖，悠悠还是镇定地用嘴接住。吐出满嘴的飞镖，悠悠挑衅道："还有什么飞行道具都使出来吧！"

照剧情，一菲此时应该飞痰攻击，可她使劲"咳"了几声，什么也吐不出来。

世界上居然还有不会吐痰的人？而且还是纯爷们儿如胡一菲？张伟大喜，主动请缨："导演，我会，换我来演吧！"

"唉，实在没办法的话，也只能……"关谷无奈地点点头，张伟兴奋得摩拳擦掌，"只能你来教一菲了。"

教？而已……张伟显然失望，但好歹也算是教练呀。《泰坦尼克号》看过吗？戏里 Jack 不就教过 Rose 怎么吐痰，然后他们就爱上对方……这不是重点，总之应该不难。张伟示范动作："看好！先猛吸一口，咽喉下压，气沉丹田，然后咳，吐，明白了吗？"

一菲吐出的是口水，动作不对，张伟只好再来一遍。一菲说没看清，张伟又吐。一菲还是摇头，张伟吐……20 分钟以后，张伟还在吐，不知道是一菲真的领悟不到，还是故意整他。悠悠、关谷在一边等得发呆，真是服了，这货居然能吐那么久，他那肺里究竟攒了多少啊？

一个保安过来，板着脸问："喂！你们在干吗？谁允许在这里随地吐痰了？"

张伟解释这是在拍戏，关谷和悠悠也赶紧过去。

保安还是一副凶巴巴的样子："你当我白痴吗？20 分钟前我就看见你们了，吐到现在。我活了 42 年，从没见过你们这么无聊的人！"

大叔，您够狠的，吐 20 分钟的痰就已经够无聊了，您还看了 20 分钟？

总之，保安限令五分钟之内必须把地上弄干净，否则按影视基地的规定一口痰罚款 10 元。刚才吐了……张伟数数地上的痰迹，开始颤抖。

"大叔，您听我解释……是他吐的，我们跟他不熟。"抛下一句话，一菲、关谷跟悠悠赶紧逃走，只留下张伟一个，讨好地对着保安大叔痴笑，呵呵，呵呵呵。

5

在曾小贤、子乔和美嘉的鼓励下，杜小涛的无限制、无差别、无节操桌球打法秒速精进，各种举一反三，各种 Free Style。又是一个无下限的乱捅，三个人在一边齐声喝彩。

杜小涛满意地点点头："江湖上没人用过我这个动作吗？我是老实人，可别忽悠我啊。"

小贤子小心伺候着："怎么会，如果不介意，我们打算用您的名字给这种打法命名，一定流芳百世。"杜老板还来不及谦虚，美嘉又进言："或者我们就叫它……斯丢劈德打法吧！"

斯丢劈德……Stupid？美嘉你也太狠了，怎么不干脆叫贝雷劈德打法！可杜老板现在对人家小兔妹妹说的任何话都有求必应，不仅夸名字洋气，还说就这么愉快地决定了，以后这打法就叫斯丢劈德……"哈，想不到桌球这么好玩，我平时打高尔夫，一下午也打不进三个，今天才这么一会儿已经打进十几个了。"

"除了天赋异禀，我还真找不到其他解释了！"杜老板心情大好，小贤子趁机拉关系，"您累了吧？要不咱们歇会儿来支雪茄，顺便谈谈赞助的事？"

杜小涛拍拍他的肩膀："曾老师，你对我这么好，我还信不过你吗？赞助的事没问题，你开个价，回头我签了就是！"

广告赞助的事一敲定，曾小贤再无顾忌，豁出去了，今天舍命陪君子了！

楼上的K厅停了，杜小涛正在问背景音乐怎么没了呢，台球室的大门突然被打开，大飞带着几个彪形大汉闯了进来，墨镜，大衣，叼着烟，个个一脸横肉，面露凶相，标准的江湖混混配置。

"我说……今天什么情况，桌球房怎么那么冷清啊！"大飞环顾四周，傲慢地半仰着头问，"那边几个，是聋子吗？怎么没人答话？！"身边的小弟也斜睨着曾小贤他们几个，吼道："大飞哥问话呢，你们混哪里的？"

麻烦来了，几个人都不敢说话，杜小涛没见过这架势，还眼巴巴地问他们是谁。美嘉先迎上去，打算先耍个美人计缓和一下气氛，谁知一紧张就说成了："先生，你们是来打球还是打人的？"

"你说呢？！"大飞恶狠狠地瞪她一眼，吓得美嘉赶紧退下。

杜老板好着声气告诉他们："兄弟，我们包场了。"

大飞眼角都懒得朝他看一眼，抖着脚，不耐烦地说："嘿！我每天在这儿打球，头回听说还有外人敢包我的场子。"小弟凑到跟前补充，同样地眼白对人："这是大飞哥的习惯，每天下午在楼上唱一小时歌，唱累了下来打球。

你们也不打听打听就敢包场？"

　　每天？曾小贤暗想，订场的时候可没人跟我说啊。杜小涛一听他居然就是那个"伴唱"的，掏出钱包就要去给小费，慌得曾小贤一把按住，说自己先过去沟通沟通。

　　曾小贤呵呵呵地干笑着蹭过去，一脸谄媚："这位大飞机大哥，我们初来乍到不知道这儿的规矩，要不这样，虽然我包了场子，可如果你要打球都算在我头上。除此之外，酒水烧烤还能畅饮畅吃，怎么样？"

　　人家好歹是个大哥，怎么会想占这些小便宜。不过今天曾小贤他们算是走运，大飞上次在面馆跟人打架，被关了15天刚被放出来，据说就是因为打架的日子没选好。今天皇历又说不宜冲突纠纷，所以，在小弟劝说之下，决定暂时不跟他们计较，各玩各的。于是，率着一众人就到旁边桌上玩去了。

　　见他们走开，曾小贤长嘘了一口气。一分钱一分货，什么样的场合出没什么样的人物，子乔和美嘉总算是领悟到高尔夫和桌球的区别了。

　　警报解除，大家开始嗨皮打球。在三位马屁王的吹捧之下，杜小涛现在自信爆棚，主动要挑战各种不可能，想一出是一出。看着满桌的球，杜老板突然问："那么多球，一个个打貌似慢了点儿哦。有什么群伤的大招吗？"

　　子乔马上响应："再教你个桌球界的最终奥义——大力出奇迹！"

　　高尔夫球有大力开杆，桌球也可以？在子乔的指导下，杜小涛摆开V字手形，猛力一杆，白球跳起，在空中划出一道美丽的弧线，在众人惊讶的表情中，落到大飞哥的桌上，正好弹到大飞哥额角上。0.01秒之后，曾小贤反应过来——闯祸了，为了避免恶性冲突的发生，他决定做点儿什么，好控制住局面⋯⋯

　　大飞大怒，大吼："谁啊？！"

　　四人一起仰头吹口哨，做事不关己状，曾小贤还小声叮嘱："继续吹。千万别让他们看出来。"杜小涛反应过来，问："哎？为什么要我们吹口哨？"

　　"你闯祸啦！"曾小贤小声说。杜小涛浑然不解，不是教练让他大力出奇迹的吗？有做错吗？还没事在这儿吹口哨，气氛怪怪的，一时兴趣骤减，说可能是自己太笨了，不如不打了，拿起东西就要走。

　　"别⋯⋯别走啊！"子乔赶忙拦住，搜肠刮肚地想词，"不不不⋯⋯别听他的，你刚才这一杆是好球⋯⋯看，都上果岭了！常人能随便一杆就上果岭吗？"

斯诺克也有果岭？子乔，你真是太有智慧了！打进自己的洞是普通球，一杆上果岭的球叫作……小鸟球！生平没在高尔夫球场上拿过 Birdie，今天居然在桌球台上完成了第一次，杜小涛真是没白来，顿时豪气万千，充满了斗志，跟小白兔妹妹一击掌，就要上去补杆。

曾小贤手忙脚乱地把他按住，堆着笑脸解释："杜老板，桌球有规则，果岭不能随便去。"不补杆，那小鸟球怎么办？只能靠曾小贤再去沟通了。

那边大飞好端端被球砸了头，摔球杆就要上前理论。欺负到他头上来了，找削呢吧！小弟把他拦住，好言劝说："看对方好像是来者不善啊，闯了祸不跑路也就算了，还在那儿谈笑风生，好像挺高兴的。不妨先观察观察再做打算，要知道，冲动是魔鬼，上次在面馆跟人打架就是因为对面的人把牛肉汁溅到你碗里，别忘了 15 天啊。"

"都说了别提这事了！"大飞一声暴喝，一腔怒火倒发在小弟身上，一巴掌把他拍扁在桌球台上。

曾小贤端着一杯茶，舰着脸过来，呵呵呵呵，脸上笑得跟朵花似的："大飞哥，我那朋友小脑发育不全，手脚没轻重，对不起啊。都是误会，他高尔夫球打惯了。我这就把球拿回去。"

"拿回去？想得美！"大飞自然对他没好脸色，"老子打球你包场。老子不跟你计较，你还挑事，找死啊？"

曾小贤被他吼得一激灵，大飞看他那窝囊样，临时出来个想法："好，既然你要替那个胖子出头，我就给你三次机会。你们打高尔夫，是吧？行！不论是高尔夫还是桌球，规则里有允许用手碰球的吗？这个球怎么过来的，就怎么回去！只要你能把球打回去，我就不追究了，可如果你做不到……"

刚才那一球飞过来纯属意外，可遇而不可求，再想把球"意外"回去，谈何容易！可看见大飞捏着手指那样子，这球要是飞不回去，意外的恐怕就是他曾小贤了。

子乔、美嘉和杜小涛看他磨蹭半天没回去，也凑了过来。曾小贤只好解释，说是这帮人玩的新规矩，打进果岭球得一分，可要是能把球重新打回去，可以算三倍。杜小涛一听，激动得手都痒痒了，连说"我来，我来"。曾小贤怎敢让他有个闪失，推说斯诺克是团队运动，现在轮到他打了。

"让你打你就打！快点儿！"小弟在一边催促，"我们大飞哥在江湖上有名的说一不二，上次在面馆跟人打架，他说好饶对方一只手，结果一直打到警察来了，他都没有出过脚……"马屁拍在马腿上，又被大飞一巴掌拍扁。

曾小贤拉开架势，屏气凝神，击球，结果球杆连球都没碰着。大飞得意地在一旁提醒他还有两次机会。曾小贤紧张得汗都出来了，手一滑，第二杆又打疵了。

大飞越发得意，高声宣布："最后一次机会了。如果再失败的话，哈哈哈哈……"小弟已经起身去关桌球房的门。

成败在此一举，曾小贤艰难地咽了一下口水。

"等等，曾老师！"美嘉突然喊道，曾小贤还以为她想出了什么高招，一阵激动，谁知道她居然提议，"要不要试试斯丢劈德打法？"桌球果然比高尔夫刺激多了！杜小涛看得津津有味，浑然不觉另外三个人汗毛都快要竖起来了。

"等等！我可不可以换根杆打……"曾小贤突然停下来，拿出杜小涛专用的镀金球杆，"刚才你只让我把球打回去，又没说用什么杆。"

高尔夫球杆？你 TM 逗我呢吧！大飞大怒，钵头大的拳头就要挥起。小弟连忙拦住他，提醒道："大哥，您刚才真没说过用什么杆。您在江湖上是有身份的，我怕他们不服，传出去坏了您的名声，就像上次面馆的事……"

"还提面馆！我叫你提，叫你提……"大飞一拳把小弟砸向地面，好一阵拳打脚踢。

曾小贤对他竖起大拇指："大飞哥，看得出您是个以德服人的汉子，说一不二，不会这点儿事都要跟我计较吧。"

我个暴脾气的。行，你打！我就不信你一杆能搞定！大飞虎视眈眈地对着他，就等着看笑话，and，修理不死你！

曾小贤站在桌上，环顾四周，大喘了三口气，心里默念击球要诀：球置于左脚内侧两英寸处。脊椎呈中立状态，双臂自然下垂，左肩比右肩略高，以腰部带动整个身体转动 30% 左右，上杆和下杆过程中左臂基本保持直线，手肘不要弯，注意力集中，击球时不要犹豫……挥杆，球腾空飞起，越过众人的头顶，落在先前那个桌球台上，吃三库，进！

Yes！太棒了！这功力，一杆进洞，Hole-in-one 呀！几个人欢呼雀跃，杜小涛更是忍不住捧起曾小贤的额头就亲了一个。

这 TM 也可以啊？大飞看得眼神都呆了，何况那球实在精彩，连自己这边的小弟都欢呼鼓掌，于是吸口气，转脸笑起来，冲着曾小贤："好小子，有种，我大飞决定交你这个朋友了。"

既然大家那么 high，不如一起玩吧？所有人都站在球台上，轮流拿起高尔夫球杆，美嘉兴奋得直跳："高尔夫！斯诺克！你们都给我 high 起来！"于是，白球满场飞，这里是小鸟球，那里是老鹰球，大飞哥还自创了个飞机球！

曾小贤看着自己精心设计的贵宾接待方案演变成如此闹剧，不禁大摇其头。轮到美嘉这只兔纸妹妹击球了，美嘉调整来、调整去，好不容易挥杆，一球飞过来正砸在曾小贤的头上，小贤子应声倒地。莫非这就是传说中的贝雷劈德打法？

6

小黑借来的场地器材只能用一天时间，张伟光玩甩头发、倒立、吐痰就花了快半天了，时间不等人啊，后面的戏自然越发仓促。

第三部，谍战片。

张伟演受伤的将军，一菲演间谍护士，但悠悠演的战地医生并没有在被她刺杀后倒下，反而带伤坚持完成了手术，救活了李将军。

《战地谍影》take one，action ！

"我是间谍，我不能让你救活李将军。"一菲蒙住悠悠的脸，连捅几刀。悠悠倒下，一菲逃走。她刚出门，悠悠突然站起身来，豪迈地发誓："我是个医生，哪怕还有一口气，哪怕只剩我一个人，也一定要把手术做完！"说完，卷起袖子就开始手术。

"Cut ！"关谷急忙叫停。剧本设定战地医生一直在流血，不知道自己什么时候会咽气，所以要表现出内心的焦急和不安。悠悠现在不仅完全没有这些表情，而且简直是，太豪迈了！

张伟插嘴："演戏要真实，你看我，躺得多真实啊，刚才我完全感觉不到医生和病人的交流！"众人吼他闭嘴！张伟老实躺好。

可英雄气概悠悠还能领略几分，至于焦虑和不安，临时上哪儿找去？真听真看真判断，斯坦尼的表演理论这时候竟然派不上用场。悠悠思来想去，一口气灌下八瓶矿泉水，扭扭捏捏走到关谷面前："关关，我 OK 了，开始吧。"

敢情焦急和不安的 feel 就是尿急啊！唐氏表演大招，果然与众不同。关谷还在犹豫，悠悠一声怒吼："快点儿开始啦！我快憋不住了！"

拍摄开始，一菲蒙住悠悠的脸，悠悠不停地扭动着催她快点儿动手，这完全是找死的节奏啊！一菲愣了片刻，果断抽刀捅她："对不起，我是个间谍，我不能让你救活李将军。"说完离场。她刚一走，悠悠就扭动着站起来，确实满脸焦急，这 feel……倍儿不爽！

"我……我是个医生。哪怕还有……一口气，哪怕只剩……我一个人，也一定要把……手术做完！"悠悠直憋得整个人都有点儿发颤，声音发抖，哆嗦着摆动着手术刀，两条腿在手术台下快拧成麻花了。

关谷称赞："很好！继续！保持住！"

五分钟后，悠悠急得汗都流下来了，小声催着："行了没有！我看差不多了！"关谷拍得正得意，让她继续坚持，因为"这是一个长镜头"！

又是五分钟过去，悠悠的手抖得快要连手术刀都握不住了，哀求道："已经缝好了！真的可以了！"可关谷继续坚持，嘴里还说着戏，手术非常复杂，悠悠要表现出坚定的信念，还要表现出高超的医术，德艺双馨，超感人的。

再一个五分钟，悠悠几乎要瘫倒了，关谷这才招呼张伟："李将军，你可以醒了！"

张伟总算盼来表演的机会，一个挺身坐起来，脸上各种表情都有，兴奋、疑惑、担心等等等等，整个一表情大杂烩，凄厉地喊道："我这是在哪儿！大夫，你怎么了？"

"恭喜，你得救了！我……撑不住了。"话没说完，悠悠就翻着白眼滑到了地上，八瓶矿泉水爆破的惨状，实在让人不忍直视。伟大的战地医生在人生的最后一刻——尿了。

第四部，科幻片，最后的希望。

片场只有一道巨大的绿色背景，但小黑让他们先把人物动作拍完，回头再把背景合成上去，据说那部《紫禁之巅》就是这么拍出来的。

已经穿着打扮好的悠悠见一菲还是便装，奇怪地问："一菲，不是你演我对手啊？"

一菲笑笑："演达斯魔要在脸上涂那么厚的油彩，我果断把这个光荣的使命让给张伟了。"说着，脸上画得跟猴屁股似的张伟，拿着一根日光灯管就出来了，还摆了个自认为超酷超帅的姿势，殷切地看着两位美女求点赞。

飞船是合成的，激光剑就是日光灯管，这剧组，实在是寒碜了点儿。时间不够，道具不够，一切从简，关谷设计的剧情是悠悠扔下激光枪之后，也拿出一柄激光剑和达斯魔决战，达斯魔被打败，逃跑，悠悠乘胜追击。

悠悠看着手里的日光灯管，深深表示怀疑："这玩意儿这么脆能打吗？要不我改用空手接白刃吧。要不怎么体现出我武艺高超呢。"

关谷安慰她："绝地武士是会用'原力'的。就是精神力量，隔山打牛。张伟记得配合一下，OK？"action！

于是张伟哇呀呀地挥剑进攻，悠悠也哇呀呀地挥剑还击，两根灯管挥来挥去，就是不肯碰到。这样的画面也太假了，关谷建议他们稍微交一下手。于是两个人开始对打，只是速度放慢了几十倍，动作幼稚到能惊动党中央啊！那也只能怪灯管太脆，无法发挥，关谷只好指挥他们用原力对打。

悠悠放下剑，闭目拉开架势，排山倒海一掌过去，张伟却愣住没有反应。一菲在旁边挤眼示意，张伟才领会过来，狼狈倒地。悠悠再推一掌，张伟在地上被"推出"了好几米。张伟起身，悠悠再推一掌，张伟乱跳倒地，再起身，又倒地。我的妈呀，这配合，闫芳太极拳都比不上啊。

关谷发号施令："可以了！达斯魔可以跑了，绝地武士乘胜追击！"

张伟穿过门仓皇逃走，悠悠捡起双头剑追进门，剑却卡在门上过不去。关谷指挥，竖过来啊！悠悠试了一下，还是卡住。一菲建议，斜过来，斜着能过。悠悠把灯管斜过来，还是过不去。张伟实在看不过，又从门里走出来，把她手里的灯管放直指着门口："这样不就能钻过去了嘛！"

哎，我怎么没想到呢？悠悠大喜，傻笑。关谷后仰倒地。

"导演，你肿么了？"悠悠、张伟忙问，一菲面无表情地解释："你们的原力太强大，他中招了。"

第十二章 / 闪婚行动

1

凭借朴实的长相和闷骚的个性，张伟被誉为爱情公寓中"存在感最弱"的男人。为了摘掉这顶帽子，他可谓是励精图治，没事找事。不过效果，依旧不太明显……

情境一：

"完了完了完了，我得绝症了！"张伟痛苦万状地冲进子乔的房间，掀开衣服，指着腰上，"我长了一个奇怪的肿瘤。"

"居然还是宝塔形的耶！痒吗？"张伟点头。子乔笑笑："据我多年临床经验……这是三个蚊子咬在一起了。大惊小怪，我还有六个蚊子咬在一起的包呢。"

子乔掀起裤管给他看自己腿上的包，张伟完败。

情境二：

张伟慌慌张张地冲进关谷的房间："关谷！我看到一只又像蟑螂又像老鼠的东西。看，就在那儿！"

"哪儿呢？"关谷顺着他手指的方向看去，随即亲热地抓了些食物撒过去，不屑地对张伟说："这是蟑螂鼠，房间里的老朋友了，大惊小怪。"

情境三：

张伟兴高采烈地跑进酒吧，对着一群朋友幸福地宣布："我新认识了个女孩，她答应嫁给我啦！"

"恭喜发财，早生贵子，大吉大利，生日快乐，永垂不朽……"众人各自玩着手机，随口应着，眼皮都懒得抬一下。

情境四：

张伟紧张兮兮地走进一菲的房间："一菲，我把放在碗橱里的干燥剂当糖豆吃了，不会有事吧？"

"糟了，那是耗子药！"张伟，你这可是用生命在搏存在感啊！一菲总算是有了点儿反应，回头说，"记得回头再买一包补给我！"

嗯？貌似不对，也不都是小事，倒回去再仔细看看。对了，就这件！

"什么？你要结婚了？！"终于引起大家注意了，张伟掩饰不住的嘚瑟劲儿，反而怪别人大惊小怪。姑娘是谁？什么时候的事？在哪儿认识的？大家连珠炮似的轮着发问，张伟更是有点儿主持新闻发布会的感觉了。

居家旅行摇一摇，有缘人，哪里逃！张伟居然是通过交友软件——陌陌——把默默从万千人群当中"摇"了出来！虽然两个人相识刚刚一个星期，但张伟已经确定默默就是他找寻半生的人生伴侣。用张伟的话说，"遇见她是我今生最大的幸运。"这句话好耳熟，好像上次遇到薇薇，张伟也说过同样的话。现在有了默默，薇薇怎么办？

"别提她了，行吗？自从我们做了对手，我就知道和她没戏了。世事难料，造化弄人。哥等不了她了。"说起薇薇，张伟还有点儿尴尬，但转头一想起他跟默默的甜蜜和默契，立刻又笑嘻嘻地说："这是天意！要不是官司打输了，我也不会独自去酒吧发泄。那晚也就不会遇到默默了。"

据张伟介绍，默默漂亮，知性，最大的优点——从来不跟他唱反调，如果说默默身上还有什么缺点的话，那就是她，总能让人回想起初恋的感觉。全世界男人的初恋不都叫沈佳宜吗，默默，真有那么稀罕？

子乔促狭地说："你初恋不是小丽吗？这个默默……也长着一张逃婚的脸？"

张伟懒得跟他们瞎扯，总结道："总之，缘分到了就要快刀斩乱麻，我不能再错过了。谢谢你们的支持！"

都说在合适的时间地点才能遇到合适的人，张伟突然要跟一个从手机里摇出来的女孩结婚，任他说得有多完美，朋友们还是不信。万一是坏人呢？就张伟那点儿智商，够对付吗？是骡子是马，总得先带出来遛遛，先过过群众雪亮的眼睛，鉴定合格再说。

第二天，张伟果然带了默默出来遛，不，出来陪朋友们一起吃饭。席间，默默不仅举止温文尔雅，说话轻声细语，容貌也算得上眉清目秀，小家碧玉。大家吵着让他们介绍恋爱经过，默默说出来的第一句话差点儿没让大家的饭都喷出来。

"那天，我们初次相遇，张伟就带我去吃饭。那是我有生以来吃过的最难忘的一顿——麻辣烫。"默默亲热地挽着张伟的胳膊，一脸幸福，"小伟很慷慨，把所有能点的东西都点了一遍。"

张伟赶紧补充："何止——他家菠菜打折，我还活活加了三份呢！"

默默含情脉脉地看着张伟："老板说，他从没见过这么会心疼人的男人。"张伟也深情款款地回视着默默："你也是我见过的最能吃的女人。"

鱼配鱼，虾配虾，乌龟配王八，张伟跟默默，这算是什么高端配置，普普通通一句话，硬是能让他俩演绎出一身鸡皮疙瘩。一顿麻辣烫就能搞定的女生，果然是个奇葩。

不过，从好的一面看，至少这姑娘一点都不物质，值得继续考察。

一菲问："你们俩才认识没多久就谈到婚事，爸妈不反对吗？"

默默微笑着回答："我爸妈在国外，他们很开明，况且张伟是个律师，又不是小混混，他们很放心。"

悠悠又问："可你们婚后准备住哪儿呢？"

张伟抢着说："租房子，默默不介意离爱情公寓近一点儿，她说了，既要守住爱情，更要留住友情。"

这也太懂事了吧，难怪张伟说默默是打着灯笼都找不到的好姑娘。可热恋中的人眼里都只有彼此的优点，更是会想尽办法只展现自己最好的一面，等热情过后，那些缺点都暴露出来的时候，还能爱吗？

一菲决定还是先给他们打打预防针，故意问默默："张伟有好多毛病你还没见识过呢。比如说，铁公鸡。"

默默微笑着回答："这是持家，现在很少有男孩子会这样了。"

美嘉补充："他偶尔还会很变态。"

默默握住张伟的手，含羞带笑地看着他："人本来就是多变的，这是情趣！"

"还有还有……"问什么都能对答如流，一菲有点儿词穷。"那……默默，你有没有变态的一面？"

张伟怒了，瞪着眼睛吼道："我说你们什么心态啊？！见不得别人好吗？我平时找你们沟通的时候你们当我透明的，现在我终于找到了一个重视我、体谅我的另一半，你们却突然摆出一副冒充家长假装关心我的样子。"

众人低头，默不作声，默默居然劝张伟："小伟，别这么说。我知道我们之间是快了一点儿，所以你的朋友们才会担心。这正说明大家在内心深处一直是把你当亲人看待的呀。"

这温柔贤惠劲儿，由不得大家不服。所以，就一顿饭的工夫，悠悠、关谷、一菲和美嘉已经从心里接受了默默，说她知书达理、善解人意，尤其是，张伟的缺点在她看来都是优点，确实很难得。

曾小贤没有出席饭局，依然坚持反对。婚姻大事，必须慎重，玩闪婚的女孩多半很随便！张伟自小就是个孤儿，没什么亲人，就靠这帮朋友替他做主了，千万马虎不得。

"原先我们也这么认为，可后来发现我们错了。"美嘉反驳他，"昨天玩得太晚，本来默默是要回去的，后来为了给张伟省车费，就住在这儿了。可人家睡房间，张伟睡沙发，相安无事，规规矩矩的，据说他俩还有个什么婚前……约定，矜持得很啊！没准真是张伟走运了。"

"哇！好大的一座牌坊啊。"曾小贤还是不信，嗤之以鼻。

一菲瞥了他一眼，挖苦道："贱人有贱命，傻人有傻福。你都能中 500 万，张伟就不能摇到个 Miss Right？"

可能真是我们的观念旧了，或许闪婚也一样能幸福。历史上不乏成功案例，比如说，罗密欧和朱丽叶、贾宝玉和林黛玉、宁采臣和聂小倩……总之，我们希望张伟和默默能够幸福。

2

"张伟，我要跟你谈谈。"曾小贤到张伟房间找他，进屋一看，却只看到有个姑娘坐在他床上，唐突佳人，赶忙道歉。"sorry，我不知道他房里有人。我是张伟的邻居。他不在的话那我待会儿再来。"

默默抬头看了他几秒钟，突然高兴地问："你是曾小贤？"

曾小贤都已经退到门口了，听她这么一说，只好又回头闲扯："呵呵，你就是默默吧？张伟跟你提过我？"

"你不认识我啦？"默默脸上忽然有了一丝娇羞的表情。不就是张伟的未婚妻吗？曾小贤有点儿莫名其妙。默默嗔怪道："你记性真差……小喇叭！"一根手指都要点到曾小贤的额头上了。

小喇叭？这外号可有些年头了。"我们都是好学生，不谈恋爱不私奔。小喇叭里陪伴你，初二一班我姓曾。"想起当年主持校园广播台的时光，风流倜傥，雄姿英发，不，是乳臭未干，童真未泯才对……难道默默也是第三中学的？

默默笑道："何止啊！读书那会儿，我每天中午都听你的节目，我还给广播台投过应聘申请呢。可惜你后来没有录用我。"

曾小贤努力在有限的记忆里搜刮，不可能，当年只有一个人递过申请，记得她叫刘默……默默！难道就是这个默默？那也不对啊，当时她在申请书里夹了一张照片，脸长得跟个倭瓜似的，这才被果断 pass 了！

曾小贤打量了几眼默默，女大十八变？没变得这么离谱的，于是小心翼翼地问："我说倭瓜，不是，默默。你好像和以前长得不太一样吧。"

默默一副羞答答的表情："胡说，人家一直是瓜子脸啦！"

曾小贤干笑着，又问："可我有印象，当年你应该是上面尖，怎么现在变成下面尖了？你该不会整过吧？"

"微整……微整而已。"默默见瞒不过，扭捏着说，"讨厌，要不是微整过，人家说不定都没法站在这里见你了。"

这又是什么意思？原来，默默的上一个男朋友欠别人钱，仇家绑架了她要债。可那家伙居然丢下她自己跑路了，害默默被五花大绑关在小黑屋里，还差点儿被撕票。后来，趁绑匪睡着了，默默就用下巴戳爆了自己的胸，然后绳子就松了，这才逃了出来……

用下巴戳……曾小贤窘得汗都流下来了，嘴里敷衍着："呵呵呵呵，大难不死必有后福，所以你遇到张伟了。"

"不！遇到他没什么，关键是居然能遇到你，太神奇了。"默默凑过来，挽住曾小贤的胳膊，整个人都挨了过去，"听说你现在是正宗电台主持人了？你还是和过去一样有才。"

"呵呵，一般吧。"曾小贤一边谦虚着，一边尴尬地往后退着躲开她。

"你结婚了吗？"默默又问。见曾小贤摇头，越发大胆地靠过去，胳膊都绕在他脖子上，贴着他耳朵说："你也在等待那份属于你的缘分吗？看来昨晚我住在这里是注定的。"

"咱们俩这样是不是不太好……"曾小贤总记着眼前是只倭瓜，还算把持得住，只是被她逼得节节败退，只能又把张伟捧出来挡驾，"同学，你就要跟我的朋友结婚了，应该珍惜啊。"

默默整个人都要扑到他身上了，摸着他的脸，挑逗着："可你我久别重逢，更应该珍惜，不是吗？告诉你个小秘密，初中的时候我就喜欢你了，小喇叭！特别是你的声音。一听到你的声音，我就仿佛回到了青春期。"

"倭瓜，冷静！冷静！"曾小贤竭力想摆脱她，继续后退，谁承想屁股正好撞到柜子上的牛角上，啊的一声向前扑倒，刚好把默默按在桌上。

"默默，张伟在楼下等你……"美嘉刚好从外面进来，看到两人的姿态，惊呆了。

默默离开，一菲和美嘉就对曾小贤开起了批斗大会：你果然是个禽兽！要不是亲眼所见，真看不出你这么丧尽天良！骂你禽兽都算客气的。你就是坨被狗撒过尿的口香糖！化粪池堵塞的凶手，拿去火化都怕污染大气层。畜生圈里的耻辱，动物世界的败类。连半兽人都瞧不起你这样的半兽人……

直到两个人骂完了所有能想出来的词，百口莫辩的曾小贤才有机会说出第一句话："你们有完没完！我真的没对默默做什么，不信拉她当面对质啊！"

刚才人在的时候不对质，现在人走了怎么说都行了。而且美嘉亲眼看见曾小贤趴在默默身上，人赃俱获，还想怎么抵赖？

"听着，刚才真的是默默袭击了我！"如此如此，这般这般，横竖是解释不清楚，曾小贤只好拖着两个人到书房里现场演示，指着那个牛角说："我就是撞上了这个才发生意外的！不信给你们看我屁股上的乌青块。"

说不赢还想脱裤子耍流氓？曾小贤你也太让人失望了！美嘉、一菲显然误会了他的意思，齐齐转身躲着。

美嘉冷嘲热讽道："曾老师，你要是真羡慕人家张伟，自己也去陌陌上摇一个回来啊。"

羡慕张伟找了个倭瓜？曾小贤的鼻子都要被气歪了。要不然呢？不羡慕干吗还跟人家未婚妻单独劈什么情操，头回见面，哪来那么多话说？！说得火大，一菲逼近一步："还狡辩，非要大刑伺候，是不是？！"

"你们冤枉我了，真的……"曾小贤往后退，结果屁股又戳到牛角上，一声惨叫扑倒一菲，把她压在桌上，跟方才和默默的 pose 一模一样。眼见沉冤将要得雪，高兴得连屁股痛都忘了，嚷嚷着："看到没，看到没！当时就是这样！"

那也可能是巧合啊！美嘉瞪大眼睛看着他俩，还是有点儿怀疑。

一菲尴尬地推他："起开！你弄疼我啦！"曾小贤干脆耍赖："你们不帮我平反，我就不起来。反正我不要做人了。"

"弹，一，闪！"眼见一菲要发功，曾小贤惊得往后退开，正好屁股又被牛角戳到，一菲还没来得及站稳，又被他压倒。一次是巧合，现在总该信了吧！

一菲没好气地说："好了，我信了！起来！否则我真出招啦！"曾小贤以为她这次真要动手，又退开，又戳到，又是一声惨叫，又把一菲压倒。于是，像做动画效果一样，一菲：弹一闪！曾小贤：啊！又起身，又戳到，又压倒……

美嘉左右转头看着，脖子都要扭痛了。

3

半小时后，曾小贤和一菲坐在沙发上喘气，付出沉重的代价，一菲和美嘉终于相信曾小贤是清白的，只是他屁股被扎了那么多下，估计要漏了。现在的情况是，如果默默有问题，那张伟岂不是很危险？

说曹操曹操到，张伟冷着脸进来了，没有一点儿平常春光灿烂的样子。

一菲招呼他："来得正好，曾小贤有件很重要的事要跟你说，是关于默默的。他已经亲手验过你的未婚妻了……"

曾小贤赶紧打断她，讪笑着跟张伟解释："别误会，我不是专程去验的，只是例行公事……呸，刚巧发生了些意外，总之，这件事你有必要知道。"

"不用了，默默已经告诉我了。"张伟一摆手，淡淡地回答，"我真是没有料到，但我打算——原谅你。"

"原，原谅……我？"曾小贤刚想松一口气，被张伟的话噎得眼珠子都要爆出来了。

张伟沉痛地拍拍曾小贤的肩膀："我可以理解，遇到默默这样的女孩，是个男人都会忍不住动心的，即使是我的好朋友。别在意，曾老师，下不为例就行，别让我太为难。"说到最后一句，张伟的语气已经明显是威胁的味道，拍拍曾小贤的脸，又很重地拍拍他的屁股，转身离去。

曾小贤本待再替自己辩护几句，可屁股痛得嘴张得老大，失声了。

太可恶了，居然恶人先告状！等缓过劲来，曾小贤越想越气，奈何瓜田李下，有口难言。什么叫瓜田李下？意思就是：就算你真的只是想锻炼身体，也最好别在人家未婚妻身上做俯卧撑！

事发的时候一菲不在现场，目睹证人美嘉是张伟的伴娘，不肯恩将仇报，负责解释的事，当仁不让又落到曾小贤的头上。一菲还给他鼓劲："别客气，作为当事人兼好兄弟，这种英雄救狗熊的事情当然让给你啦！等会儿见了张伟，记住八个字：放下小我，义字当头！"

等会儿？还来？我可不想旧伤未愈又添新伤，算了，还是避嫌吧。好汉不吃眼前亏，曾小贤的第一反应就是逃，谁知一开门，就看见张伟靠在门口，手里拿着一瓶酒，冷冷地问："听说你找我？"

也是，人家都说已经原谅你了，不跟你计较了，你还总找上门让人难堪，难怪人家没好脸色给你看。张伟哪知道是美嘉和一菲自作主张把他约来的，还以为曾小贤要挑衅，甚至约他决斗？

"不止我，一菲、美嘉，我们三个一起找你谈。"曾小贤干笑着，想拉一菲、美嘉入伙，谁知二位美女推说约了做指甲，二话不说就甩了他出门了，白白闪了他的腰。

美女们一走，剩下曾小贤跟张伟面面相觑。张伟把手里的酒瓶递过去，说话的语气还是冷冰冰的："这是默默让我送你的，她希望你收下之后，就忘了她吧。我知道你们以前认识，但这都是初中的事了。你该成熟一点儿了。"

"我！……我以一个兄弟的身份警告你……"曾小贤有口难言，气得要吐血，张了几次嘴，关于倭瓜的传说，还是说不出口，只好转脸嘻嘻一笑，"你这件衣服帅爆了。"

看张伟一脸木然，曾小贤打开酒瓶，猛喝一口，开始组织词语："张益达，你确定真的要结婚吗？"

张伟肯定以及确定："嗯，我会幸福的。我们一见钟情，幸福就像水到渠成，自然而然。"

曾小贤给他分析，结婚和幸福是两回事！结婚就好比买车，你以为买来一辆新车，其实是辆二手的！还不是普通二手车，根本是辆出租车！你怎么办？但张伟的思路与众不同，既然是出租车，可以去接客啊，还能赚外快多好！

曾小贤无奈，又猛灌了一大口酒，辣得直吐舌头，决定再举个例子。比如说倭瓜，就是植物大战僵尸里面斜着眼，歪着嘴，一锤子可以砸扁一格的那个……假设，你今天去超市买了10个僵尸，呸，10个苹果，结果回来一看，居然是倭瓜整容的，你怎么办？可张伟的逻辑让曾小贤大跌眼镜，倭瓜比苹果贵啊，又是赚钱买卖，干吗要不高兴！

怎么就说不清了呢？曾小贤差点儿崩溃，又灌了几口酒。一个小时过去，酒瓶里的酒已经被他一个人喝掉一大半了，整个人醉醺醺的，该说的却还一句都没说出来。

"除了喝酒就是说怪话，到底想表达什么呀？"张伟等得不耐烦，拿走他的酒，干脆直接问，"你是不是想说默默哪里不好？"

既然已经问到点上了，那……曾小贤踉踉跄跄地站起身："我就统统告诉你……上午，事情的经过是这样的：我去书房找你，然后就遇到默默了……"

学默默，翻成个斗鸡眼："你是初二一班的曾小贤！我还给广播台投过申请呢！"

学回自己："当年你应该是上面尖，怎么变成下面尖了？"

又学默默，抚着下巴："讨厌，微整而已，还戳爆了胸！"然后曾小贤学着默默扑到张伟怀里："我昨晚没走是注定的。"

再又退回一步，恢复自己的声音："你要结婚了，珍惜啊！"

学默默的声音："初二的时候我就结过婚了。"

"别过来！来嘛！别过来，来嘛！哎呀！屁股！"曾小贤最后捂着屁股，一个趔趄摔在张伟面前，总结道："这就是真相……你明白了？你怎么就那么笨呢？那个倭瓜，她不是你要的土豆！"

张伟看他手舞足蹈、前仆后仰地折腾了半天，最后怎么还是倭瓜跟土豆的问题呢？刚才不是明明说，买的是苹果吗？哀莫大于心死，曾小贤终于绝望地躺倒在沙发上，彻底放弃。

4

曾小贤的苦口婆心、借酒发疯，只让张伟明白了一件事，那就是他对默默难舍难忘还借酒消愁，唯恐事情生变，特地把酒席提前到下周。

一个星期后，婚礼如期进行，曾小贤开着婚车，新郎张伟坐在后座，旁边坐着伴娘美嘉，一路奔向幸福支路 121 号 38 栋 403 房——默默的家。接新娘还用 GPS，真够新鲜的。车在路上七弯八拐，三个人在车里闲聊。

美嘉问："张伟，你还没告诉我们呢，一会儿酒席在哪儿？"

"就在公寓楼下对面的五星级酒店，旁边的面馆，经济实惠。"结婚就吃碗面？这也太草率了吧？张伟却乐呵呵地解释："日子提前了，所以一切从简，就当请亲朋好友吃顿饭而已，不用那么麻烦。况且我上次的结婚经验告诉我，一切排场都是浮云，接到人才是王道。"

美嘉白了他一眼，又问："那你红包准备了没有？迎亲的时候，新娘的姐妹会堵门的，没有红包就是没有诚意，回头人都见不到。这你总不会不知道吧？"

张伟果然不知道："没人跟我说过啊？要不路过便利店的时候买几个吧。"

"重点是红包里的东西！"美嘉忍不住吼了他一句，横竖在车上无聊，干脆给他来了个婚礼知识科普，"你当给几个硬币打发乞丐呢？至少20块、50块的红包各备上十个吧。否则女方姐妹刁难你怎么办？我还见过讨电视机的呢。还有啊，有些地方的土豪礼金要论斤称，秤不够的门都摸不着！这还只是起码的礼数。你到了新娘家门口，漫漫花钱路才刚走完第一步。还有喜烟、喜酒、喜糖，你不会也打算不发吧？"

"抢劫啊！就……没得商量？"说起钱，张伟就心慌，本来婚车上订的那些鲜花就已经花了不少钱，心疼得他肉都颤了，只指望着收了份子钱，吃碗面，拉上媳妇儿回家就算数，哪儿来的这些名堂！

美嘉像看怪物似的盯着他："份子钱？你收谁的呀？我和子乔是伴郎，小贤是司机，悠悠、关谷是策划。都是免份子钱的，还没跟你算人工费呢。"

张伟想了想，突然高兴地说："哎，还有一菲不是吗？"

开车的曾小贤忍不住插嘴："你敢收她份子钱？Are you 确定？"张伟顿时欲哭无泪。

好容易到了目的地，周围却一点儿迎亲的气氛都没有，难道是新娘的姐妹知道张伟的红包里只有硬币，都懒得下楼了？真是那样倒也不错，不战而屈人之兵，替铁公鸡省钱了。

见张伟缩在角落里不肯动弹，曾小贤大声吼他："喂！上去接新娘啦。"

张伟如梦初醒，把准备献给新娘的花球一把塞到曾小贤手里，急急忙忙地说："要不你们替我去接一下，我尿急，找个厕所先。"

接新娘也有代替的？何况人家家里有厕所，张伟你至于那么急吗？不管他们怎么说，张伟只推说去新娘家上厕所不礼貌，不如找个草丛快速解决了先。"很快的，你们等我一会儿啊！"说着，就跑开了。

"懒驴上磨屎尿多，接新娘又不是让你做苦力。"看着他的背影，曾小贤忍不住地埋怨。

一个大婶走出来，见他们盛装打扮，问是哪家结婚。

美嘉脆生生地回答："38栋403。我们是来接新娘的。"

"我住 402，403 结婚我怎么不知道？"大婶觉得奇怪，"你们搞错了吧？我亲眼看着 403 的小姑娘前几天搬走了。"

又是个八卦大妈！曾小贤耐着性子跟她解释："一定是您弄错了。我们接的姑娘叫刘默默。"

"没错，默默嘛，她是我的房客，前几天急吼吼地搬走的。我还以为她惹上什么麻烦了呢。"大婶的话一出口，美嘉和小贤对视一眼，不约而同地冲上楼去，403 果然早已人去楼空。

子乔的预言应验了，默默果然是长了一张逃婚的脸！或者人家根本就是闹着玩的，拿张伟那傻蛋开涮。说起来，张伟还真是个天煞孤星，居然第二次结婚也被人放鸽子了！可怎么跟他说好呢？就说，不好啦，不好啦，新娘子变成蝴蝶飞走啦？

美嘉看着曾小贤，看得他心里发毛："你看着我干吗？不会让我去宣布这个噩耗吧？"

美嘉肯定地点点头："当然啦。要不是你上次没说清楚，现在会悲剧吗？"

往好处想，张伟不用再娶一个整过容的倭瓜，没准也是天意。想想，曾小贤也就释然了，既然老天爷都安排了他去做那个拯救狗熊的英雄，他也只好勉力为之。可左等右等，都不见张伟回来。美嘉无聊地围着婚车打转，突然看到后座上留了一张字条，上面是张伟的留言：

"曾老师，原谅我今天才参透你那天对我说的话的真谛！你说得对，婚姻好比你去超市买 10 个苹果，可最终很有可能买回来的却是倭瓜。白送还行。但如果要付钱，我觉得有必要仔细考虑一下我是否真的需要，今天我才发现，可能我还是忘不掉薇薇，因为暗恋是所有恋爱中最省钱的。谢谢你的指点。我先回去了！"

PS：车上的花挺贵的，现在退掉还来得及吗？

这什么玩意儿啊！一场婚礼两个逃婚？张伟果然是有长进。

第十三章 / 兄弟守则

1

都说了张伟是只 Flappy Bird 嘛，对他而言，生活中的挫折是常态，而他应该做的是永远保持饱满的激情和美好的心情，迎接新的生活和未来的挑战，扑扇着那对柔弱无力的小鸡翅膀，永远地继续扑腾下去。

追求薇薇不成，闪婚默默又失败，张伟深深悟出男人最重要的应该是事业，所以励精图治，争取早日在事业上有所建树。豪大大房产的官司张伟虽然输了，却也输出了一些收获。他总结出，那件官司之所以败诉，是因为一开始就没站在正义的立场上，既然站在钱的立场上也未必能够讨好，倒不如以后都和薇薇一样，只代表正义替弱势群体打官司。弱势群体虽然出不起律师费，但是做法律援助，弘扬正能量，薇薇一定会感受到的。

他在书房里翻箱倒柜，一菲跟美嘉过来看热闹，听他说了这番道理，美嘉的第一反应就是："搞了半天还是为了薇薇呀。"一菲也打趣说："好事不问动机，能吃到天鹅肉的都是好癞蛤蟆！二师弟，这次又接手了什么案子啊？"

张伟这次的案情是，一个孤寡老人，儿子不孝，还霸占了他的房子，现在老人无家可归。

一菲一听就义愤填膺："岂有此理，简直丧尽天良啊！那你有没有计划？"

"当然有！第一步……我得先找到那老人的房产证。"张伟又开始满世界地翻找，"上次我明明放这儿了，怎么找不到了呢？"

张大律师，就没有人告诉过你，万丈高楼平地起？以您的资质，要在律政界杀出一条血路，还得从 easy 模式开始，比如，先学学怎么整理文件和存档。

从书房出来，一菲就叮嘱美嘉要留个心眼，万一张伟搞不定，还能赶紧找薇薇求救。当然不是救张伟，是救那个孤寡老人！

美嘉突然吸了吸鼻子，四处嗅："好臭，什么味道？"

循着臭味找过去，发现子乔正在沙发上用小铲子摆弄一株花，把花移栽在花盆里，边上还放着一袋肥料，估计那股恶臭，就是从肥料袋子里散发出来的。采花子乔是行家，今天居然有这样的雅兴栽花？真是太阳从西边出来了。

美嘉本来好好地吃着棒棒糖，现在让他恶心得连隔夜饭都快要吐出来了，骂道："你有病啊，泡妞要送花你不会直接去买啊？"

子乔撇撇嘴，明显一副看不起她的神情："店里买得着吗？我这朵是非常珍贵的品种，学名叫作——西域曼陀罗兰加洛斯。"

名字倒是挺古怪，看上去也没什么出奇嘛，不过就是一朵普通的玫瑰。可子乔又说了，等花开的时候，西域曼陀罗兰加洛斯的花瓣会呈现七种颜色，非常罕见！不仅颜色特别，而且开花时还会散发出一种能吸引女性的独特香味，所以他特地从一个认识的农学院小妞那里讨了一株回来养着……

世上居然还真有七色花！虽然不像花仙子的七色花那样，"呼啦呼啦"地念几声咒语，就可以实现一堆不可能的愿望，但至少对子乔而言，有了这么英霸的法宝，就可以带它去美女扎堆的地方策马奔腾了！不，是万马奔腾！

一菲捂着鼻子一脸嫌弃："那你讨枝现成的就行了，也没必要自己种啊？"

子乔解释："据说这花很娇贵，如果摘下来，花香很快就没了。应该这两天就能开花了，小黑给了我神奇的催化肥，比金克拉还强。"

一菲不信，坚决抵制："我只听过氧化肥挥发会发灰，灰化肥挥发会发黑，没见过催化肥挥发会发臭啊！没门！不准你在这儿养。否则花香没闻到，人先毒死了。"

子乔争辩："这肥料没毒，都是纯天然的！是小黑自己生产的！"

靠！不止臭，还恶心，美嘉与一菲同时怒吼："拿走！现在！"无奈之下，子乔只好搬着他的宝贝花花转战楼顶天台。

2

论起拖延症，在爱情公寓里，悠悠、关谷若是排第二，恐怕没有人敢排第一。单说结婚这件事吧，最初吵吵嚷嚷了一阵按颜色分类，说要全力以赴，心无旁骛地准备结婚，但展博去了非洲，貌似没人再给他们制作颜色评分系统，婚礼就不了了之。这次假借着张伟闪婚这股东风，加之和子乔各种赌约，两人狠狠闹腾了一阵子，眼下又偃旗息鼓了。不是说酒席都已经定了吗？不是说都要发请柬了吗？不是说关谷的父母都要飞过来了吗……反正，就目前看，小两口优哉游哉地过着日子，一点都不像为婚礼忙得焦头烂额的样子。

这天，悠悠和关谷约着出去玩，就在关谷迟到的那一小会儿，发生了一件不大不小的事情。

悠悠有一个叫小罗的粉丝，因为知道她特别爱吃甜品，特意亲手做了一份红豆双皮奶，巴巴地从昆山送了过来，还说今后只要悠悠有需要，一个电话，甜品随叫随到。悠悠现在还算不上什么大明星，猛然发现自己居然还有如此高质量的活跃粉丝，自然喜出望外。为了表示对小罗的谢意，便答应和小罗合一张影，谁知就是这张照片，惹出不少是非。

悠悠和小罗合影的时候，曾小贤正好路过，从他那个角度看，小罗贴着悠悠的脸，跟她勾肩搭背，更重要的是，小罗的一只手正好搭在悠悠的胸部……

"Oh My God！"这可不好，不好！

悠悠听到曾小贤的惊呼声，低头才发现小罗正摸着自己的胸，又羞又急，赶紧闪开，找曾小贤解释。事情并不是他看到的那样，或者，至少不是他想的那样。

作为关谷的好兄弟，以及同样算是娱乐圈中的一分子，曾小贤觉得自己很有必要给悠悠上一堂意义深远的课，于是语重心长地教导她："悠悠啊，在银屏上你是个演员，可在生活中你还是关谷的未婚妻呀，你怎么就堕落了呢？大庭广众，你，居然公开和一个陌生男子勾肩搭背！而且他的手还……那样，成何体统嘛！"

悠悠委屈地说："我只是和粉丝合个影，哪有你想的那么龌龊。"

曾小贤摇摇头："还真不是我要上纲上线，你已经被娱乐圈的浮华蒙蔽了双眼，还浑然不觉啊，粉丝随便哈一哈就忘记操守了吗？哥也红过，你看我什么时候随便过？"

你，有红过吗？悠悠怀疑地看着他。曾小贤提示："如果我把这件事告诉关谷，你猜猜……"关谷一定会小题大做的！想到后果，悠悠态度立即转变，抢着说："别！别说。你红过，大红，彤彤红！"

关谷被一个混蛋司机带着绕了半天的路，总算是赶回来了，说好两人一起去吃双皮奶，看到悠悠手上居然有现成的，不免觉得奇怪"咦？你买好了？"悠悠一怔，马上反应过来，说是专门给他准备的。

"代价可大啦……"曾小贤在一边阴不阴阳不阳地插嘴，被悠悠狠狠地掐了一下。

好不容易挑着一只软柿子捏，曾小贤怎肯善罢甘休。悠悠只好先把关谷打发出去，再和曾小贤谈条件："你赢了，我欠你个人情，千万别说出去。只要你保密，我什么都答应你。"

"什么都答应？"曾小贤心里拨着如意小算盘，兄弟情义、节操什么的，先放一边去了。

如此八卦，憋在心里怎么舒服，就算不能告诉关谷，可他没答应不告诉别人啊？于是，曾小贤把这个消息和其他快乐的小伙伴一起分享，子乔、一菲、美嘉很快都得到了消息：悠悠和某男粉丝拍亲密照，还被袭胸！现场画面，绝对咸湿重口味！关谷要是知道了，分分钟就要气得切腹自尽……但是对每一个人，曾小贤都说只告诉了他一个人，所以一定要保守好秘密，所谓天知地知，你知我知！

悠悠本以为，让曾小贤保守秘密，顶多就是请吃一顿饭的事，哪里想到她的厄运才刚刚开始。

曾小贤是资深宅男，游戏占据了他人生的一大部分，想要在服务器制霸，又要不花钱，就只能比他人付出更多的时间和精力，打怪升级捡装备。可一个人的精力毕竟有限，眼下有了悠悠这个免费劳动力，当然要最大限度地利用。所以，曾小贤交代悠悠的第一个任务就是——刷宝箱！

为了替悠悠保守秘密，曾小贤已经尽量回避关谷，天天窝在房间里玩网游，要多委屈有多委屈，如此，悠悠自然要加以援手啦。任务倒不难，曾小贤很有耐心地手把手教悠悠："很简单的，我教你：你站在这儿，选择鱼竿，然后钓鱼，过两分钟收竿再来一遍，周而复始。每钓一次鱼，有 2% 的机会能从鱼肚子里找到仙桃。当然，我也不会让你无限制地刷下去，我很讲理，你收齐 99 个仙桃咱们就算两清。"

"我刷仙桃你睡觉？这不科学吧？"悠悠实在想要反对，奈何自己答应了曾小贤，只要他保密，什么都愿意做，现在只能打落牙齿往肚里吞。要不，"能不能换点儿别的？请你吃饭？"

曾小贤长叹一声："不能在服务器里制霸，我寝食难安，别说吃饭了，连觉都睡不好，万一做梦说了什么实话，被别人听到……"听他这么一说，悠悠只好屈服。谁知道，2% 的概率就那么低，悠悠夜以继日地替他刷宝箱，99 个仙桃还是遥不可及。

这倒罢了，顶多算是体力劳动，少睡几个小时觉。没几天，曾小贤又生出新的古怪，这一次，纯粹是精神折磨。

某天曾小贤主持节目，有位听众打电话来咨询情感问题，曾小贤一顿海侃，居然把听众说哭了。本来就臭美的曾小贤发现自己简直魅力不可当，那么有智慧的语言、那么动人的句子，居然浪费在半夜的电波里无人问津？不行，这些闪过的灵光都应该被记录下来，一定会发扬光大的。

结果，记录经典语录的重任自然又落在了悠悠头上。横竖她每天刷宝箱不用睡觉，一只手点鼠标，一只手记录，不过举手之劳。可怜的悠悠，每晚守着听他那无聊的节目已经让人无法忍受了，还要记录那些酸词滥调……悠悠真是觉得世界末日都要来了。一失足成千古恨，悔不该当时贪了一杯双皮奶，无意犯了个要命的错误，被小人揪到小辫子，行走江湖，果然需要时时在意、步步小心啊！

3

八卦就像幸福，分享了就能乘 2。一菲和美嘉同处一室，心里又都藏着一个天大的秘密，怎么能忍得住不说？正想要交换，张伟凑了过来："什么八卦，乘 3 吧。"

美嘉灵机一动，骗他说："楼下贩售机坏了。放一块钱进去，能掉两瓶可乐！"话音一落，张伟已经"嗖"的一声奔了出去。就是嘛，张大律师，好好地放着你的官司不打，来听什么八卦，怎么对得起人家孤寡老人对你的托付！

张伟刚出去，外面就有人敲门，随着进来一位大爷，破旧的军大衣，破旧的手提箱，皱巴巴的脸，没睡醒的眼神，站在门口，咳嗽一声，问："请问张伟住这儿吗？"

难道是张伟下楼顺便还叫了收废品的？一菲和美嘉看着这位仿佛从外星球掉下来的大爷，一时还没反应过来。大爷说声谢谢，已经自作主张地提着包径直走了进来，找了个舒服的位置一屁股坐下。

年纪大了，怕冷也是正常的，进来就进来吧。一菲招呼美嘉倒水，一边跟大爷客套："大爷，张伟刚刚走开一下，很快回来。"

"嗯，我刚才看到他了，只是没叫他。"大爷慢条斯理地从兜里拿出香烟和火柴，问一菲："介意我抽烟吗？……谢谢。"也不等一菲说话，烟已经点上了。

闲聊几句，敢情大爷真不是收废品的，而是那个和儿子争房子的老爷爷，张伟案件的委托人。姓洪，排行老七，人称七爷。正闲聊着，张伟气急败坏地回来，进门就嚷嚷："坑爹啊！谁说贩售机坏了，赔我一块钱！"

看到七爷，张伟有点儿莫名其妙，他怎么来了？

七爷却说："不是你请我来的吗？你说过，你不会丢下我不管的，对不对？"张伟"嗯"了一声，表示自己确实说过这句话，七爷顺手就拿起了行李："那就没错了，厕所在哪儿，我放一下行李。牙刷毛巾我自备了。"

七爷明显是误会了，张伟本来只想说案子的事他负责到底，谁知他老人家把这句话当成了邀请，反正儿子不管，官司还拖着，自己无家可归，有个地方落脚，还可以顺便讨论案情，倒是不错的选择。

七爷去厕所抽烟，张伟倒数落起美嘉和一菲来了，说她们不该让个陌生人随便进来。可人家指名道姓是来找张大律师的，而且说话做事都完全自作主张，不给别人留半点余地，哪里阻止得了。要怪，也只能怪张伟，好好的案子不在法庭上解决，还把人带到家里来了。

张伟这次铆足劲要给自己打个翻身仗，对案子真没有怠慢，只是昨晚看卷宗太晚，一不留神就睡过了头，错过了开庭时间。结果七爷在法庭上状态百出，一会儿问法官怎么不戴假发套，一会儿又在法庭上抽烟，本来就秃顶的法官以为他藐视法庭，当场宣布延期审理，等张伟赶到现场，黄花菜都凉了。

知道了事情的来龙去脉，美嘉和一菲又是埋怨又是替张伟担心，自己工作失误，造成这个后果，人家赖着你也是活该！可问题是延期审理还要多长时间？万一他从此赖在这儿不走怎么办？张伟虽然蹩脚，好歹也是个律师，不是护工，不可能一直给委托人包吃包住啊！

不一会儿，七爷拎着他的破包从厕所里出来了。张伟硬下一条心，决定跟他说个明白："七爷，您听我说，房子的事我会负责到底，讨回来是早晚的事。要不，您先回去等两天？我家真没多余的房间给您住。"

本以为七爷要纠缠一阵，谁知道他只是客气一声，那抱歉打扰了，提起行李就打算出去。临走前又回头，问能不能借点儿废报纸。

张伟奇怪地问："要废报纸干吗？"

七爷好一阵咳嗽，捂着胸口喘着气说："我想垫几张在内衣里，这样睡公园的时候就不会那么刺骨了。"

没想七爷身子虽弱，骨头却还硬，虽然老伴去得早，儿子又不孝，宁愿睡大街也不愿意靠打扰别人的生活过日子。见他说得如此可怜，美嘉马上心软了，挽留道："七爷，张伟的意思是，虽然没有多余的房间，不过您不介意的话可以和他挤一挤。"

张伟大吃一惊，正要说什么，七爷摇着头推辞，说自己之所以和儿子翻脸，就是因为不喜欢那种不受欢迎的感觉。"我没说您不受欢迎……"张伟想客套几句，七爷偏就不是个讲客套的人，当下认定张伟已经同意他留下，说声谢谢，提起包就问："房间在哪儿？既然你欢迎我，我想看看我的床。"

逐客不成，张伟只能退而求其次："就算您暂时住一晚，也只能委屈您睡沙发啊……"敏感的七爷摇头叹口气，转身又要走，慌得张伟立即改口："不用，不用。咱们挤一挤，行了吧？"这要是把七爷气走了，在朋友们眼里，他张伟还不变成个没有同情心的白眼狼了。

就这么愉快地决定啦。张伟本来就简陋的书房里塞进去一张更小更窄的床，挤得连抬脚的地方都没有。可七爷不想睡临时床，说是角落里比较有个人隐私，张伟无奈，只得自己缩在那张临时放的小床上。

刚躺下，七爷凑过来问："你在看什么？"

"《法制周刊》。"张伟回答。说完，七爷的脑袋就凑过来了，嫌他看得慢，蘸着口水替他翻页，不时还要问，那个人的案子严重吗？后来那女的判了几年？

张伟不堪其扰，干脆把杂志递给他，让他自己看，七爷却说自己老眼昏花，非要张伟念给他听。张伟不理他，七爷干脆爬起来抽烟，烟熏火燎的，张伟火气就大起来了，吼道："你考虑一下别人好吗？这是床上！"

"你这话的口气和我老伴一模一样，算了，不抽了。"七爷听话地放下烟，翻身躺下，哽咽着说，"当年她也总这么跟我唠叨，后来她死了。"

张伟见一不留神勾起了人家的伤心事，分外过意不去，七爷马上给他赔罪的机会，也不哭了，递过杂志给他："那你读杂志给我听吧。"

老小老小，都说老人家跟小孩儿一样，翻起脸来都不用酝酿的，果然如此。张伟自小就是孤儿，从来没跟家人亲近过，怎么应付得过来，话怎么说出去都是错。说他年纪大了应该早休息吧，七爷说他嫌弃老人；张伟认错说不嫌弃他老吧，他又怪张伟说瞎话，自己今年72，怎么就不老了？

张伟给他呛得张口结舌，只好说："……还行，老得一般。"

七爷这下反应倒灵敏，马上回他："我看你二得不一般呢。"

"你说谁二呢？""你先说我老的。""我都说了，你只是一般老。""我也说你是一般二，你舒服吗？"一老一少在房间里吵吵嚷嚷，把美嘉跟一菲招过来了。七爷抢先告状："他嫌我老，想赶我走。"

一菲张口就骂："张伟！你有没有同情心啊！人家是客人，怎么这么说话！"美嘉还帮腔："要不是你，七爷会无家可归吗？我还真以为你有正义感呢，看错你了！"

张伟百口莫辩，反被她们逼着跟七爷道歉，倒是七爷开明，说已经原谅他了，道歉可以免了。如此高风亮节，真是叫小姑娘们刮目相看。

一菲跟美嘉刚一出门，七爷就眨眨眼睛问张伟："这招还行吧？"

张伟真心跟不上大爷的节奏，哪知道他是什么意思？七爷嘻嘻地笑着说："废话吗？要不是我想出这招，大半夜你能欣赏到两个漂亮姑娘的睡衣秀？你觉得哪个身材好？"

张伟被雷得说不出话，七爷只当他是害臊，还打趣道："张律师，你和俩姑娘一起住，忙得过来吗？别解释，难怪你工作上分心，我懂的，好福气啊。"

张伟昏倒，直接倒床上装死，七爷怎肯放过他，要么念杂志，要么聊天……

4

第二天，张伟顶着两个巨大的黑眼圈，颓废地从书房出来，睡衣拖鞋，整个人还跟梦游似的。同样是聊了一宿，七爷的精神状态可好着呢，一大早就出去打太极了。张伟刚起身，他就回来了，神神秘秘地把手背在后头，说是有礼物要送给一菲和美嘉，谢谢两位美女的照顾。

美嘉接过礼物，惊喜地说："好漂亮，哪儿买的呀？这花瓣还是七色的耶……不过貌似有点儿眼熟？"

七爷回答："不是买的，我见它开得奇特，就顺手摘来给你们喽。"

七爷是在楼顶天台打的太极，那七色花……一菲、美嘉刚刚反应过来，门外就传来急促的敲门声，子乔在外面大喊："一菲！张伟！在不在？快开门！"

很显然，七爷带回来的这朵七色花，就是子乔当成宝贝疙瘩的西域曼陀罗兰加洛斯！养了好久就等着靠它万马奔腾呢，现在花被摘了，子乔知道了一定会跟他拼命的。事到如今，为了息事宁人，一菲把花从美嘉手中夺回塞给七爷，让张伟带着他先躲一躲，顺便销个赃。

张伟把七爷推进书房，七爷还委屈地问："她们不喜欢我的花？"

"当然喜欢，她们都说您太有眼光了！"张伟敷衍着他，到处找藏身的地方。

七爷听得高兴，转身就要出去，找瓶子把花插起来。张伟只好发大招，掏出一本最新版的《法制周刊》："不要出去，因为……我要读杂志给你听！"

"我放在天台上的花被人摘了！"一冲进门，子乔就着急忙慌地四下寻找，"我刚才遇到小黑，他说在电梯里见过一个灰色军大衣的老头拿着一朵花，还按了六楼。你们见过没？"

老头？哪来的老头？小黑一定是看走眼了！一菲和美嘉口径一致。书房里突然传出来七爷的声音："你大声点儿读，我听不见。"

"张……伟，他在早读。"一菲赶紧掩饰，可子乔吸了吸鼻子，闻到了金克拉的味道，直接朝书房走过去，一菲拉都没拉住。

一进门，张伟堵在衣橱前，身上搭着一堆乱七八糟的衣服，不自然地跟大家打招呼。张伟犯二也不是一天两天了，可这般光景，还是让子乔看傻了眼，不就早读吗？顶那么多衣服干吗？

张伟把身上的衣服又裹紧一点儿，干笑着解释："我读到一篇……很冷的笑话，所以要多穿点儿。"

子乔懒得跟他胡扯，只问："我养在天台的花失踪了，你见过吗？这花很特别。花瓣有六种颜色。"

管你六种颜色还是七种颜色，反正众口一词，没见过，没人见过花，更没人见过什么老头。可为什么这儿会有金克拉的味道？子乔还是不解，难道张伟最近也便秘？

美嘉见张伟光着脚，突然插嘴说："一定是张伟……脚臭！"一菲也挤着眼提醒他："你是多久没洗了呀，赶紧处理一下！"

张伟赶紧拿出香氛，对着脚猛喷。刚要掩饰过去，衣柜里又冒起烟来，七爷在里面咳嗽，张伟只得配合假装自己咳。还说自己喷的是烟雾型凌仕香氛，口味独特一点儿。

见过巧克力味和果香味，香氛还有烟草味的？子乔又不是傻子。正要再问，衣柜的门被顶开，七爷叼着香烟走了出来，一屋子的烟雾缭绕，所有人都咳嗽起来。"会不会玩捉迷藏啊，我躲好了就赶紧来找啊，堵在我门口聊天算什么，我无聊死了。"

传说中的老头？七爷自动现身，张伟只好介绍："七爷，我的委托人，来找我讨论案情的。"

一菲打圆场，不就是一朵花，至于吗？难道还要报警啊。欲盖弥彰，子乔更加认定是七爷摘了自己的花，气急败坏地大吼："这是我的心血！没个说法，我不会善罢甘休的！"

七爷淡定地安慰他："小伙子，关于你的花，我很遗憾……不过既然我的辩护律师在场，你还是跟他谈吧。"

"我……没错！"张伟无奈接招，狂翻随身带着的小册子找词，"关于你对我委托人的指控，我想问你有证据吗？"

子乔回答："小黑亲眼看到的！"

美嘉第一个就反对："小黑连外套款式都看错了，他说的是灰色军大衣，七爷明明穿的是土黄色的军大衣，人证无效！"

有了帮手，张伟的底气足了不少，严肃地说："没错！除非你有物证。你哪只眼睛看到这儿有花了？别以为对方是弱势群体，你就可以毫无顾忌，作为一个维护正义的律政先锋，我是不会允许你冤枉我的当事人的！"

很有律政先锋的范儿啊！一菲和美嘉忍不住鼓掌，七爷殷勤地送上七色花。张伟接过花，嘚瑟地扭着唱着："你没证据哦！你没证据哦！……"大家冷冷地看着他，张伟也停下来，看着手里的七色花发窘。

子乔抢过花，悲愤交加："我的花……死了！张益达，这可是我的僚机啊！西域曼陀罗兰加洛斯，摘下来就全毁了！我的万马奔腾啊，你怎么赔我？！"

七爷突然在一边摇摇头，慢条斯理地说："你只知其一，不知其二，西域曼陀罗兰加洛斯开花的时候固然难得，但是摘下更有价值。你不要就给我吧。这是难得的中药，泡茶喝，不仅可以生精补髓、活血壮阳，更能强筋健骨、固本培元。这种杂交品种问世不久，所以大家只知道它的香味的传说，不足为奇。"

听他说得一套一套的，子乔不由得愣住了，半信半疑。七爷一副老中医的派头，指点子乔："小伙子，舌头伸出来我看看……呲……你每天喝酒，睡眠不足，肾气偏虚，阳气渐弱啊。是不是偶尔有腰背酸痛，四肢乏力的感觉？"

"好像有点儿。"

"你还吃过棒棒糖，草莓味的？"

只需三言两语，子乔马上信服了，连称七爷是高人。既是高人指点，花摘下来又有何妨？想想就不生气了。

七爷又跟他说："这花晒干了泡茶效果是不错，趁刚摘下来生服更好，不信你试一片，立马会有效果。"

子乔果真掰了一片放进嘴里，嚼一嚼，好像并没有什么感觉。七爷又让他再多嚼几片，还是没感觉啊？七爷好心地递给他一瓶水，把子乔放在嘴边的花一推，子乔翻着白眼就把整朵花都咽了下去。

美嘉好奇地问："好吃不？有没有焕然新生的感觉？"

"有个屁！都没洗过。"子乔这才意识到自己被七爷捉弄了，再看自己手里，只剩下一根光杆，证据都已经进了自己肚子里。

姜果然还是老的辣，七爷不管子乔被气得七窍生烟，开心地接着张益达的调子跳舞："你没证据喽，你没证据喽！"

5

哪里有压迫，哪里就有反抗！曾小贤以帮悠悠保守秘密为由，没完没了地指使她做了这个再做那个，悠悠终于忍无可忍，决定奋起反击："听着，我不干了！没错，我是瞒了关谷，可你明明知道也没告诉他呀，你比我更可恶。"

正盘算着让悠悠多做几天笔记，好早点儿给自己出个《小贤语录》呢，曾小贤一时没反应过来悠悠是什么意思。

好几天没睡过好觉，悠悠想起来都火气冲天，数落曾小贤说："那天我是high了，所以被人占了点儿便宜，可那是无心之失啊？而且，我是女人，情绪起落很正常，可你是男人，也是关谷的兄弟。兄弟间要讲义气，你却没有做到。"

曾小贤莫名其妙："我怎么了？"

悠悠步步紧逼："你们男生之间定过《兄弟守则》，你忘了吗？凡兄弟者，忠相待，义相举。知而不告欺瞒兄弟者，必杀之。轻佻浮薄欺辱嫂妹者，必杀之。明知故犯以身试法者，必杀之。貌似这几条就已经够你死好几次了。"

想起《兄弟守则》，曾小贤慌了神，光顾着占小便宜，怎么把这都给忘了。现在制人反被人制，只能反过来求悠悠，不要把事情告诉关谷。悠悠受够了气，怎肯饶了他。现在的局面是，两个人各有各的立场和道理，只看谁先说！跑得快的有糖吃，跑得慢的——死无全尸。

曾小贤仗着脚程快，拔腿就跑，他刚出门，悠悠就笑嘻嘻地拿出手机。腿再快，能快得过电话吗？

等曾小贤气喘吁吁地赶到酒吧，悠悠早就向关谷和盘托出了一切。关谷果然大怒，只是他怪的不是悠悠，而是那个粉丝，发誓要去昆山找他算账："我要去把照片讨回来，否则传出去，我的面子往哪儿搁？"

悠悠既然厚道，没把自己说出去，曾小贤当然要帮着劝关谷息事宁人，想来想去找不出个理由阻止他，只好扯昆山离这里太远了。

关谷认真地问："从这儿坐车到昆山要多久？"

曾小贤含糊回答："要很久……"

很久是多久？起码要多久？关谷看来是无人可挡了。曾小贤脑子里串起了线："骑马？骑马可能要更久。"

不管曾小贤怎么拖延找借口，关谷还是一口气杀到了昆山，小罗的甜品店。

听说关谷是悠悠的男朋友，小罗异常高兴，赶紧准备了甜品，要给"姐夫"品尝。小罗看上去瘦小、热情、单纯，跟袭胸流氓实在扯不上关系，关谷有点儿始料未及。但既然不远百里来到这地方，该算的账总归还是要算的。

寒暄几句，关谷转入正题："听说你之前和她拍了张照片，而且还搂着她？"

小罗笑道："别紧张，我用的是左手。"

关谷装出凶巴巴的样子："有区别吗？你的手放在了不该放的位置，所以我来找你，要么给我那张照片，要么留下搂她的那只手。"

小罗愣住，过了片刻，有点儿伤心地说："你真要的话，就拿去吧。"说完，拆下自己的左手假肢，摆在柜台上，推给关谷。"两年前我遇到车祸，截肢了。当时我非常痛苦，也很茫然，直到看了悠悠演的电视剧，才振作起来。她虽然戏份不多，而且总是死掉，但她没有放弃，这种精神打动了我，这就是为什么我会崇拜她的原因。悠悠姐的戏我每部都看，她发的微博我每条都转，就是在她的鼓励下，我才开了这家甜品店，知道悠悠姐喜欢吃甜品，就给她送了一张贵宾卡过去，没想到……冒犯了。"

这下轮到关谷尴尬了，把假肢还给小罗，结结巴巴地找词："我……我不知道……对不起！你误会了。其实……我真是来拿甜品的。"

小罗马上又高兴起来："我还以为你是来打架的呢。很高兴认识你，对了，能合张影吗？"

关谷无奈地摆着笑脸跟小罗合影，照片里，小罗的左手正好横在他的胸前，于是，关谷也被袭胸了。

关谷好端端地跑了几百里地去出了个糗，憋着一肚子的火没处发泄，回来忍不住地埋怨悠悠："你为什么不告诉我，那个小罗是个残疾人？我现在感觉差爆了，我前面差点儿对他动武！还有！我居然坐了三个小时的车去昆山买甜品，回来又碰上个司机带我绕路！所以这一切还是得怪你！"

悠悠无辜地说："我也不知道啊？！"

两人吵着来到酒吧，正赶上曾小贤、子乔、一菲和美嘉四个人在一起喝酒，叽叽咕咕小声说着话，正说到关谷喝醋寻仇，场面该有多血腥呢！悠悠气不打一处来，指着曾小贤对关谷说："你也有火，我也有火。我给你指条路吧，曾老师早就知道这件事。他违背了你们的《兄弟守则》，还要挟我，让我当牛做马，每天给他玩游戏刷宝箱升级，还要听他的破节目记录什么《小贤语录》，这个也是《兄弟守则》里面的条款吧？"

关谷一腔怒火终于找到了发泄点，冲着曾小贤就劈头盖脸一顿好骂："所以是你！害得我在悠悠的粉丝面前丢脸，然后又遇到外环十三郎，最能不饶恕的是，你居然欺负悠悠！"

一菲在一边幸灾乐祸地提示："三宗罪，宗宗当诛啊！"

关谷咬牙切齿地喊："犯《兄弟守则》——必杀之！"曾小贤见势头不对，转身就逃，关谷紧跟着追了出去。

有热闹看，子乔笑不可抑，终于忍不住把自己的秘密说了出来："偷偷告诉你们，这八卦我一早就知道。曾老师偷偷放了消息给我。"

一菲和美嘉异口同声："什么？那混蛋说只告诉了我一个人。"

悠悠更生气了，忍气吞声好几天，原来秘密早就不是秘密了！当即说："岂止啊，他还跟我说呢，一菲太粗糙，美嘉没文化，子乔只会剽窃他的智慧！不信，你们看看我记的《小贤语录》。"是可忍，孰不可忍！三人只匆匆扫了几眼《小贤语录》，便不约而同地咬牙切齿骂道："岂有此理！"

"关谷笨死了，打死他都猜不到，我会往回跑！"曾小贤笑嘻嘻地跑回来，一见大家表情不对，下意识地收住脚步："……你们干吗这样看着我？"

《兄弟守则》最终章——引发公愤者，必杀之！"你这个不忠，不孝，不仁，不义的大骗纸！扁他！"众人嘴里哇呀哇呀地吼着，一拥而上，把小贤按在沙发上，一顿胖揍。

6

张大律师的种种不靠谱行为，实在无法让人对他产生信任。为了早日帮助七爷解决房产纠纷，一菲背着张伟打电话去援助中心，要求指派一名靠谱的律师来帮助七爷。谁能想到，世界那么小，指派过来的律师竟然就是薇薇！

谁知张伟非但不怪一菲自作主张，反而夸她做事太到位。可不是吗？正愁做了好事没人知道呢，一菲居然把人约来了。薇薇说是过来见当事人七爷了解情况，但在张伟心里，这就是上苍安排的机会，终于可以把上次破碎的形象重塑起来了！

一见薇薇，张伟心眼里都在笑，热情地把她介绍给一菲和美嘉："介绍一下，我室友一菲、美嘉。这位就是薇薇。"

美嘉笑道："久仰！你就是江湖人称的'张伟克星'呀。"

薇薇不好意思地笑笑，解释说："上个案子早就结了，我们现在不是对手了。"

一菲拍拍她，大笑三声："薇薇，你太谦虚了，他哪儿是你的对手呀。"

寒暄几句，薇薇公事公办，马上要先见见当事人。张伟惦记着要跟薇薇二人世界，哪里顾得上七爷，张口就撒谎："七爷他不在这儿。"

薇薇纳闷了："可我听说，案子没搞定，他一直住在你这儿啊。"

"那只是看上去没搞定，其实私下里我早已把对方摆平了。我安排他住在酒店里过渡一下，等交房手续。"张伟一边絮絮叨叨的，一边挤眉弄眼地提醒一菲和美嘉："你们不是要出去逛街吗？快走啦！"

一菲又好气又好笑，在门外叮嘱他："记得打个电话去酒店，我怕人家坐不住，出来找你！"

张伟这才想起七爷还在书房呢，一激动竟然把他给忘了。假借着要给薇薇倒茶，张伟猥琐地拐进书房，小声跟七爷说："嘘，听着，外头有个重要客人，您乖乖待着，千万别出来，行吗？"

七爷了然于胸："是姑娘吧！你已经有两个了，还约第三个？难道比这两个还漂亮？我去看看。"

张伟赶紧拦住他，并承诺，只要七爷今天乖乖不出声，自己回头就念杂志给他听！一整本！欧啦，了解！七爷眨眨眼睛，张伟放心地出去了。

扫清所有障碍，张伟得意地准备了一顿烛光晚餐——蜡烛＋两碗面。

薇薇诧异地问："不是聊案子吗？为什么请我吃面？"

张伟体贴说："我猜你一定饿了。"

饿了……那也可以出去吃饭啊？张伟心说，外面不是太贵了吗？何况醉翁之意不在酒，是面是饭都不重要，关键是，终于又有了跟薇薇共处一室的机会，可以畅所欲言、尽诉衷肠。

正要开口，七爷出来了，去茶几倒水，张伟扇手，示意他回去。薇薇背对着没看见，见他手扇来扇去，以为有什么事，忙问怎么了。

"面太烫了，给你扇一下。"张伟笑一笑，故意又多在面碗上扇了几下。

薇薇松了口气，也笑了起来，三句话不离本行，话题转到案子上："我以为洪老伯的案子很麻烦呢，没想到你这么快就办妥了。"

张伟被夸得心花怒放，表面却装出十分稳重的样子："必须速战速决，后面还有一堆案子等着我处理呢。"七爷又出来了，张伟又挥手赶他回去，怕薇薇生疑，他在薇薇眼前把手掌翻来翻去，补充说："我是说……这种case——易如反掌。"

可还没半分钟，七爷又出来了，指指自己的杯子，又指指水壶，张伟一激动，把桌台上的蜡烛都扇倒了。薇薇回头，正好看见七爷，张伟赶紧抢着介绍："他是七……舅老爷，来探亲的。"

薇薇提醒他："你不是孤儿吗？"

"干的，干的。"这里还没解释完，七爷又出来了。张伟怒不可遏，冲过去把他拉到一边，恶狠狠地问："你有完没完啊！不是说好不出来的吗？想倒水，倒一次就行了，用得着出来四次吗？你河马呀！"

书房门里飘出烟雾，张伟愣住，问："你抽了多少烟？抽烟就抽烟，还抵赖；看美女就看美女，还装口渴。"

七爷神神秘秘地告诉他："不是我。我倒水不是因为口渴，是为了灭火。你的床被烟丝点着了。"

"继续编！——灭火？切……灭火！什么！！"好容易反应过来，张伟一头扎进书房。

半小时后，火终于被扑灭了，张伟一脸漆黑地走出来，大口地喝着水。

薇薇看着他："张伟，为什么不早点儿告诉我呢？"

张伟死鸭子嘴硬，还在强撑："听我解释，其实我有能力把七爷的案子搞定，上次只是意外。"

薇薇摇摇头："我不是说洪老伯，我不知道原来你条件也这么艰苦，自己还睡书房。"

"这……是另一个意外……其实，我真是个高富帅。"触到薇薇清澈的目光，张伟没了继续说谎的勇气，低声问，"你不会看不起我吧？"

薇薇叹了口气，认真地说："案子输赢是常事，我不会在意。你是不是高富帅，我也不关心，但我喜欢诚实的人。有需要联系我，告辞了。"

这一次的离去，后会恐怕无期。张伟心里难过，忍不住地对着七爷吼叫："我好心帮你，你却几次三番破坏我的生活。我终于明白你儿子为什么要跟你分家了，换作是我，我也受不了你！"

"对不起，我拿点儿报纸就走。"看张伟不为所动，七爷主动提起自己的行李，"谢谢你的照顾。我走了。"

还装萌！今天没有观众看你表演。张伟恨恨地想，回头一看，七爷果然走了，冲着门口又喊了一声："有种真走啊，别回来！"等了半天，七爷真的没再回来……

7

确定七爷真的离家出走了，张伟顿时慌了。他从小就是孤儿，所以不习惯和长辈相处。但是那种被抛弃的感觉，张伟是一辈子都忘不了的。七爷走后，他一晚上把所有七爷可能会去的地方都找了好几遍，却一点儿收获都没有。

"都是我的错，当时我在气头上，真不是有意赶他走的。"回到公寓，张伟乱搓着头发，悔恨莫及。一菲和美嘉见他真心悔过，没有再多说他，只是忙着出主意找人。

一菲安慰他："说不定七爷回儿子那儿去了。"

张伟沮丧地捶着自己，恨道："他一定觉得我比他儿子更混蛋。"

美嘉干脆打电话报警："110吗？我想找个失踪老人。他叫洪七，70多岁，一米七。拎着个皮箱……七爷！"

张伟一见七爷回来，激动地扑了上去，差点儿把他抱个满怀，又是哭又是笑："七爷你上哪儿去了？吓死我了。"

七爷笑眯眯地拍拍张伟，像是哄个没长大的孩子："昨天被烟熏得不行，本来想去澡堂洗个澡就回来，没想到睡了一宿。我今天是来跟你们道别的，不该给你们添麻烦。"

张伟以为他还在生气，鞠着躬道歉："七爷，昨天是我说话太重了，您别生气。再给我一次机会，您在这儿住多久我都不会介意的。如果您还信不过我，我可以做您干爹，不对，您做我干儿子，也不对……"

"你的心意我领了。我没生你的气，我的确不属于这儿。"七爷摸摸张伟乱七八糟的头发，叹道，"我儿子能有你一半好我就知足了，不过千万不能让我室友知道我有儿子的事啊。"

　　室友？原来七爷今天回来的路上经过一个小区，看到有个叫作夕阳红公寓的正在招租，就去看了看。结果，公寓环境很理想，还认识了两个很不错的女室友，年龄也跟七爷差不多，很有共同语言。一个叫春丽，一个叫秋香。

　　七爷拿出两张照片，是两位老阿姨的合影，笑道："我想好了，官司打赢，我就把房子卖了；要是打不赢，我就继续和她们合租。再见了，各位，美好生活就在前方，让我们策马奔腾吧。"

　　就这样，不管张伟的案子最后处理得如何，七爷都幸福地过上了他的后现代生活。据说这一马双跨的灵感，还是得益于跟张伟相处的经历呢。

第十四章 / 疯狂的话剧

1

自从签约了新的经纪公司，悠悠的演艺生涯似乎真的出现了大的转折。这还没多久，她主演的新话剧就要正式公演啦！更重要的是，因为这部戏是由童话改编的，从头到尾不死人，悠悠也因此彻底摆脱了每剧必死的噩运。新剧名字叫《三顾毛芦》，请注意，此"毛芦"非彼"茅庐"，讲的并不是诸葛亮三顾茅庐的故事。"毛"是"三毛"的"毛"，"芦"是"芦花"的"芦"。

说起新剧，悠悠根本就停不下来："这是个清宫戏，毛芦是我的名字。这是一个生活在紫禁城里的小丫鬟，小名芦花。她偷偷爱上了一个皇子——三阿哥。有一天，在神仙的帮助下，芦花变身为塞外公主，参加了三阿哥的游园会，并对他三顾留情。可魔法只能维持到子时，时限将至，芦花匆匆离去，却留下一只鞋，被皇子捡到了，后来……"

后来……剧情大家都能猜到了！以为改个名字，大家就能忘了灰姑娘本来名叫辛德瑞拉？好好的童话，偏偏取个这么诡异的名字，完全就是标题党搏眼球嘛！当然，演什么并不重要，大家来捧的是悠悠的人场，何况演员本来就有赠票，一群好朋友岂有不去之理？

听说不用买票，张伟大大松了一口气："早说嘛！我要两张。"

美嘉糗他："免费的骨灰盒你是不是也要两个啊？"

张伟腼腆地解释："人家想请薇薇去看嘛。她上次主动来找我，就说明我们之间还是有苗头的。我决定——再给她一次机会！"

第二天，曾小贤和美嘉最先到达剧院。明亮的玻璃幕墙大厅，墙上贴满了《三顾毛芦》的海报，显得煞有介事的样子。周围只有稀稀拉拉几个人，一家媒体都没来，连个拍照的人都没有。

两个人无聊，读着海报上的媒体评语——本剧比《雷雨》纯洁，比《梁祝》圆满，比《白毛女》浪漫，比《哈姆雷特》短！如果您能保证，进场前 12 小时内不喝水，我们就能保证，全剧绝无尿点！哪家媒体这么缺德，这到底是在损这部戏呢，还是在损这部戏呢？

要说媒体，终于见到有一个记者打扮的男子背着一个专业相机走到他们旁边，一边还打着电话："主编啊，这话剧真没东西可拍，没明星，没名著，没八卦，您还是让我采访点儿社会新闻吧，瓦斯爆炸、水上浮尸什么的我在行……"

美嘉白了那人一眼，仔细看着海报，结果还真让她找到了亮点：凭票根可去小卖部领取免费爆米花和百事可乐一份！看话剧可以吃东西？未免太不尊重演员了吧。可美嘉看到有爆米花在召唤，哪里还顾得上跟悠悠的姐妹情深，拉着曾小贤就跑了。

为了等薇薇，张伟来得也挺早，站在剧场门口东张西望，想起与佳人有约，喜上心头，又忍不住掏出凌仕香氛，狠狠地喷了一圈儿。

旁边有个黄牛看他手里有票，凑过来问："旁友，票子要伐，票子要伐？"张伟回说自己有票，他却还在一边磨叽："有多的伐。20 元一张，我收掉。这戏没看头，20 元一张蛮好来。"

张伟鄙夷地笑他："你们黄牛太不专业了，懂不懂艺术啊？看清楚！票面上印着 180 元。"

"那 180 元你卖不卖？"

"不卖，我自己看。"

"那你那么多废话！"黄牛没好气地骂了一句十三点，晃悠着走开了。

不多时，薇薇来了，说是刚才去售票处买票，可惜已经没有了。张伟趁机吹牛："这正说明这戏很热，一票难求。不过你放心，我有路子，票要多少有多少。"薇薇要掏钱给他，张伟义正词严地拒绝，还怪薇薇太把自己当外人啦。

"那就谢谢你啦。Hi，这里！"薇薇谢过他，朝身后招手，三个男生跑过来，张伟顿时愣住。"介绍一下，这是我事务所的同事，阿隆、阿东、阿强，平时都喜欢看话剧，本来以为买不到票看不成了，还好有你在。"

张伟看着这一堆电灯泡，为难地说："可我只有……两张啊。"

电灯泡们倒是挺理解的："这样啊，那不为难你朋友了。要不明天看吧，明天还有话剧版《爱情公寓》呢。"可薇薇看他们要走，也说要改明天再看。张伟急了，赶紧拦住，不就是几张票嘛！分分钟搞定！

张伟溜到黄牛身边，小声嘀咕："旁友，票子有伐，票子有伐。突发事件，多了几个朋友，还要三张，给你60元。"

黄牛见又是这个十三点，态度明显傲慢起来："好啊，200元一张。"

坑爹啊？！刚才还说20元，一转眼就变200元了？黄牛显然是气他刚才骂自己不懂艺术，如今坐地起价。讨价还价，最后黄牛让了一小步，三张票588元。想着薇薇还在不远处等着，张伟一咬牙，掏钱，买票。

作为家属，关谷有探视后台的特权，特意买了一捧鲜花，来给悠悠祝贺。化妆间里所有人都在忙，悠悠也没空跟关谷多聊，接过花，谢过了，让他帮忙看看自己脸上的腮红够不够。

关谷看着打扮得光彩照人的悠悠，十分奇怪："原著里的灰姑娘不是应该衣衫褴褛、灰头土脸的吗？你也太粉嫩了吧？"

悠悠笑道："你不懂。从灰姑娘到公主，完全是两套妆发、两套造型，换一次就要半天呢，为了演出流畅，由两个演员来扮演，我演变身后。"

可两个演员长得不一样啊？悠悠悄悄指着身边一个穿着破衣服、黑到看不清长相的女演员，小声说："没事，观众看不出。喏，小白演变身前。"

"小白？我只看到眼白？"关谷忍不住扑哧一下笑出声，"这也算灰姑娘？明明是黑姑娘嘛。"小白因为不露脸，本来就一直不爽，现在又听到关谷嘲笑她，忍不住哼了一声，狠狠地瞪了他一眼。

关谷的手机响了，My heart will go on 的铃声。接起电话，原来是一菲说她堵车，可能要晚到。悠悠解释自己是演变身后，要后几幕才出场，所以没有关系。关谷生怕她听不懂，凑过去大声说："变身后就是穿漂亮衣服的部分，又脏又黑的那段有个黑姑娘演了，你不用看。"

黑妹听到，气得转身就走了。

一菲跟悠悠约定，到了剧院就给关谷打电话，让关谷送票出去接她。

刚挂完电话，导演就过来了，远远地骂另一个打电话的演员："说了多少次了，舞台重地，禁止打电话！唐悠悠，你在磨蹭什么？"

悠悠一慌，连忙把手机放进服装内衬的腰间口袋里："导演，我……我在贴暖宝宝！"

"这么厚的衣服不贴死不了！快去换戏服！"又骂了一句，导演走开。悠悠吐吐舌头，跟关谷诉苦："后台的规矩好多，导演很凶的，要是被他抓到会被骂死的。你快去坐好吧，我去换衣服啦。"

2

宫廷戏的后台，简直就是后宫，那么多浓妆淡抹的姑娘，怎么少得了子乔这号人物？一件马甲、一副眼镜、一支笔、一个笔记本，子乔摇身一变，就成了《喜剧周刊》的娱乐记者。目标已经锁定，晴晴一副宫女打扮，还没上妆，单独一个人站在侧幕的衣架旁调整衣服。

子乔主动过去自我介绍："你好，我是《喜剧周刊》的记者，你可以叫我——吕小布，方便做一个幕后专访吗？"

晴晴以为他找错人了，随口道："我只是个演宫女的龙套，主演在化妆间。"

子乔侃侃而谈："这部戏讲的就是一个宫女从默默无闻到飞黄腾达的励志故事，所以我的专访主题就是'寻找身边的灰姑娘'。现在明白为什么访问你了吗？"晴晴摇头，子乔只好自己接腔："……因为你很特别！"

长相还算清秀，身材也不错，智商显然不富裕，子乔心中大乐，那就是你了，姑娘，"你叫什么名字？"

"晴晴。"

"一听名字就很有潜质。现在 ABB 的名字很容易火的，什么月月啊、美美啊、Gaga 呀，像你这种——内秀又不张扬，特别有潜力，我要专访的就是你这样的未来之星。"

晴晴听得心动，只是还有些不信。从来都没有人采访过她，每次演出完，连个献花的也没有，怎么可能突然幸运就降临在她头上呢？子乔故作神秘地说："我会一直关注着你，谢幕的时候，你会梦想成真的。"

晴晴遗憾地告诉他："可我的戏份第二幕就结束了，谢幕时我连出场机会都没有。"

那也没问题，那就第二幕结束，不见不散。

又是采访，又是鲜花，晴晴高兴得有点儿找不着北，真不知道该怎么报答眼前这位慧眼识美人的英雄。主动邀请子乔去她家，可以看看她以前演出的照片，好好聊聊艺术、谈谈人生。

Yes！万事俱备，只欠一束花。子乔料定了关谷要给悠悠送花，过来后台找他，拿了花就走，反正悠悠已经收过了，二次利用，神龙摆尾，皆大欢喜嘛。

前台演出已经开始，这么离奇的话剧，台下居然也坐了不少观众。

"春天是恋爱的季节！我渴望化作那潺潺的涓流，带着无尽的春意，望着相恋的情侣，呢喃着爱的私语。"黑妹刚刚开始抒情，幕后就有人喊："发春啊！芦花！还不快洗衣做饭！别耽误了公主参加三爷的游园会！"

游园会。那是每个姑娘梦中的场景。三爷，宫中最完美的王子。比四爷高，比八爷俊，芦花何时才能见到他呢？

明显是苦情戏嘛，正对曾小贤的胃口。他这边乐呵呵地看着戏，边上美嘉居然苦巴巴着一张脸，满脸的不高兴，忍不住奇怪地问："美嘉，这么快就入戏啦？"

美嘉朝他甩了甩手里的空爆米花桶，撇着嘴说："才第一幕我的爆米花就吃完了。这么少！太没诚意了。这还怎么让人看戏嘛！凭什么咱们的这么少，她们的那么多！"

小贤顺着她手指的方向一看，身边果然有两个小女孩拿着超大的爆米花桶在吃，笑着安慰美嘉："赠品嘛，你还想吃饱啊？儿童票送大份是为了堵上他们的嘴，这样小孩子才不会在剧场里又哭又闹，你要跟她们比？"

一排座位只坐了他们两个，其他人呢？美嘉还是哭丧着脸，嘟着嘴跟他解释："关谷、子乔在后台玩，张伟不要跟咱们坐。人家是来约会的，怕我们影响他，所以特意和我们坐开，他说私密一点儿，就可以牛郎织女、为所欲为了。"

就张伟那德行，还能为所欲为？

那边张伟果然跟薇薇坐在一起，不过中间隔着一道走廊，两个人就像是被银河隔开的牛郎和织女，还怎么为所欲为啊？还是薇薇懂事，招呼张伟："这儿有空位子，要不坐过来吧！"

"好呀好呀！"张伟高兴地答应着。正要过去，薇薇那三个去买可乐的同事回来了，鱼贯而入，抢先坐在了靠近薇薇的位置，张伟晚了一步，只能坐到最左边，离薇薇反而远了不少。

正嘀咕着还不如原来的位子呢，那边传话来，说是薇薇问有没有零食。张伟激动地从包里掏出一包乐事，拆开，让电灯泡们帮忙递过去。阿隆接过自己抓一把，递给阿东，阿东又抓一把，递给阿强，阿强见里面余货不多，一口气倒光，把包装袋传回给张伟。

薇薇见他们嘴里嘎嘣嘎嘣地嚼得响，小声问："你们在吃什么？"

阿强不以为然地说："那边传来一包空气，里面居然有几块薯片。"

薇薇无意地说："要是有麻辣味的就好了。"

张伟耳尖听到，忙叫着："有的！有的！"又拿了一包麻辣味的薯片递了过去。不同的薯片，相同的故事，五秒后，空袋子被传了回来，薇薇还是什么都没吃到……

3

台上剧情推进，芦花的守护神霹雳大仙出场，一口京剧腔道白："你是不是很想去参加今晚三阿哥的游园会？老夫可以帮你……"

侧幕，悠悠身着华丽的塞外公主装准备出场，关谷紧张地在她旁边唠叨："要上场了，要上场了！亲爱的，深呼吸。"难得离舞台那么近，都能看到观众的脸了，关谷又是紧张又是激动，好像要上场的是自己，而不是悠悠。

"别怕，只要当他们都是白菜，自然发挥就行了。"悠悠老到地安慰他，想起一菲，又叮嘱道，"你呀，一会儿别忘了给一菲送票就行啦。"

"放心，她到了会给我打电话的……哎，我的电话呢？"关谷摸摸口袋，空瘪瘪的什么都没有，才想起悠悠刚才拿了电话没还给他。糟糕，暖宝宝！悠悠也想起出场前把手机塞在内衣口袋里忘了拿出来。没有手机，一菲联系不上关谷，就看不到演出了。更重要的是，如果悠悠出现在舞台上，手机突然响起来的话……妈呀，会出人命的！

两人手忙脚乱地在悠悠身上乱摸，可服装太多，腰带又紧，手机怎么都拿不出来。

台上霹雳大仙叮嘱黑妹："记住，法术只能维持到子时，在时辰到来之前，你一定要离开，不然就会变回原形。"

"我记住了！"黑妹念完最后一句台词，从台上的大屏风后下台。神仙开始念咒作法，悠悠的出场时间到了。

"妈咪妈咪轰，风火雷电劈！"台上一阵电闪雷鸣，按剧情，悠悠此时应该从大屏风后现身，可她还跟关谷在后台找电话呢。霹雳大仙在舞台上做了几个动作，转了几个圈，再吼一声："妈咪妈咪再轰！"又是电闪雷鸣，悠悠还是没出来。几个来回，演霹雳大仙的演员在台上招数用尽，气得哇呀乱叫："我妈咪妈咪轰死你！……"

"姑奶奶，你还在磨蹭什么？台上那哥们儿都快要疯掉了！"导演气得三尸暴跳，到侧幕找到悠悠，上前就拉扯着她往台上推。悠悠谎称自己话筒没夹好，导演赶快吆喝工作人员帮忙给她又加了一个，嘴里不停催着："快点快点，来不及了！"

关谷在旁边提醒："两个话筒靠得太近，会有干扰的。"

"那就夹低一点儿！这样就双保险了！"导演一声吩咐，工作人员把新的话筒别在悠悠的腰上，正好在她藏手机的位置。"导演，我想跟你说个事……"悠悠还想拖延时间，被导演一把推到台上的大屏风后。

霹雳大仙汗都流下来了，脸上的妆都花了一半，搓着手，跺着脚，恶狠狠地对着屏风喊："爷爷的，我的法力用尽了，你倒是变出来啊！"

雷鸣电闪，穿着华丽的悠悠从屏风后闪了出来，一秒钟入戏，激动地转了个身，赞叹道："天哪，这衣服好美，大仙，谢谢你！"

神仙怒视着她，没好气地回话："是我谢谢你……全家。"

"哎呀，大仙，这衣服稍微有点儿小，不太合身，要不您让我下去换一件？"悠悠假装一惊，找借口又要开溜。神仙大怒，连粗口都爆了出来："尼玛，还去不去游园会了？"悠悠嘴里答应着："去！当然去！可是南瓜轿子还没有，我去后院摘个南瓜来。"转身还要下台。霹雳大仙一把拦在她前面，哇呀呀呀地作法，嘴里还是念着京剧腔道白："站住！别折腾了。不用轿子，我这就送你去王爷府。"一个响指，闪电亮彻舞台，场景转换，宫廷房间变成了游园会！

去吧，芦花！你已经……回不了头了。

一切希望只能寄托在关谷身上了。关谷匆匆忙忙跑到后台，找到子乔，急吼吼地催他："子乔！快把手机借我用一下，快一点儿！"

子乔掏出手机递给他，奇怪地问："慌什么，有炸弹啊？！"

还真说对啦，炸弹就在悠悠身上！来不及跟他多解释，关谷立刻拨通一菲的电话。"一菲听得见吗？我是关谷！有件急事跟你说……"

一菲听到是关谷的声音，马上打断他："刚好！我也有件急事跟你说。这个司机不认路，我告诉他剧院门口是单行道，他偏不信！你来跟他说。"说完，把电话递给了司机。

关谷对着话筒一顿不知所云："别呀，你先听我说……司机师傅啊，对，那条路的确是单行道，你要在前一条马路先右转，然后左转，再左转。不对！是右左左，不是左右左。哎呀，这不重要，快把手机还给那个小姐！一菲，一菲！先别管单行道，让我把话说完。"

一菲拿回手机，跟师傅扯了两句，忽然大笑："哈哈，关谷，司机师傅说你的崇明口音不地道，你自己告诉他你是哪里人。"

电话又递给了司机，急得关谷对着电话不停地叫："一菲！一菲！一菲！一菲！一菲！"一菲拿回手机，手机已经只剩最后一丝电了，便不再废话，让关谷有什么事快说。

关谷越着急越说不清："听着，情况非常紧急，这件事关系到悠悠的职业生涯！事情是这样的，演出前我和悠悠在后台，你不是打过电话过来嘛，悠悠让你到了剧场之后打给我，然后我出来给你送票，可是……"关键内容一句没提到，一菲的手机就断电了，只剩下"嘟嘟嘟"的忙音。

子乔忍不住问："你到底想说什么？"

关谷麻溜地告诉他："我想叫一菲别打我电话！因为我手机在悠悠的戏服里，被她带上台了！"

原来能一句话说清楚的事嘛！这下完了，就算一菲的手机没电了，说不定她也会借别人的电话打来呢？子乔提议他去剧场门口截住一菲，赶在她打电话前给她票，悠悠就安全了。

关谷大喜："有道理，那你陪我去吧。"

子乔摇摇头："不行，我得等着，第二幕完了我还要去送花呢。我即将本垒打的妹纸啊。演宫女的，朕指给你看。"

四个京剧扮相的宫女从后台鱼贯而出，身材着装完全一模一样，哪里还分得清哪个是晴晴啊！子乔傻眼了，喃喃地说："啊哦，朕也分不清了……"

4

台上一声高喊：三——阿——哥——到！

音乐响起，盛装华服的三阿哥气宇轩昂地踱步而出，身后的太监宫女络绎不绝。

观众席上，张伟对身边的阿隆说："主演是我铁哥们儿，我罩得住，回头我可以带你们去后台，要主角签名。"见阿隆不理他，又强调："我说真的！"

阿隆面无表情："知道啦，可我没兴趣。"

张伟求他："说不定薇薇有兴趣呢，帮我转告她一下。拜托。"

阿隆不耐烦地转头传话给阿东："张伟说可以带薇薇去后台要主角的签名。"阿东传话给阿强："张伟说他很有后台，可以要到主角的签名。"阿强再传话给薇薇："张伟说他有后台，问你要不要他的签名。"

好好的一句话，经过三个人传递，早已面目全非。薇薇听了，皱着眉回答："要他签名干什么？莫名其妙。"

阿强收到答复，往回传给阿东："薇薇说张伟莫名其妙，谁要他的签名啊。"阿东传给阿强："薇薇说谁要张伟的签名谁是脑残。"阿隆"哦"了一声，转头对张伟说："薇薇说你脑残。"

张伟真是欲哭无泪。

听了子乔的建议，关谷拿着票站在剧院门口等一菲，心里着急，不自觉地抖着腿。旁边黄牛以为他是同行，凑过来搭话："都开场了，急也没用，卖不掉几个钱，撕掉算了。新来的吧？以前没见过你。"

关谷不懂他在说什么，茫然地问："那你是……"

黄牛笑道："我虹口阿三啊！连我都不认识就过来抢生意啊？你路子蛮野的嘛。哦，听出来了，你是崇明人！"

关谷哪有心思理他，一直看着前面的路口，随后回他："不是……我在这儿等朋友。"

黄牛以为他是面皮薄不肯承认，嘿嘿一笑，自顾自地说话："我又没说不让你卖。反正我今天'效账（油水）'蛮好，前面碰到个港都，20 元收来的，我 588 元出了他三张。不过呢，这种级别的'冲头'不是天天能碰到的，下手要快，等开了票子就不值钱了。就像现在，最多五块一张。"

听到这里，关谷不满意了："纳尼，凭什么我女朋友刚上场，票就只值五块了？"

都是家属，黄牛觉得跟关谷又亲近了几分："你女朋友是演员，我老婆还在里面演宫女呢！她搞赠票，我打桩，我们是话剧圈有名的神雕侠侣！"

一对情侣男女走了过来，黄牛不再跟关谷瞎扯，凑过去拉生意："票子要伐？最后一张，100 元！"

志明说话剧都开始很久了，100 元太贵，黄牛爽快地给他打折，五块，最后一张，不要白不要。可人家一对情侣，一张票怎么进去看？志明看关谷手里也拿着票，以为他也是黄牛，掏出五块钱塞给他，要换他的票。

"我不卖！你们太破坏市场了。"关谷生气地抢回票，黄牛怪他新来的，拎不清规矩。关谷认真地说："大哥，我不管什么规矩，要知道你爱人也在里面演戏，你却在这里破坏市场，你有没有考虑过她的感受？我女朋友为了演这部戏每天排练，通宵背词，就算再不好看，我也不能无视她的劳动啊。"

黄牛一脸无所谓："可我老婆没排练过，她一句台词都没有。"

志明涨到 10 块，指定要关谷的票，关谷死活不肯卖，拉拉扯扯的，听到远处有人喊，警察来了，警察来了。黄牛听到喊声马上闪人，剩下关谷还在死脑筋地跟志明纠缠："相信我，10 块绝对看不到这样的演出……"

警察走到关谷身后，神情严肃地看着他，关谷回头，也莫名地看着警察。打桩的还这么有腔调？警察都愣住了，问他们在干什么。关谷一紧张，又开始语无伦次："警察同志，是这样的，这两位想买我的票，但只肯出 10 块，我跟他们说这是破坏市场的行为。如果人人都买低价票，以后谁还买正票。票房没收入，谁还演话剧！"

这票贩子胆子也太大了吧，公然跟警察讨论行情？警察冷冷地问："那你觉得这张票值多少？"

关谷骄傲地回答："至少180元，外加我女朋友的明星效应，再加20元。你不懂，这背后的价值一言难尽。"

"我不是太懂，这样吧，你跟我回派出所，喝杯茶慢慢解释吧！"警察扭起关谷塞进警车，关谷这才意识到大事不妙，慌忙乱喊："派出所？可我要在这里等朋友，我要把票……你干什么？误会了！雅灭蝶！真的……等不到人会闯祸的……听我说……"

警车刚刚启动，关谷看见一菲在剧院门口下车，急得拍着窗户大喊，可惜一菲没听见，警车疾驰而去。一菲见关谷在门口等她，上前找那对情侣借了手机，拨通了关谷的号码……

5

话剧已经演到高潮部分，芦花和三阿哥相见甚欢，互诉衷肠，在台上难舍难分。

"姑娘，小王与你初见，为何总觉似曾相识呢？"

"三爷说笑了。芦花自幼塞外长大，这是第一次来京城。"

三爷爽朗一笑："原来如此。抬起头来让我看看。"悠悠羞涩地抬起头，含情脉脉地看着三爷……

就在这个时候，一菲的电话拨通，悠悠腰间的手机响起 My heart will go on 的铃音，透过话筒响彻全场。观众哗然，导演更是大惊失色，拿起对讲机就骂："音响师，你死了吗？"音响师说是舞台话筒的声音，跟自己无关，真是见鬼了！

台上演员更是慌了手脚，三爷故作镇定地问："是何人在吟唱？你们何人……能给本王解释一下？"悠悠一紧张，连广东话都冒出来了："我……唔知啊……"

所有人一起摇头，冷场，台下观众开始窃窃私语。悠悠急中生智，开始编台词："三爷勿扰，您不觉得，这首歌……倒还蛮符合此刻的意境吗？"

"是……吗？！"三爷只好接茬，跟着胡编，"可大内之中，前所未见啊。"

悠悠微笑着继续扯："三爷有所不知，此曲虽极少出现在紫禁城之中，但小女来自边塞，对它却略有耳闻。据说这是西域一位伟大诗人——席琳·迪翁所做。歌颂的是人与人之间抛开世俗，跨越阶级的纯美爱情。"

"若真是如此，倒也是极好。"三爷总算是缓过来一点儿神，心说，话是给你圆过来了，可一会儿剧情还要俩人一起跳宫廷舞呢？这曲调……怕是有些违和吧。

悠悠回话："三爷且放宽心，能否将就一下，你我伴着此曲，翩翩而舞，倒也不负恩泽。"意思是，事情都这样了，你还想怎么的？将就着跳呗，跳什么不是跳舞啊！三爷偷偷向她龇牙，眼睛扫着"群臣和宫女"，暗示，大家没排过什么西域舞，这么多人，可怎么跳啊？

悠悠想起《泰坦尼克号》的经典画面，突发奇想地说："大家像我这样，闭上眼睛，自然伸开双臂。三爷请从后面托着我。跟着节奏，扭啊扭，扭啊扭！对！很好！想象自己坐着飞机，不对，乘着歌声，翱翔在云里、风里……"

台上云淡风轻，三爷托着芦花的腰，臣子也托着宫女的腰，清一色的Jack 与 Rose 造型，配合着 My heart will go on 的悠扬音乐，翩翩起舞。

"哇！好浪漫啊。我就喜欢这种后现代的感觉。"美嘉在台下看得眼睛都直了，一边猛吃着爆米花。身边两个小女孩哭丧着脸看着她，美嘉浑然不觉地拿着她们桶里的爆米花，忘我地看着台上的表演。

"您所拨打的用户没有应答……"电话一直没人接，一菲挂了电话，把手机还给志明和春娇。

台上的游园会背景音乐戛然而止，众人泥塑木雕般站着，又冷场了。

三爷四下张望，犹疑地问："咦？那西域诗人怎又不唱了？"

谢天谢地……悠悠如释重负，解释说："大概被御前侍卫抓走了吧。毕竟是西域 style，与我天朝的意识形态还是略有不符。"

既然不唱了，那就，接着游园吧。话剧终于回到原先的轨道，所有人都松了一口气，宫廷音乐响起，舞女跳起舞蹈，一片歌舞升平。

本来靠着那点儿临场变故，观众们才醒了一点儿瞌睡，打起点儿精神，现在又变成老一套，跟年年春晚节目似的，又臭又长，台下不免嘘声四起。美嘉和曾小贤嚷嚷着没劲，反正看了半场戏，喝了几瓶可乐，不如正好去上个厕所，两人起身离座。

跟他们一样想法的人不在少数，女厕所前面排起了长龙，男厕门口却一片空旷。美嘉忍不住抱怨："今天怎么老碰上不公平的事。和儿童比没优势，和男人比又要受气。我不服。曾老师，你陪我一起排队！"

亏你想得出，曾小贤当然不答应，美嘉软磨硬泡地求他，曾小贤只好答应自己去上个大号等她出来。像曾小贤这种处女座老洁癖，从来是不用公厕马桶的，但现在情况不同，再怎么样，也比站在厕所门口排队要好吧？

进了厕所，曾小贤拿出纸巾包，抽出一张，猛擦马桶圈，不满意，又拿出一张，猛擦，还是不满意。

忽然看见旁边卷筒纸架上露出一段手纸，放心了，把包里全部纸巾拿出来猛擦，直到马桶圈被擦得光洁可鉴，才安心坐了上去，嘴里还得意地自言自语："这才配得上本王的身份（hun）嘛。"

老半天女厕门前的队伍也没见往前挪几步，美嘉内急，跺着脚四处张望，发现不远处有个门，上面挂着牌子——"员工盥洗室"。美嘉悄悄过去，看四下无人，推门进去。

曾小贤上完厕所，愉快地吹着口哨，抽卷筒纸，猛地一拉，只扯下来一小片纸头，里面竟然空了！"你奶奶的香蕉皮，逗我呢吧。"曾小贤咒骂一声，赶紧拿自己的纸巾，这才发现刚才擦马桶已经全用光了，现在只有一个空袋。

"有人吗？"曾小贤用所有会讲的语言问了一声，厕所里空荡荡的没有人答应。拿出手机，居然也没有一点儿信号，不用这么绝吧？人家一泡尿憋死英雄汉，今天我是一张纸愁煞好男人！

正绝望着，听到外面两个女孩对话，大概是女厕所坏了，那么多人等一个位子，所以偷偷溜到男厕所来方便。两个人生怕被人看见，在门口轻声问："请问，有人吗？"

救星来了，曾小贤高兴得忘形，忘了自己的处境，大声回答："有人！有人！"两个女孩吓了一大跳，以为遇到神经病，哪里还敢再进来，飞快地离开。曾小贤在后面哀号："别走！回来。救急啊！不是，救命啊！"

6

终于男厕又进来人了，听声音像是在洗手，曾小贤捏着鼻子装女人声音问：

"有人吗？能借点儿纸吗？我快不行了。"

"有没有搞错！这是男厕所！"进来的正是先前曾小贤跟美嘉碰到的那个"眼球网"的记者，听到厕所里传出女人声音，不确定地又出去看了看门口的指示牌，喃喃地说，"……不是吗？"

原来是爷们儿啊，那就好办多了，曾小贤马上恢复男声，跟他解释，刚才的女人是他装的，为什么在男厕所装女人呢，说来话长，大哥那个麻烦给张纸，江湖救急……

在男厕所装女人借手纸？有可能吗？该不会是变态吧？说不定男人声音才是装的吧。记者一肚子的疑问，曾小贤只好把隔间门打开，露出小半边身子。记者一眼却看到曾小贤手里拿着一包护舒宝，警惕地问："这是什么？还说不是变态！"

曾小贤头都大了，怎么解释都说不通："听我解释，刚才有个女的进来给我的……我不是女变态，是男变态，不是，我不是变态。只是要张手纸嘛，真是要了亲命了！"

记者盯着他看了几眼，突然问："你挺面熟的嘛，你是那个……什么主持人？"

"你认识我？我是电台主持人曾小贤。"曾小贤当然不会放过一切套近乎的机会，听说对方是"眼球网"的记者，打着哈哈开始攀交情："嗨！原来是媒体圈的朋友啊，自己人，先给张手纸。"

"行——等会儿，拍张照吧。"记者举起照相机，喊一声"茄子"，曾小贤条件反射似的摆了个pose配合。"领导让我来拍照，我还在担心没东西交差呢，幸好碰上你。这新闻比话剧有看点多了。哈哈哈哈，电台主持人曾小贤居然是人妖，哦，不对，人妖是男变女，女变男应该叫——妖人。"

曾小贤急得大叫："再说一遍！我不是变态！"奈何裤子都没提上，又不能出去跟他理论，只能干瞪眼。记者大笑着扔过来一包纸巾："有图有真相，留给网友去讨论吧。接着，你的稿费。"

志明与春娇沿着剧院逛了一圈儿回来，发现一菲还在门口等人，正好自己只有一张票，索性就送给了她。一菲千恩万谢，拿过票，终于进场，一看，话剧已经演了一大半，都快要剧终了！

台上三爷搓着芦花，卿卿我我地说着情话。

"芦花姑娘，小王一直想问你，你幸福吗？"

"我姓毛。"

"你满足吗？"

"我娘是满族的，我爹是兽族的。"

天地人和，至福恒昌，夜半，子时！打更人远远的一嗓子，惊醒了芦花的美梦，悠悠马上从三爷怀里挣脱出来，满脸喜悦："呀！时间到啦，终于可以脱衣服啦！……三爷保重，我先走了，后会有期。"

悠悠匆匆奔下场，忧伤的背景音乐响起，三爷一愣，想起剧情，无比惆怅地念着佳人芳名："芦花！芦花！"

回到化妆间，悠悠宽衣解带，终于从内衣里搜出手机，恨道："孽畜！可把我害苦了！"一声门响，悠悠赶紧转身把手机藏在身后，黑妹走了进来，得意扬扬地说："好啊，就知道是你的手机。是你把手机带上台了！"

悠悠假装听不懂："什……什么手机？哪有什么手机？"趁她不注意，偷偷地把手机丢进一旁脱下的长筒鞋里。

黑妹得理不饶人，一口怨气终于找到发泄点："我刚才就看出来了，还说找麦克风，明明就是找手机。闯祸了吧。我告诉导演去，明天开始，你就等着演变身前吧！"

悠悠扔了赃物，哪里还怕她，镇定自若地回她："不知道你在说什么，莫名其妙。"

"证据就在你背后，把手伸出来我看！"说着，黑妹去拉悠悠的手，发现她两只手都是空的，自言自语道："不对啊，我刚才明明看到的……"

正闹着，导演急匆匆地跑进来，嘴里喊着："鞋子，鞋子！"

"什么鞋子？"悠悠不明所以。

导演没好气地冲她怒吼："你的鞋子啊，忘啦！下场的时候要留只鞋子在台上啊！不然王子凭什么找到你！闪开！"说完，看见悠悠脱在地上的鞋子，拿了一只就冲了出去，正好就是悠悠藏手机的那只……

台上三爷少了道具，不知道该怎么往下演，背着手，转着圈儿，又开始胡编乱造："芦花呀，你走得也太急了吧，难道就不能给本王留下点儿线索……比如，一只鞋子啥的？！没猜错的话，这一带应该有只鞋子的呀！"导演从侧幕把鞋子扔上台来，三爷如释重负，差点儿笑出声："我说的吧！果然有只鞋子的喏！"

一菲进了剧场，随便找后排位子坐下，问身边的黄牛演到哪儿了。黄牛玩着手机游戏，漫不经心地回答："接下去，三阿哥要拿着鞋子去找芦花，然后幸福地生活在一起。这种剧情还用问？"

快演完啦？居然全错过了！一菲气不打一处来，借了黄牛的手机打电话给关谷。

台上三爷捧着鞋子，睹物思人，正情思缠绵："看这精美的鞋，伴着淡淡的幽香，只有这般小巧玲珑，才配得上芦花的绝世倾城……"突然舞台上又响起 My heart will go on 的音乐。三爷一哆嗦，差点儿没把手里的鞋子扔出去，观众哗然，又是笑又是起哄。

"音响师！这次又是他妈怎么啦！这剧场闹鬼吗？"导演气得对着对讲机狂吼。悠悠在一边主动请缨："导演，让我上吧！总不能让他一个人站着吧，让我去救场。"

导演看看她，摇摇头："你别添乱了！我知道你刚才随机应变得很好，但你现在出场算哪一出啊？"

悠悠劝他："救场如救火，戏乱一点儿，还可以圆，但是给观众看出事故，就太没有专业精神了。放心，唐氏表演法！Show time！"说完，单脚跳上台，一把抢过鞋子，背到身后，伸进去按掉手机。

台下，一菲的手机断掉，抬头一看，咦？悠悠怎么又出来了？

7

三爷同样惊诧，结结巴巴地问："芦……芦花姑娘，你怎么又回来了？"

"三爷别紧张，小女只是来拿回鞋子。"悠悠敷衍着，拿起鞋子就要走。

"站住！"三爷一声断喝，心说，我巴巴地在台上转悠了十几圈胡话说尽，总算盼来个鞋子解围，你现在又把鞋子拿走，这算什么！想着，嘴里有一搭没一搭地说着，又把鞋子抢了过来："我觉得……接下来应该是这样的。本王派手下拿着你的鞋子，挨家挨户地找你……会比较好。所以，你还是把鞋子留下吧。"

悠悠这才反应过来，自己把鞋子拿走，三爷的戏可不就演不下去了吗？

三爷看她犹豫，怕她又生古怪，不住地催她快走。

"还是不行。鞋子你不能留下。"想起鞋子里的定时炸弹，悠悠顾不得那么多，笑道："你要它不就是为了找我吗？现在我都站这儿啦！我知道三爷有话要说，既然来都来了，您就说吧。"

现在说了，下一幕说什么？！还让不让人活啦？！三爷瞪大眼睛看着悠悠，不知道她葫芦里到底卖的什么药。悠悠趁机又抢过鞋子往台下溜："我给您换一只去。"

"放下！"三爷大吼一声，也抓住鞋子，一人一头地拉锯，两个人嘴里都开始胡说八道，一个比一个不靠谱。

悠悠："听我一句，别纠结这只鞋了。"

三爷："这是唯一的线索，你给我留条活路吧。"

悠悠："给我啦！不然等会塞外民谣又唱了怎么办？！"

……

台下观众更不明白这是唱的哪出了，跟着两个人的动作来回转头。一菲看得目瞪口呆，问黄牛："这剧情和你说的不太一样嘛。"黄牛莫名其妙地直挠头，天知道这是怎么回事！

台上两人继续扯拉，鞋子扯坏，手机掉了出来，落到舞台上。三爷这才明白悠悠死活要抢鞋子的原因，可戏还得唱下去啊？只好打着官腔问："这……是什么？"

悠悠愣住，脑子里一片空白："这是……一块砖头。"

"为何你的鞋里有块砖头？"好你个悠悠，害我在台上出丑，我倒要看看你怎么下台！三爷举起手机，问，"本王着实好奇，也请姑娘顺道给在场的众爱卿解释一下，这块'砖头'为何还会发光！"

"好吧，我坦白……"悠悠顿了顿，接着说，"这个东西，叫作电话，是我专程献给三爷的宝物。"

三爷斥道："大清王朝有这宝物？本王前所未见！"

悠悠一脸严肃地说："可我见过！因为……我是穿越回来的！"

全场哗然，不是童话剧吗？怎么变穿越剧了？笑的，闹的，乱糟糟一片。一菲抢过黄牛的电话，又开始打关谷电话。关谷！你老婆疯了，快接电话呀！

台上 My heart will go on 的音乐再次响起，悠悠已经明显不再慌乱，反倒镇定地说："三爷，如果您不信，小女这就给您演示如何把玩这件宝物。"说罢，接起电话，连珠炮似的对着话筒说："紫禁城移动友情提示：您所拨打的用户已经穿越，漫游穿越业务尚未开通……请你不要再打来了！"

电话挂掉，一菲看看台上，看看手机，惊呆了。全场肃静，不知道哪个缺心眼的带头，忽地爆发出雷鸣般的掌声。

爆米花柜台那里，美嘉还在不停地摆弄着爆米花机，拿着说明书，边念边操作："先按动保温照明开关——加入适当原料。苞谷，有了，香油，有了，糖，有了，旋转加热按钮，耐心等待！……可怎么还是没动静啊？小爆爆你睡着啦！这样一点儿都不好玩嘛。"

爆米花机一点儿动静都没有，美嘉忍不住不耐烦地拍打着机器。Grace过来了，见有人在自己岗位上，奇怪地问："哎，你是谁？我怎么没见过你？"

美嘉见她也穿着小马褂，显然是这里的员工，撒谎说自己是新来的："他们说管爆米花的Grace擅自离岗，让我临时来顶一下。刚才经理还到处找她呢。"

Grace更奇怪了，说："我就是Grace啊。刚刚不就是上了个厕所而已嘛。"

是吗？美嘉怀疑地看着她，心说，姐姐，你也不想想，我在这捣鼓这个破机器都起码半小时了，你上哪门子厕所要那……么久？！

事到如此，Grace只好承认自己是溜进去看话剧了。美嘉才懒得管她去哪儿了，只要能告诉她怎么让爆米花机动起来就行了。

Grace提醒她："是不是没插电？"

美嘉低头一看，果然没插，怪不得呢！Grace叮嘱她一次别放太多原料，最多800克，说完又跑进剧场看戏去了。

她怎么知道美嘉的算数天生那么好呢，刚才一次放了半斤，放了16次，是多少来着？一七得七，二七四十八……哪里还算得清楚。管他呢，应该差不多吧，插了电再说。

小爆爆终于醒啦！爆米花陆续爆出，美嘉很开心，拿了就往嘴里塞，果然香甜可口啊，自己做的，就是不一样。原料放得太多，机器吐爆米花的速度越来越快，跟打机关枪似的突突突往外冒。美嘉用手接，用盆装，用嘴巴吃，怎么都忙不过来，狼狈地喊着："大哥，你慢点啊！慢点啊！"

"眼球网"的记者到了化妆间，随手把相机放在桌上，背对着门口正跟主编打电话："主编啊，是我。我正在后台……还没结束呢。您就别让我做访问了，这剧真的很无聊，不过您放心，我刚找到了明天社会版的大看点，我在厕所抓拍到一个变态。还是个主持人……您可能不认识，不过我有照片。咱们还可以起一个劲爆点的标题……"

曾小贤跟着他进来，躲在一旁，瞄到桌子上的照相机，拿了顶宫女帽子遮着脸过去，拿了照相机就跑。

曾小贤边走边翻相机，可怎么也找不到相机的删除键在哪里。子乔看到他那装备，只当他也冒充记者把妹，一看照片就不怀好意地笑起来："哟呵，这张自拍挺别致啊。"

曾小贤顾不上臭美，问子乔怎么删照片。子乔笑道："你好歹也是个媒体人，你都不会玩，我还能会吗？要不然我怎么能当文字记者呢？"

话剧还在继续，悠悠耐心地给三爷解释："三爷请息怒，之前我一直瞒着您，是怕您接受不了。毕竟您生活在一个愚昧封建的年代，不像我们那儿，科技昌明，百花齐放。这个电话就是证明，大家说对不对？"

台下观众齐刷刷地回答："对！"神了，话剧还演出互动来了。

三爷已经被她雷得无力吐槽，呻吟着："这宝物这么贵重，你送给我干吗？"

悠悠抬头看了三爷一眼，羞答答地说："在我们那个时代，如果一个男孩对女孩有好感，就会对她说，'留个电话给我吧'。现在我都主动留给您了，您还不明白吗？"

留电话留电话，敢情就是这么来的啊？三爷惊得嘴张大成 O 形，不知道怎么接茬。台下观众倒恍然大悟地"哦"！！演三爷的演员快要崩溃了，抱着头蹲到地上喊救命："救命啊！你该回哪儿去回哪儿去吧。求你了！"

悠悠越编越上瘾："你知道吗？我就是那个能成就你的女人啊。"

三爷痛苦地扯着头发："成就我什么，我快疯了，明天就出家。"悠悠过去扶着他站起来，朗声道："不要啊！您是要做太子的人，大清朝会在您的统治下走向盛世！虽然几百年后，辛亥革命会把中国历史上最后一个封建王朝送进坟墓，但这——和您没关系。我们的历史书上已经写了，您会和其他的八个兄弟展开惨烈的皇位争夺战！"

三爷开始捶胸顿足："姑奶奶，我哪儿来的八个兄弟？"

悠悠肯定地说："有的，好几个还在民间，你皇阿玛还没找到。有一个叫还珠阿哥的对你威胁很大！"三爷惨叫一声，再也无法忍受，奔跑着下台。悠悠愣住，忽然转身对着观众："欲知后事如何，请看下一场：《九子夺嫡》！"

台下观众也愣住了，待到反应过来，有人开始鼓掌，慢慢地，掌声越来越响，此起彼伏，连绵不绝，悠悠不得不和众演员一次次地出场谢幕。导演也慌慌张张上台鞠躬，想要解释："各位观众，实在是不好意思，今天的戏出了很多意外……"

台下观众齐声叫好，导演原先的半句话咽了下去，憋出一句："谢……谢……谢谢大家！"

悠悠人来疯，对着台下喊："看了今天的演出，大家幸福不幸福？"

观众齐喊："幸福！"

导演也疯了，大叫："满足不满足？"

观众喊得更大声："满足！"

导演灵机一动，乐呵呵地宣布："那好！请关注《三顾毛芦》第二场——《九子夺嫡》！"

悠悠无意中又创造了历史，话剧界出现了新剧种，叫作——连续剧！

曾小贤还在和子乔摆弄相机，导演跑来，以为他是拍照的记者，拉着就往舞台上跑。曾小贤不停地解释自己真不是什么记者，导演也不肯相信。

悠悠看到他，好奇地问："曾老师？怎么是你？"

曾小贤苦笑着："说来话长。你知道这玩意儿怎么用吗？"

拍照，不就是按快门嘛。大家都站好了，曾小贤只好装模作样地拍照。一二三，茄子！大家摆出笑脸，小贤按下快门，没反应。

好半天，导演才问："拍好了吗？刚才好像没听到快门声啊，要不再来一张？"

曾小贤端起相机对着大家，不耐烦地喊道："一二三，咔嚓。行了！"

导演听着快门声好像是从他嘴里发出来的，走过去一翻相机，什么都没有。曾小贤耍赖，说自己拍了，是导演自己删掉的。导演梗着脖子跟他争辩："删除键明明在这儿，我什么时候按过了？"

恩人啊！曾小贤果断删掉了自己那张猥琐照，正巧"眼球网"记者也追了过来："死变态！把照相机还给我！"一个追，一个跑，满场绕着圈儿。

"骗子！"子乔莫名其妙又挨了一个耳光，定睛一看，那个琴琴正怒气冲天地站在面前，"刚才说好采访我的，为什么又去找她？"

子乔无辜地说："都说了我弄错了，我已经道过歉啦，而且你刚才已经打过我啦。"他真的没搞清楚，刚才打他的是晴晴，现在打他的是琴琴，而他准备要采访的那个宫女，叫芹芹。泡个妞而已，用得着那么艰难吗？高考语文也不过如此啊！

曾小贤跑进化妆室，急急忙忙地把手里的相机塞给他："子乔，子乔！有个记者在追杀我，恐怕我没机会当面还给他了，你帮我转交一下哦。"

子乔看着相机，淫荡一笑，利器啊！

子乔拿着相机，来到一浓妆宫女面前，说："芹芹，废话不多说我们开始专访吧。相机我都准备好了。"谁知道这回站在他面前的不是芹芹，而是勤勤，勤劳的勤！

神啊！乱箭射死我吧！子乔的脑子都快被搅成豆腐花了，横下一条心："听着，不管你是晴晴、琴琴、芹芹，还是勤勤，我今天要专访的就是你，没错了！赶紧找个人少的地方，然后卸了妆，我们聊聊怎么捧红你吧。"

勤勤接过花，显然十分高兴，黄牛不知道什么时候走到子乔身后，不阴不阳地说："不如也和我聊聊吧？"

勤勤上去挽住黄牛的胳膊，撒娇说："老公，这位记者想要捧红我欸。"

黄牛皮笑肉不笑地看着子乔："我们是神雕侠侣，要红一起红，不单卖。晴晴、琴琴、芹芹都和我说了，这儿有个假记者调戏我们家勤勤。"

子乔不得不服："这都分得出，有窍门的吧？还是你练过透视眼？"

黄牛双手握拳，捏得骨节咔咔作响，凶巴巴地说："我练过铁砂掌。"子乔被打得哇呀乱叫，一边还喊："喂！别打脸，别扯我相机！"

第十五章 放飞吧，单身周末

1

爱情公寓即将发生一件大事——悠悠和关谷决定下周二去民政局领证啦！这个倒不怪他俩拖拉，实在是两个国家的民风民俗差异太大，黄道算法都不一样，要凑个两边都吉利的日子真心不容易。这也意味着，这个双休日就是悠悠和关谷的最后一个单身周末。

子乔说，千百年来的习俗，婚前的男女都会分成两拨，各自放飞最后的疯狂，必须 party，必须美女，全面 high 起来，没有单身周末的婚姻，是不健全的婚姻。悠悠和关谷却说，现在流行软着陆，没那么做作，何况子乔那次打赌输了，早就丧失了单身夜的主办权，所以这个周末应该和平时一样，该咋地咋地。

悠悠：没错，不搞派对，不搞飞机，你还是死了这条心吧。

双方各执一词，莫衷一是，争不出个所以然来，直到公寓里发生了另一件大事！

悠悠和美嘉昨天去买冰锐，中了"再来一瓶"！去兑换赠饮的时候，刚好超市断货了，超市员工让她们随便拿一件等价的东西，她们随手就拿了瓶力士沐浴露。没想到，拆开包装一看，居然又中了京东商城 3000 点奖励积分。

然后两个人用积分兑了好多自然堂的护肤品。如果说只有一点儿护肤品，那就不足为奇了，巧就巧在，有款面膜在搞抽奖，刮开抽奖卡，结果看到一行字——皇冠假日酒店两天免费入住！地点：海南，三亚！

一连串的小概率事件合起来说明一个道理，那就是，不庆祝单身周末，简直老天不容！经过确认，大奖的酒店入住项目刚好三个名额，悠悠和美嘉当场拍板，组织女士专场海南行，把一群臭男人统统甩在家里，去蓝天白云碧海金沙中放飞女人的专属美丽！

如此残酷、冷漠，以及出尔反尔，男同胞们当然不同意！纯爷们儿的周末，再没有婆婆妈妈的约束和叽叽歪歪的指责，世界属于男人帮，真是不同意都不行啊！所以子乔、曾小贤他们表面上依依惜别，不停地挽留，心里早乐开了花。就算关谷是真心舍不得跟悠悠分开，也不得不随大流，加入他们"堕落"的行列。

唯一的困难在于一菲。自从上星期系里安排她参加职称考试，她一个星期背了四本书，写了六篇论文。职称考试一完，一菲就像是变了个人，总说世间的喧闹都是浮云，书中的宁静才是永恒，还说她对人生有了新的认识。不聊天了，不八卦了，也不出去玩了，成天捧着书看，关在自己的小世界里，与外界阻隔了。

曾小贤怕她这样读书会读傻，变成个书呆子，想方设法地逗她开心，结果都收效甚微。邀她去 X-Room 密室逃脱俱乐部试试身手吧，她说密室逃脱最没劲了，明明有门不让走，非让你找线索，纯属脱裤子放屁。喊她去麦乐迪唱 K，顺便录录歌，出张二人转专辑吧，她说那种自我陶醉的小儿科，五年前她就不感冒了。甚至连曾小贤的撒手锏，百试百灵的眉毛舞，一菲也懒得多看一眼，说他幼稚、愚昧，兼无趣。

张伟分析说，这是因为一菲在高压状态下待久了，所以一时半会儿出不来，很正常，这是牛顿的惯性定理。女人是水做的，从明镜止水到波涛汹涌需要一个过程嘛，别人再想多管闲事都没有用，除非她自己忽然觉悟，从这个状态中走出来。

当然，悠悠和美嘉撺掇她去海南和她们一起庆祝单身周末的时候，一菲还是觉得无趣。任她们两个费尽口舌，把三亚描述得有多美多美：蓝天白云，椰林树影，水清沙白，三个美女一起晒晒太阳玩玩水，抓抓螃蟹挖挖洞，还有一群帅哥在后面追着帮她们涂防晒霜……一菲还是没觉得有什么特别有趣的。

诱惑不成，只好使恶心大法。美嘉发言："试想一下，你要是不跟我们去，周末公寓里可只剩下你一个女生啦。你想跟那帮男生一块儿玩？就算你不跟他们玩，就怕到时候他们来搅和你呀。尤其是曾老师，他听说你最近老宅着，正在酝酿一揽子新节目给你解闷呢。"

提起曾小贤，一菲自然嗤之以鼻："得了吧，他总共就那几段老掉牙的破笑话，还有那个雷人的眉毛舞，无聊到爆了。"

美嘉说"我看到他刚才已经在排练眉毛舞的升级版了。这次不是眉毛——是用眼皮跳舞。想象一下，下眼皮……"

一菲仿佛看到一盆过了期的开心果，哆嗦着打了一个冷战。这就对了！美嘉暗自好笑，嘴里继续劝："一菲，你知道最无趣的事情是什么吗？就是一个自以为有趣的人对着你使劲卖萌逗你笑。考虑一下吧。"

权衡利弊，一菲终于问："什么时候的飞机？"悠悠回答："明天一早。"

那就，出发呗！

可等到了酒店，一菲又恢复"常态"，窝在房里看起书来。大老远地来三亚，她居然背了整整一箱子书，除了这些天每天看的《时间简史》，还有它的续集——第二部《空间简史》，第三部《人间简史》，另外还有本外传，《生煎简史》。

大概是天道酬勤，连老天爷都站在一菲这边，本来好好的天气，从她们落地不到一个小时，就开始下起瓢泼大雨。悠悠和美嘉本来泳装、沙滩巾准备齐当，只等着拉一菲出去晒太阳、捉螃蟹，好好享受享受，眼下却只落得在房间里大眼瞪小眼。打开电视，新闻播报中：受38号热带气旋"龙骑"的影响，暴雨将继续影响本市，专家预估未来两天雨量可能继续增大。在红旗警示解除前，请勿靠近海滩，注意安全。

悠悠叹气："我们抛弃了关谷，大老远来赏雨。他们一定会笑死我们的。"

美嘉也一脸委屈，开始想那些笨蛋丑男人，也不知道他们这会儿在玩些什么呢？

2

家里突然没了女人的感觉是这样的，厕所里的肥皂和洗发水瞬间全被带走了，连卫生纸都没留下一片。一大早醒来，几个大老爷们儿就蔫了，唉声叹气的，女生们这才刚走，日子就快要过不下去了。

作为男人帮的唯一领袖，子乔命令大家要振奋起来，假设这些女人从来就没有存在过，大家真的都不活了吗？何况他早有计划："我邀请了全小区所有未婚适龄女性来参加我们的派对，去掉歪瓜裂枣的，再去掉跟我有仇的，我大致分了几类：萝莉、御姐、哈妹、熟女，到时候可以分组……"

死心眼的关谷重申："这个周末没有派对也没有陌生妹子，就算悠悠背叛了我，我也会洁身自好的，OK？我绝不会陪你干什么出格的事！"

子乔苦口婆心地劝他："关谷，你的人生即将走进坟墓，我不拉你。但要知道即使世界毁灭也会有回光返照的时候，黑暗的笼罩更会凸显光明的可贵，问问你的内心，还有什么是你一直想做但从未付诸行动的念头？ Just do it！如果你说没有，就当我多嘴，48 小时之后，这些想法就将伴随你的自由彻底入土，安心做小姨妈的乖宝贝吧。"

听他这么一说，关谷倒突然想起一件事，悠悠曾经给他列过一张严令禁止的清单，现在这种为所欲为的时刻，岂不正好是执行清单的好时机？不过条件是，那张清单上的事不需要美女，只要他们几个人就够了。

看不出关谷斯文的外表背后还藏着这么狂野的内心。不一会儿，关谷找出一张长长的清单，说这都是他以前一直想玩的"属于男人的游戏"，可悠悠说考虑到邻里文明和人畜安全，就把这些创意全部枪毙了。此时不玩，更待何时？

男人游戏第一项，室内马球。

Everybody, suit up！单身周末，走你！

曾小贤、关谷、子乔分别马球装束，各骑着一辆自行车，手里提着扫帚，地上放着一个气球。"球杆"到处，室内的物品无一不是东倒西歪，花瓶、咖啡壶、茶几、椅子、沙发……简直就是大破坏啊！张伟只是在一边看都忍不住地喊"太暴力了，太暴力了"！

曾小贤斜眼看他："要不然你以为呢？所以悠悠才把这个项目给封杀了！"

男人游戏第二项，nerf CS！

房门打开，一串nerf子弹飞入，曾小贤端着nerf枪出现，提醒队友："B区，clear！"

关谷突然从门后闪出，大笑："话说得太早了吧！"小贤卧倒，两人翻到沙发后面，用沙发当掩体，互射，曾小贤中弹倒地。

"哈！谁笑到最后才笑得最好！"子乔突然出现在关谷身后，用枪顶着他的后脑勺，得意地宣布："说遗言吧。"

关谷举手投降，突然用手指窗外："看，飞碟！"趁子乔分神，关谷滚地，和子乔互射，两人同时子弹打光。眼见小贤的尸体旁还有把枪，两人飞身去抢，关谷抢到："对不起——你的手太短了。"一枪射出，子乔倒地身亡。

大战结束，三人躺倒在地上，气喘吁吁。曾小贤叹道："那帮女生要是在，一定不会允许咱们在家里玩的。"关谷学着悠悠的声音，大惊小怪地说："要死啊！太危险了，打坏了花花草草，怎么办啊？"张伟顶着满头的吸盘子弹进来，不服气地质问："这子弹哪儿有那么大的威力，是你们动作幅度太大了！"

看着彼此那副狼狈相，几个人开怀大笑，太刺激，太过瘾了！

单身周末要的就是这种血性和奔放！半天时间过去，公寓里一片狼藉，沙发翻倒，满地子弹，墙上的装饰画掉下来了，碎玻璃一地。

子乔意犹未尽地指挥："快看清单，下一项！"居然把12项不可能完成的任务貌似都做完了？半天时间，让人感觉像是过了一年，放纵的时光不是该过得很快才对吗？怎么会这么慢呢？

子乔认定，一定是因为缺少外界的刺激，没有观众才会这样的。"所谓独乐乐不如众乐乐，羊癫风不如人来疯，只有观众的呐喊才能让我们精力加倍、乐趣加倍，所以我们需要从自high模式切换为群high模式！"

张伟傻乎乎地问："怎么切换？"

子乔拿出手机，炫耀道："有一大拨美女观众等着入场呢！"闹了半天，还是想找美女来开派对！看大家不太乐意，子乔挑衅道："不找也行，那再来一盘？"

众人面面相觑，不得不服输："算了，按你说的办吧。"

3

"咱们可不能输给他们，美嘉，给点儿想法呀。"一菲岿然不动，悠悠只好跟美嘉商量，总不能一个周末都窝在酒店房间里看电视啊！美嘉歪着头想了片刻，既然出不去，要不就在酒店里找点儿乐子，突然有了主意："去SPA！"

悠悠大吃一惊："啊？要死也不能死在这儿啊。"

美嘉笑道："我是说去做SPA，全身按摩啦！听说这家酒店的SPA很有特色的。一起啊，一菲。"

一菲淡淡地说："今天下雨大家都出不去，估计能想到这个主意的人不止你们吧，排队神马的最无趣了。要不然，我给你们做心灵SPA吧！"

什么叫心灵SPA？就是看书啊。修身养性，陶冶情操，多好。"哎，对了，我介绍你们几本书，你们可以……"一菲拿了书回头，两个人早已不见了。

悠悠和美嘉溜到养生馆，居然发现四周空荡荡的，除了前台经理，根本看不到什么人。美嘉忍不住得意："看来这世界上大部分人还是比我笨。下雨做SPA是人人都想得到的吗？"

谁知道听经理一介绍，事情跟她们想象的完全不一样。美容养生馆的大部分技师现在都上门服务去了，人手不够，暂时只能预约。有个朝鲜公派旅游团团购，他们看了天气预报，几天前就预订了绝大部分位置，现在悠悠和美嘉前面排着三百多号人。

悠悠长叹："那得猴年马月啊！我们能活着排到吗？"

经理满脸微笑："请您在SPA室稍等片刻，如果等候期间有什么人身意外，您可以让家人代您取消预约，我们会全额退还订金。"

悠悠想打退堂鼓，美嘉却眼珠一转，有了新想法，拖住悠悠说："别！我们等，不就300人吗？很快的。"美嘉拉着悠悠进了一个SPA房，把门锁上，才笑着对悠悠说："你忘啦？我们出来的目的不只是按摩，重点是找乐子！"

干等着大眼瞪大眼有什么乐子？悠悠不懂她说什么。美嘉兴奋地解释："不就是 SPA 吗？我们可以 DIY 啊！这里什么东西都有，你替我做，我替你做，这样咱们不就都有乐子了吗？"

悠悠不信："这你都会？"

"没见过猪跑，猪肉还没吃过吗？你太藐视我的智慧了！快躺好！我来瞅瞅。"

美嘉打开柜子，对比着护肤品的中文介绍，一样一样地选。这个雪域精粹可以补水、舒缓、修护，即使敏感肌肤也可以安心使用。这个按摩乳可以滋润美白，有效渗入底层，清洁毛孔，软化角质。这个更厉害了——喜马拉雅冰川水，富含矿物质净化分子，令吸收效果加倍。

"嗯，就用这个做底料了。"搜罗了一堆宝贝，美嘉开始动手配方。

悠悠笑她："底料？你当吃火锅啊？"

美嘉手里忙活着，嘴里替她介绍："DIY SPA 不就跟火锅差不多吗？关键就在于锅底……不是，精油正不正！我们把想要的原料全都用上，弄个 SPA 佛跳墙，一个字——奢华！到时候你所有的肌肤问题保证一次通通解决啦。"

听上去挺有乐子的，悠悠往按摩床上一躺，那就放马过来吧。美嘉拿来一个面膜碗，把各种东西都倒进去，有一小瓶没有中文，只有一个泰文标签，进口货，肯定更给力，美嘉想也没想就把那瓶"免晒美黑素"倒了进去。陈氏无敌滋润修护控油平衡美白大保健，开工！

两小时后，美嘉回来了，一菲给她开门，见她一个人，奇怪地问："悠悠呢？"

美嘉撇着嘴说："发生了点儿小意外，你最好有点儿心理准备哦。"

一菲刚要问出了什么事，悠悠黑着脸从门后闪了出来，跟个非洲人似的。一菲转头看看天，外面不是在下雨吗，居然还能把人晒成这样？当然多亏了美嘉那瓶神奇的泰国免晒美黑素！世上原来有种比"盲人按摩"更神奇的服务——文盲按摩！

"谁能猜到那是泰国美黑素啊，而且居然还是免晒的！——不过冰川水神马的还是很不错的，你看，皮肤滑多了。"美嘉凑到悠悠跟前说好话，悠悠没好气地翻了她一个白眼："还说，要不是那些保养品让我毛孔张开加倍吸收，也不至于两小时就黑成这样啊！"

那怎么办，还能白回来吗？人家可是下周就要领证了，黑成这个样子还怎么拍结婚照啊？听说多吃椰子可以美白，可现在吃还来得及吗？

美嘉自知理亏，缠着悠悠撒娇："别生气啦，悠悠，要不我请你吃饭吧。你看，这家酒店除了 SPA 有特色，海南风情的海鲜料理也很不错的。你放开吃，我埋单，算我给你赔罪了。"

"你说的啊！"想想自己这张脸，悠悠又忍不住叹气，"——还是叫外卖吧。我原以为只是酒店出不去，现在连房间都出不去了，我再也不想见人了。"

一菲瞄了一眼美嘉手里的广告单，忽然惊呼："别叫外卖！我们现在就去。现在有草裙舞表演！你们快来看这个人，是不是很眼熟？"

如火的热情——三亚民俗草裙舞表演。特别介绍：那乌米舞蹈团。领舞男——曾小贤？！广告单上的大幅彩照吸引了三个人的注意，那个草裙领舞，居然跟曾小贤长得一模一样！

世界之大，无奇不有，基因性向的排列组合万变不离其宗，随着人口增多，发生重复的概率也在增加。所以生活中我们经常会看到好多撞脸现象的发生，我们称之为"撞脸怪"。在之前的故事里，爱情公寓已经发生过两起撞脸事件了，分别是——马来西亚画家版的脑残吕子乔和电视里看到的尔康版柔情张益达。今天，我们终于目睹了第三个"撞脸怪"——舞男版曾小贤隆重登场！

酒店小舞台上，草裙舞男阿西边打着手鼓出场了，要不是脸上多了一撇小胡子，三个人真要以为是曾小贤出来耍宝了，惊讶之余，纷纷拍照留念。像是跟一菲特别有缘，阿西边跳着舞来到一菲跟前，送了一个榴莲给她，还往她脖子上套了一个花环。一菲十分惊喜，看着阿西边的眼神都在发光，整场草裙舞表演都在又叫又笑，哪里还有之前的书呆子模样？

4

男生的周末，Maggie 和 Tracy 已经是第六批光临爱情公寓的美少女战士了。一进门，屋内一片狼藉，四周还弥漫着一股怪味。关谷和曾小贤缩在房间角落里玩游戏，抽空跟她们打了个招呼。

Maggie 环顾四周，疑惑地问："这儿是没有装修好呢，还是准备拆迁？"

子乔微笑着说："今天单身派对的主题是——乱室寻宝！"见 Tracy 滑倒，

赶忙过去扶起，顺手捡起香蕉皮："不要忽略每个细小的线索，等会儿要凭香蕉皮抽奖的。"

张伟从厨房出来，端着一大盆方便面——关谷特意准备的自助料理，方便面2.0——用板蓝根泡的！用关谷的话说，这叫作"药膳"，是他来中国之后的新发现。原来中国人还能用人参、虫草之类的中药做菜，他很受启发，就自创了这个特色料理。可惜悠悠一直誓死反对。今天单身周末，终于可以解禁啦！

"有朋自远方来，你们先补补吧，亲……"张伟把黑暗料理递给两位美女，美女看看盆里黑乎乎的玩意儿，忍不住一阵恶心。关谷还热情地招呼着："营养很好的，不信我吃给你们看！"面条恶心再加上关谷的吃相恐怖，女生落荒而逃。还是只剩下四个无聊的男人。

美女来一批吓走一批，难道是招待不周？曾小贤无聊地喊："救命啊，难道传说中的单身周末就是在这里守着废墟吃泡面吗？"

作为总指挥的子乔当然不会让这种事情发生，如果美女不肯来，那就只好，出去找！不多时，子乔就把几个人带到夜店，隆隆的音乐声、涂鸦的墙面、闪烁的灯光，好一派纸醉金迷的景象，经过多少酝酿和铺垫，子乔心目中的单身周末终于开始！

每个人进去，门卫都会在他的手背上敲一个荧光图章。张伟觉得稀奇，小声问："这是干什么呀？检验合格猪肉吗？"曾小贤告诉他那是夜店的门票，进去了还会发光呢。这么炫？张伟自然满心期待。

关谷、子乔和曾小贤都敲好了图章进去，轮到张伟时，他却突然抗议说："你都连敲了几十个了，到我都淡了。好歹我也付了钱的，尊重一点儿行吗，要不先蘸点儿印泥？"

门卫冷冷地看了他一眼，朝图章上吐了点儿口水，猛地一按，把他推了进去。

进门没几分钟，张伟就从后面拉住子乔的衣服，小声说："子乔，我感觉有点儿怪怪的。"曾小贤安抚他，夜店都这么吵，习惯一下就好啦！又过了几分钟，张伟说喉咙有点儿难受，子乔没好气地骂他："谁让你吃那么多板蓝根方便面的，噎着了吧。"

"不是食道，是气管，还有——我的手好像不大对劲。"张伟抬起手，整个手掌居然都已经变成绿色了！可能是荧光图章，也可能是那门卫的口水，反正张伟真的过敏了，没一会儿就瘫倒在了地上。

救护车，医院，急救，忙忙碌碌折腾一整夜，几个人都累得快要趴下了。

第二天，关谷第一个起床，居然发现房间很整洁，难道是海螺姑娘来过了？张伟的手还包扎着，肿得像个大馒头，自然不会是他整理的。子乔倒是说过要收拾来着，不过不是房间——是要收拾张伟，说他毁了终极夜店计划。曾老师上夜班，回都还没回来，自然更不可能。

正猜着呢，子乔出来通知："Lilian准备了菠萝包和热豆浆，趁热去吃啊。"

菠萝包不错，可谁是Lilian？

原来，昨天子乔见家里连肥皂都没一块了，所以去了趟超市，正好碰到做洗浴产品推销的Lilian。两人相谈甚欢，又得知Lilian是东大家政管理系的在读研究生，正在做假期实践，灵机一动，就邀请她来公寓给他们当几天临时管家。作为报答，子乔买了一篮子沐浴露，一口气消灭了她半个月的指标。

子乔还在介绍Lilian："她绝对是专业的！我面试过了，她从高中开始就是舞蹈团的，拿过两次泳装小姐的亚军。擅长吹拉弹唱，身材是34、23……"

关谷打断他："你说的这些，是保姆的专业吗？"

子乔不以为然："不就是些家务事吗？美嘉都能做，任何一个平均智商的妙龄少女一定也能做。更何况，Lilian身上还有一种少见的亲和力。"

关谷白了他一眼："你觉得是个美女就对你有亲和力。"

正说着，Lilian背着包走进客厅，礼貌地问好："先生们，早餐准备好了。这两位应该就是关谷先生和张伟先生吧，我是Lilian，请多关照。"

两人觉得眼前一亮，不由自主地起身跟她握手打招呼。"卫生纸不够了，我出去买了一点儿回来。"说着，Lilian解开头发，来回甩动几下，柔顺的发丝像是片片小羽毛从关谷和张伟的心头扫过，两个人都看呆了，果然是很有亲和力啊！

5

自从遇到舞男版的曾小贤，一菲整个人都嗨翻了，天天拉着悠悠和美嘉去看草裙舞，都快在餐厅定点了。这天正好阿西边不用表演，一菲居然把他带了出来，介绍他给悠悠和美嘉认识。

跟曾小贤相比，阿西边确实很有男子气，黝黑的皮肤、健美的身材，更别说还有八块腹肌和电臀小马达了。既有曾小贤的样貌，又有一菲倾心的男性魅力，热情似火，风趣幽默，莫非一菲真对这个草裙舞男感兴趣了？

阿西边的爷爷是土家族，奶奶是门巴族，爸爸是在广西壮族自治区长大的，妈妈又是夏威夷华裔混血，所以会说十多种语言，唯独不会说普通话。可即便是这样，一菲还是和他"聊"得十分开心。阿西边说的任何笑话，哪怕美嘉和悠悠一个字都听不懂，她都能笑得前仰后合，差点儿岔气。用她的话说，不用听懂，光想想就觉得挺有意思的。

美嘉和悠悠面面相觑，不知道一菲是中了什么邪，她居然顶着风、冒着雨，陪阿西边去外面摘榴莲了。所谓静若处子，动若疯兔，莫过于此。

如果说是前段时间看书压抑的能量释放了，那她这表现也太极端了吧。昨天还闷着，看到阿西边就 high 了。而且，同样的一张脸，为什么她看到曾老师没兴趣，看到这个阿西边却突然跟打了鸡血一样啊？

美嘉分析："我在 discovery 频道上看过，这叫作'新鲜感痴迷症'。人们在遇到熟悉而又新鲜的事物时往往会高度兴奋。外加视觉或是嗅觉的刺激，会偶尔让人产生臆想的幻觉，然后对眼前的事物产生莫名的好感。"

悠悠似懂非懂："你是说，在一菲眼里那个阿西边就是曾老师？"

美嘉点头："当然，所以只有她听得懂那些笑话啊。曾老师那套一菲早就腻了，现在刚好碰到个相似却又相反的，新鲜劲就来了呗。开心果这东西也是新鲜的好。"

悠悠恍然大悟："还有这说法！那……这个新鲜感痴迷症有什么后果吗？"

美嘉想了想，接着说："那期节目里讲过一个案例：从前，有一个城里来的寡妇，去三个农民家打工，这三个农民没见过世面，于是觉得无比新鲜……"

美嘉怎么也没想到，她在这边讲的故事，在男生那边真实上演了。

先是关谷。Lilian 跟着美食节目学做了一锅皮蛋粥，送来给关谷尝尝，径自走进他的画室。可我们都知道，关谷君对于画室的爱惜比对他的床还有过之而无不及，怎么可能在画室里吃东西？Lilian 被他一凶，吓得手一软，一锅粥都打翻在画稿上，一边蹲下擦，一边委屈地说："第一天上班我不知道……"

她刚站起身，头发从前往后一甩，那种奇异的"亲和力"又出现了，关谷忽然就觉不生气了，捧过那锅粥，开始大口大口地吃，一边还夸着："好香好香！"

酒店里，黑着脸的悠悠追问故事："那个悲催农民以为看到仙女了？"
美嘉继续说："何止，另一个农民还觉得仙女在诱惑她呢。"

子乔走进房间："Lilian，我让你把床单洗一下就好，干吗要买新的？"
"因为我觉得你的床单……和拖鞋颜色不太配。"Lilian 吞吞吐吐地回答。
子乔埋怨道："你管得太多了吧。我用了好几年了。"
"相信我，我觉得配这个颜色应该更好。"说着，Lilian 拉出自己粉色的 bra 带。
子乔会意，眉梢眼角活泛起来："woo……你是在暗示我吗？"
"啊？没有啊。"Lilian 摇头。在子乔的眼里，却是她妩媚地甩动头发，在诱惑他。

美嘉的故事还在继续："没完呢，第三个农民的幻觉更离谱……"
张伟在 Lilian 面前伸出自己肿着的手，深沉地说："Lilian，既然你来了我们家，有件事我不能瞒你了。看看这是什么？"
Lilian 老实回答："一只手——不过好像有点儿肿。他们说你是因为过敏才这样的。"
张伟鄙夷地说："他们懂什么，什么叫肿，这叫——强壮！今天我拆掉纱布之后感觉整只手都热乎乎的。仿佛有一股神奇的力量在掌内游走。你听过因祸得福吗？上天赐予我这只力大无穷的手是为了让我去除暴安良——现在你是不是突然觉得我和那些普通男人很不一样？"
可体积大一点儿未必代表力大无穷吧？看 Lilian 不相信，张伟发狠道："你看着！普通人能一掌拍扁这个易拉罐吗？"
Lilian 连忙阻止他："别！会受伤的。"在张伟的眼里，Lilian 在妩媚地甩动长发，不由得又看呆了。

关谷和子乔也走了进来，一个找 Lilian 要粥喝，一个要请 Lilian 看表演，另一个要拉着 Lilian 出去买床单，顺便路上再喝一杯。几句话，三个人就吵起来了。

张伟吼道："排队！是我先约了 Lilian 的。"见关谷和子乔直接无视他，挥起手掌猛拍桌上的易拉罐，易拉罐真让他给拍扁掉。

关谷挖苦他："富人靠科技，穷人靠变异，你居然靠过敏？"

三人怒目相向，房间里剑拔弩张。

酒店里，悠悠还在出神地听着故事："然后，三个农民就打起来了？你说他们是被寡妇的香味迷倒的吗？"

美嘉解释："他们觉得这种新鲜的味道就是传说中的女人味。"

悠悠点点头："我懂了，难怪一菲说她觉得阿西边有男人味……好像是挺重的，不过是榴莲味。"

6

等曾小贤下班回来，世界大战已经爆发了。三人又在打 nerf 枪，躲在掩体后面射击，说着他听不懂的话。

关谷："这次我们要决个你死我活。"

子乔："本性终于暴露了吧。我告诉小姨妈去！"

关谷："我只是想吃碗皮蛋粥。"

张伟："你们吓跑了 Lilian，我跟你们没完，有种单挑，我一掌拍死你们！"

曾小贤吸吸鼻子，四处闻："什么味啊？"循着味道去厨房，出来就骂："要死，煤气一直没关好你们闻不出来吗？幸亏开得不大，否则你们连命都没啦！"

三个人终于休战，一起仔细回忆，从早上到现在，好像只有 Lilian 用过煤气，可她怎么会犯这么低级的错误呢？曾小贤听说他们三个刚才就是为了一个保姆打架，不禁大摇其头，怎么他贤哥一会儿工夫不在，这三个家伙就做出这么没档次的事情来了！

咦？这锅里怎么有那么多泡泡啊？Lilian 做的皮蛋粥？旁边一袋洗衣粉，

显然她把洗衣粉当盐放进去了。放洗衣粉的粥都吃不出来，你们是有幻觉了吗？曾小贤一边检查房间，一边得出结论。

张伟不服气，反驳道："胡说，我的手的确是变大了。现在清醒了，它还是这么大嘛。"

"谁说的？明明比刚才又大了一圈儿。"子乔幸灾乐祸地说道。张伟看看拍扁的易拉罐，看看自己的手，突然惨叫一声，痛得翻滚。

"救命啊，厕所里都是垃圾！还有这个！"本来是想去厕所把洗衣粉皮蛋粥吐出来，看着满地的垃圾，关谷又冲了出来，手里提着一个破了的垃圾袋和一条被酱油染色的床单。用洗衣粉做的粥，那么大概就是用酱油洗的床单了。

张伟手痛得厉害，想去找冰做冷敷，一打开冰箱门，垃圾哗啦啦地倒了出来……

其实 Lilian 根本就不会做家务，也没什么夺魄勾魂的亲和力，大概是煤气泄漏再加上一点荷尔蒙刺激，才把几个人迷得神魂颠倒。

好好的单身周末过成这样，简直弱爆了。事实证明，有些人是永远也无法替代的，单身的日子一分钟都过不下去了，可女生们明天才回来，几个人围在一起唉声叹气。关谷想起了悠悠，子乔想起了美嘉，张伟想起了……妈妈……

怎么才能结束这一切？关谷突然站起身，宣布他的决定，他要去三亚找悠悠！张伟、子乔立即响应，只有曾小贤晚上还要直播不能去。去给她们一个惊喜也好过在这里发霉，就这么愉快地决定啦！

见到悠悠的那一刻，关谷果然惊着了，岂止是他，连子乔和张伟都吓得哎呀一声，差点儿夺门而逃。悠悠问："关谷，你怎么来了？"关谷问："悠悠，你怎么焦了？"

双方代表互诉别来状况，真是一言难尽，总之，海南旅行三个切记：防潮，防晒，防美嘉。留守在家也要三个切记：防火，防盗，防子乔。这些都不是重点，关键是，我很想你，别来无恙乎？

关谷和悠悠抱在一起，张伟和子乔凑到美嘉面前求抱抱，被美嘉瞪了一眼，想去抱一菲，又怕她的弹一闪，可一腔寂寥情怀实在无法排解，双双抱住关谷和悠悠，哽咽着，差点儿哭出来。

一菲突然问："就你们三个过来了？曾小贤呢？我想介绍个失散多年的兄弟给他认识。"悠悠跟着说明，是一菲在这里遇到一个和曾老师长得超像的人。

一菲出去找阿西边，大家策划单身周末的最后一晚该怎么过，结果，一伙人坐在房间里玩起了飞行棋。单身夜就是下飞行棋，看来曾老师不来是对的，果然有先见之明。

门一打开，"曾小贤"拿着两个榴莲进来，子乔、张伟看呆了，他怎么来了？and 为什么打扮成这种奇怪的模样？

悠悠笑道："你们搞错啦，一闻这榴莲味就知道他不是曾老师！"

一菲从阿西边身后出来，隆重介绍："这位就是我在三亚找到的沧海遗珠，海滩舞男版曾小贤——人送外号草裙小王子的——阿西边！"

张伟惊呼："妈呀！简直一模一样！"子乔摇头说："不可能，肯定是曾老师假扮的，肯定有诈。"关谷干脆拿起手机，要给曾小贤打电话确认。

一菲摆摆手："不用啦。打电话太没有技术含量了，我有一个更简单直接的鉴别方法！我下午看阿西边摘榴莲的时候，发现了他第三个超凡绝技！"

阿西边听懂了她的话，把一个榴莲放在桌上，运气，一声暴喝，榴莲被徒手劈开。众人尖叫，天啊！空手劈榴莲！现在可以相信了，这货绝对不可能是曾小贤！

阿西边叽里咕噜说了一串话，一菲翻译："这个榴莲是我送给你和关谷的领证礼物！关谷、悠悠，祝你们领证愉快，和这榴莲一样甜甜蜜蜜！"关谷、悠悠连连道谢。

阿西边还有演出，不能陪大家了，一菲跟出去给他捧场，也走了。看着他们离去的背影，悠悠不禁感叹："唉，和他比起来，曾老师的魅力真的弱爆了。"

转身回来一看，子乔居然一个人把整个榴莲都吃光了，还找借口说是受不了那个味，所以要快点儿消灭掉。

"这可是一菲送给关谷、悠悠的领证礼物啊！"美嘉第一个不依，"虽说水果不值钱，至少是人家的一片心意。不像你，除了吃就会吐槽。"

子乔争辩："之前有说过单身夜还有送礼环节吗？——不过！谁说我没有礼物了？"说着，从箱子里拿出一个扎蝴蝶结的大礼盒。关谷摇摇盒子，停下，对悠悠说："知道了，沐浴露。他昨天买了一大堆，正愁用不掉呢！"

子乔得意地笑："等你正式摆酒的时候，也会有礼物哦！"看来关谷和悠悠家里以后永远都不会缺沐浴露了，可哪有单身夜送沐浴露的啊？子乔才不管那套，觍着脸凑到两个人跟前："我祝小姨妈和关谷，洗心革面，重新做人！不对，是洗尽铅华，美不胜收。"

算你能掰，是祝福就收下吧。

张伟凑过来，巴巴地从外套口袋里掏出一张小票："来的时候太仓促，也没带什么……是我唯一一次刮到奖的发票，不舍得兑，藏在身边做了八年护身符，送给你们吧。"

"这怎么好意思呢！"关谷接过小票，看看中奖栏，居然是，再刮一张？该不会是假发票吧？

"其他发票不是这样的吗？"张伟茫然地问，众人摇头，他只好又从口袋里掏出两个五毛的硬币，"好吧，那我真没别的了，要不我再送你们这个，祝你们永远在一起，凑成一块儿！"

话说得漂亮，悠悠听了十分高兴。

剩下美嘉面露难色，尴尬地说："悠悠、关谷，我好像真没准备什么……"

子乔在旁边挖苦她："你已经送了小姨妈一身乌黑亮丽的肌肤了。重礼啊！"

"我知道再送什么也弥补不了对你们的伤害，所以我想……就把打子乔耳光的权利送给你们吧。"美嘉横了子乔一眼，接着说，"当年他欠我十记如来神掌，这几年我陆续用掉了几个，大概还有好几个吧。我吃点儿亏，就算是五个，我都送你们，祝你们领证之后的生活——噼噼啪啪，清脆响亮。"

虽然算法有点儿不通，逻辑貌似还行，悠悠、关谷欣然接受。

子乔急了："等等，谁说还能转赠的？"

美嘉叉着腰，无惧他胡搅蛮缠："江湖规矩，不能反抗，不能还手，有说过不能转赠吗？"

子乔钻空子："前提是耳光公证人必须在场。现在展博不在，所以……你这么做是不合法的！"

几分钟后，展播视频通话中："Hi，我现在在北极拯救企鹅。关谷、悠悠，我不知道你们马上就要领证了，没什么东西送你们，抱歉啊。既然美嘉说要让我送一次见证，把子乔欠她的如来神掌送给关谷，我没意见啊。这个见证礼就算我给你们的祝福啦！祝你们俩的生活像这些耳光一样，势如破竹，痛快酣畅！"

果然是读书人，说成语就是比美嘉犀利。

子乔见势头不对，且劝且退："冷静，关谷，耳光这玩意儿不值钱。你要了也真心没用啊。"

美嘉假装同意他的观点："你说得也对——有没有用要试过才知道。关谷，要不试抽一下验验手感再说？"

"这样啊——"关谷做思考状，突然反手一记耳光，子乔倒地不起，果然好爽！

关谷狞笑道："某人好像说过：独乐乐不如众乐乐。羊癫风不如人来疯。还有五个对吧？要不大家一起吧。"

子乔不服，明明刚打了一个，怎么还有五个？美嘉说那个是试抽，不算！悠悠觉得，反正今晚也无聊，这个节目应该不错！张伟举起肿胀的手，觉得又开始充满力量。

"就这么定了！今晚12点前，一人一个，统统打光，大家自由发挥吧！"关谷一声令下，子乔夺门而逃，众人兵分几路，直追。

子乔躲进男厕所，关谷从马桶隔间出来，一个耳光。子乔躲在大堂，悠悠从后面出来，拍拍他，一个耳光。子乔逃到电梯里，关门，美嘉进来，电梯门开，子乔倒在地上，美嘉出，又完成一个耳光。子乔躲在女厕所，张伟从后面冒出，用肿起的手打了一个耳光！打完自己捂着手，跳着脚喊疼。

7

次日，雨过天晴。悠悠和美嘉从被子里钻出来，迷迷糊糊中正讨论着是不是昨晚喝多了，一个绿色肿手从床下伸出来，吓得两人尖叫。

"是我。"张伟从床底下爬起来，端详着自己的手，"昨晚用力过猛，好像有点儿恶化了……更绿了……"

浴室里传来一阵呻吟声，大家循声走进浴室，看见子乔躺在浴缸里，满脸掌印。张伟兴奋地数着巴掌："1234，哇，这个最大的是我的。"

子乔见他们进来，惊慌失措，突然心一横，反而求起情来："求你们了，打我吧，还剩一个我就解脱了。"

这么贱的请求还是头一回听到。说好一人一个，眼下只剩一菲没打过。想起一菲弹一闪的功夫，子乔大惊，叫道："不行！不能给她打。"可这是三亚，除了她就别的熟人了，除非，还有阿西边！想起阿西边空手劈榴莲的功夫，子乔险些背过气去。

美嘉笑嘻嘻地对他说："不会这么便宜你的。关谷昨晚把最后一个耳光权又还给我了，我准备存着，到一个特定的时间再抽。昨天关谷宣布 12 点前让我们把耳光用掉的时候，我特意观察过了，子乔当时的恐惧和以前完全不一样。我这才意识到，原来之前我一直都没有彻底领悟如来神掌的精髓，随随便便地突然袭击虽然过瘾，但是对他来说太痛快了。但如果我告诉他一个特定的时间、特定的地点，我的耳光将如约而至，这感觉就完全不一样了。"

悠悠恍然大悟："哦！就是好比突然被车撞死和被送上刑场前的煎熬是不一样的。"

美嘉对她比画个赞："Bingo，因为疼痛会伴随着恐惧，穿越时空，提前落到你的脸上；而且这种压抑感会延续得很长，很长！"

悠悠笑道："那就约在我和关谷的婚礼上吧，这样他就再也没有心思在那天搞什么把妹的飞机了。我们也就彻底安全了！"

子乔想死的心都有了，嘴里念着："太邪恶了，你们，简直就是魔鬼！魔鬼！"跳出浴缸，逃窜。

"亲爱的，我回来啦！"关谷黑着一张脸从外面进来，比悠悠有过之而无不及，得意扬扬地问："这是我送你的礼物，喜欢吗？亲爱的，虽然我不能立刻让你恢复原样，但这是我能想到的，让你看上去白一点儿最快的方法了。所以，我去做了个 SPA，也用了那瓶美黑素。"

悠悠感动得眼泪都流下来了。太浪漫了，美嘉觉得自己都要哭了。张伟擦着眼泪说："我也是！才过了一个周末，我瞬间就不再是爱情公寓最黑的那个了！而且排名一下升到了第五。"

悠悠看看关谷的脸，问："不对啊，关关，你放了多少美黑素？怎么颜色比我深啊？"

关谷笑着回答："我故意的。我爱你爱得更深，当然颜色也要比你深。"

悠悠撒娇："凭什么呀？明明我爱你比你爱我深。"

关谷假装生气地鼓起嘴："不可能，我已经满了。"

"切！你满了，我还漫出来了呢。""不，我深！""不嘛，我深。"……

二位这么肉麻，有木有考虑旁观者的感受啊？美嘉和张伟吐着跑出去。

一菲独自在餐厅等候，台上的主持人报幕："先生们、女士们，下一个热力草裙舞表演，是我们那乌米舞蹈团的首席领舞——阿西边先生特意送给他的朋友——胡一菲小姐的。今天胡小姐就要离开三亚了。阿西边先生祝她一路顺风，后会有期！"

掌声响起，曾小贤从外面走进来，坐到一菲身边。一菲本来还以为是阿西边下台来互动，仔细一看才发现是曾小贤，他怎么来了？

曾小贤托着脸，咪咪地对着一菲笑："昨晚关谷打电话给我，说你在三亚发现了我的撞脸怪，还把你迷得神魂颠倒。所以我就买了早上第一班机票过来见识见识。见识一下我的脸倒底对你有多大的诱惑力。在家里你能装，在这儿终于释放出来了吧。"

当然，曾小贤的目的其实是来看看那个长得像他的家伙到底有没有打着自己的旗号对一菲干什么非分的举动！

一菲做了个呕吐的样子："不好意思，阿西边什么都好，就这张脸是他最大的缺陷——看！他出场了！"

台上，阿西边出场，曾小贤看着他，好像看着镜子里的自己，惊讶得半天合不上嘴："我勒个去！这感觉太诡异了吧！"那边阿西边在台上跟一菲飞吻，看到曾小贤也吓了一跳，一个趔趄，差点儿摔跤。

一菲斜睨着曾小贤，再看阿西边的时候却觉得他脸上都在发光，由衷地称赞："现在你服了吧。瞧人家多有男人味啊！无趣先生。"曾小贤嘴硬地说："有什么了不起的，不就是扭扭腰、抖抖屁股吗？换我上台也可以！"

"你先学着吃点儿榴莲吧。"一菲推过一盘榴莲，曾小贤捏着鼻子就逃。

第十六章 / **超级英雄**

1

大家都很羡慕爱情公寓里热闹欢乐的群居生活。因为在这里，最好的朋友就在身边，最爱的人就在对面。然而，靠得太近也不总是好的，尤其对于关谷和悠悠这样的小两口来说，有时候真心会觉得——很不方便。

例1：

相识988天纪念日，关谷特地亲手做了一桌丰富的日式料理，约了悠悠烛光晚餐，两人含情脉脉，情意绵绵，执手相看，诉不尽的衷肠。

张伟突然闯入他们房间，拿出两本硬抄本，郑重其事地说："两位，有样东西给你们看看。这是我昨天在一个二手文具摊淘来的。那地摊上的笔袋、钢笔、计算器统统5元一件，可唯独这本笔记本要卖18块。我问老板为什么，他说这是个秘密，还特别嘱咐我，买回去8小时内千万不能翻开最后一页，否则会有很恐怖的事情发生。"

那么邪门你还买？关谷觉得他简直不可理喻。张伟说，现在8小时虽然过了，但他一个人看还是觉得有点儿瘆得慌，所以来找他们陪着一起鉴证秘密。

悠悠叫他别吓唬自己，随手翻开最后一页，立刻惊呆了：上面写着——零售价每本3元！几分钟后，张伟坐在两人当中哭："15块是我一天的伙食啊！我太单纯了，从今天起我要绝食明志。不用管我，你们吃你们的。"

这么大个电灯泡坐在中间，怎么看怎么别扭，烛光晚餐还怎么吃啊？要不，加双筷子？张伟也不客气，抄出自备的筷子，化悲痛为食欲，风卷残云……

例2：

关谷在沙发上，悠悠进厕所，突然传出两声尖叫，曾小贤和悠悠一前一后双双跑了出来。曾小贤穿着浴袍，手里还拿着电动剃须刀，愤愤不平："进来前不知道先敲门吗？没听见我正在用剃须刀啊？"

悠悠道歉："我不是故意的，我以为你在刮脸。"

"谁规定剃须刀只能刮脸了！关谷你也不管管你未婚妻，顾及一下别人的隐私行吗？""等等，等等，"关谷不停地提醒，也挡不住曾小贤滔天的怨气和唠叨，只好指指他，大声说："先把浴袍遮好了再吐槽，你都让人看光光了！"

例3：

周末休息，两人窝在沙发上看恐怖片，看到女鬼出现的紧张环节时，有一只手摸关谷的头。关谷以为是悠悠故意吓他，让她别闹，悠悠无辜地举起双手，那头上的第三只手……

关谷惨叫一声跳起来开灯，身后女孩也尖叫地站起，摘掉眼罩："咦？你不是小布？"子乔从房间出来："宝贝，你怎么摸到外面来啦。我在这儿。"

原来两人在玩捉迷藏！

虚惊一场，关谷和悠悠继续看片，子乔和Lulu在一旁玩枕头大战，鸡毛乱飞，嘻嘻哈哈，恐怖片看出了喜剧片的效果。

例4：

关谷去冰箱拿东西，发现冰箱门又没关好，转身对着曾小贤跟子乔就大吼："说了多少次了！拿好吃的记得把冰箱门关好！'关好'是指轻轻地关上，不是随手一砸，你们每次砸门都有83%的概率门会自己弹开知道吗？开着门不仅费电，而且东西不制冷，霜还结得一层又一层！别怪封条老化，都是借口！高科技也治不好你们的懒病！举手之劳会死吗？这间套房又不是只有一个人住。我和悠悠也需要提高一下生活质量！我再也忍不了了，是时候该改变一下了！"

长篇大论啊，关谷，你是西门子冰箱的代言人吗？小心罗胖子拿锤子砸你哦！

悠悠弱弱地说："刚才是我拿冰激凌的时候没关好，sorry，亲爱的。"
……

个人空间总被打扰，隐私得不到保障，或许，是时候该迈出"那一步"了——寻找一种只属于彼此，更舒适、更自由的生活方式。关谷刚收到一笔不小的稿费，外加做美术老师之后收入很稳定，只要再向银行申请一点点儿按揭，头款完全没有问题。所以，找悠悠商量人生大计。

没想到，两口子关于未来生活的规划竟然空前不一致，关谷想买一栋房子，悠悠想买一辆车子！同样是要提高生活质量，到底是买房还是买车？争执不下，只好找来子乔和美嘉当仲裁。

子乔和美嘉都是一人吃饱全家不愁的货，哪里来的什么居家理财规划人生的概念，风吹两边倒，哪边有油水就往哪边靠，关谷、悠悠不得不费尽口舌，讲述自己心中的理想，以及这理想能给自己和他人带来的利益。

悠悠方面的观点，有辆车是二人世界的象征，自由浪漫，舒适便捷，提升幸福感立竿见影。再说了，车再贵也贵不过一间厕所，而且不用装修不用折腾，不像买房子那么麻烦。

关谷比较现实，车子买了就贬值，而房子不断升值，这几年房价飚得多快，分分钟赶超洲际导弹！等结了婚再买房，说不定连房价尾巴后头的风都追不上，所以要喂鱼抽猫（未雨绸缪）。而且，买房不等于一定要离开朋友，离开爱情公寓，不住也可以租出去。周末过节还能组个局办个party，不用担心被人影响，不好吗？

子乔刚才还能保持中立，听到party就变节了，不住点头，说关谷高瞻远瞩，小姨妈那么喜欢车，还不如去买副象棋，两辆车，还送两匹马！

悠悠果断反对，拉着美嘉说："干吗要把血汗钱变成砖头堆起来呢？有了自己的车，我们可以去自驾游。无忧无虑、无牵无挂，这不比party神马high多了吗？让这帮男生在家里发霉吧，咱们姐妹策马奔腾去！泡面、冰激凌随便嗨，帅哥随便泡，唱着歌，聊着天，想去哪儿就去哪儿，我给你们免费当司机，海阔天空，任我行！"

哇噻，这么好的情致，想想都够美的，不仅美嘉被说动，连子乔也动心了，两人一起开始支持悠悠买车。

糖衣炮弹啊？拉拢陪审团啊？关谷不甘心，开始各种利诱："桥多麻袋，在我的新房里，你们开party想疯到多晚都行，多少人都不成问题，记得打扫干净就成。"

美嘉立刻开始预热："party，party，帅哥，帅哥，你们都给我嗨起来！"

悠悠："等等，借车不用加油了。我替你们加……""真的啊？！"子乔和美嘉欢欢喜喜地坐回悠悠身边。

关谷："纳尼？我也改规矩了，我负责保洁不用你们打扫。"早说嘛！有这种好事，当然还是房子重要，子乔和美嘉又跟关谷站在了一起。

悠悠："我再外送GPS一台。"

关谷指着自己："我再送料理大厨一名。"

吵着吵着，悠悠和关谷才反应过来，小两口商议内政，为什么要便宜他们，问个意见而已嘛！可从来都是当事者最迷，旁观者最high，谁让你们没事秀有钱来着？

2

一转眼，展博去EIO已经有一段日子了，先是非洲，再是北极，现在又到了乌斯怀亚，从前懵懂的男生，如今已经成为保卫地球的英雄。英雄，一个光辉而遥不可及的名字，应该从小就是展博的梦想吧，否则怎么会那么痴迷机器人、变形金刚呢？

这天，张伟拿回来一封信，是亚洲科技机械协会寄给展博的邀请函——"天网杯"终结者 2018 无差别自由搏击锦标赛。

电子技术突飞猛进，人类制造出各式各样高智能高性能的机器人跟自己较劲儿，像之前 IBM 花了好几亿造的智能机器人"深蓝"。于是有人提出了机器人威胁论，认为机器人再发展，总有一天会战胜人类，甚至统治人类。即便如此，人类对机器人的研发仍乐此不疲，文斗不过瘾，科技怪们又拓展出武斗，像展博收到的这封邀请函里提到的比赛，就属于其中之一，美其名曰是为了展示机器人技术的研发成果。顾名思义，所谓无差别，是指男女无差别、吨位无差别、流派无差别、人机无差别，根本就是一场大乱斗嘛！因为比赛有高额奖金，而且过程惊险刺激，结果难料，每年还是吸引了不少科技宅和暴力迷的关注。

对张伟来讲，任何免费的东西都是有吸引力的，何况是机器人打架这么新鲜的事情，去凑个热闹那是必须的。谁知道一菲知道这件事之后坚决反对，理由是，这种比赛太反人类了！打着高科技的幌子，其实庸俗无比，纯粹都是那些科技公司搞出来的商业嘘头。去看比赛的人，都是自动选择跟邪恶势力站在一边，助纣为虐，这样下去，人类早晚会被机器人统治的……软硬兼施，威逼利诱，还撕掉入场券，一菲总算是粉碎了张伟想要跟邪恶站在一边的狼子野心。

可人性就是这样，你越是不让我看，我就越是想看。张伟当着一菲的面只能服软，转脸就用玻璃胶沾好邀请函，偷偷溜去看了比赛。场面太震撼了，今年的擂主 T600，超霸气的进攻型机器人，第一场比赛，3 个回合就把一个蒙古职业摔跤手撂倒！简直让人欲罢不能啊！

回到公寓，张伟兴致勃勃地跟曾小贤描述比赛场面，给他看机器人的照片、模型，还劝他一定要去看下一场比赛。曾小贤属龟的，向来对一切需要活动的活动不感兴趣，无聊地翻着赛程表，居然发现……胡一菲？她脑子没问题吧？把比赛说得那么低级趣味无聊白痴，原来是自己要偷偷去参赛？！

想到 T600 的彪悍，曾小贤坐不住了，马上站起身要去找一菲问个究竟。

一菲一大早就出去练拳了，屋里只有美嘉，曾小贤旁敲侧击，总算是搞清楚了事情的原委。一菲的学校有个学生小玉被查出患有极为罕见的血液病，骨髓移植是唯一的治疗方法，但骨髓配型、移植手术等的费用，对小玉那个本来就贫困的家庭来说无异于天文数字。虽然学校给了部分补助，又发动各方面募捐，还是差8万元的手术费。眼看着排期就要到了，钱还没有着落，小玉变得越来越消沉。为了帮小玉筹手术费，也为了给小玉树立一个不可战胜的榜样，一菲才想到要去参加无差别大赛。

凭这个就可以去逞英雄了？曾小贤的第一反应就是，一菲有病，还病得不轻，救人的方法有100种，非要这么作秀吗？把自己送到那个大杀器的面前求虐，典型的自我认知短路啊！

正讨论着，一菲就回来了，道服都还没来得及换，捂着腰，满头大汗，显然受伤了。

就这小身板！曾小贤看着心疼，嘴上却开始数落她，处女座嘛，喜欢一个人的最大特点不就是唠叨，唠叨，唠叨，挑刺，然后再唠叨，唠叨，唠叨？

"硬拦着我们不让去看比赛，就为了自己去打比赛是吧？你到底想瞒我们到什么时候？真不知道你怎么想的，扯那么多歪理，说看比赛的庸俗，你怎么不说去打比赛还媚俗呢？你知道这比赛有多变态吗？人家专业摔跤手都玩不了三下！你真当自己还年轻无极限，天下无敌啊？！"

一菲白他一眼："你知道个屁。懒得跟你解释。"

美嘉小声提醒她："一菲，曾老师都知道了。"

知道还在这儿说风凉话？一菲更不乐意了，干脆转脸不跟他说话。

曾小贤口气软了些："献爱心也要注意方法，不就是奖金嘛。你周转不开，我还可以仗义疏财呀。借点儿钱有什么难为情的，咱俩谁跟谁啊，有什么抹不开面的？"

一菲根本不领他的情："你钱多啊？何必借给我，到街上撒多气派。这点儿事我自己能搞定，不麻烦你。再说咱们老胡家自古到今就从来没有问别人借钱的恶习。"

曾小贤都要被她气哭了，还自古到今？哪个姓胡的跟你一样死心眼？

"胡斐、胡一刀、葫芦娃，哪个不是铁骨铮铮的汉子！"一菲捂着腰，疼得又皱了下眉头，"反正不管是谁吧，这是我和别人的约定，你钱多找个角落玩大富翁去吧！"说完转身进屋。

她一走，曾小贤只好跟美嘉抱怨："这女人又吃错什么药了，好心全当驴肝肺，借钱给她都不要。能解决问题不就行了，非要去送死！胸口挡块钢板就当自己是圣斗士啊？就算是圣斗士，也没见过 pk 高达的呀？"

美嘉笑道："你第一天认识一菲吗，这就是传说中的——英雄气概。英雄的价值观，你这种普通人不会懂的，现代社会太需要这种精神了，否则哪来那么多超级英雄的电影？"

英雄，展博已经成了地球战士，胡一菲也将捍卫人类的尊严，难不成他们一家当真是胡一刀的后代？

3

这一夜，曾小贤做了一个奇怪的梦，梦见美嘉变成那个被病魔缠身的女学生，被怪兽不停地追赶，忽然，打扮成女超人形象的一菲出现了。

一菲威风凛凛地说："为了防止世界被破坏，为了守护地球的和平。贯彻爱与正义的力量，可爱又迷人的英雄角色。我就是穿梭在银河的女超人——就是这样！"

怪物放开美嘉，咆哮道："废话真多！快来决一死战吧！"

一菲做准备活动，先是扭手腕，接着扭脚踝，突然扭伤，失去平衡摔下墙头……美嘉明显失去信心，热身操也会闪了腰？你这女超人是不是冒牌货？一菲强撑着："闭嘴！我是在演示给你看，这点小小的挫折，不必害怕，不到最后一刻，决不能放弃……"

怪物步步紧逼，一菲和美嘉节节后退，一起喊救命。"放开她们！"曾小贤出现了，一身蝙蝠侠造型，衬着一张超帅的脸！一菲和美嘉两眼放光，连危险都忘了，花痴地自言自语："好帅啊……"

怪物被他的气场震慑住，却也不肯服输，挑衅道："蝙蝠侠，我知道你是英明神武战无不胜的黑夜骑士！我也知道你是正义的化身，世界人民的救世主，我更听说你冷峻的面具后隐藏着一张迷倒万千少女的英俊面庞——出手之前，你就没有什么开场白吗？"

曾小贤冷哼一声："我习惯低调。"

怪物怒吼着，嘴里喷着火焰："我要夺走这个孩子的健康！你们不付出点儿代价，我是不会罢休的！"

"那就别怪我不客气了。"曾小贤腾空而起，从空中撒下一沓钞票："这里是 8 万块钱！别让我再看到你！"

怪物立即被打倒，跪地，痛苦地呻吟："8 万！这样她就能做手术了！不！蝙蝠侠，我恨你！我会回来的！"说完，怪物拿着钱逃走。

美嘉和一菲得救，曾小贤发表感言："作为英雄中的高富帅。救人有很多种方法！记住，以后做事先动脑子。"他一招手，蝙蝠车自动停在身边，曾小贤身手敏捷地上车，疾驰而去，留下一菲无限仰慕和眷恋的神情。

"呵呵，嘿嘿，哈哈哈……"曾小贤从梦中笑醒，口水都流出来了。一定是暗示！要我曾小贤救一菲于水火之中，我不是蝙蝠侠，谁是？贤哥怎么说也是中过 500 万的人！小菲菲，我来救你了，Wait for me！

作为银行 VIP，曾小贤当然第一时间受到了殷勤的接待，理财专员 Mary 满脸堆笑地端来咖啡，热情问候："曾先生，好久不来了。是要存款还是买理财产品？"可一听说曾小贤过来是要取钱，而且要 8 万，Mary 的脸马上变臭，送到他手边的咖啡都收了回去，一边喝着咖啡还一边嘀咕："这些客人都没良心，从来就不管我们的业绩。"

想了想，她突然又热情起来："哎呀，曾先生，你不知道吗？取款超过 5 万需要提前 3 天预约的呀。虽然您现在的等级足够不用排队，接受微笑服务，过年可以参加抽奖，生日会有短信问候，死后遗产快速转移。但是取钱还是得预约。除非，你购买了我们银行的'暴发聚宝盆'理财计划，级别再往上提一档。"

接下来，Mary 详细地给曾小贤介绍了他们的聚宝盆计划，涉及黄金、欧元、股票、期货等各种领域，风险小收益高，保证能让客户利滚利滚利滚利滚利滚利滚利。而且，开通手续十分简单，只要电话授权一下，再输一下密码，剩下的事情，一杯咖啡的工夫就能搞定。

曾小贤急着取钱去阻止一菲参加比赛，马上答应。十分钟后，果然聚宝盆计划就开通了，真是效率啊！但是，激活新账户需要 7 个工作日，之后他才能享受免预约服务……除非，他能再上升一个级别，比如加入"打断腿不用愁"的保险计划，就能享受免激活服务。当天办理，当天激活，当天取款……

就这样，曾小贤在银行听理财顾问介绍了大半天的产品，钱却一毛钱都没取出来。

可是小玉的手术排期马上就要到了，一菲的比赛日程也迫在眉睫，怎么办？只能暂时找人借钱应急，顶过这几天再说。关谷悠悠在买房买车，子乔美嘉自身难保，放眼爱情公寓，可能的借钱对象只剩下人称铁公鸡，别号小貔貅的张伟。

听说要借 8 万块钱，张伟条件反射式地抗拒，任曾小贤怎么跟他攀交情，讲道理也没用。貔貅嘛，只进不出是他的本性。

无奈之下，曾小贤只能昧着良心哄他："别人不知道就算了，我还不知道你是一个潜藏在屌丝群中多年的高富帅吗？像你这样发自内心的高尚气质，是不可能被你简朴的外表和作风所掩盖的！"

张伟一愣，随即笑了起来："过奖了，我低调了这么多年，没想到还是被人发现了。唉，纸包不住火呀。再来一遍？"

"高富帅！"曾小贤虔诚而肯定地重复了一遍，张伟陶醉不已，终于答应借钱。

4

"等等，我不卖了！"Viki 过去交订金时，悠悠突然开口说道，"刚才你说的画面就是我一直想要的，关关，这辆车是我的。"

关谷差点儿气绝，小声说："刚才只是联想而已，不是被逼急了嘛！"

子乔也劝："冷静啊小姨妈，你这时候反悔，关谷会切腹自尽的。我和那个小姐说好了，她愿意接手你拍下的那辆车，只要付完钱就没事了。"

好不容易事情有个断，这时关谷接到丽诗趣苑的电话，说那个炒房团的客户要一口气买下所有剩下的现房，除非他们 30 分钟内赶到楼盘签合同，否则他们宁愿两倍偿还意向金，也不卖了。

门口打不到车，店里满是车又都不属于自己，关谷急得跳脚。正好 Viki 走过来："订金我付好了，可我没有驾照，你们谁可以带我试驾一下吗？"

那就搭个便车，借个东风吧。悠悠随身带着驾照，带着几个人，直奔丽诗趣苑。一路狂奔，居然 25 分钟就到了，车子的性能真心不错！5 分钟之后，就要拥有自己的房子，5 分钟之后新生活就要开始了。悠悠恋恋不舍地摸着方向盘，她都给它起好名字了，叫"关谷丸"，可惜，缘分还没到。

关谷看着她遗憾的样子，于心不忍，但也只能说声对不起了。

　　四人下车，Viki 接到老公电话，说是收到信用卡短信提示，付了一辆车的订金。"老公，我给你买了个超赞的生日礼物。这辆车真挺带劲的……什么？是不是进口的？" Viki 转头问子乔："是不是进口的？"

　　人倒是进口的，可车不是。

　　不一会儿，Viki 挂上电话，遗憾地说："不好意思。我老公说他只要进口车，那还是让他自己来看一下再决定吧。"

　　房子马上要签合同了，卖车的事怎么能变卦？悠悠赶紧劝："别啊，男人要的就是惊喜，等他自己拿主意多没情调。"

　　Viki 笑道："算了，还是听他的吧，我老公脾气可倔了。"

　　悠悠着急了，想尽一切说辞："相信我，我保证你老公一定会喜欢的。车是你们的另一个小家，它不一定要奢华，但必须温馨，不一定复杂，但一定要贴心。它会给予你们自信、温暖、新奇和自由，你也可以尝试着驾驶它，这种乐趣绝对超过驾驶本身。当你第一次打开夜行模式变换远近光，第一次用雨刷掸去灰尘，你会发现开车就和生活一样，每天都会有一些新的惊喜，这样不好吗？虽然我没见过你老公，但是我猜他一定和我老公一样，积极进取，浪漫执着，注重安全感，对未来充满着热情，这样的男人应该拥有一辆这样的车。"

　　Viki 笑意更深了："谢谢你——你刚才说的……完全不是我老公，他就是个炒房产的暴发户。我还是把订金退了吧。"

　　"对不起关谷，你还是赶紧进去吧，别迟到了。车的事我再想办法吧。"悠悠推着关谷进去，关谷突然安静地看着她，微笑着说："不用了。我很喜欢你刚才描述的那个画面，更喜欢你所说的那个男人。"

　　子乔脑子进水地问："你喜欢她老公？"

　　"我是说……我以前就是这样的，未来也应该是，我为什么要随波逐流改变自己呢？"关谷看了看手里的意向金合同，决心更加坚定："别人都做的不一定就正确。也许重新上路才能发现错误，找到乐趣才能真正找到——我们的家。"

　　悠悠瞪大眼睛："你什么意思？"

　　关谷骄傲地说："亲爱的，咱们先买车吧！"

　　"Yes！"悠悠激动地张开双臂，关谷正要去拥抱她，她却一转身跑到"关谷丸"身边，又亲又抱，又蹦又跳，欢喜得像个孩子。

5

"喂，你钱拿好了没有？"张伟去拿钱都半天了，曾小贤忍不住在屋外催他。

"曾先生，让你久等了。"张伟忽然西装革履地出现，手里还拿着一沓厚厚的文件，"是这样的，我一向谨慎，借钱这种事还是严肃一点儿比较好。刚才我看了一下你我之间的信用记录，好像来往不多。之前我问你借，好几次你都没借给我，导致双方之间的记录太少，所以贷款之前，有必要完善一下客户资料。"

贷，贷款？曾小贤瞪大眼睛，像看怪物似的看着他。借点儿钱至于吗？

张伟一本正经地说："这是我的原则，先小人后君子，请填一下表格，并出示身份证，我要复印。当然，如果你不愿配合就算了。"

"行行，我填。"有求于人嘛，不得不低头，曾小贤接过表格，耐心地填，直到看到最后一页，"借个钱凭什么要写一篇赞美你的议论文？"

张伟嘻嘻地笑着："我会根据这篇文章的情感深度给你做个信用评级，以后有用。"

光填那些劳什子资料就过去了一个小时，曾小贤哪儿还有心情给他拍马屁写赞美诗，不耐烦地说："不用评了，我保证这是第一次，也是最后一次。"

张伟也不跟他纠缠，继续宣布合约权利和义务："合约里有几个声明，放债期间，我就是你的债主，你不能欺负我，奚落我，要爱护我，尊敬我。否则我随时有权收回债务。这是借贷双方的行为规范，是合约的一部分，你应该回答'清楚明白'。"

"OK！清楚明白。"

"不可抗拒的风险：如果发生地震、海啸、金融危机、世界毁灭，借债人生老病死……按照约定依然要还，这种债务关系将延续到双方的子女后代，5000年有效。"

"有效你个头。"曾小贤想要发作，张伟提醒他对话已经录音，如果说错，随时需要重来。想起这漫长的过程还要重来一遍，曾小贤不得不屈服："清楚明白。”

又是一小时过去，曾小贤听得睡着。

“合约朗读完毕！最后，我要再介绍一下本次借贷交易的免责条款。”曾小贤刚刚心里燃起的一点儿小希望又被无情熄灭，只好讨好地说：“您老读了那么多不累吗？这部分咱们就跳过吧。”

张伟倒也爽快：“行，这段我就不读了，关于免责条款，我做了段视频，你看一下吧。”

唠唠叨叨又是一个小时，曾小贤听得直用脸砸桌子。终于，张伟宣布他已经完成了借款前的所有手续，打开支付宝给他转账，操作完毕，还不忘龇着大白牙说一句：“搞定！合作愉快，亲。”

亲你妹夫！曾小贤在心里骂。“对了，还有件事儿。今天我问你借钱的事千万别告诉第三个人，尤其是胡一菲。蝙蝠侠做好事从来不留名，明白了？我不想让她太没面子。”

张伟噘起嘴：“蝙蝠侠还问我借钱？再说又不是什么见不得人的事，用得着这么……”

曾小贤打断他：“少啰唆，我们是签过合约的，你有义务保护客户资料，否则我跟你同归于尽！”

张伟挥挥手：“OK，清楚明白。”

腰部扭伤，比赛没有胜算，科技机械协会又不通融，不肯把比赛日程押后，一菲犯难了。小玉那边急着手术，耽误不起，她又在曾小贤面前放下了大话，说她老胡家从不找人借钱，到底该怎么办呢？左思右想，她跟曾小贤一个思路，目标锁定了爱情公寓里唯一一只貔貅——张伟。

张伟的钱刚被曾小贤借走，哪儿来的钱再借给一菲，支支吾吾说不出个所以然来。在一菲的逼问下，他终于承认曾小贤借钱的事，还说他是想扮蝙蝠侠。

昨天还说仗义疏财，今天就拆别人台，还蝙蝠侠呢，他就是个小丑，丢人现眼！一菲怒气冲天地找到曾小贤，也不问个青红皂白，就劈头盖脸地把他一顿好骂：“我原本还以为你挺知道关心人的。是我看错了，你丫就是个成事不足败事有余的贱货。你怎么那么虚荣？还仗义疏财呢，拿了钱不干正事，扮蝙蝠侠！这么短两条腿还学人挂披风，都拖到地上了也不看看！……”

6

次日，曾小贤哭着诉苦，美嘉在一旁好言安慰。

曾小贤一把鼻涕一把泪："我招谁惹谁了！先是被银行坑，再是被张伟折磨，就是为帮帮一菲。她不仅不领情，居然还这样辱骂我践踏我。为什么呀？"

美嘉给他递纸巾，劝道："一菲肯定是误会了。"

曾小贤重重擤了一下鼻涕，把纸巾扔进垃圾桶，继续抽噎着说："那也不能这么说呀，她骂我腿短，还说我的披风拖到地上。她太过分了！"

"做英雄本来就不是容易的事儿嘛。看看人家蜘蛛侠钢铁侠，哪个不是饱受非议的？"美嘉拍着他的肩膀，"你想啊，一菲参加比赛的时候，你说她逞英雄作秀。她不照样背着这些误解吗？"

"哼，早知道这么难，我才不当什么英雄呢！"曾小贤刚要再说，听见一菲在外面喊门，匆匆忙忙地躲去阳台。

一菲穿着跆拳道服进来，满脸兴奋，说自己刚刚去比赛了。

"本来腰上有伤不想去的，可惜没借到钱，只能硬着头皮上了。靠，这个T600还真是血厚，20个回合，我愣是没占到一丝便宜。"一菲绘声绘色，美嘉听得一脸紧张，"好在中场休息的时候，小玉的妈妈们打电话告诉我，手术费凑齐了，是一个匿名的家伙用支付宝打过去的，早上到账的。"

美嘉拍着手欢呼："太好了！小玉有救了，那就不用打啦！"

当然要打，一菲听到这个消息一高兴，任督二脉"噌"就通了。瞬间腰就不痛了，然后……一菲笑着从包里拿出一个机器人的头，扔在地上，直闪火花，T600！"谢谢那个无名氏吧。我得承认，他给我的鼓励，原来这个世界上真的不是只有我一个人在战斗。"

美嘉紧张地问："你知道他是谁了吗？"

一菲摇头："你知道？"

"我……当然不知道啦。我猜他的面具背后一定长着一张——悲催的脸。还是别知道的好！我去给你拿庆功酒！咱们要好好庆祝一下。"美嘉蹦蹦跳跳地去拿酒，桌上手机响了。

一菲接起电话，对方开始讲话：您好，我是支付宝的客服人员，请问是曾小贤吗？您今天有一笔8万元的支出，由于账户安全指数较低，我们的安全监控系统判断为风险交易，想跟您确认一下是不是您本人操作？

这才是蝙蝠侠？一菲出神地想了一会儿，忽然笑了起来。

就这样，一菲终于间接地领了曾小贤的情，而他也做了一回拯救英雄的英雄，虽然受了点儿小委屈，但毕竟那个孩子得救了。而且更大的意义在于，一菲击败的这个 T600 型机器人，原来就是天网公司计划统治世界的雏形。因为这场比赛，天网公司取消了终结者计划，因此詹姆斯·卡梅隆的末日预言也并没有发生。没错！他们真的——拯救了世界！

第十七章 / **女神的圣诞士**

1

又是一年圣诞节快到了，酒吧里早已经摆起巨大的圣诞树，挂起各种装饰彩灯，提前开始"圣诞大酬宾"的促销活动。子乔照例要去策马奔腾，曾小贤约好了要跟诺澜一起隔空过圣诞，刚刚失恋的小峰邀请美嘉去他家做火鸡，关谷和悠悠有他们的保留节目——看《杀死比尔》……每个人都有每个人的节目，一菲当然不会让自己成为公寓里最孤单的一个，为了让自己忙起来，她决定，去装饰一棵圣诞树！

但计划赶不上变化，碰上突发状况，原来的那些美好愿望分分钟失灵。

先从曾小贤说起吧。诺澜在加州，比这边的时间晚了 15 个小时，人家点着蜡烛祷告，而他早饭刚刚吃饱。人家半夜狂欢尖叫，他正望着夕阳尿尿。——光是时差这条，就够人受的。

为了兑现自己的承诺，分秒不离地陪诺澜过他们在一起的第一个圣诞，曾小贤决定豁出去了，从现在开始倒时差，过美国时间。实在撑不下去了，大不了多喝几罐红牛充充电，一个小时喝两瓶，轻松跨越太平洋！可人到底不是电脑，不是 USB 接口一插，什么都能照常运转，万事 OK 的。

再说悠悠。作为演艺事业的新高峰，她最近被提名菲律宾铁猴子奖最佳新人，但暂时还是 28 个提名人选里得票最低的。借这个由头，公司准备趁热打铁好好包装她一下。就算拿不到奖，也能制造些舆论，炒作一些绯闻！于是，公司替她约了八卦杂志的宠儿——迪诺哥，在圣诞夜和悠悠吃饭，到时候被狗仔发现，发几篇新闻，悠悠跟公司不就火了？

不得已，悠悠去找了张伟，请他在圣诞夜陪关谷一起过，还准备了一堆的碟片：《杀死比尔》《杀死比尔 2》《杀不死的比尔》，以及《比尔是被谁杀死的》。但最大的麻烦，不是谁陪关谷看碟，以及看什么碟的问题，而是关谷是出了名的"东亚醋王"，要是知道悠悠圣诞夜不陪自己，还陪个大明星去吃饭，那还不分分钟切腹自尽！

再就是美嘉。在悠悠他们一伙人的提示下，美嘉把小峰的圣诞邀请解读成了"那啥"的信号，火鸡不过是个幌子。所以精心准备，连毛巾洗面奶都备上，拖着满满一箱行李来到小峰的住处。只等着浪漫周末，温情圣诞，能跟小峰有所发展。等看到小峰豪华宽敞的住处，这个决心就更坚定了。

谁知道，圣诞节小峰要带全公司去夏威夷度假，其他人负责派对，他负责做火鸡。叫美嘉过来，真只是为了试吃火鸡！当然，也还有其他一点儿个人原因。不过不是美嘉想的那啥，而是，他既然要离开一个星期，美嘉能不能帮他照看一下房子？美嘉行李都带上了，一时圆不过去，只好答应了。可小峰随口还提了一句："家里没人，他们会很孤单。"整个房间里别说小狗小猫，连小鱼小虫都没一只，难道，还有什么看不见的恐怖东西？！

最离谱的要数子乔了。圣诞夜他安排得妥妥的，早、中、晚三场约会，三个姑娘，Mindy，Cathy，还有……那个不知道叫啥的！谁知道呢，三个人突然都改了主意，非要晚上到公寓来给子乔做大餐，结果碰到一起，都说三个女人一台戏，那今天上演的就是武打戏，子乔差点儿没被三个妞撕了。

家里待不了，这两天得找个地方避避。关谷建议他不如去陪美嘉帮小峰看房子。当然，美嘉说，小峰那是怕她圣诞节出去认识别的男生才特意求她的，卖个顺水人情，就当住豪华酒店了。子乔想来想去，大概也只有这个办法了。

所有人就属一菲最靠谱，她组织了一个"圣诞不出门正义宅女联盟"，只是找遍了学校的所有女教师，只有一个快 40 岁的单身女老师，数学系的上官老师有空。顾不得去想自己怎么就跟这等档次的货沦落到一起，一菲忙着实施自己的圣诞树装扮大计，光看看采购清单都知道是豪华版——小彩灯 80

盏，大彩灯 80 盏，小玩偶 80 个……一菲，难道你没听说过一句话，只有内心空虚的人才会需要物质来补偿吗？看你这阵容，该有多寂寞啊！难道你忘了 12 岁那年，你对着圣诞树许愿，就是因为圣诞树上挂了太多的彩灯，一通电，整棵树都烧光了吗？

整个公寓里最轻松的是张伟，他是孤儿，从来没有什么亲戚朋友，对于团圆这种事从来没概念。悠悠托付重任让他在圣诞节陪关谷看《杀死比尔》，为了防止关谷到时候醋劲爆发，灭绝人性，顺手把他杀死，他决定找胡一菲临时学几招防身。刚一过来，就被一菲同学抓了壮丁，让他跟上官老师一起准备圣诞树，接受或者被迫接受，张伟没得选择。

就这样，世界全乱套了。

2

考虑再三，悠悠决定对关谷如实相告，毕竟爱人之间最重要的是信任和理解嘛。刚说到圣诞节公司安排她和迪诺哥一起吃顿饭，配合演场戏而已，就为了让记者拍两张照片，目的是炒绯闻……关谷一声怒吼："岂有此理！你有没有想过我的感受？我分分钟……"

悠悠见他生气，决定不干了。谁知道关谷脸一转，并没有切腹自尽，反而说："怎么能不干呢！我女人不辞辛劳在外打拼，过节还要加班加点忍辱负重，我怎么那么不识大体！千万别把我当负担。我会愧疚的。"

是喝多了，还是喝醋喝得晕头了？总之关谷像是被外星人掉了包，不仅不吃醋，还说要做悠悠的坚实后盾，还说，别忘了要张迪诺哥的签名哦！她怎么知道，关谷实际上是被张伟、一菲、子乔几个人"欲擒故纵"的方法给耍了，架在台上下不来。

昨天下午，几个人送了关谷一份特别的圣诞礼物，终极切腹刀，据说织田信长当年围困天守阁的时候就用这把刀自尽的，很有收藏价值的！说他们夜观天象，关谷很快会听到一个很劲爆，很辛酸，很掏心挠肺的消息，分分钟叫他切腹自尽的消息！所谓香车配美女，宝刀赠醋王，相信这把切腹刀很快就会出鞘，到时候关谷也好有件趁手的武器。

离开的时候，三个人还不住嘀咕。"我赌 50 元，到时 30 秒内必定拔刀。""我赌 100 元，10 秒。"……关谷听得一头雾水，谁是醋王？吃谁的醋？直到悠悠说出圣诞夜要和迪诺哥炒绯闻的消息，他才恍然大悟，原来那群人等着看自己的好戏呢！

就因为这个"以毒攻毒"的法子，关谷自动停止了"一吼二怒三切腹"的程序，这才突然变得体贴包容起来。

悠悠，为了都能有个平安的圣诞夜，大家只能帮你到这儿了。

圣诞前夜的前夜，迪诺约了悠悠出来吃饭，说是为了保证绯闻效果，先演习一次。迪诺哥果然是个万人迷，真性情，高大帅气，知情识趣，举手投足都透着说不出的潇洒劲儿。悠悠总想着关谷的反应，怕他压抑之后来个总爆发，难免有些心不在焉，愁眉苦脸的，哪像是绯闻对象约会的样子。

迪诺为了活跃气氛，主动跟悠悠坦白自己那些八卦。比如他和二龙手拉手在巴厘岛度假的那件事，他是后来才发现二龙是弯的，所以拒绝了他。比如 Brad 和 Jennifer 离婚，完全是因为经济问题，不过，Jennifer 的孩子的确是他的，一夜情嘛，说不上第三者。至于掀了名模 Lulu 的裙子，还被她打了两拳，那就纯属乌龙了。那天她裙子被风吹起来，迪诺好心帮她拉下来，没想到她误会了，上来就给了一拳。迪诺以为她不喜欢把裙子拉下来，就又帮她掀上去了，所以……又挨了第二拳。

"我虽然口碑一般，节操还是有的，娱乐圈，像我这样有一说一的人不多了。你是新人，慢慢会知道的。"聊着聊着，迪诺突然靠近悠悠，暧昧地说："我其实以前就看过你的戏，还挺喜欢你的。"

悠悠笑道："艺人常常身不由己，难免需要说点儿违心话，可以理解。谢谢您的恭维。"

"我真的挺喜欢你的，否则，为什么要特意提前约你呢？"迪诺认真地看着悠悠的眼睛，一双桃花眼水汪汪的，勾人魂魄，"等会儿有空吗宝贝？我带你去喝一杯吧。"

本来还以为他是做戏，悠悠哈哈大笑，可迪诺伸手握住她的手，一点儿都不像开玩笑的样子，她顿时笑容僵住了。

真是岂有此理！以为她唐悠悠是什么人？一回到家，悠悠就把整件事告诉了关谷，没想到迪诺这么轻浮，圣诞夜的绯闻不炒了，留在家陪他看碟吧！

没想到关谷以为她说这些只是考验自己，表现得十分大度，乐呵呵地说："别编啦。我没你想象得那么小气。工作需要嘛，不用告诉我那么多细节。我相信你们，你也要相信我。日本男人也不都是大男子主义，在支持老婆事业这方面，我现在绝对是模子！"

模子？你就是个傻子！悠悠气得跑了出去，既然说什么都不信，那把人带来你自己看吧！

出发"约会"以前，悠悠专程带了迪诺来见关谷，介绍他俩认识，又刻意亲昵地挽住关谷的手，发嗲说："亲爱的，今晚我们就要去'假装'吃饭了。你难道就没有什么要嘱咐我吗？比方说：点到为止，不许太亲密，动手动脚就杀全家之类的？"

关谷就是不接招，大笑着说："为什么？我又不是黑社会。"

既然男朋友都这么"随和"，迪诺更加肆无忌惮了，伸手搂住悠悠的肩膀，提出更多非礼要求："悠悠，我在钱柜订了位，吃完饭，再赏个脸陪我去唱会儿歌？纯属私人邀请，不谈工作。"

听到没有！他都这样了。给点儿态度啊。悠悠对着关谷挤眉弄眼，喂！你死啦，一个眼神也行啊。关谷还是笑呵呵的，没有一点儿生气的样子，悠悠只好自己回绝迪诺："谢谢你，不过你没看出来我男朋友不太高兴吗？要不一起去吧？"

"哎，我很好说话的！"关谷推着悠悠和迪诺出门，"你们玩，不用管我，我今晚有安排了，我要去杜俊家陪他看《杀死比尔》。"

"关谷神奇！"悠悠怒了，哪有男人这样把自己老婆往别人怀里推的？！"那我今天不回来了！"

话说到这份儿上，关谷居然还没反应，笑脸把他们送出去，还叮嘱悠悠，一定要专业一点儿。悠悠和迪诺一出门，关谷的笑容就僵住了，演戏真的好累啊！

3

小峰走了，美嘉一个人对着偌大一个房子唉声叹气。看房子……房子又不会跑。小峰你个杀千刀的，怕他们孤单，就不怕我孤单啊。这么大的屋子一个鬼都没有，所幸有也好啊，飘出来陪陪我呀。还有比这更烂的差事吗？

忽然屋子里有个声音回答："抱歉，找不到比这更烂的差事了。"

谁在说话？美嘉吓得寒毛都竖起来了，顺手操起一个台灯。难道真的是闹鬼？这房子真的不干净？那个声音仿佛猜透了她的心思，又冒出来说："我们每天打扫，很干净。"

美嘉吓得大叫一声，丢下灯台，夺路而逃。

半小时后，子乔来了，两人拿着平底锅和铲子当武器，在屋子里仔细检查。美嘉躲在子乔身后，心有余悸地说："这屋子好诡异，有人莫名其妙说话，还有黑影窜来窜去。"

巡视一圈儿，并没有发现什么状况，子乔的胆子就大起来了，说肯定是美嘉恐怖片看多了，才会疑神疑鬼。还有，大晚上的，灯都不多开几盏，可不是自己吓自己吗？美嘉委屈地说，自己除了门口的开关，其他一个都找不到。

子乔嘀咕道："有钱人家真抠门，开关都藏起来，省电也不用这样啊。"那个神秘的声音响起："取消省电模式。"房间里瞬间变得灯火通明，照得人眼睛都要瞎了，子乔、美嘉捂住眼睛抗议，灯光才稍微变暗一点儿。

这不科学！明明两个人什么都没做，连开关都没碰一下，那这灯光是谁调的？子乔抢过美嘉的平底锅，拉开架势，大吼一声："来着何人，报上名来。"

那个声音回答："文言文指令无法识别，请说现代汉语。"

指令？难道是电脑？经过一番侦察，两个人才发现，这屋子里的冰箱、微波炉、空调、照明系统全部都安装了智能语音系统，至于美嘉说看到的那个窜来窜去的黑影，不过是个吸尘器。你妹的小峰！早说啊，吓死哥了。

惊惶稍定，两个闲得无聊的人用果皮纸屑当诱饵，引了自动吸尘器出来，子乔趴在沙发上，等吸尘器靠近，一扑，扣住，关电源。人家是跟吸尘器开个玩笑嘛，冰箱哥居然有意见了："请不要欺负低等电器。吸尘器君未安装语音功能，所以比较内向。请放了它。二位如果对它的工作有任何意见和建议，可以找我投诉。"

哟呵！管得还真多。美嘉不满地说："要投诉也先投诉你，昨晚我想吃消夜，你干吗死活不开门？"

冰箱哥回答："这是智能保健系统，半夜饮食有害健康。"

挑战哥的智慧啊？子乔决定考考它，冰箱自恃是高智能家用电器，冷笑三声，让子乔只管放马过来。

"我问你，把大象放进冰箱需要几步？"

"三步，把我门打开，把大象放进来，然后把门关上。"

"动物园开运动会，为什么大象没去？"

"因为大象还被我关着呢。太简单了。"

……

接连几个问题，冰箱都对答如流。这也太小儿科了，真当冰箱就不看春晚吗？谁知子乔诡异地一笑，接下来的问题完全就是冰箱君闻所未闻的了。

"蚂蚁骑车去接大象，可是路过沙漠却只留下了一条笔直的脚印，为什么？"冰箱答不出来，"因为蚂蚁骑了自行车呀。笨蛋！继续听题。小峰回到家，准备去冰箱拿可乐。可是还没开冰箱门，就知道里面有蚂蚁，为什么？"冰箱抢答："因为蚂蚁爱吃甜的！""错！因为蚂蚁的自行车还停你门口呢！"

……

"后来动物园法庭追查罪魁祸首，你猜谁被判刑了？"

可怜的冰箱君完全被子乔绕糊涂了："医生？蚂蚁？他爸？"

子乔大笑："是你！冰箱！你没事把大象关进去干吗？否则它好好地去参加运动会，会有那么多悲剧吗？！"

冰箱君俯首称臣，从此管子乔叫师父，人类的智慧果真是不可限量。这么好玩！子乔决定，今年圣诞哪儿都不去了，与其被美女追杀撕扯成碎片，不如就留在这里陪这些机器人过吧！

为了以绝后患，子乔一一约了 Dora and Cathy 出来，再让美嘉假扮他的太太，两人合演了一场双簧，彻底摆脱了这两个牛皮糖。了了后顾之忧，还不破坏形象，这主意真不错，哪天想出去嗨皮了，再演一场离婚戏，到时候原地复活，离过婚的吕小布，身价至少涨 10 倍。子乔真是想想都开心。

子乔帮美嘉捉鬼整冰箱，美嘉帮子乔演戏挡烂桃花，他们现在终于可以安下心来过节了。两人分工合作，配合默契。子乔和吸尘器一起打扫卫生，美嘉用鸡毛掸子扑打灰尘，换圣诞新装，戴圣诞帽，换圣诞节主题的床单，门上挂圣诞节的装饰。美嘉做火鸡，烧意面，烤蛋糕，子乔负责切水果、榨汁、拌沙拉，两人还用草莓和奶油拼成圣诞老人的样子……

4

按照计划，迪诺和悠悠的圣诞约会开始，可悠悠一点儿心情都没有，苦着张脸，没精打采。她实在想不通，关谷为什么会变成这样。他是出了名的暴脾气小心眼，以前别人多看她一眼他都会吃醋，难道是在一起太久了，感觉变得麻木了？要不就是自己不好，总让他理解包容，现在他都不在乎了。

她不配合，迪诺自然觉得索然寡味，主动提出让悠悠吃完饭早点儿回去，和关谷谈谈。悠悠撇着嘴问："你不是说要拉我去唱歌吗？"

迪诺笑笑："不用啦，来的路上我碰到了娇娇，我打算让她陪我。"

"可你早上还说喜欢我，要追我？"悠悠有点儿搞不清状况。

迪诺皱着眉头想想，好像已经对白天的事完全失忆："是吗？可那是白天的事了吧。到了晚上，我还是喜欢口味重一点儿的女孩。"

悠悠一肚子火正没地方发泄呢，有没有搞错！把她和关谷的关系搞得乱七八糟，现在又放鸽子？迪诺装无辜，调笑道："拒绝我的是你，现在不爽的也是你，难道你爱上我了？"

"当然没有！"悠悠想想都心烦，要不是迪诺说要追她，关谷会豁达成这样吗？现在越刺激他，他越淡定，都是那针预防针害的……

迪诺看她不高兴，逗她："别生气了，我给你道歉还不行吗？要不，我打个电话再跟他道个歉？"

明知道关谷肯定以为又是考验，死马当活马医吧，悠悠把手机递给迪诺。

几分钟后，迪诺打完电话回来，耸耸肩说："我告诉他可能有些误会。我的确喜欢过你，也有过追你的念头，不过现在我不玩了，让他放心。他好像也无所谓，就说了声'哦'就挂了。看来，你们俩的问题好像与我无关啊，别再赖我啦。"

任务完成，迪诺正准备先走，悠悠电话响了，对方未显示号码，但自称是魔都八卦周刊的记者，想要对迪诺先生做个专访。迪诺接过电话："啊，可以，在厕所专访？好，我这就过来。"有专访，看来今天这顿饭很有效果，迪诺愉快地答应。

迪诺应约走进厕所，四下却没有一个人。正疑惑着，关谷从马桶隔间走出来，黑着脸，凶神恶煞似的。"麻烦你给我翻译翻译，什么叫作——你喜欢过悠悠，现在不喜欢了！"迪诺心里一慌，吓得往后退了几步。

厕所里传来迪诺的惨叫声，突然有人高喊："厕所里有重磅新闻！"餐厅的几乎所有人瞬间各自掏出相机、背包、纸笔、吊杆话筒、摄影机，拥向厕所。原来这些全都是狗仔啊？怪不得说狗仔无处不在呢，悠悠真算是长了见识。

人都去了厕所，关谷从厕所出来，走到悠悠面前坐下，不管悠悠惊讶的表情，认真地说："亲爱的，我要向你道歉。这几天我都是装出来的，其实我一点儿都不淡定，一直都在附近看着你们。那家伙说他喜欢过你，虽然现在不喜欢了，但我还是忍不了。"

说罢，关谷扔下一颗带血的牙齿。太暴力了吧，悠悠瞪大了眼睛。关谷摆摆手："别误会，不是你想的那样，这是假牙，他哆嗦的时候自己掉下来的。我还没干吗呢，他就大小便失禁了。总之，对不起，我真的很没用，控制不了自己的脾气，你骂我吧。"

悠悠呆呆地看了他好一阵，突然走过去，抱住关谷亲了一下，深情地说："我爱死你现在的样子了，东亚小醋王！圣诞快乐。"

关谷也笑起来，同样深情地回答："圣诞快乐。"

5

一菲从外面回来，没看到圣诞树，只看到张伟留下的私奔留言。"靠！两个叛徒！"一菲本来拿出手机想打电话，叹了口气又放下了，"走吧，都走吧。剩我一个拉倒！"

隔壁房间传来震耳欲聋的《江南 style》，一菲奇怪，从阳台走到隔壁，看见曾小贤穿着圣诞老人的衣服，正拿着扫帚跳骑马舞，边跳边嚷嚷："偶，偶，偶吧，圣诞 style……"

"喂！发什么神经啊！"一菲拿遥控器关掉收音机音响。曾小贤回头看见一菲，傻傻地笑道："咦？一菲，你怎么也在美国？"

一菲瞪他一眼："美你个大头鬼啊，喝多了吧！"

曾小贤举起手，做个 2 的姿势，迷迷糊糊地说："没有，我才喝了 30 罐红牛，外加 3 片安眠药，不算多。"

一菲抢过他的扫帚，扔到地上，骂道："喝了红牛还嗑安眠药，你找死啊？"

曾小贤红着脸，摇摇晃晃："我现在好爽，感觉肉体在东半球，大脑在外星球。驯鹿妹妹，我们出发吧，诺澜还在等我发礼物呢！快，你驮我到烟囱上去吧。"

一菲哪知道自己现在在他眼里变成了一只驯鹿？见他欺身过来，条件反射式地就是一记奔雷掌，曾小贤倒在沙发上，脸上多了一个掌印，还在傻笑："不疼！一点儿都不疼。"

不会真疯了吧？酒疯还能解，这玩意儿怎么治啊？一菲摇着曾小贤的身子："喂！清醒点儿。"曾小贤突然安静下来，不笑了，严肃地说："你在这儿等我，我要去送礼物。说！你想要什么礼物，我这就帮你变出来。"

一菲把他按到沙发上："你安静地给我躺下，我就告诉你。"

"不嘛！你告诉我，我才躺下。"曾小贤不停地扭着，不肯配合。一菲无奈只好哄他："行行！我要一棵能许愿的圣诞树，你搞得定吗？"

曾小贤终于乖乖躺下，一菲顺手拿过杯水，像哄小孩似的喂他："多喝水，排泄一下就好了。"

"烫！烫！烫死了！"曾小贤不肯喝，一菲自己喝了一大口，不烫啊……不过味道有点儿怪怪的。曾小贤却一下蹦起来，指着她哈哈大笑："啊！你惨了！你喝了我的魔法药水。是我专门配出来给那些睡不着的人喝的，等他们呼呼了，我才能往他们袜子里放礼物啊。"

安眠药？一菲还想发作，昏头昏脑就睡了过去。

几小时后，一菲醒来，屋子里放着 jingle bell 的音乐，房间正中摆着一棵巨大的圣诞树，鼻青脸肿的曾小贤笑嘻嘻地站在旁边："你醒啦！圣诞快乐！"

一菲揉揉眼睛，迷迷糊糊地问："这棵树——是酒吧里的吧？你怎么弄来的？"

曾小贤咻咻地笑："小 case 啦！我背了一个红色麻袋到酒吧，骗他们说圣诞老人来送礼物啦！现金 500 块，人人有奖！不过！圣诞老人发礼物的时候是不能看的，所以必须要闭起眼睛！然后，我就抱起圣诞树跑啦。有几个傻子还真脱了袜子呢！"

一菲扑哧笑出声来："我不是笑你，是那帮傻子。看不出，你发疯的时候智商比平时高多了，可你脸上的伤哪儿来的？"

曾小贤拍着手："和你一样，我也笑了那帮傻子呀！就这样，他们打了我 10 分钟。反正不疼，他们打累了就走了。还说大过节的不要和神经病计较。他们才神经病呢！"

一菲瞪大眼睛："这样你还能把树扛回来？人都这样了，树怎么一点儿都没被打坏？"

曾小贤搓着手掌，还是一脸兴奋："说好替你实现愿望的，虽然我的手抱着树，但我用脸接住了他们所有的拳头。"

一菲心里感动，轻声说："傻瓜……下次别再那么疯了，就算为了诺澜，你也不能伤害自己的身体啊。"

曾小贤神情恍惚，忍不住真情流露："一菲，只要你开心，再疯一次我也愿意。许愿吧，一菲。快点儿啊！"

一菲百感交集，回头偷偷抹掉涌出来的眼泪，再回头，对着圣诞树默默许愿。还是 12 岁时的那个心愿：圣诞老人，我想许个愿，我要找的男人，要么比我聪明，要么比我强壮，否则他凭什么征服我。

有个声音告诉她："你已经找到啦。发了疯的曾小贤，不仅机灵而且耐打，不就是你要找的吗？"

看着一旁乐呵呵的曾小贤，一菲眼里又忍不住渗出泪水。

第十八章 当幸福来撬门

1

为什么酒吧会贴出"疯子与圣诞老人不得入内"的告示？为什么曾小贤会鼻青脸肿？为什么酒吧的圣诞树丢了，却突然出现在 3601 的套间里？难道这其中有着某种联系？圣诞节过去几天，公寓里的小伙伴们还在热心地讨论着这些话题，并演绎出无数版本。

最有说服力的当然是当事人之一，一菲的说法：圣诞节那天，有个疯子到酒吧去偷圣诞树，恰好被曾小贤撞见了，曾小贤想见义勇为，但实在是力不从心，所以被揍得鼻青脸肿。碰巧一菲路过，吓跑了那疯子救了他，但当时酒吧已经关门了，所以暂时把树搬回公寓放了一夜。

谣言是止住了，一菲心里却还是不得安宁，想起那晚对着圣诞树许的心愿，就有点儿心慌慌的。好像有什么征兆在不停地暗示她，今年许的愿一定会灵验，打牌摸一手红心，摇骰子要什么就是什么，去酒吧喝个酒，居然说什么是酒吧第 5 万瓶绝加的消费者，还奖了一张星公馆会所情侣餐饮消费券。难怪悠悠一口咬定她是许愿问了姻缘，红鸾星动矣！

那个声音一直在她心里回响：你已经找到啦。发了疯的曾小贤，不仅机灵而且耐打，不就是你要找的吗？闹得她现在看见曾小贤就百般不是滋味，她可不会忘了，曾小贤现在还是诺澜的男朋友，人家诺澜可托付过让自己看着曾小贤的！

这天两个人一起等电梯，一菲问曾小贤："你相信征兆吗？美嘉她们最近神神道道总在琢磨这个，我想听听元芳你怎么看。"

"切，都是心理暗示而已啦。"曾小贤漫不经心地回答，闷头拆手里的快递，"咦？我中奖了？星公馆餐饮的消费券！"

"什么？！哪儿中的？"一菲惊得连腔调都变了。

曾小贤以为她不信，举起快递包装盒给她看："不是你让我别把圣诞树的事情张扬出去的吗？我脸上还有点儿瘀伤，所以买瓶粉底盖盖。喏，结果就中奖了。"

该死！巧合！绝对是巧合！都是心理作用而已！一菲不停地说服自己，电梯到了，她却转身走楼梯去了，留下曾小贤一脸愕然，不知道什么地方得罪了她。

唉，如果许愿像逛淘宝就好了，可以反悔，可以退货，现在该怎么办？

美嘉这天跟她提到一种新的男女关系模式，叫友情越位，恋人未满，即人们常说的蓝颜。每个女孩子大概都希望有个男人以朋友的身份对自己无限示好，完了自己还能掌握主动进退自如。但感情是相互的，需要平衡，总是单方面一个人付出，总有一天会 hold 不住的。就像小峰和她，之前小峰对她太好，现在总感觉自己欠他太多，怎么还都还不完。

一菲恍然大悟，感情其实也是债，她之所以觉得心慌，是因为欠了曾小贤的人情债。人家被打得鼻青脸肿，跌得头破血流地给她扛回来圣诞树，圆了她的心愿，反而给她背上了沉重的负担。如果能想办法把这笔感情债还了，她就能心安了。就好像杀人偿命，欠债还钱。

主意已定，一菲决定请曾小贤吃饭。反正这家伙要求也不高，在肯德基让他狂嗨一顿变态辣鸡翅，哄他高兴个几天也就是了。可曾小贤偏说肯德基不够档次，不如去星公馆，反正有张奖券，再补个人的差价，吃得舒服还省钱。想起那张所谓的情侣餐饮消费券，一菲心里千万个不乐意，但请吃饭这事，越快越好，早吃早还债，于是答应了。

临到约好的那天，一菲特意换了一套小礼服，结果还没出门，大腿侧裙摆坏了，撕了道口子。美嘉说现在这种"撕裂风"最性感了，现在很流行，一菲这身打扮去见情人，分分钟就能把对方搞定！

　　一菲极力撇清："什么见情人，是还人情。你说得对，欠别人太多不好，请顿还情饭也算表个态，吃完就两清啦。"

　　美嘉摇摇头："还人情？你这么个还法可未必有效。如果是钱债就还钱，如果是情债送点儿东西也比吃饭好，人家会误解的啦。单独吃饭神马的最暧昧了。你请过来我请回去都是幌子，暗示给人家机会的时候才吃饭呢，除非你们吃肯德基。"

　　"我原先就是打算吃肯德基来着！"一菲还要解释，美嘉却暧昧地冲她直笑，说："别装了，连紧身小礼服都翻出来啦，我懂的。再说了，跟我解释有什么用，关键看人家怎么领会了，顺其自然吧。"

　　于是，曾小贤独自在餐厅等了三个小时，一菲不仅没现身，连电话都不肯接。同一时间，一菲早脱下小礼服，穿着睡衣，抱着全家桶窝在沙发上看电视。岁月静好，嗯……不错，这样子最自然了。

2

　　悠悠在网上看到一个超值婚检套餐，想起自己和关谷就快领证了，婚检还没做呢，劝着关谷一起去体验一下。关谷却说婚检又不是非做不可，让她不要没事找事。

　　悠悠对关谷说："怎么能叫没事找事呢？街道办的柏阿姨说，现在很多小夫妻都忽略了婚检，后果很严重呢。就像2号楼的小雯和小哲，结婚两年之后才发现男方有潜伏的精神病。从某一天起，小哲就一直幻想自己是一个马桶，总蹲在厕所里不出来。"

　　关谷听了都替他们着急："那赶紧送医院啊。"

　　悠悠笑道："可她老婆小雯死活不同意。她说这样的话，他们家就没马桶用了。"

　　这二位，还真是绝配啊！所以悠悠说，做婚检是对婚姻和未来负责，要是小雯和小哲当初做了婚检，这些悲剧不就都可以避免了嘛。而且，都要做夫妻了，相互多了解一点有什么不好吗？

　　关谷还是抗拒，反正不管查出来好还是不好，两个人总是要结婚的，何必多此一举。可万一真有什么问题，反而会在婚后有心理负担。

没查过就认定会有心理负担，关谷不会真有什么问题吧？于是，关谷讲述了一段让人痛心疾首的历史，那一年，他刚来中国，入境后就被安排做了一次全身检查……

检查明明一切正常，医生却总是露出一种诡异的笑，得意中藏着蔑视，嘲笑中带着讽刺。关谷以为自己哪里和别人不一样，打那以后的很长一段时间，都一直处在自卑的阴影中。直到一年后，关谷再次去检查，碰巧又遇到了那个医生，才弄明白事情的真相：原来他脸上出油，鼻梁又不够挺，所以眼镜总是往下滑，戴着手套不方便扶，所以要用颧骨上的肌肉顶住镜框，才会是这个表情的！

血的事实，惨痛的教训，让关谷认定，不到万不得已最好别做检查，原本毛事没有，却弄得人莫名紧张。如果体检是一个人紧张，婚检就是两个人组团紧张。哪有这样自己去找罪受的。

悠悠认为，爱人之间本来就不该有什么秘密，心理上生理上都一样。像书上说的，全知的境界对两性关系有好处。关谷却认为，再亲密的关系，也应该保留一点儿隐私，有时候知道得太多，反而会影响幸福指数。

关于两性关系，子乔应该最有发言权，对于关谷和悠悠的这场争论，最先他是完全站在关谷这一边的。这倒不是因为他和关谷同是男同胞就气味相投，而是因为最近他认识了一个神秘的女孩——小雨淅淅。

小雨觉得，如果两个人之间彼此连名字都不知道，却还能聊到一起，那才说明真的有缘分。所以，相识至今48小时了，子乔除了一个网名几乎对她一无所知，但也正因为如此，才感受到了一种前所未有的乐趣，依旧保持着新鲜感。看着彼此的脸，却能放肆地去遐想剩下的一切，不是很刺激吗？

悠悠听说了这个人，第一反应就是去人肉搜索有关她的所有资料，这么神秘，一定有什么不可告人的背景和秘密。如今网络这么发达，有个网名当引子，足矣！以她唐悠悠的八卦精神，世界上就没她查不出来的猫腻。但子乔坚决果断地拒绝了，说悠悠这样做完全是破坏他们两人相处的氛围，男女之间，保持一点儿叉叉感才最刺激。男人和女人的思路，果真是不一样吗？

相识第三天，子乔和小雨吃饭。经过几天的考验，小雨对子乔的印象很不错，不像之前遇到的那些人，跑上来就喜欢问长问短，或者故意把话题引向某一方面来制造机会。子乔笑现代人太功利太浮躁，说自己从来都相信男女之间的相互吸引本就是一场未知的冒险，小雨更是让他迷上了这种原始而狂野的感觉。

但男女关系行进到一定的阶段，也会有个检验的标准，如果说小雨跟子乔的关系像是一场闭卷考，现在就是打分的时候了。小雨想要检验一下，子乔经过这几天他口中所谓的冒险，到底探索到了多少她的内心世界？比如星座、爱好、个性、口味等等。答对了有奖励，绝对诱惑，要是答错了，就说明子乔资质不够，或是两人缘分有限，没必要再浪费时间了。而且，机会只有一次！

十万火急啊！趁着小雨去卫生间，子乔拨通了悠悠的电话，只要3分钟内悠悠能够给他找出小雨的全部背景资料，以后让他子乔做牛做马，做鸡做鸭，随便想怎样都行。

悠悠哼了一声："小看我，只要网速够快，秒杀FBI。"顺手在电脑屏幕上敲进小雨淅淅的名字，搜索，开始！

3

好好地说请人家吃饭，自己却又放人鸽子，胡一菲还有没有节操和做人的底线了？曾小贤气冲冲地回到公寓，发现一菲居然还在吃鸡翅？他可是白白饿了一个下午，还受尽了服务员的白眼！

当然，借他曾小贤八个胆子也不敢在一菲面前嚣张，只是抱怨："有没有搞错，有事早说啊。不来打个电话总行吧？"

一菲吞吞吐吐地说："家里的漱口水临时用光了，我得赶紧去买。"

漱口水？好……清新的理由！一菲见编的理由自己都不信，只好……再编："吃饭只是表达友好的一种方式，不是你现在理解的意思，更不是你当初理解的意思。反正还有很多其他的方式，何必拘泥于一种呢？"

曾小贤哪听得懂她这种外星人逻辑，放人鸽子还叫友好？

"鸽子放都放了，你还想怎样？！"软的说不通就只好来硬的，看，曾小贤立马就吓得乖乖的了。当然，到底是自己理亏，一菲哄他："sorry啦，大不了下次我送你个小礼物当补偿，这次一定会很妥妥的。明早来找我，就这样了！"

转头一菲就在网上订了个钥匙包，多亏京东无与伦比的速度，一大早就收到货了。拆快递的时候碰到张伟，张伟一见她拿着个男士包包，马上开始八卦起来。"万宝龙的情人节限定版！哇，送情人哦？"

一菲以为他胡诌："稀勒个奇的，你个土鳖连这是钥匙包都认不出，居然能认出款式。我看到首页有广告，就随便买了一个！再说了，谁说男式包就要送情人啊？"

张伟神气地指着盒子上的标签："我不是土鳖！ and 这有汉字——mont blanc 情人节限定版，更重要的是包里面，Ich will mit dir sein，德语，意思应该是，好想跟你在一起。"

一菲愣住："阿咦西吧！你还懂德语？念得跟真的似的。"

张伟说自己念大学的时候认识过一个德国留学生，每次一起上课她都会传张纸条过来，上面就写着这句话。他当然不会告诉一菲，其实那货是个日耳曼纯爷们儿，自从查了字典知道那句话的意思，他就再也没敢去上过课。

不会那么背吧，买个礼物也这么凑巧？一菲挥一挥手，把张伟那颗八卦的脑袋推开，自我催眠："谁说我送人了。我买了自己用不行啊。我觉得这个包特别配我的卧室钥匙，你管得着吗？"

接下来，张伟讨了一菲那个不用的钥匙圈，欢天喜地地走了。

不一会儿，曾小贤进来讨礼物，一菲看看手里的钥匙包，尴尬了一阵，忽然跑进房间拿了一瓶漱口水给他。"我特意为你买的。喜欢吗？"

曾小贤拿着漱口水僵死不动，这……又代表什么意思？一菲爽快地回答："代表我昨天真的去过超市啊！"

曾小贤气不过，找了小伙伴们来评理："你们说说，一菲是不是吃饱了撑的？莫名其妙说请我吃饭，然后放我鸽子，又说送我礼物，结果给我瓶漱口水！这算什么？侮辱我的智商还是侮辱我的人格？"

美嘉问："一菲姐请你吃饭？什么时候的事？还有漱口水呢？"

曾小贤回答："前天 and 昨天啊！她已经连续玩我两天了。你们替我转告她，这种无聊游戏，本人没空陪她玩！"

曾小贤一出门，张伟拿出一菲那个旧钥匙圈，得意地摆弄着："看来一菲心中，我的地位果然还是比曾老师要高一点儿。虽然是个二手的，但是至少比漱口水强。"

美嘉奇怪了，问他一菲干吗平白无故送他个钥匙圈？张伟于是告诉她，那天一菲买了一个新的钥匙包，还是万宝龙的呢，然后……再然后……

美嘉歪着头思考了好一阵，喃喃自语道："一菲最近的行为好古怪哦。前两天，我明明看到她精心打扮说要去吃饭，然后这边，曾老师就被放了鸽子，我还跟她说送礼物可以还人情，然后曾老师就收到了漱口水？你不觉得这当中有什么联系吗？不妨大胆假设一下，一菲原本打算请吃饭的对象会不会就是曾老师？"

要论证这个命题，做个实验就知道了。于是，两人设计了一个陷阱。

先是张伟半路拦截了曾小贤的外卖，把汉堡打开，在里面涂上一圈又一圈的芥末，再拿去送给曾小贤。曾小贤正看杂志呢，没注意有什么异样，拿起汉堡咬了一大口，然后，他的五官全挤到了一起，像是被牢牢焊住，撬都撬不开……

美嘉跑去告诉一菲，说曾小贤哭了，满脸的委屈，可能是交友不慎，被人欺负了吧。估计还是那种不触及皮肉，却伤及灵魂的痛。否则，不会哭得那么伤心的！

这货的心理承受能力不至于这么差吧？一菲暗自嘀咕，到底不放心，跟着美嘉去隔壁看看。一进门就看到曾小贤泪流满面在地上打滚，一菲吓一大跳，这哪是委屈？怎么觉得像死了亲爹啊？

一菲扶起小贤，曾小贤被辣得睁不开眼，只是抹眼泪。

"喂！看着我，你怎么啦！"看曾小贤不说话，一菲自己招了："我知道我是有点儿过分，开个玩笑而已。你反应也太大了吧！"

"是你干的？！"曾小贤含糊地问，指指自己的嘴巴，转头出去，想找"漱……漱口水！"

一菲以为他还在生漱口水的气，拉住他解释："好啦，其实这不是我要送你的东西。我只是一时没想到送你什么好，不是故意整你的，要不……我给你换个别的。"

一菲把钥匙包拍在桌上："你的礼物。刚……捡的！我猜你可能用得到就给你算了。不许多想！也不许再哭啦！再哭我打你啊！"

4

3分钟，兴趣爱好、生活习惯、学识背景、家庭状况，几乎搜了个底朝天，子乔如愿通过小雨的测试，对悠悠佩服得五体投地，阿谀奉承，捏肩捶背，无所不尽其极。还向所有人宣告："从今天起，唐悠悠不仅是我慈祥的小姨妈，更是我无可替代的远程僚机。"

关谷怪他使诈："你不是说这次体验神秘，不耍花招的吗？"

开玩笑，送上门的达阵机会不要吗？真是高看吕子乔了。悠悠觉得，既然子乔都已经用实际案例证明了，全知的境界对两性关系那是绝对有好处的，那么关谷君，也该早点儿回头是岸了。

子乔如今奉悠悠的话为真理，当然帮腔："想要人生幸福，信息就该对称，知道得越多越好。至于你关谷同学，让你的爱人多了解一点儿会死吗？生理也好心理也罢，透明公开很有必要。而且小姨妈说得对，要么功课做在事前！要么小抄带在身边！"

关谷不服，扬言："吕子乔你个墙头草！走着瞧！"

第二天，子乔跟小雨约会，关谷一声不吭地溜到他边上，坐下。

子乔隐约有种不祥的预感，问他："你来干吗？"

关谷反问他："你不是直觉很准的吗？——你猜啊。"

不用猜了，子乔心里了然，这货绝对是来捣乱的。关谷主动向小雨自我介绍："我叫路人甲。我最近听说了一个真理，就是'爱人之间不该有秘密'，所以特意来和你们分享。我想问的是，既然你那么赞同这个观点，为什么不贯彻到底呢？"

小雨笑道："原来你们是朋友啊。"子乔坚称自己跟他不熟。

"这位美女才跟你不熟呢。否则怎么还叫你小布呢？"关谷以其人之道还治其人之身，捡了子乔的话堵他自己的嘴："让你的爱人多了解你一点儿会死吗？透明公开很有必要。要么功课做在事前，要么小抄带在身边。"

什么功课？什么小抄？小雨听得云里雾里，子乔安抚她说："别理他，他有语无伦次综合征。"转头又对着关谷问："你婚检查出来吗？"

关谷嘿嘿一笑："放心，我不是来监考抓作弊的，我只是觉得不太公平。你现在那么了解人家，人家却还对你一无所知，这样不太好吧……"

小雨嘟起嘴："他说得对，是有点儿不公平，你的直觉那么准，我却猜不透你，好没安全感的。"

关谷递给小雨一台 pad，手把手地教她："关键字：吕子乔，这是他真名。他的微博和脸盆网上记载了不少神龙摆尾的案例。"

子乔想要去拦住小雨，被关谷挡住。小雨随便翻了几个搜索页面，一口水都喷了出来："天啊！这是真的吗？"

关谷得意地拿回 pad："现在你明白了吧，全知的境界对两性关系有……"等他看到搜索出来的结果，一口水也喷到屏幕上。

第一页，吕子乔，IQ192，15岁的清华少年班神童。附毕业照，ps的，下同。

第二页，清华神童展露艺术天赋，个人音乐演奏会筹备中。附子乔和朗朗一起弹钢琴合影。

第三页，财富杂志封面：音乐才子创业奇迹，见证最年轻的商界富豪！附富豪照。

第四页，网站标题新闻：壮举！青年企业家捐掉亿万身家做慈善，只身环游世界！附雪山登顶照。

第五页，八卦周刊：沙漠中救起失足落水的阿联酋老人，老人知恩图报，收为义子。附子乔和阿联酋老头合影。

第六页，视频新闻：阿联酋富豪寿终正寝，其义子继承亿万身家。

关谷目瞪口呆，子乔叹口气，假装不情愿地说："让你们别搜啦！我不想被别人知道的！"背地里冲关谷挤眉弄眼，幸好我早有准备，跟我斗，你还嫩点儿！

子乔转脸真诚地看着小雨，悔恨交加地说："原谅我一直瞒着你，我只是怕这些……会成为你和我交往的负担。"

"想不到你是个这么深藏不露的人！难怪我猜不透你。"小雨过去拉他的手，甜蜜地靠到他肩上，娇羞地说："小布！我要罚你今晚把这些传奇的故事全都说一遍给我听。"

"这个……既然这位路人甲也说爱人之间不该有秘密，那我就恭敬不如从命了。"子乔挽着小雨离开，回身在关谷耳边说了声："谢啦，老兄。"

关谷无语，惊得半天没合上嘴。

5

芥末＋薄荷——味的漱口水，曾小贤感觉整个颅腔都通风了。美嘉和张伟凑过来安慰他，顺便打听打听刚才一菲跟他之间发生的故事。

提起一菲，曾小贤就满肚子火，冲着美嘉、张伟嚷嚷："麻烦帮我问问她，就算要整我，什么时候是个头啊？"

美嘉奇怪了，刚才不是叫一菲过来安慰你吗？而且，从阳台上偷看的状况来说，一菲姐对你，还蛮怜香惜玉的呀？

"安慰个屁，一句都没听懂，然后她拍下这个就走了。"曾小贤拿出一菲给他的钥匙包，递给美嘉，"她说是捡来的，顺便送我了。"

张伟奇怪了，这不就是一菲昨天刚买的那个吗？"什么呀，我亲眼见她签收的快递，万宝龙情人节限定版，不信你打开看看，里面还有行德语呢！＃￥＃￥……"

曾小贤怀疑地问："你确定是德语不是咒语？"

"当然！意思是'我想和你在一起'。"张伟又不失时机地显摆一下，曾小贤愣住。"不过奇怪了，昨天她明明说这钥匙包留着自己用的，我还亲眼见她把自己卧室钥匙挂上去了。"

美嘉打开钥匙包一看，果然里面有把钥匙。如果真是这样，一切就全说通了，这是红果果的暗示啊，一菲肯定是想告诉曾老师，从今往后，进她的闺房不用再敲门了。"恭喜啊，这些天，不对，这些年的委屈你没白受。一菲姐终于想通了。放鸽子和漱口水就是最后一道考验。虽然没有直接说出来，不过行动已经很明显啦。不如今晚你就去试试吧！"

闺房？！考验？！神经啊！！！曾小贤心里其实有些蠢蠢欲动，可一想，万一是自己会错意，一菲以为他是去撬她房门呢，到时候谁来替他收尸啊？再万一，真能开门呢？不去岂不就浪费人家小菲菲的良苦用心了吗？

看曾小贤还在犹豫，美嘉继续劝他："当年孙悟空就是因为听懂了菩提老祖'三更时分来后堂'的暗语，才成了关门弟子学会了72变。一菲都给你钥匙了，你还不敢接招？"

曾小贤看着钥匙，将信将疑。

一菲下班回来，把包里东西全撒在桌上，翻来覆去就是找不到卧室的钥匙。

仔细一想，突然记起自己早上连钥匙带钥匙包一起送给曾小贤了……她到底是想干什么呀？！万一，万一曾小贤一会儿真拿钥匙来开她的门，自己是要欢迎呢？还是欢迎呢？还是欢迎呢？！不行，绝不能让这种事儿发生！

几分钟后，一菲从外面叫回来一位开锁的师傅，打开了门，顺便让人家给换了一把锁，再多配几把备用钥匙。"你把卧室钥匙给了我，然后又找物业换了锁？"曾小贤不知道什么时候站在了门口，"你又在调戏我，第三次了？！"

一菲尴尬地解释："其实不是你想的那样……他不是物业。"

"那你就在马路上随便找个锁匠？在派出所备过案吗？作为住户委员会副主席，我提醒你这样草率很危险！下次应该找物业知道了吗？"曾小贤更气了，唠叨了半天，才突然想起自己此行的目的。"我不是来跟你说这个的！放完鸽子漱口水，送我钥匙换把锁，你到底想干吗？还没回答我呢！"

一菲小声嘀咕："我说是为了还你人情，你信吗？"

"枉我把你当朋友，你却这样对我。一菲，我恨你！"说完，曾小贤哭着跑了出去。

一个激灵，一菲回过神来，发现刚才只是想象，抬头看见师傅还在换锁，松了口气。门铃响，打开门，外面站着曾小贤："我想问你点事儿，进去说？"

一菲堵住门口："就在这儿问吧。"

曾小贤奇怪地看她几眼，拿出钥匙包："这钥匙，是你的吗？张伟说这是你卧室的钥匙。他亲眼看你挂上去的。"

一菲哈哈大笑："整个钥匙包都是我捡到的，里面怎么会有我的钥匙？"

曾小贤自觉上当，不由得悲愤交加："那他们为什么要诓我？美嘉还怂恿我半夜过来试试，太阴险了！"

"就是，你半夜再来嘛。我是说，要试也等换完了再说。"一菲失言，捂住自己的嘴。

曾小贤追问："换什么？"

一菲搜肠刮肚地想词。"换……件衣服。我是说我正要换衣服出门——请，请你吃饭！上次放了你鸽子，我决定弥补一下，现在终于相信我没耍你了吧。"

说完，关好门进去换上那套撕裂风的小礼服，出来开门，拖起曾小贤就走。

屋里锁匠喊："小姐！给我把螺丝刀。小姐！"无人应答，"小姐"已经不知道跑哪去了。

6

悠悠在搜索小雨的背景资料时，有了个重大发现，原来"小雨渐渐"并不是小雨唯一的名字，她曾经还用过另一个 ID：小雪哗哗。悠悠说，越是不想让人知道的事，就越是有调查的空间，所以叫上子乔，以 FBI 的速度和职业精神，对小雨进行了更残酷彻底的调查。

功夫不负有心人，悠悠找到了小雨从前的博客，标题叫《青春日记——祭奠曾经的恋人》。不看则已，一看，差点儿吓得子乔魂飞魄散。博客更像是死亡笔记，总共有 12 个出场人物，都是小雨的前男友，恐怖的是，每次小雨跟他们分手，这些前男友就会在几天后诡异地死去……

"难道我是……下一个？啊！！！"发现真相，子乔崩溃地跑了出去。

关谷终于占着理了，开始滔滔不绝："现在你满意了吧！调查调查，终于查出悲剧了吧。所以说，有些事不知道一切都好，你非要打破砂锅，现在碎一地了吧。谁没有隐私，有些不希望别人知道的事一定有它的道理，或许根本没有恶意，可你的好奇心啊，唉……"

"对不起，我错了……"悠悠低头服输，转念一想："哎？我听懂了，你话里有话吧！"关谷做个鬼脸就跑了。

过了一阵，悠悠主动去找关谷认错，承认自己对别人的秘密是有点儿过分好奇了。"你说得对，不管是谁都有权保留隐私，如果你真有顾虑，婚检不查就不查咯。"

其实婚检查不查不是关键，如果不是关谷一开始就找那么多借口，悠悠大概不会这么好奇，而如果不是悠悠一再相逼，关谷也不会那样誓死抵抗。况且，就算是查出来真有什么问题，夫妻本是连成一体的两个人，难道谁还会嫌弃谁吗？

"其实，我的肾不太好。"关谷犹豫再三，决定说出心里的顾虑，"这是家族的遗传病，我妈告诉过我，包括我爸和我叔叔在内，好几个长辈都查出过问题。特别是 30 岁之后，概率还不低呢。最近有点儿腰疼。而且我曾有过三次尿路感染，偶尔还会尿频尿急。估计这就是肾虚的征兆吧。我怕你看不起我，影响了对未来的信心，所以，就紧张了。"

"除了肾虚，还有其他什么吗？"悠悠问，关谷摇头。悠悠笑道："你不说，我还真的从来没感觉出来呢。反正我保证，无论你有什么问题，我都会把你补好、照顾好的，我有信心！"

"你真的不介意？"

悠悠摇头："这是作为妻子最起码的责任嘛！不过，据说好奇心过重也是早期精神病的征兆，如果我查出来也有隐患，你会介意吗？"

关谷故意皱起眉头："那就很难说了。"

悠悠笑着打他："你再说一遍！"误会消除，小两口其乐融融。

7

曾小贤跟一菲来到会所，结果发现人满为患，领班的说，没有预约需要排队，少则一个小时，多则……不知道。好话说了一堆，店里也不肯通融，曾小贤拿出抽奖中的赠券，领班说这个不过是促销的消费券，没有什么特别意义。

一菲拿着自己的那张赠券："靠，我还以为很值钱呢。"

谁知道领班一见两张券，眼睛都亮了，解释说："我们的券一般是单独发送的，男女双方凑齐两张的概率非常低。组合起来就是 VVVIP 的上宾券。"马上对着报话机吩咐："来人，赶紧准备情侣贵宾包房，有贵客。"

情侣包房？该不会又是什么破征兆吧？屋子里灯光昏暗，各种浪漫装饰：心型抱枕、蜡烛、情侣杯、情侣餐具……曾小贤东张西望，一菲窘得恨不得找个地缝钻进去。

曾小贤突然说："一菲，我错怪你了。怪不得你上次放我鸽子，原来重头戏在这儿啊。讨厌，我还真以为你只是随便请我吃顿饭而已呢。"

一菲尴尬不已，胡言乱语："是很随便啊，你看……这随便的杯具，随便的环境，还有随便的……我们。"

是，还有随便的菜！第一道菜，猪舌牛舌卤味拼盘，美其名曰：舌吻定情。第二道菜，焖鹅掌凤爪，叫"执子之手，与子相守"。第三道菜，厨师招牌菜——深情泳鲍……敢情厨师是中文系毕业的啊！

"美嘉和张伟说你有话要跟我讲……"曾小贤正要说正事，领班又来上菜了，这次的菜名叫"爱在心头口难开"。一菲故意伸出腿，绊倒了领班，菜飞起，扣在小贤身上，然后做无辜状："出门的时候忘了看黄历了，今晚不适合吃饭。我们还是早点儿回去吧。"

高档会所的服务就是好，领班觉得因为自己的疏忽，破坏了两位的兴致，所以，做了一些安排："这是二位的房卡，豪华情人套房，最大的一间！你们可以先去洗个澡休息一下，刚才的菜，我们会再上一份送到房间来。"

曾小贤觉得莫名其妙："这……也是你特别安排的？你不是说朋友之间随便吃顿饭吗？怎么吃着吃着，就变开房了？"

一菲想要解释，可怎么都说不清楚："听着，曾小贤，这一切根本就没人安排过，这只是征兆，呸！压根就没有征兆。是老天在调戏我，再说一遍，我不是故意的！"

曾小贤好像想明白了一点儿什么："可吃饭是你想出来的呀。第二张券也是你拿出来的呀！美嘉说，这把钥匙是你卧室的。我一开始还不相信呢，现在我信了。"

"神经病吧，我为什么要给你卧室的钥匙？"想起这会家里的锁应该换得差不多了，一菲拉起曾小贤："我这就回去证明给你看，如果这把钥匙真能开我的房门，你说什么我都承认。走啊！"

回到公寓，开门，眼前的一幕让两个人大吃了两惊！整个房间被翻得乱七八糟，家里被打劫了？"快看看，丢了什么！"两人分头进房间检查现场，笔记本、照相机都在，可厕所里的沐浴露被拿光了，桌上留了张条："尊敬的用户，您好，卧室的锁已经替您换好了，可转眼您人就不见了，我翻箱倒柜找了半天也没找见您的踪影，从业十几年，您这种逃避付钱的方式实在前所未见。无奈我只能拿走了一些和我的劳动等值的东西，把您的房间弄乱了，再次抱歉——落款：江南开锁王。"

曾小贤冷眼看着一菲，一菲吞吞吐吐地说："曾小贤，这一切我可以解释的，给我点儿时间。"不忙，做个心理建设先！我是个讲师，口才是我的强项。整件事完全可以说清楚，胡一菲！你一定能做到！

一菲深吸一口气，开始解释："是这样的……从前有个美女，她欠了别人人情，后来……她家里就被盗了。如果这个版本你不够满意，我可以具体一点儿，不过有点儿复杂有点儿长，怕你没时间……"

曾小贤无意中看到散落在楼梯口的圣诞老人衣服，过去蹲下拿起。仔细看那件衣服，撕坏的地方已经缝好，明显的补丁。"一菲，这是你补好的？"

一菲绝望地闭上眼睛："等等，你先让我把上一件事解释清楚，我在组织语言。"

曾小贤摇头："不用了，我只想知道，你为什么要补好它？你……是不是真有话要对我说？"

看到衣服，一菲心里更乱了："相信我，今天破岁日，诸事不宜，忌吃饭，忌送礼，忌说话。总之，我只想还你个人情，有什么错吗？！"

曾小贤逼近她："所以，你补好这件圣诞老人装……也是为了还我人情？你告诉我到底发生了什么？你到底觉得你欠我什么？别让我继续像个傻子一样行吗？"

一菲抓狂地喊："你已经做了那么多年的傻子了。多做一天有关系吗？！"

"那么多年？"曾小贤好像明白了点儿什么，一时又理不出个所以然，拿起衣服，转身出门，"那你别说了……我回去慢慢悟吧。"

一菲看着曾小贤离开，想起最近一连串的征兆：扑克牌里的红心同花顺，两人分别中奖，钥匙包：好想和你在一起，浪漫晚餐，情侣包房，曾小贤化身蝙蝠侠，曾小贤疯疯癫癫地站在圣诞树前叫她许愿……

"等等！我……我现在就告诉你！"曾小贤回头，一菲冲上去吻他。

"一菲，你干吗？"曾小贤支支吾吾地挣扎。一菲松开他，瞪着眼睛对他大吼："彪悍的人生，还需要我再解释吗？"

曾小贤愣住，忽然上前抱紧一菲，主动吻她。

番外一 / 如果还有如果

汪远

洁白的病房里，小贤和诺澜深情对视。

一切看来都美好极了，直到曾小贤一句惊为天人的"我也爱你……一菲"。

一记尖锐的声音，什么东西掉在了地上。

小贤和诺澜转头，于是看到了门口惊呆的胡一菲。

那一瞬间，也许有很多东西同时碎了。

三人之间尴尬的气氛只维持了几秒钟，就被急匆匆赶来的医生打破了——医生告诉三人，张伟快不行了。

谁也没想到，爱情公寓最有种的男人、大吼着"历史啊，请记住我"的传奇人物——张伟，这次居然因为过敏休克了。

历史一定会记住张伟，但没有人想让张伟现在就变成历史。小伙伴们束手无策，但都选择了守在手术室外，一言不发，等待奇迹。

最终，张伟熬了过来，但却落下了看见甲壳类动物就没法说话的心理疾病。

众人都松了口气，折腾了一天一夜，是该回家休息了。

小贤当然知道自己和一菲、诺澜之间还有个微妙的问题没有解决，但他不知道现在该说什么、该和谁说。

那就先回去睡一觉再做定夺吧！

这次，处女座终于付出了代价。第二天，胡一菲连人带行李一起消失了，仿佛她从来没在爱情公寓出现过。

胡一菲留下的信里只有三个大字：我退出。

曾小贤追悔莫及，诺澜也因为曾小贤的犹豫不决对他敬而远之。

曾小贤终于做出了这辈子最重要的决定——他要去找胡一菲！

但两秒钟后他就怂了，上哪儿去找呢？

关键时刻，一直出差在外的展博居然回来了，他得知姐姐消失的消息居然一点儿都不吃惊。

这货显然知道些什么！

于是，小贤开始向展博套话。但在 EIO 经历过不少事情的展博，显然已经不是以前那个头脑简单的宅男了，他居然开始要起曾老师来……

对其他人来说，胡一菲的忽然离去让他们很意外，贤菲的情感地震也让他们很唏嘘，但日子还是要过。

关谷和悠悠继续筹备婚礼，但悠悠依然无法鼓起勇气将检查报告的真相告诉关谷……

美嘉和小峰发展顺利，子乔表面不动声色，天天声色犬马，但内心失落。一次偶然的机会，子乔意外发现小峰居然是天网公司的股东……

死里逃生的张伟依然过着倒霉的日子，但他为朋友两肋插刀的行为终于还是得到了薇薇的青睐。薇薇给了张伟机会，但铁公鸡附体的张伟每次都能把约会搞得鸡飞狗跳……

一天，爱情公寓的每个人都收到一张邀请函。大家惊喜地发现，宛瑜即将回到这座城市，展开她作为时装设计师的处女秀，大家到底是去呢？还是去呢？还是去呢？

好吧，上面都是我瞎编的，后面发生了什么，我还没想好。

听我解释！我不是有意要大家。每天，我都在思考爱5的剧情、思考每个人物的走向和归宿。上面的猜想，只是我无数千奇百怪的想法中的一个而已。

我知道很多粉丝都想找我出来聊聊人生，但如果我告诉你们，我每天都在为爱5绞尽脑汁，你们会不会高抬贵手，放我一马呢？

某次，我打电话不小心拨错，打给了一个许久未联系的朋友。双方聊完天气，便基本没了话题，我也一时想不出该聊什么，不料他说：“汪远，你会打电话给我，我很意外也很高兴。我儿子很喜欢看你的《爱情公寓》，你能和我儿子说说话吗？”

“好！没问题。”

反正我最初写《爱情公寓》的时候，也没想到能派上这种用场。

四季《爱情公寓》一路走来，从最初脑海中简简单单的一个想法，到剧本上整页整页的文字，再到荧屏上有血有肉的角色，直至此刻，于我而言，《爱情公寓》里的每一个人，都已经成了我的朋友。

没错，我创造了《爱情公寓》的每一个人，我也见证了他们的成长。我替他们出主意，和他们一起笑一起哭。渐渐地，他们越来越完善、越来越成熟，他们都有了自己的想法、自己的感情。我惊喜地发现，他们已然是有血有肉的人了，他们会为自己的未来负责、为自己的选择埋单。

你问我曾小贤和胡一菲会不会在一起？你去问曾小贤吧，他心里比谁都清楚。

以前我在脑海里和胡一菲聊天，她会说，她也不知道自己会不会和曾小贤在一起。

现在我在脑海里和胡一菲聊天，她会说，我知道自己会不会和曾小贤在一起，但我不告诉你。

好吧，你有个性到这种程度，老子很是欣慰。

不管你信不信，他们每个人的未来，他们都已经能够自己做主了。我这个编剧的作用反而退居其次了。现在的我和你们一样，都是《爱情公寓》的观众而已，我也在等着他们上演让我尖叫的剧情呢。

有一天，顺着花瓣飘来的方向，你一定还会看见那个叫作爱情公寓的地方。
也许，我上面说的剧情，不是瞎编的呢？

番外二 / 流言的答案

韦正

某日乘地铁外出，身边站了两位妙龄少女。

一个少女对另一个说，过两天我去《爱情公寓5》剧组做群众演员，已经通过试镜了，好期待啊。

嗯。原来这两个姑娘是群众演员啊。

等等，重点好像不是这个啊？《爱情公寓5》开拍了，我是导演，我怎么不知道？

后来我把这事告诉了汪远，他淡定地说道——

现在上海好多地方都传说在拍《爱情公寓5》，或者在拍《爱情公寓4S》，你不要大惊小怪，很 out 的。

这家伙已经对这种消息免疫了。

True Story。

爱 4 播出以后，得到了很多人的喜爱和支持。不过，显然有不少人对爱4 的结局很不满意，他们开始设计后续的同人剧情，并在不明真相的群众间广为流传，比如诺澜对一菲泼硫酸啦，子乔一觉醒来发现都是梦啦，群众在看后普遍三观崩坏。对《爱情公寓》后续作品的期待更催生了满城都在拍爱5 的搞笑局面。我明白，流言蜚语也是一种爱。

不过很遗憾，作为对爱 5 最有发言权的人之一，我目前还不能透露和剧情有关的事情。有些事还没想成熟，有些事根本还没想。不过我至少可以告诉你，现在网络上流传的关于爱 5 的情报里，有哪些是 Ture Story、有哪些只是 Story。

问题 1：爱 4 是不是《爱情公寓》系列的终结？

回答：我想爱 4 的结局已经说明一切了。在可预见的未来，所有主角还要经历很多悲欢离合，也许有人会离开，或许有人会回来，但不论如何，《爱情公寓》系列还没有终结。

问题 2：Lisa 榕在第四季片尾说到留意花瓣的方向，而网友发现爱 4 海报上花瓣的分布状态呈现出数字"5"的形状，这是否是对《爱情公寓5》的暗示？

答：这种能让自己看上去非常牛的隐喻，我真的是非常想点头承认的。但是妈妈说做人要诚实，于是我含着热泪告诉你——没有这回事。

事实上，爱 4 的海报只是想做出"四面皆可观看，众人皆是主角"的效果。这样我就不用去做四个版本的海报了。为了让这种效果更逼真，画面上的花瓣设计成了旋涡状。没想到有爱的粉丝们愣是从中看出了"5"的形状。不过这张海报确实有"梦"的元素。它暗合我们对于第四季主题的理解。

问题 3：爱 4 第五集最后，象征吕子乔梦境的陀螺并没有停下，这是不是意味着吕子乔一直在第四层梦境中从未醒来？第五集之后的剧情，是否都是梦呢？

答：肯定不是吕子乔的梦啦。《爱情公寓》里虽然有很多荒诞的喜剧元素，但我们一直坚持活在当下。《爱情公寓》里的梦不是简单的梦境，故事不会脱离现实。

从另一个角度来说，《爱情公寓》又确实是一个梦。陀螺没有停，它是现实和虚幻的联结，庄周梦蝶，一个黑暗的提示。在我的理解里，这是整个《爱情公寓》里最冷酷和现实的镜头。时间到了，你一定会看懂。

问题4：网上传言，《爱情公寓》的大结局是曾小贤被电台开除，诺澜被台长包养，美嘉得病死去，这是真的吗？

答：其实我还是更喜欢天网公司的机器人统治地球，然后胡一菲带领全人类反攻并让世界恢复和平的大结局，哈哈哈……

所谓《爱情公寓》的"大结局"，是《爱情公寓》的相关传言里，数量最多、内容最复杂的一类。这类"结局"我自己看过很多，有些"结局"的设计之精妙、推理之合理，连我都会感叹作者的想象力。

但是！

这些"结局"当然都是同人作品。真正的《爱情公寓》的大结局，汪远和我不但没有想好，甚至连想都没有想过。《爱情公寓》的主角们还有很多酸甜苦辣要品尝，还有九九八十一难要通关。

各位，暂时不要想结局的事情。

问题5：有传言说爱5中展博和宛瑜会一同回到公寓，并修成正果，秦羽墨也会回归，请问是真的吗？

答：这个，倒是有可能的。

回归类的传言，数量虽不如各种"大结局"来得多，但生命力却比各种"大结局"更强。

展博和宛瑜的分分合合，确实让很多粉丝忧伤。羽墨的长期缺席，也让很多粉丝大呼不过瘾。在爱5中，他们当然可能回来。因为爱情公寓的大门永远为他们敞开。《爱情公寓》的故事，也永远有他们的位置。

哲人A说，天下没有不散的宴席。

哲人B说，天下很大，但天下又很小，只要在同一片天空下，总能在世界的某个角落遇见。

哲人 A 说，小样的，你故意和我抬杠吧？

哲人 B 说，怎么地，怎么地？

于是两个哲人单挑去了……

这个小（xia）小（bian）的寓言告诉我们——很多道理都是互相矛盾的，关键看你相信什么。

问题 6：关谷的眼睛为什么发红？小峰家的电冰箱为什么说"人类真好骗啊"？天网公司和胡一菲的战斗结束了吗？悠悠的体检报告上到底写了什么？

答：爱 4 里留下了很多没有说完的小细节，虽然其轰动程度不如各种"大结局"，但依然被很多粉丝津津乐道，也被很多喜爱阴谋论的死理性派拿来佐证他们对未来剧情的各种猜测。

对于这类问题，我回答——我们自己挖的坑，我（wang）们（yuan）绝对都会填掉。关谷的写轮眼、小峰家疑似外星人的电器、人机格斗大战的未来、悠悠的体检报告等等，这些我们都会有合理且让你意想不到的解答。

以上就是我经常看到、经常听到、经常被别人问起的有关《爱情公寓》的传言。我知道再多的问答都无法让你们满足，我知道你们的心声。

《爱情公寓》一定会回来。愿《爱情公寓》的力量与你同在。